GABRIELE KEISER
Ahrweinkönigin

TOD IM ROTWEINPARADIES Das Ahrtal im nördlichen Rheinland-Pfalz ist Deutschlands größtes geschlossenes Rotweinanbaugebiet. An den Steilhängen wächst so mancher edle Tropfen und auch sonst hat die wildromantische Felsenlandschaft einiges zu bieten. Als Geocacher in der Ahr auf die Leiche einer jungen Frau stoßen, ist die Bestürzung groß, handelt es sich doch um die frisch gekürte Ahrweinkönigin. Zusammen mit ihrer jungen Kollegin Clarissa bearbeitet Kriminalkommissarin Franca Mazzari den Fall, der einige Rätsel aufgibt. Akribisch wird Hinweis um Hinweis abgearbeitet. Eine Spur führt sogar bis nach Afghanistan. Aber bevor der Täter ermittelt werden kann, geschieht ein zweiter Mord. Es ist ein weiter Weg, bis endlich sämtliche Puzzleteile zusammenpassen.

© Sandra Jungen

Gabriele Keiser, 1953 in Kaiserslautern geboren, studierte Literaturwissenschaften und lebt heute als freie Schriftstellerin, Lektorin und Volkshochschuldozentin in Andernach am Rhein. Ihre Krimis um die sympathische Koblenzer Kriminalkommissarin Franca Mazzari sind eine gelungene Kombination von Spannung und Wissensvermittlung, denn es geht immer um mehr als nur um die Frage nach dem Täter. Gabriele Keiser ist Mitglied im »Syndikat«, der Vereinigung deutschsprachiger Krimiautoren und war etliche Jahre Vorsitzende des Verbandes deutscher Schriftsteller (VS) in Rheinland-Pfalz. Im Jahr 2014 erhielt sie den Kulturförderpreis des Landkreises Mayen-Koblenz.

Bisherige Veröffentlichungen im Gmeiner-Verlag:
Kaltnacht (2017)
Goldschiefer (2015)
Vulkanpark (2013)
Engelskraut (2011)
Gartenschläfer (2008)
Apollofalter (2006)
Puppenjäger (2006, mit Wolfgang Polifka)

GABRIELE KEISER

Ahrweinkönigin

Ahr-Krimi

GMEINER SPANNUNG

Personen und Handlung sind frei erfunden.
Ähnlichkeiten mit lebenden oder toten Personen
sind rein zufällig und nicht beabsichtigt.

Immer informiert

Spannung pur – mit unserem Newsletter informieren wir Sie
regelmäßig über Wissenswertes aus unserer Bücherwelt.

Gefällt mir!

Facebook: @Gmeiner.Verlag
Instagram: @gmeinerverlag
Twitter: @GmeinerVerlag

Besuchen Sie uns im Internet:
www.gmeiner-verlag.de

© 2019 – Gmeiner-Verlag GmbH
Im Ehnried 5, 88605 Meßkirch
Telefon 0 75 75 / 20 95 - 0
info@gmeiner-verlag.de
Alle Rechte vorbehalten
1. Auflage 2019

Lektorat: Claudia Senghaas, Kirchardt
Herstellung: Mirjam Hecht
Umschlaggestaltung: U.O.R.G. Lutz Eberle, Stuttgart
unter Verwendung eines Fotos von: © travelpeter / shutterstock.com
Druck: CPI books GmbH, Leck
Printed in Germany
ISBN 978-3-8392-2493-9

»*Ich weiß, das Geheimnis des Todes würdet ihr gern kennen. Es gibt nur einen Weg es zu finden; schaut in euer Leben.*«

Khalil Gibran

PROLOG

Masar-e Scharif, Afghanistan
Januar 2018

»›Achte immer auf die Hände, denn es sind Hände, die töten.‹

Diesen Satz hat man uns eingeschärft. In diesem Land muss man immer damit rechnen, irgendwelchen Verrückten zu begegnen, denen nichts heilig ist, auch wenn sie sich ständig auf Allah berufen. Stets eine Waffe bei sich zu tragen, ist hier lebensnotwendig. Der Feind kann sich praktisch hinter jeder Wegbiegung verstecken und dort lauern. Dann gute Nacht, Marie.«

Der Mann, der am Rand seines Krankenbettes sitzt, macht eine wegwerfende Handbewegung. Er trägt einen Kopfverband. Um ihn herum stehen Kameraleute, jemand hält ihm ein Mikrofon entgegen. Man bedeutet ihm, weiterzusprechen.

»Klar sind wir wachsam. Doch was nützt alle Wachsamkeit, wenn wir dieses Land von Grund auf nicht verstehen, frag ich Sie. Die Bewohner, also die Menschen, die hier leben, sind uns dermaßen fremd. Die handeln nach anderen Gesetzen, haben andere Wertvorstellungen, überhaupt vollkommen andere Auffassungen als wir. Ist ja auch nicht weiter verwunderlich. Die sind ja in einer völlig anderen Kultur aufgewachsen. Das tragen die natürlich mit sich rum. Das streift man nicht so einfach ab.« Er hält einen Moment inne. Dann fährt er fort.

»Eigentlich sollten wir ja längst zu Hause sein. Doch wie Sie sehen, sind wir immer noch hier. Also, mit ›wir‹ meine ich die Bundeswehr. Aber unsere Politiker haben offenbar immer noch nicht kapiert, was eigentlich abläuft. Wie oft hab ich mich schon gefragt, ob die wirklich nicht merken, dass wir Deutschen an diesem Ort überhaupt keinen Einfluss haben. Das Sagen haben ganz andere. Dass wir verloren haben, ist für jeden, der sich in Afghanistan aufhält, offenkundig – nur nicht für die Politiker, die uns hierher geschickt haben.«

Der Soldat schluckt heftig, seine Gestik ist ausschweifend, er ist sichtlich erregt. »Es nützt doch alles nichts: Wir müssen endlich zugeben, dass wir die Welt nicht retten können. Nicht diese Welt, die wir so gar nicht verstehen. Aber unsere Verteidigungsministerin versprüht ungebrochen Optimismus. Obwohl jedem klar sein müsste, dass die Sicherheitslage immer schlechter wird und alles vollkommen unübersichtlich ist. Hier gibt es doch schon längst keine erkennbare Ordnung mehr.« Resigniert schüttelt er den Kopf. »Ganz am Anfang unseres Einmarsches, da war man der absoluten Überzeugung, dass dieser Einsatz nicht lang dauert: Wir gehen rein in dieses Land und krempeln alles um. Wir zeigen den Afghanen, wie man zivilisiert lebt, bohren Brunnen und gründen Mädchenschulen. Wir machen den Einwohnern klar, dass Töchter genauso viel wert sind wie Söhne und dass Frauen folglich gleichberechtigt sind. Hört sich alles gut an.« Der Soldat schnaubt vernehmlich. »So ganz nebenbei besiegen wir die Taliban – und dann, wenn alles quasi im Handumdrehen erledigt ist, ziehen wir uns zurück. Gehen wieder nach Hause und alles ist gut.« Sein Gesicht hat sich gerötet.

»Ich wollte das auch glauben. Doch was für eine Illusion! Eine Illusion, die nun schon 16 Jahre andauert. Und: Hat sich was geändert? Außer dass für diese zweifelhafte Sache etliche Kameraden ihr Leben lassen mussten?« Der Mann mit dem Kopfverband hält einen Augenblick inne, schließt kurz die Augen, bevor er fortfährt.

»Wir konnten nicht ahnen, wie zerrissen hier alles ist, wie viele unterschiedliche Ethnien es gibt, die sich gegenseitig nicht grün sind. Der Feind heißt eben nicht nur Taliban, Mudschaheddin, Islamischer Staat oder wie auch immer, der Feind hat sehr viele unterschiedliche Gestalten. Wem will man denn da noch trauen? Wir leben in einem permanenten Alarmzustand. Weil wir nicht wissen, ob der, der uns begegnet, friedlich oder gewalttätig ist. Jetzt ist uns auch noch zu Ohren gekommen, dass viele Angehörige der afghanischen Armee zu den Taliban übergelaufen sind. Die kämpfen plötzlich auf der anderen Seite. Woher soll man denn wissen, wer wer ist und wofür er steht? Die Terroristen wollen sich zurückholen, was ihnen weggenommen wurde. Alles soll wieder so sein wie vorher, als diese islamistischen Fanatiker die absolute Macht hatten. Der Westen mit seinen demokratischen Werten wird als Todfeind angesehen, den man vernichten muss. Das ist doch alles verrückt.« Der Mann presst die Lippen zusammen. »Ja. Ich gebe es zu. Es ist alles hundert Mal schlimmer, als ich es mir in meinen kühnsten Träumen vorgestellt habe. Was mich in besonderem Maße erschreckt, ist, dass ...«

Der Soldat schweigt einen Moment und schluckt ein paar Mal. Sein Adamsapfel bewegt sich. Nach einer Pause fährt er fort zu sprechen, »… dass man gezwungen ist, mit eigenen Augen anzusehen, zu welchen Abscheulichkeiten Menschen fähig sind. Es sind doch Menschen wie du und ich, versuche ich mir immer wieder zu sagen. Menschen mit Verstand und Gefühlen sollte man meinen, keine seelenlosen machtbesessenen Tötungsmaschinen. Man muss doch irgendwie nachvollziehen können, was in deren Köpfen vor sich geht. Und warum. Aber ich bekomme keine Antworten. Jedenfalls keine, die mich befriedigen würden. Und das liegt nicht nur an der fremden Sprache.«

Er hebt den Kopf und schaut seinen Interviewpartner fragend an. »Waren Sie schon in Kabul? Nein? Das ist keine Stadt, das ist ein Moloch. Vielleicht war das mal eine zivilisierte Metropole, kann sein, doch wir haben Kabul kennengelernt als ein ausgehöhltes Gerippe, wo sich zwischen Ruinen Menschenmassen, Eselskarren und uralte Autos hindurchschieben und dabei mächtig Staub aufwirbeln. Wir haben slumähnliche Siedlungen gesehen, in denen Menschen in allergrößter Armut und unter unvorstellbaren hygienischen Verhältnissen hausen. Dort prallt so vieles zusammen, was unweigerlich Konflikte erzeugen muss. Dazwischen diese vermummten Gestalten mit Turban auf dem Kopf und der Kalaschnikow im Anschlag, mit denen nicht gut Kirschen essen ist. Und dann die vielen erbärmlich aussehenden Kinder mit ihren großen, bettelnden Augen. Oder schauen Sie sich diese verhüllten Frauen an, die hinter ihren Männern herschleichen und nicht wagen, den Kopf zu heben. – Hier also sollen wir etwas grundsätzlich verändern. Lächerlich ist das.«

Er schüttelt resigniert den Kopf. »In diesem Land kennt man nur eine Sprache, nämlich die der Gewalt. Hier wird ein schmutziger, elender Krieg geführt, da gibt es nichts zu beschönigen. Krieg heißt, was er immer geheißen hat: Töten und getötet werden. Und die in Berlin glauben im Ernst, hier eingreifen und schlichten zu können. In einem Land Frieden zu stiften, das vollkommen zerrissen und verroht ist. Was für eine Anmaßung! Was wir tun, ist ein Kampf gegen eine Hydra, der man vergeblich versucht, die ständig nachwachsenden Köpfe abzuschlagen.«

Der Soldat auf seinem Krankenhausbett schnaubt und blickt düster vor sich hin. Mit einer heftigen Bewegung wischt er sich mit der Hand über die Augen. Einen Moment herrscht Stille, die Kamera schweift über die anderen Betten, in denen ebenfalls Verwundete liegen. Dann schwenkt die Kamera zurück und fokussiert das Gesicht des Soldaten.

»Wissen Sie, was am allerschlimmsten ist? Diese Scheiß-Minen, die überall vergraben sind. Ein falscher Tritt und das Ding explodiert. Zerreißt Mensch und Tier, egal. Ich habe noch nirgends so viele Kinder gesehen, denen ein Bein oder ein Arm fehlt wie hier.«

»Wie kam es zu Ihrer Verletzung?«, fragt die Stimme aus dem Off. Augenblicklich verändert sich der Ausdruck des Mannes, der viel älter aussieht, als er wahrscheinlich ist. Seine Augen flackern. Er ringt sichtlich nach Worten.

»Es kam vollkommen überraschend«, stammelt er. »Wir fuhren im Konvoi von Kabul hierher ins Lager. Zunächst war alles ruhig. Und da war plötzlich dieser entsetzliche Knall.« Er verstummt, legt die Hände über sein Gesicht, schüttelt den Kopf. »Wieder und wieder höre ich diese ohrenbetäubende Detonation. Wie durch einen Schleier nahm ich alles wahr. Die Schreie, das Blut, das Chaos. Ständig dachte ich: Das kann nicht sein. Das passiert nicht wirklich. Das ist alles ein schrecklicher Alptraum. Dann spürte ich furchtbare Schmerzen am Kopf und am Bein und wusste, ich träume nicht. Mich haben herumfliegende Metallteile getroffen, kleine Verletzungen im Gegensatz zu dem, was einigen meiner Kameraden passiert ist.« Wieder hält er inne. Schluckt. Blinzelt. Sein Gesicht bleibt eine ganze Weile unbeweglich. Dann sieht er seinem Gegenüber in die Augen.

»Wissen Sie, wie das ist, wenn man seine Kameraden sterben sieht? Dieser Anblick. Das kriegt man nie wieder aus dem Kopf. Und dieser Geruch! Der bleibt für immer und ewig in der Nase. Genauso wie die Schreie im Ohr festsitzen ...« Er legt die Hände an die Schläfen. »So was vergisst man sein ganzes Leben nicht. Sobald ich die Augen zumache, spuken mir diese Bilder im Kopf herum: Ich sehe, wie sich Polizei und Militär um die Verletzten bemühen. Wie Tote weggetragen werden. Alles ist voller Blut und Staub. Wie soll man jemals mit solchen Erlebnissen fertig werden?« Er hebt den Kopf. Seine Augen wirken leer, wie erloschen. »Das kann man nicht aushalten. Da kriegt man einen Knall.«

Betroffenes Schweigen. Schließlich wird erneut eine Frage gestellt: »Wissen Sie, wer Ihnen aufgelauert hat?«

Der Soldat nickt. »Ein Selbstmordattentäter, das haben wir später erfahren. Einer dieser Verrückten mit einem Sprengstoffgürtel um den Leib. Denen man auf Gedeih und Verderb ausgeliefert ist. Das eigene Leben ist denen völlig egal, ihnen geht es nur darum, so viele andere wie möglich mit in den Tod zu reißen. Ist es da verwunderlich, wenn man Gleiches mit Gleichem vergelten will? Dass man nicht einfach hinnehmen will, was einem angetan wird.« Die Stimme des Soldaten ist leise geworden.

»Haben Sie schon einmal einen Menschen getötet?«, ertönt es aus dem Off.

Der Mann mit dem Kopfverband tut sich sichtlich schwer mit einer Antwort. Schließlich räuspert er sich. »Sie können mir glauben: Ich war immer gegen sinnlose Gewalt. Aber hier erfahre ich am eigenen Leib, dass manche Probleme nur mit Gewalt zu lösen sind. So schlimm sich das anhört.« Er zögert kurz, dann spricht er sichtlich erregt weiter. »Können Sie sich vorstellen, wie man sich nach einem geglückten Anschlag fühlt? Was für ein Hochgefühl es ist, weil es uns endlich gelungen ist, dem Feind einen Gegenschlag zu verpassen? Aber dieses Gefühl hält nie lange an. Danach ist man furchtbar schnell ernüchtert. Weil man erkennt, dass sich nichts ändert. Nichts. Zurück bleiben nur Tote und Verwundete. Und sehr viel Leid.«

»Vielen Dank«, erfolgt der Kommentar. »Wir danken Ihnen sehr für Ihre Offenheit.«

1. KAPITEL

Solange sie denken konnte, ragten die fünf monumentalen Pfeiler wie mahnende Fingerzeige in den Himmel. Mitten in den Weinbergen. Eine Eisenbahnbrücke über das Adenbachtal hatte das einmal werden sollen. Teil einer geplanten Bahnlinie, die jedoch nie vollendet wurde.

Als Robin noch klein war, führte sein liebster Weg die Anhöhe hinauf über den Rotweinwanderweg hin zum Silberbergtunnel, wo man auch heute noch nachempfinden kann, wie die Ahrweiler Bevölkerung gegen Ende des Zweiten Weltkrieges dort Schutz gesucht hat. Der Eingang ist zwar abgesperrt, doch durch das Gitter sieht man zahlreiche Trümmer, die aufgrund einer Sprengung durch die Franzosen während der Besatzungszeit entstanden sind.

Ewig konnte der Kleine dort stehen, die Händchen an den Gitterstäben, hinein in das Dunkel schauend, das man nicht betreten darf. Er wollte genau wissen, was alles dahinter ist, außer den Dingen, die man sehen konnte, und Carolin hatte es ihm, so gut sie es vermochte, erklärt.

Manchmal fragte sie sich, woher das enorme Interesse ihres Sohnes für den Krieg kam. Sie konnten doch alle froh sein, in friedlichen Zeiten zu leben und den Krieg nur aus Erzählungen, Fernsehfilmen und Büchern zu kennen. Befremdet hatte sie ebenfalls, wie detailliert Robin als kleiner Junge Panzer malte, Soldaten mit Maschinengewehren sowie Kanonenrohre, aus denen Pulverdampf quoll.

Martin wusste auch keine rechte Erklärung dafür. »Von mir hat er das jedenfalls nicht«, behauptete er lachend, als Carolin ihn einmal auf das absonderliche Hobby ihres Sohnes ansprach. Martin war überzeugter Pazifist, der als Kriegsdienstverweigerer Ersatzdienst geleistet hatte. Damals, als es noch die Wehrpflicht gab, die man inzwischen glücklicherweise abgeschafft hatte. »Was machst du dir Gedanken. Jeder Junge spielt halt gern mit Pistolen. Das geht vorbei, sobald er kapiert, was man Schlimmes damit anrichten kann.«

Doch so wirklich verlor Robin sein Interesse am Kriegsgeschehen nie. Carolin hatte ihn ein paar Mal dabei ertappt, wie er sich am Computer irgendwelche Kriegsfilme mit grausamem Gemetzel und lautem Kanonendonner reinzog. Sie war schweigend darüber hinweggegangen, hatte nicht gewagt, mit ihm darüber zu sprechen.

Nun lief sie mit schnellen Schritten durch den Garten bis hin zu den Bienenstöcken. Das Gesumm, das schon von Weitem zu hören war, klang angenehm in ihren Ohren. Das warme, sonnige Frühlingswetter hielt nun schon eine ganze Weile an, und das geschäftige Summen und Brummen war ein Zeichen, dass ihre Bienen lebten und gewissenhaft ihre Arbeit verrichteten.

Alle hatten glücklicherweise den Winter schadlos überstanden, im Gegensatz zum letzten Jahr, als sie einige ihrer Völker an diese vermaledeite Varroamilbe verlor. Totenstille hatte da im Stock geherrscht.

Das war ein furchtbarer Anblick gewesen, als sie die Zwischenrähmchen herauszog und feststellte, dass fast alle Waben leer waren. Noch heute gruselte es sie, wenn sie an die steif gewordenen haarigen Tierkörperchen dachte, viele waren zerfallen und verschimmelt, manche steckten wie festgefroren tief in den Zellen, wie um das letzte Futter herauszuholen.

Die Varroamilbe war ein Parasit, der vor ein paar Jahren aus Asien eingeschleppt worden war. Der Schrecken aller Imker. Carolin hatte daraufhin alles äußerst gründlich gesäubert. Der Milbe war sie, nach der letzten Ernte im Spätsommer und vor dem Einfüttern, mit Ameisensäure beigekommen. So gelangte möglichst wenig Chemie in den Honigkreislauf. Vor ein paar Wochen hatte sie die Bienen gegen die Varroa mit Milchsäure eingesprüht. Auch das war unschädlich für die Brut und vertrug sich mit dem Ökosystem. Die durch die Varroa stark geschwächten Völker hatte sie durch Zusammenlegung gerettet. Tatsächlich waren danach alle ihre Bienen unbeschadet geblieben.

Fünf neue Völker hatte sie angeschafft, obwohl Martin mehrfach nachgefragt hatte, ob sie das mit den Bienen nicht lieber sein lassen wollte. Man sehe doch, wie kompliziert und schwierig das sei. Es seien ja nicht nur die Milben, die ihnen übel wollten. Jeden Tag lese man in der Zeitung, dass die Bienen viel anfälliger seien als noch vor ein paar Jahren. Fünf Völker, das sei eine Menge Geld, und woher sie wissen wolle, dass diese überleben würden?

»Eine Garantie auf Leben gibt es nie«, hatte sie mit einem ungewohnt scharfen Ton in der Stimme geantwortet. Sie redete ihm ja auch nicht beim Weinausbau hinein.

Im Grunde tat sie gewissenhaft alles, was in ihrer Macht stand, damit es ihren Bienen gutging. Sie hielt die Stöcke instand und beobachtete mit Freude die kleinen pelzigen Tierchen, die unermüdlich ein und aus flogen, jede mit luftigen gelben Pollen an den Beinchen. In einem guten Jahr konnte sich der Ertrag durchaus sehen lassen. Zumal sie alles verwendete, was die Bienenhaltung hergab, nicht nur den Honig, auch das Wachs, das sie zu Kerzen verarbeitete sowie Propolis, das sie in Tropfenform anbot, oder zusammen mit pflegenden Ölen zu einer wohlriechenden Creme verarbeitete, die gern von ihren Stammkundinnen gekauft wurde. Propolis ist das wertvolle Harz, mit dem die Bienen ihren Stock vor Bakterien und Keimen schützen, das eine nachgewiesene antibiotische Wirkung hat.

Die Streuobstwiese, in der die Bienenkästen aufgestellt waren, lag nahe beim Wohnhaus und bot viel Nahrung für die Bienen. Nicht nur die Bäume, auch Klee und Löwenzahn standen in voller Blüte. Nicht mehr lange, dann würde sie die Frühjahrstracht ernten können.

Ein Leben ohne Bienen konnte sie sich nicht vorstellen, auch wenn es auf dem Weingut von Martins Familie, das auf eine lange Tradition zurückblickte, eigentlich mehr als genug zu tun gab.

Mit einem Mal hörte sie Schritte, die sich näherten.

»Hier bist du, hab ich's mir doch gleich gedacht«, sagte Martin und blieb in einigem Abstand stehen. Er trug seine guten Jeans und über dem dezent gestreiften Hemd ein Sakko. Mit einer hektischen Geste fuhr er sich durchs rötlichbraun melierte Haar, das noch immer voll war, worauf er ein bisschen stolz war, weil die meisten Männer in seinem Alter mehr oder weniger veritable Glatzen aufwiesen.

Carolin fand es schade, dass ihr Mann ihre Leidenschaft für die Bienen nicht in dem Maße teilte, wie sie sich das gewünscht hätte. In seinen Augen verbrachte sie viel zu viel Zeit mit ihrem Hobby, obwohl er nicht leugnen konnte, dass die Produkte, die sie verkaufte, zusätzliche Einnahmen gewährten.

Einzelne Bienen kamen angeflogen und steuerten auf das Flugloch zu. Martin wich zwei Schritte zurück und wedelte mit den Händen, schlug um sich. »Wieso stürzen die Biester sich immer auf mich?«

»Die stürzen sich doch gar nicht auf dich.« Sie lächelte nachsichtig. »Die wollen nur an dir vorbei. Du bist ihnen im Weg. Fuchtele halt nicht immer so herum und bewahre Ruhe. Dann tun sie dir auch nichts.« Im Umgang mit Bienen war Distanz wichtig. Und Respekt. »Bienen sind grundsätzlich nicht aggressiv«, hatte sie Martin schon oft erklärt. »Wenn man bestimmte Regeln beachtet, wird man nicht gestochen. Sie stechen nur bei Gefahr.«

»Willst du dich nicht langsam für die Proklamation fertig machen?«, fragte er.

»Ist es schon so weit?« Sie war erstaunt. Auch weil sie mal wieder völlig die Zeit vergessen hatte.

Melanie, die Tochter ihrer Freundin Astrid, nahm heute an der Wahl zur Ahrweinkönigin teil. Ein Ereignis, das sie auf keinen Fall verpassen wollte. In diesem Moment spürte sie einen schmerzhaften Stich. Sie hatte nicht aufgepasst. Eine Biene hatte sie in den Unterarm gestochen.

Martin feixte. »Siehst du, jetzt hat es dich auch erwischt.«

»Na und?« Sie lachte, zog den noch zuckenden Stachel vorsichtig aus dem Arm und sog die Wunde aus. »Ausnahmen gibt es immer. Von so einem Stich stirbt man schließlich nicht.«

Sie ging hinter Martin ins Haus, wo im Wohnzimmer der Fernseher lief. Offensichtlich eine Nachrichtensendung.

»Ja, was ist?«, fragte Robin vorwurfsvoll, der sich, wie Martin, ebenfalls in Schale geworfen hatte. »Ich denke, ihr seid längst fertig.«

»Nun hetz mal nicht.« Im Grunde war Carolin froh, dass Robin nicht auf die letzte Minute absagte, hatte er doch noch vor Kurzem lauthals verkündet, dass ihn keine zehn Pferde zu dieser Proklamation bringen würden.

Im Fernseher wurde auf die Prinzenhochzeit hingewiesen. Carolin musste unwillkürlich an die Hochzeit von Harrys Mutter Diana denken, ein Ereignis, das damals die ganze Welt bewegte. Und dann war diese Ehe vollkommen unglücklich verlaufen und Lady Di war auf solch tragische Weise ums Leben gekommen. Das Bild, wie der kleine traurige Harry zusammen mit seinem älteren Bruder hinter dem Sarg herlief, hatte sich tief in ihr Gedächtnis eingebrannt. Nun war Harry erwachsen geworden und stand am Vorabend seiner Hochzeit. Einer, der es gewiss nicht immer leicht im Leben hatte, dachte sie, als sie die Stufen hochlief zu ihrem Schlafzimmer. Sie gönnte ihm alles Glück dieser Welt mit seiner Meghan. Dabei sah er mit seinem Lausbubengrinsen so gar nicht aus wie ein Märchenprinz. Von einem solchen hatte sich Carolin immer Geschichten erträumt. Ein Märchenprinz, der auf einem weißen Pferd geritten kam, mit einem weiten purpurnen Umhang mit Hermelinbesatz und einer goldenen Krone auf dem Kopf. Als sie dieses Bild vor sich sah, musste sie unwillkürlich grinsen. Wie sich so etwas eingeprägt hatte und wie anders die Wirklichkeit war. Allein die Vorstellung, wie unpraktisch es war, mit einer Krone auf dem Kopf durch die Wälder zu reiten, reizte zum Lachen.

Schnell schlüpfte sie in ihr luftiges Sommerkleid, das sie zurechtgelegt hatte, streifte einen passenden Blazer darüber, fuhr sich mit der Bürste durch die brünetten Locken, zupfte ein paar widerspenstige Strähnen zurecht und zog die Lippen nach. Dann ging sie zu den anderen nach unten.

»Vor Kurzem hat der noch so richtig die Sau rausgelassen, so gar nicht prinzenlike«, mokierte sich Martin. »Und jetzt macht er brav das, was von ihm verlangt wird.«

Carolin hätte erwartet, dass Robin etwas Entsprechendes erwiderte, doch er blieb stumm. Überhaupt wirkte er abwesend, wie so oft in letzter Zeit.

»Auch der wildeste Junggeselle wird mal gezähmt, wenn er die richtige Frau trifft«, bemerkte Carolin und beobachtete ihren Sohn von der Seite her.

Robin sah kurz auf und machte eine wegwerfende Handbewegung. »Ist doch eh alles nur Schau.«

»Na, na. Der sieht doch schwer verliebt aus«, wandte Carolin ein.

»Mama. Du glaubst aber auch alles.«

Robins verbitterte Miene machte ihr Sorgen. Seit der Trennung von Melanie hatte er sich sichtlich verändert, war schmäler geworden und hatte kaum Appetit. Schon als Kind hatte er jeglichen Kummer in sich hineingefressen und war nicht bereit, darüber zu sprechen.

»Habt ihr nicht mitgekriegt, wie der sich vor Kurzem noch benommen hat? Der ganzen Welt hat er seinen nackten Allerwertesten gezeigt. Und jetzt soll der brav und bürgerlich geworden sein? Euch kann man wirklich alles erzählen.« Robin legte seine ganze Verachtung in diese Worte.

»Wird nicht jeder mal erwachsen und ruhig?« Martin hatte diese eher rhetorische Frage gestellt. »Wir waren doch auch nicht anders.« Das klang irgendwie schuldbewusst. Carolin wusste, dass ihr Mann auf seine eigene etwas wilde Jugendzeit anspielte.

»Ach ja? Ihr habt in Striplokalen verkehrt? Interessant.« Robins Stimme klang anzüglich.

»Quatsch! Doch nicht in Striplokalen!« Martin stieß diese Worte ein bisschen zu heftig hervor.

»Aber euer lieber Prinz. Weißt du, was der mal zu einer Stripperin gesagt hat? Es sei schon ein merkwürdiges Gefühl, wenn man einer halbnackten Frau Geldscheine in den Slip stecken würde, auf denen das Gesicht seiner eigenen Oma prangt.«

Wider Willen musste Carolin lachen. »Das hat er gesagt? Da siehst du mal, wie normal der ist – gar kein royaler Etepetete.«

»Der ist nicht zu beneiden. Jedes Wort von ihm wird auf die Goldwaage gelegt. Und künftig auch jedes Wort seiner Auserwählten.« Martin, die Stimme der Vernunft.

»Alles lassen die sich bestimmt nicht vorschreiben. Immerhin hat er sich eine geschiedene Bürgerliche ausgesucht. Noch dazu dunkelhäutig«, antwortete Carolin.

Martin lachte verhalten. »Erst hatte der arme Kerl Druck, der Welt eine Prinzessin zu präsentieren. Jetzt hat sie Druck, dem Königshaus bald viele kleine Prinzen zu gebären.«

»Nun kommt«, sagte Carolin mit einem Blick auf die Uhr. »Wir haben schließlich Wichtigeres zu tun als uns über königliche Pflichten den Kopf zu zerbrechen.«

2. KAPITEL

Wenn doch nur alles schon vorüber wäre, dachte Melanie, während sie sich vorsichtig über das blonde Haar strich. Dieser Moderator wollte überhaupt nicht mehr aufhören mit seiner Rede.

Ihre Mutter hatte ihr dabei geholfen, ihr langes Haar kunstvoll hochzustecken, in das sie mit einem Färbemittel einen Goldton zauberte. So konnte sie sich den Friseur sparen. Das maßgeschneiderte rote Kleid allerdings war teuer gewesen. Es soll doch was Besonderes sein, hatte ihre Mutter lächelnd gesagt und ihr das Geld dafür zugesteckt.

Nun stand Melanie auf ungewohnt hohen Hacken und spürte ihre Knie immer weicher werden. Zusammen mit acht anderen Anwärterinnen zitterte sie auf der Bühne und hoffte so sehr, dass sie es sein würde, der man die begehrte Krone aufsetzte.

So lange hatte sie sich auf diesen Tag vorbereitet, hatte Bücher gewälzt, unzählige Weine verkostet und ihre gesamte Clique mit Fachsimpeleien genervt. Inzwischen stieg die Spannung ins Unermessliche.

Elf Juroren hatten mit etlichen, zum Teil recht kniffligen Fragen den Ortsweinköniginnen in einer Fachbefragung auf den Zahn gefühlt. Bereits die Wahl zur Burgundia, wie die Weinkönigin von Ahrweiler bezeichnet wird, war aufregend gewesen. Die Wahl der Gebietsweinkönigin zu gewinnen, bedeutete eine weitere Hürde und war die Voraussetzung für die Teilnahme an der Wahl zur Deutschen Weinkönigin im September. Als Siegerin würde sie sich nicht nur aus der Umklammerung ihrer Mutter lösen können, sondern auch der Enge des Ahrtals entkommen und die Welt kennenlernen. Zumindest ein bisschen. Sie liebte ihre Heimat, gar keine Frage, aber die Welt draußen war allzu verlockend. Auf Weinreisen lernte man immer neue Menschen und andere Kulturen kennen. Englisch und Französisch beherrschte sie. Doch da konnten durchaus ein paar andere Sprachen hinzukommen.

Melanie war bewusst, dass es bei jeder Wahl einer Weinkönigin nicht darauf ankam, nett zu lächeln und hübsch auszusehen. Charme war gefragt, Ausstrahlung und die Kompetenz, mit Fachwissen zu glänzen. Deshalb hatte sie jede ihrer Antworten gut überlegt und tatsächlich auch jede Frage richtig beantworten können. Kurz gezögert hatte sie, als sie einen 2015er Roten verkostete. Nach einem zweiten Schluck bezeichnete sie ihn treffsicher als Spätburgunder, »aufgrund seiner Rubinfarbe, den Kirsch- und Cassisaromen und dem unverkennbaren Holzton«, wie sie begründete. Als sie dann noch erwähnte, dass der Wein sich anfühle wie Tango auf der Zunge tanzen, hatte sie den Eindruck, sämtliche Juroren auf ihrer Seite zu haben, wie sie an deren anerkennenden Mienen ablesen konnte. Auch mit der auf Englisch gestellten Frage nach »important grape varieties of the Ahr valley« hatte sie kein Problem und benannte die Sorten Pinot Noir, Pinot Madeleine und Pinot Blanc. Sämtliche Fragen nach der Erzeugerabfüllung, dem Unterschied zwischen Beeren- und Trockenbeerenauslese, neuen Vermarktungsstrategien oder der bestmöglichen Präsentation der Winzer bei der kommenden Landesgartenschau in der Kreisstadt hatte sie offensichtlich ebenfalls zur Zufriedenheit der Fachjury beantwortet.

Jetzt ließ sie ihre Blicke über ihre Konkurrentinnen schweifen. Sofort brach sich ein kleiner arroganter Gedanke in ihr Bahn: *Nicht ihr werdet gewinnen, sondern ich.*

Doch schnell unterdrückte sie diesen Impuls. So etwas gehörte sich nicht. Auch im Konkurrenzkampf musste man fair bleiben. Aber es war nun mal so, dass am Ende nur eine gewinnen konnte. Die anderen Anwärterinnen auf die Krone waren mindestens genauso gut vorbereitet wie sie. Und genauso charmant.

Insgesamt hatte sie diese Prüfung schlimmer empfunden als das Abitur, die ganze Zeit hatte sie ihr Herz bis zum Hals klopfen gespürt. Lächeln musste sie allerdings auf die etwas süffisant vorgetragene Frage, was man unter »Domina« verstehe.

»Domina ist keine anrüchige Dame«, hatte sie lächelnd geantwortet, »sondern die Bezeichnung für eine rote, qualitativ hochwertige Neuzüchtung aus Portugieser und Spätburgunder. Der Name kommt aus dem Lateinischen und meint ›Herrin des Hauses‹, was auf die Dominanz der roten Rebsorten hindeutet. Insofern sind die beiden Bedeutungen des Wortes Domina durchaus miteinander verwandt.«

Die schlagfertige Antwort war ebenfalls wohlwollend zur Kenntnis genommen worden.

Melanie hörte kaum auf die Worte des Moderators, der sich in kleinen Scherzen erging. Ihr Blick schweifte über die Zuschauermenge. Vor der Bühne, auf dem historischen Ahrweiler Marktplatz, drängten sich die Zuschauer. Der Marktplatz war wie bei jeder Proklamation zum Festplatz umgewandelt worden. Viele Wein- und Essensstände waren ringsum aufgebaut. Der Kirchturm von St. Laurentius ragte zwischen den mittelalterlichen Fachwerkhäusern empor, vor den Fenstern blühten üppig Geranien in rosa und rot. Viele der Häuser grenzten mit ihren Rückwänden an die vollständig erhaltene Stadtmauer mit ihren vier Toren. Insgesamt war die Altstadt ein nicht nur von Touristen geschätztes Schmuckstück. Auch die Ahrweiler selbst waren stolz auf ihre schöne Stadt.

Zusammen mit der Wahl der Weinkönigin wurde an diesem Freitagabend der Pfingstweinmarkt eröffnet, die Leistungsschau der Winzerinnen und Winzer von der Ahr.

Im Gedränge vor der Bühne bemerkte Melanie ihre Mutter, die ihr lebhaft zuwinkte. Daneben stand Carolin, die ein hübsches Sommerkleid und einen pastellfarbenen Blazer trug, was ungewohnt aussah, da Robins Mutter normalerweise in Arbeitsklamotten herumlief. Sollte sie öfter tragen, dachte Melanie. Steht ihr gut. Robin stand etwas unbeholfen zwischen seinen Eltern und hob kaum den Kopf. Er war also doch gekommen. Das freute sie.

Ihre beiden Mütter waren Freundinnen, seit Melanie denken konnte. Deshalb bezeichnete sie Carolin auch scherzhaft als ihre Zweit-Mutter. Mit einem kleinen Unbehagen dachte sie daran, wie sehr die beiden sich die Allianz ihrer Kinder gewünscht hatten. Doch dann hatte sie allen einen Strich durch die Rechnung gemacht.

Die letzte Zeit war für Robin nicht leicht gewesen, das konnte Melanie gut nachempfinden. Dennoch: Ihr Entschluss stand unumkehrbar fest. Das hatte sie ihm deutlich zu verstehen gegeben. Ob er es inzwischen kapiert hatte?

In der Menge machte sie viele weitere Freunde und Bekannte aus. Simone und Christina waren da, die sich ordentlich aufgebretzelt hatten. Als sich ihre Blicke trafen, reckten beide breit grinsend die Daumen. Auch Ralf war gekommen. Der durchgeknallte Ralf und ewige Klassenclown, der sich über diese »Miss-Vino-Wahl«, wie er es nannte, lustig machte. Neben ihm stand Kai. Sie erinnerte sich daran, wie Kais Vater vor Kurzem vor ihrer Tür aufgetaucht war und ihr irgendwas von Gott und der Bibel erzählen wollte. Es hatte eine Weile gedauert, bis ihr klar wurde, dass es um die Zeugen Jehovas ging.

»Nein, danke«, hatte sie gesagt, schnell die Tür vor seiner Nase zugedrückt und sich furchtbar gewundert. Kai hatte nie erzählt, dass seine Eltern dieser Religionsgemeinschaft angehörten. Andererseits lebte der Vater wohl schon länger nicht mehr bei der Familie. Sie wusste zwar nicht viel von dieser Glaubensrichtung, außer, dass die Zeugen Jehovas vom Weltuntergang überzeugt waren und vorehelichen Sex verteufelten. Kai war ihr immer relativ normal vorgekommen, überhaupt nicht frömmelnd oder verklemmt, und er konnte ziemlich deftige Witze reißen. Wenn sie diese Wahl gewinnen würde, wolle er ihr zu einem neuen Internetauftritt verhelfen, hatte er ihr versprochen.

Ihr Blick glitt suchend durch die Menge. Amir war offensichtlich nicht gekommen. Im Grunde war das auch nicht zu erwarten gewesen. Als Muslim fühlte er sich offensichtlich dazu verpflichtet, allem, was mit Alkohol zusammenhing, fernzubleiben. Das hatte er ihr umständlich zu erklären versucht. Und sie respektierte dies.

Nun streifte Melanies Blick ihre Mitbewerberinnen, die wie sie sehnlich darauf warteten, dass endlich die Anspannung vorbei war und ein Name fiel. Plötzlich wurde sie unsicher. Vielleicht hatte sie doch keine so guten Karten, denn sie war die einzige der Bewerberinnen, die nicht auf einem Weingut aufgewachsen war. Den Juroren hatte sie sich als im Ahrtal tief verwurzelt vorgestellt und selbstbewusst behauptet, dass ihr das Amt der Königin im Blut liege. Hoffentlich wurde ihr das nicht als Arroganz ausgelegt. Aber das Wielandtsche Weingut empfand sie tatsächlich von jeher als ihr zweites Zuhause. Dort im Haus der Freundin ihrer Mutter war sie ein gern gesehener Gast, seit sie ein Kind war.

Vor der Wahl war sie zusammen mit Robin öfter in die Weinberge gegangen als sonst, in der Hoffnung, damit er sie auf etwaige ihr bisher verborgene Details hinwies und sie somit ihr Fachwissen vielleicht noch ein wenig erweiterte.

Es war einfach eine Tatsache: Die Weinberge und das Winzerhandwerk, das sie hauptsächlich durch Robin kennengelernt hatte, faszinierten sie. Es war einmal diese Klarheit in der Anordnung. Die Symmetrie der Reben empfand sie als eine Wohltat fürs Auge. Sie liebte es zu beobachten, wie die knorrigen Weinreben jedes Jahr aufs Neue frische Triebe entwickelten, wie das Geschein zu immer größeren Weinbeeren wuchs, bis sie schließlich reif zum Ernten waren. Die Weinstöcke, deren Wurzeln tief aus der Erde ihre Nahrung holten, konnten uralt werden.

Es gehörte zu ihrem alljährlichen Ritual, zusammen mit den Helfern zur Lese in die Weinberge zu gehen und die prallen Trauben abzuschneiden. Das hatte etwas Sinnliches und weckte Urinstinkte: Man erntete etwas, verarbeitete es und schaffte Vorrat.

Sie hatte tatsächlich schon als Kind heimlich davon geträumt, Weinkönigin zu werden – und nun war die Erfüllung dieses Traums in greifbare Nähe gerückt. Jedes

Jahr im September war sie beim Winzerfestumzug dabei gewesen, war dicht hinter dem blumengeschmückten Wagen der amtierenden Weinkönigin hergelaufen und hatte sich insgeheim vorgestellt, dass sie es sei, die den Menschen, die dicht gedrängt am Straßenrand standen, zuwinkte.

Ihr Studium machte ihr zwar einigermaßen Spaß, aber es würde noch mehr Spaß machen, herumzureisen und überall die Vorzüge des Ahrweins zu preisen. Ferne Länder – ihnen galt ihre zweite große Leidenschaft.

Der Moderator machte es wirklich sehr spannend. Nun betonte er die Wichtigkeit des Amtes der Weinkönigin und nannte es das schönste Ehrenamt, das es gab.

Einen Moment fiel Melanie ihr großes Vorbild Julia Klöckner ein, die eine in ihren Augen beispiellose Karriere absolviert und es sogar zur Bundeslandwirtschaftsministerin gebracht hatte. Etwas, was man nie vorausgesehen hätte damals, als sie zuerst zur Naheweinkönigin und im Jahr darauf zur Deutschen Weinkönigin gekürt wurde.

Die Ungeduld steigerte sich ins Unerträgliche. Noch immer redete der Moderator. Der Name …, dachte sie. Sag doch bitte endlich den Namen!

Die derzeit amtierende Ahrweinkönigin nickte ihr aufmunternd zu. Gleichzeitig fiel ihr Blick auf ihre stärkste Konkurrentin, die sie säuerlich anlächelte. Konkurrenz bedeutete nun mal, besser als die anderen zu sein, bei jeder Wahl ging es schließlich darum, die anderen auszustechen.

Melanie wandte den Kopf. Noch einmal sah sie über die Köpfe der Zuschauer. Hoffte, dass sie vielleicht irgendwo ihren Vater entdecken würde. Er wusste, wie wichtig diese Wahl für sie war. Doch sie konnte ihn nirgends ausfindig machen.

Inzwischen hatte sich ihre Mutter ganz nach vorn gedrängelt und Carolin mit sich gezogen.

Anfangs war ihre Mutter gar nicht begeistert gewesen über Melanies Teilnahme. »Dann seh' ich dich ja noch seltener als bisher«, hatte sie in ihrer eigenen, etwas vorwurfsvollen Art geäußert. Melanie hatte durchaus bemerkt, dass die Schatten unter ihren Augen immer dunkler und die Fältchen um ihren Mund immer tiefer und bitterer wurden. Ihre einst so hübsche und jugendlich wirkende Mutter war in letzter Zeit sichtlich gealtert.

Melanie hatte ihr schon so oft behutsam zu erklären versucht, dass sie erwachsen war, ihren Freiraum brauche und berechtigt sei, ein eigenes Leben zu führen. Doch ihre Mutter klammerte sich an die Tochter und wollte einfach nicht loslassen. Wie hatte sie sich angestellt, als Melanie darauf bestand, in eine eigene Wohnung zu ziehen. Manchmal machte sich Melanie Sorgen um ihre Mutter, die immer mehr vereinsamte, und das nicht erst seit ihr Vater die Familie verlassen hatte. Schlimm, dass sie an ihm kein gutes Haar ließ. Aber auch andere Menschen, die ihr nahestanden, verschreckte sie oft durch unbedachte, verletzende Äußerungen. Glücklicherweise hielt Carolin zu ihr, die für alles Verständnis zu haben schien, auch für so einen schwierigen Menschen wie ihre Mutter.

Nun schien der Moderator zur Sache zu kommen.

Trommelwirbel erklang. Endlich – endlich würde der Name fallen.

»Die Jury überzeugt hat … diesjährige Ahrweinkönigin ist …« Dramatische Pause »… geworden …« Noch eine dramatische Pause. »Melanie Dellinger!«

Johlen, Jubeln und Klatschen. Ungläubig schlug sie die Hände vors Gesicht. Ihr Kopf ruckte herum. Wirklich? Hatte sie richtig gehört? Hatte der Moderator ihren Namen genannt? Oder war sie einer Halluzination aufgesessen? Sie blickte in die Gesichter ihrer Mitbewerberinnen, die ihr zunickten, manche mit gefrorenem Lächeln.

Nein, es war wahr: Sie hatte sich gegen sämtliche Rivalinnen durchgesetzt. Der Moderator kam auf sie zu, umarmte sie und überreichte ihr einen riesigen Blumenstrauß. »Herzliche Gratulation.«

Alle Anspannung fiel in diesem Moment von ihr ab. Sie hatte tatsächlich gewonnen!

Die Zuschauer stießen anhaltende Freudenschreie aus. Ihre Mutter klatschte begeistert in die Hände. Carolin ebenso. Alle jubelten ihr mit strahlenden Gesichtern zu.

Erneuter Trommelwirbel – die Musikkapelle intonierte »Hoch soll sie leben. Drei Mal hoch.«

Alles Weitere geschah fast wie im Traum. Viele der Umstehenden umarmten sie. Ihre Vorgängerin setzte ihr das goldene Krönchen auf. Melanie behielt das Lächeln im Gesicht, das wie festgeklebt schien, und winkte.

»Das Weinvolk tobt«, bemerkte enthusiastisch der Moderator, der ihr das Beste für das künftige Amt und die kommenden Auftritte wünschte. »Ich bin sicher, ach was, ich weiß es ganz genau: Du wirst, was fachliche Dinge angeht, eine Bereicherung für unsere Region sein.«

Nachdem die scheidende Weinkönigin verabschiedet worden war, erwartete man Melanies Dankesrede. Doch alles, was sie für sämtliche Eventualitäten vorbereitet hatte, war aus ihrem Hirn verschwunden. In ihrem Kopf rotierte immer nur dieser eine Satz: »Ich hab's geschafft. Ich hab's wirklich geschafft. Ich bin die neue Ahrweinkönigin.«

Mit weichen Knien trat sie ans Mikrofon. »Ich kann's noch gar nicht so richtig fassen«, brachte sie mühsam hervor und glaubte, ihr Herz müsse aus der Brust springen. Ihre Kehle war eng. Plötzlich fühlte sie, wie eine Träne ihre Wangen hinabrollte. Eine Freudenträne. Sie schluckte. Doch dann gewann sie mehr und mehr an Sicherheit.

»Ich möchte allen von Herzen danken, die dazu beigetragen haben, dass ich heute hier stehe. Dass ich hier stehen darf, darüber bin ich sehr sehr glücklich. Im Grunde ging dieser Tag furchtbar schnell vorbei. Obwohl ich erst dachte, ich überlebe das nicht, zu sehr zerrte das alles an meinen Nerven.«

Sie ließ ihre Blicke über die Menge schweifen, registrierte ein Schmunzeln in den vielen vertrauten Gesichtern.

»Wir können alle sehr dankbar sein für unsere wunderschöne Umgebung. Im Ahrtal aufzuwachsen und in dieser vom Wein geprägten Landschaft zu leben, ist ein Geschenk. Schon als kleines Kind habe ich mich immer gerne im Weingut der Freunde meiner Mutter aufgehalten und hab alle mit meinen Fragen gelöchert.« Sie nickte Carolin lächelnd zu. »Zusammen mit meinem Sandkastenfreund Robin spielte ich zwischen den Weinkisten, half beim Kartonpacken oder sah nach der blubbernden Maische, die gar nicht gut roch.« Sie zwinkerte, lächelte und wusste, sie zog mit solchen Bekenntnissen die Zuschauer auf ihre Seite. »Ich gestehe, ich hab auch manchen verbotenen Schluck gekostet.« Ihre Augen suchten ihre Mutter. »Ja, Mama, manchmal ist es ganz gut, wenn man nicht alles über seine Kinder weiß.«

Eine Bemerkung, die ebenfalls Heiterkeit auslöste.

»Der Wein hat mir anfangs nicht so sehr geschmeckt, das gebe ich gern zu. Aber das änderte sich mit der Zeit.

Man wird ja älter. Und schon bald lernte ich die einzelnen Weinsorten voneinander zu unterscheiden. Heute bin ich ein absoluter Genießermensch.«

Die Zuhörer sahen gebannt zu ihr hinauf und hingen ihr an den Lippen. Eloquent erzählte sie davon, wie sie bei ihrer allerersten Lese den Trauben mit einer Bastelschere zu Leibe rückte. »Heute kann ich das besser, und ich bin immer noch gerne bei der Lese dabei. Mir ist es sehr wichtig, mit den Ahrweiler Bürgern, den Winzern und den Gästen der Stadt ins Gespräch zu kommen und diese Leidenschaft für den Wein weiterzugeben.«

Ihr Vater war Weinkenner, auch von ihm hatte sie etliches gelernt. Doch wenn sie das öffentlich sagen würde, wüsste sie den Zorn ihrer Mutter auf sich gerichtet. Es war so schade, dass er diese Wahl nicht miterlebte. Platzen würde er vor Stolz. Obwohl er dieses Getue um den Wein oftmals von der humorigen Seite nahm. Einmal hatte sie ihn gefragt, was einen guten Somelier ausmache. Lachend hatte er geantwortet: »Ein guter Somelier redet den Wein so lange schön, bis der Interessent bereit ist, den doppelten Preis dafür zu zahlen.«

Dass ihr Vater vor gut einem Jahr mit ihr Kontakt aufgenommen hatte, hatte sie ihrer Mutter verschwiegen, aus dem einfachen Grund, weil Melanie sich deren Reaktion nur allzu lebhaft vorstellen konnte.

Immer wieder streiften ihre Blicke über die Zuschauer hinweg. Plötzlich machte ihr Herz einen kleinen Sprung. Da war er! Ihr Vater stand am äußersten Rand der Menge, weit weg von ihrer Mutter und ihren Freunden und sah lächelnd zu ihr hoch. Sein weißer Schopf leuchtete. Sie strahlte, als sie seinen Blick einfing. Am liebsten hätte sie laut »Papa!« gerufen. Sie ließ seinen Blick nicht los, hakte sich für ein paar Sekunden darin fest. Dass er ihren Triumph miterlebte, freute sie ungemein.

Hallo, Mellie,
toll, dass du meine Freundschaftsanfrage ange-
nommen hast. Deine Fragen will ich gern beant-
worten. Seit ein paar Monaten bin ich hier in
Afghanistan. Interessant ist es schon, sich in einem
Land aufzuhalten, das nicht nur geografisch
mehr als 6.000 Kilometer von daheim entfernt
ist. Aber manches ist wirklich sehr krass. Wenn
nicht gerade ein Einsatz ansteht, sind die Tage
ziemlich öde, da freut man sich über jedes Wort
von zu Hause. Gerne demnächst mehr. Micha

3. KAPITEL

Ein schöner Tag sollte es werden, dieser Ausflug mit den Kolleginnen. Obwohl Francas betagter Alfa nicht so recht für drei erwachsene Personen ausgerichtet war, hatte sich

Clarissa bereit erklärt, sich auf den Rücksitz zu klemmen. »Alter darf vorn sitzen«, hatte sie wenig charmant zu Karin Steinhardt gesagt. Die Kollegin von der Prävention war in mittleren Jahren und jünger als Franca, die sich in diesem Moment wie eine uralte Oma vorkam.

Franca ließ den Motor aufjaulen und jagte das Auto etwas schneller als erlaubt durch die Koblenzer Straßen in Richtung B 9. Der Alfa, von dem sie sich trotz seiner vielen Mängel nicht trennen konnte, kam immer noch schnell auf Hochtouren. Manchmal musste sie den Schaltknüppel regelrecht mit Gewalt zu sich heranziehen, um ihn in den ersten Gang zu bringen und dann langsam hochschalten, ohne dass ihr das Getriebe dieses Manöver übel nahm. Wie lange es der Alfa wohl noch machte, dessen Hege kräftig an ihrem Budget nagte? Doch sie hing an diesem Vehikel, das sie für ihr Leben gern fuhr und um nichts in der Welt eintauschen wollte.

Das Wetter könnte nicht besser sein an diesem strahlenden Maisamstag, an dem die drei Polizistinnen dienstfrei hatten, was so geballt relativ selten vorkam. Franca mochte diese Strecke, die sie viel lieber fuhr als auf der A 61, wo man wenig mitbekam von der Schönheit der Landschaft. Auf der rechten Seite glitzerte der Rhein. Dahinter erhoben sich die Weinberge. Gerade schob sich geräuschvoll ein Frachter vorbei, der eine weiße Wellenfurche hinter sich her zog.

Andernach hatten sie passiert, jetzt folgte Bad Breisig. Hier hatte Franca einen komplizierten Fall bearbeitet. Die Ermittlungen im so genannten Silvestermord waren langwierig gewesen. Als sie an der Abfahrt zum Haus der Aslans vorbeifuhr, schossen die schlimmen Bilder wie schmerzhafte Blitze durch ihren Kopf. Deutlich sah sie das ermordete Ehepaar in dem verräucherten Wohnzimmer liegen. Der Mörder hatte versucht, seine Spuren durch ein Feuer zu vertuschen, was ihm jedoch nicht gelang. Der Mann mit der Kugel im Kopf war Polizist gewesen, ein Kollege aus Andernach. Der Täter saß inzwischen im Gefängnis, wo er so schnell nicht wieder rauskam.

Hinter Bad Breisig wurde die Straße zweispurig. Sie erhöhte die Geschwindigkeit.

»Goldene Meile«, las Clarissa auf einem Hinweisschild, »das klingt, als ob hier der Schatz der Nibelungen versteckt sei.«

Franca warf einen Blick in den Rückspiegel und sah, dass die junge Kollegin ziemlich zusammengekauert auf der Rückbank saß. Ihr rot gefärbtes Haar leuchtete in der einfallenden Sonne wie Feuer.

Karin drehte sich zu Clarissa um. »Ja, das hört sich in der Tat geheimnisvoll an. Hat aber eine unrühmliche Geschichte.«

»Ach ja, und welche?«, wollte Franca wissen. »Ich dachte, das sei ein ganz normales Gewerbegebiet.«

Ab und an verabredete sie sich mit Karin in ihrer karg bemessenen Freizeit zum Walken, hauptsächlich jedoch die Mosel entlang oder auf den Höhenzügen des Westerwaldes. Diese Gegend hatten sie bis jetzt ausgespart.

»Heute ja«, antwortete Karin. »Aber das war nicht immer so. Der Name kommt übrigens daher, weil es mal fruchtbares Ackerland war.«

»Und? Was ist daran merkwürdig?«

»Hier gab es kurz nach dem Krieg ein riesiges Soldatenlager. Das sogenannte Rheinwiesenlager zog sich von Remagen über Sinzig und Bad Breisig bis nach Andernach.«

»Das scheint tatsächlich ziemlich riesig.« Franca streifte die Kollegin mit einem erstaunten Blick.

»Was für Soldaten?«, wollte Clarissa wissen. »Alliierte?«

Karin schüttelte den Kopf. »Hauptsächlich Deutsche«, antwortete sie. »Die Sieger haben hier mehrere Hunderttausend eingepfercht. Unter unsäglichen Verhältnissen. Es muss die Hölle gewesen sein.«

»Nun ja«, sagte Franca gedehnt. »Man darf nicht vergessen, was deutsche Soldaten der Welt angetan haben.«

Karin zuckte mit den Schultern und presste die Lippen zusammen. Eine Weile herrschte Schweigen.

»Dieser Teil der deutschen Geschichte wird mir ewig ein Rätsel bleiben. Wir können froh sein, dass alles längst vorbei ist«, sagte Clarissa schließlich, sichtlich um einen fröhlichen Tonfall bemüht. »Wir leben heute. Freuen wir uns also an diesem schönen Sommertag.«

Nach einem Verteilerkreisel folgte Franca weiter der Beschilderung nach Bad Neuenahr-Ahrweiler. Die Vegetation war bereits fortgeschritten. An den Straßenrändern blühte es üppig zwischen dem Gras.

»Würde euch ein kleiner Abstecher was ausmachen?«, fragte Karin mit einem Mal. »Da vorn kommt gleich ein Ehrenfriedhof. Könnten wir da mal kurz anhalten?«

»Gibt's dort was Besonderes?«, fragte Franca erstaunt. Ihr eigentliches Ziel war der Weinort Dernau. Dort wollten sie den Wagen abstellen und ein Stück den Rotweinwanderweg entlanglaufen. Sie waren schon reichlich spät dran.

»Bitte. Nur kurz. Es dauert auch nicht lang. Ich sag Bescheid, wenn die Abzweigung kommt.«

Franca mochte Friedhöfe. Diese kleinen Oasen der Stille mit ihren Gedenkplätzen für die Toten zogen sie magisch an. Sie wollte sich den Ort ganz gern ansehen. Clarissas Gesichtsausdruck jedoch ließ etwas anderes vermuten, wie sie im Rückspiegel erkennen konnte. Doch die junge Kollegin hielt sich mit jeglichen Kommentaren zurück.

Franca streifte Karin mit einem Seitenblick, deren grau melierter Pagenkopf ihr rundliches Gesicht einrahmte. Unter Kollegen war ihr fröhliches Wesen beliebt. Aber Franca wusste, dass sie das Leben auch von einer anderen, sehr ernsten Seite her kannte. Jahrelang hatte sie ihren demenzkranken Vater gepflegt, etwas, was Franca bewunderte, weil sie sich vorstellen konnte, wie viel Kraft das Karin abverlangt haben musste. Zusätzlich zu ihrem nicht gerade stressfreien Berufsleben. Auch ihrer Ehe hatte diese Belastung nicht gutgetan. Sie war, wie Franca, seit geraumer Zeit geschieden.

»Fahr hier schon mal langsamer. Da vorn geht's ab.«

Gleich hinter dem Ortseingangsschild Bad Bodendorf bog Franca links in einen asphaltierten Weg ein und fuhr ein kurzes Stück zwischen Feldern hindurch bis zum Eingangsportal des Gedenkfriedhofs. Sie stellte den Alfa auf dem kleinen Parkplatz ab. Alle stiegen aus. Clarissa reckte die Glieder und streckte sich vernehmlich.

»Ich hab dich gewarnt«, sagte Franca. »Der Rücksitz ist ziemlich unbequem.‹

»Schon gut«, meinte Clarissa und rieb sich den Nacken. »War ja keine Weltreise.«

»Wir können uns gern abwechseln«, meinte Karin, die die größte der drei Frauen war.

Franca lachte laut. »Ich glaube, das ist keine gute Idee.«

Clarissa blieb vor der Friedhofsmauer neben dem Türmchen mit dem spitzen Kupferdach stehen und las laut vor:

»Kriegsgräberehrenstätte. Hier ruhen 1.212 Opfer von Krieg und Gewaltherrschaft.« Sie drehte sich zu Karin um: »Die verstarben fast alle im Lager ›Goldene Meile‹. Dort, wo wir eben vorbeigefahren sind. Hast du das gewusst?«

Karin zuckte mit den Schultern.

»DEN TOTEN ZUR EHRE – DEN LEBENDEN ZUR MAHNUNG«, las Clarissa weiter. Karin schritt an ihr vorbei. Zielstrebig ging sie durch das Tor zu dem hinteren Teil des Friedhofs, eine ebene grasbewachsene Fläche, die an manchen Stellen von Immergrün überwuchert war. Einzelne Gräber waren nicht auszumachen. Über die Fläche verteilt bildeten mehrere Steinkreuze kleine Gruppen. An diesem Samstagmorgen waren außer ihnen keine Besucher auf dem Friedhof.

Karin blieb abrupt stehen, bückte sich und wischte mit einer sanften Bewegung etwas zur Seite. Dann richtete sie sich wieder auf und faltete die Hände.

Franca war leise zu ihr getreten. Erst jetzt bemerkte sie, dass in die Erde Steinplatten eingelassen waren. Auf manchen waren Namen vermerkt, auf anderen stand lediglich »Unbekannt«. Die Todesdaten betrafen allesamt den Sommer 1945.

»Kanntest du jemanden, der hier liegt?«, fragte Franca leise.

Karin nickte. »Das ist eine ganz merkwürdige Geschichte.«

Clarissa war inzwischen ebenfalls bei ihnen angelangt. »Erzähl«, bat sie.

»Dieser Mann hier, Eduard Steinsiefer, ist mein Großvater. Ich bin mit seiner Geschichte aufgewachsen, aber ich hab ihn nie kennengelernt. Sein Foto hing über dem Bett meiner Großmutter. Ein junger Mann in Hitlers Uniform. Jahrelang, eigentlich jahrzehntelang dachte sie, er sei in Russland gefallen. Er war Ende 20, als er eingezogen und an die Ostfront abkommandiert wurde. Anfangs hat er ihr viele Feldpostbriefe geschrieben, die sie alle aufhob. Die Schuhschachtel mit diesen Briefen wurde gehütet wie ein Schatz. Auch ich hab sie gelesen und ihn auf diese Weise kennengelernt.«

»Waren die nicht in altdeutscher Schrift?«, fragte Franca.

Karin nickte. »Doch. Die zu lesen hat mir meine Mutter beigebracht. Sie war zehn, als sie ihren Vater zum letzten Mal gesehen hat. Das hat sie mir oft erzählt: Wie sie sich an ihn geklammert hat und ihn nicht gehen lassen wollte. Als ob sie geahnt hätte, dass er nicht mehr wiederkommt «

Franca ließ den Blick über den Friedhof schweifen. Das üppige Grün und die steinernen Kreuze wirkten friedlich. Auf einer bröckelnden Umgrenzungsmauer wuchs ein Binsenbusch. Auf der anderen Seite floss gluckernd die Ahr vorbei. Sie schnupperte. Wonach roch es hier? Es war ein frischer Duft nach Leben und Natur und nicht nach Vergänglichkeit.

»Hat er denn geschrieben, wie furchtbar der Krieg war?«, wollte Clarissa wissen.

»Nur ganz wenig. Wahrscheinlich hatte er Angst, dass die Briefe zensiert werden. Oder er wollte die Daheimgebliebenen nicht belasten. Die Soldaten wurden selbst wohl schlecht darüber informiert, was den Krieg betraf. Mehrfach beschwerte er sich darüber, dass sie kaum Radio hören durften oder Zeitungen zu lesen bekamen. Ich erinnere mich dunkel, dass einmal von einer Feuertaufe die Rede war. Und einmal hat er geschrieben, dass alles ringsum ein Trümmerhaufen sei. Im Grunde nichts wirklich Konkretes. Allerdings machte er sich viele Gedanken um seine Lieben daheim und bat sie, ihm bloß nichts zu schicken. Weil er offenbar befürchtete, dass sie es sich vom Munde absparen würden und selbst Hunger leiden könnten. Alle seine Briefe begannen: ›Mein liebes Frauchen, mein liebes Kind‹. Das liebe Kind war meine Mutter. Die beiden sollten für ihn beten, das stand immer am Ende.«

»Wisst ihr denn, wo er gestorben ist?«, fragte Franca.

»Die offizielle Nachricht, die meine Großmutter damals bekommen hatte, lautete, er sei vermisst. Niemand konnte uns genaue Auskünfte geben. Im letzten Brief, den sie erhielt, schrieb er, dass er fürchte, eine schlimme Zeit würde anbrechen, weil Ost- und Westpreußen verloren seien. Und dass er nicht wüsste, wie sich sein weiteres Schicksal gestalten würde. Danach hörten wir nichts mehr. Nach dem Krieg wandten sich meine Eltern an den Suchdienst des Roten Kreuzes, doch sein Name tauchte nirgendwo auf, auch nicht auf den Gefallenenlisten der ehemaligen Ostfront.«

»Und wie habt ihr davon erfahren?«, fragte Franca und deutete auf die Steinplatte.

»Meine Mutter gab ihre Nachforschungen nicht auf. Sie wollte wissen, was mit ihm passiert war. Irgendwann hatte die hartnäckige Spurensuche schließlich Erfolg. Da schrieb man uns, dass er hier begraben ist. Also nicht weit von seinem Heimatort entfernt. Es war ihm wohl irgendwie gelungen, gegen Kriegsende nach Deutschland zurückzukehren. Unter welchen Umständen, ist uns nach wie vor nicht bekannt. Aber dass er im Lager ›Goldene Meile‹ landete, ist belegt. Dort ist er offensichtlich kurz nach Kriegsende verstorben, wie ihr sehen könnt.« Das Datum auf der Steinplatte verwies auf den Juni 1945. »Ich möchte mir nicht vorstellen, unter welchen Umständen er seine letzten Lebensmonate verbracht hat«, sagte sie leise.

»Wisst ihr denn mit Sicherheit, dass es sich um deinen Großvater handelt?«, fragte Clarissa. »Vielleicht gab es ja einen Soldaten mit gleichem Namen.« Offensichtlich verlangte die Polizistin in ihr nach Identitätsnachweisen.

Karin lachte kurz auf. »Sicher, sein Name ist nicht einmalig. Aber meine Mutter hatte sich mächtig ins Zeug gelegt und überall recherchiert. Im Koblenzer Archiv ist sie schließlich fündig geworden. Es gibt keinen Zweifel: Mein Großvater ist nicht an der Ostfront gefallen, sondern in der ›Goldenen Meile‹ verreckt. So wie Tausende andere tapfere deutsche Soldaten, nachdem der Krieg verloren war.« Das klang hart und bitter.

Franca berührte es, wie Karin von ihrem Großvater sprach. »Gibt es denn hierüber Genaueres?«

»Nicht von ihm selbst natürlich. Er hatte offenbar keine Möglichkeit, mit uns Kontakt aufzunehmen. Ich habe aber Berichte von Soldaten gelesen, die das überlebt haben. Viele Tausende waren hier auf engstem Raum zusammengepfercht. Alle berichten davon, dass die hygienischen Verhältnisse katastrophal waren, menschenunwürdig. Die Gefangenen hausten in Erdlöchern und unter provisorischen Zeltplanen. Sie starben wie die Fliegen. Die Überlebenden mussten ihre toten Kameraden hier begraben. Obwohl die meisten nur noch Skelette waren. Die selbst nicht mehr lange zu leben hatten. Ihr seht ja, dass fast alle zur gleichen Zeit gestorben sind.«

»Man muss aber doch bedenken, dass die Deutschen nicht ganz unschuldig daran waren, dass sie so behandelt wurden«, warf Clarissa ein. »Nachdem, was sie alles verbrochen haben.«

Karin drehte sich zu ihr um und sah sie lange an. »Sicher«, sagte sie schließlich. »Aber die Deutschen waren nicht nur Täter, sie waren auch Opfer, das sollte man immer im Auge behalten. Glaubst du wirklich, wir können uns heute darüber ein Urteil erlauben? Aus unserer sicheren Position heraus, die wir nie einen Krieg erleben mussten? Die wir nie unsinnigen Befehlen eines größenwahnsinnigen Führers gehorchen mussten, der sich die Welt zu eigen machen wollte, egal mit welchen Mitteln? Wie es denen ergangen ist, die Widerstand leisteten, weil sie auf ihr Gewissen hörten, ist ja bekannt.«

Clarissa wollte offensichtlich etwas erwidern, doch dann schwieg sie.

»Du meinst die Geschwister Scholl?«, fragte Franca, der mit einem Mal klar wurde, wie sehr an diesem Ort Vergangenheit und Gegenwart aufeinanderprallten. Das Gestern war nahe gerückt. Erst kürzlich hatte sie den Film über Sophie Scholls letzte Tage im Fernsehen gesehen. Die Widerstandskämpferin hatte davon gesprochen, dass sie nach ihrem Gewissen gehandelt habe. Wofür sie unter dem Fallbeil landete. Mit 21 Jahren.

»Die und andere«, antwortete Karin. »Die Mitglieder der ›Weißen Rose‹ waren nicht die Einzigen, die für ihren Mut mit dem Leben bezahlten.«

Schweigend liefen alle drei hintereinander her zurück zum Auto. Franca lenkte den Alfa weiter die Landstraße entlang in Richtung Dernau.

»Ich finde es furchtbar, wie mit diesem Thema umgegangen wird«, sagte Karin mit einem Mal in das Schweigen hinein. »Ganz davon abgesehen, dass es viel zu lange gedauert hat, sich mit diesem Teil unserer Geschichte auseinanderzusetzen. Aber das wirklich Schlimme ist, dass man offensichtlich nichts daraus lernen will. Rechtsextremisten negieren weiterhin, was Nazi-Deutschland angerichtet hat. Für die zählen nur die eigenen Leute. Sie sprechen von systematischer Ermordung der tapferen deutschen Soldaten in den Rheinwiesenlagern. ›Geschichtsrevisionismus‹ nennen die das.«

»Das ›Aktionsbündnis Mittelrhein‹ wurde doch inzwischen aufgelöst«, bemerkte Franca, die den Mammutprozess, der sich über Jahre hinzog, in der Zeitung verfolgt hatte.

»Schon. Aber der braune Geist weht weiter. Schärfer denn je.«

»Und sitzt sogar im Parlament«, sagte Clarissa. »Und darf dort unsägliche Ergüsse verbreiten.«

»Die Welt, in der wir leben, ist längst nicht so stabil, wie wir glauben. Wenn wir nicht aufpassen und rechtzeitig einschreiten, passiert vielleicht dasselbe wie schon einmal. Auch damals hat sich niemand richtig vorstellen können, was kommt, wenn man aus Protest die anderen wählt.«

Hi Mellie,
ich finde dein Interesse für dieses Land und seine
Bewohner toll. Gern will ich dir mehr darüber
erzählen, so wie ich es erlebe – denn im Grunde
sind wir nur Zaungäste. Ich gebe zu, ich ver-
stehe eher wenig von den Vorgängen, die sich hier
abspielen, und wie alles zusammenhängt. Insbe-
sondere habe ich Schwierigkeiten, diese radika-
len Islamisten und deren abstruse Weltauffas-
sung zu verstehen.
Uns hat man das so erklärt: In den 70er-Jah-
ren war Afghanistan relativ frei, verglichen mit

anderen islamistischen Staaten. Man hatte sogar begonnen, sich westlichen Werten anzupassen. Dann rückte die sowjetische Armee ein, nach deren Abzug kamen die Taliban an die Macht. Unter deren Herrschaft war vieles wieder wie in archaischen Zeiten. Was auch bedeutete, dass Frauen keine Rechte hatten. Im Jahr 2001 rückten dann die internationalen Truppen ein. Eine Zeit lang wurden die Taliban zurückgedrängt, doch sie versuchen unermüdlich, sich wieder zu holen, was man ihnen wegnahm. Dabei gehen sie buchstäblich über Leichen.

Die radikalen Islamisten und die Frauen, das ist ein ganz besonders düsteres Kapitel. Man kann sagen, dass sie ihre Frauen schlechter behandeln als Tiere – alles angeblich im Namen des »wahren Islam«. Stell dir vor, sie haben die Haltung von Vögeln und Tieren in Käfigen als illegal erklärt, aber Frauen sperren sie in ihre Häuser ein. Raus dürfen sie nur total verschleiert und in Begleitung einer männlichen Person. Aus dem gesamten öffentlichen Leben wurden sie verbannt. In den Augen der Taliban haben Frauen Männern zu gehorchen und keine andere Aufgabe als Kinder zu gebären und männliche Bedürfnisse zu befriedigen. Natürlich auch, die Hausarbeit zu erledigen, klar. Alles andere ist ihnen verboten. Frauen und Bildung – das ist diesen Machos total suspekt, deshalb werden Mädchen nicht zum Schulbesuch zugelassen. Die könnten ja anfangen, selber zu denken, so wie das pakistanische Mädchen, das den Friedensnobelpreis bekommen hat.

Man muss sich das mal vorstellen: Die Taliban –
erwachsene Männer – haben sich nicht geschämt,
auf ein junges Mädchen zu schießen, nur weil es
das Recht auf Bildung einforderte. Wie arm ist
das denn?
Sorry, dass diese Antwort ziemlich lang und eher
politisch wurde. Aber das musste ich einfach mal
loswerden. Sag mir, wenn es dir zu viel wird, ja?
Das nächste Mal schreib ich mehr Persönliches,
versprochen! M.

4. KAPITEL

Melanie gähnte und stellte die Kaffeemaschine an. Von
ihrem Küchenfenster aus konnte sie hinunter in die Ebene
sehen auf das einzige Flachanbaugebiet im Ahrtal, das
Walporzheimer Himmelchen. Die kleine Parzelle hieß
so, weil die Besitzer einst inständig zum Himmel bete-
ten, damit es regne. Stets seien sie erhört worden, und das
Himmelchen wurde sogar als Spitzenlage ausgezeichnet,

so ging die Legende. Vor ein paar Jahren drohte das kleine Anbaugebiet zu verschwinden, doch dann wurde es wiederbelebt, und der im Holzfass ausgebaute Spätburgunder von dort gilt inzwischen als exklusiver Tropfen.

Es war spät geworden gestern. Sehr spät. Melanie war total aufgekratzt gewesen, hatte sich über die vielen Gratulanten und Blumensträuße gefreut. Auch das Beisammensein mit ihren Freunden war nett gewesen, später im Winzerhof, nachdem ihre Mutter den Heimweg angetreten hatte. Ihren Vater hatte sie nicht mehr angetroffen. Immerhin durfte er ihren großen Moment miterleben, wenn auch nur als Zaungast. Das hatte sie ungemein gefreut.

Noch immer hatte sie den Ausspruch ihrer Mutter im Ohr, dass sie diesem Mann »nie nie nie wieder« unter die Augen treten wolle. Doch dieser Mann war ihr Vater. Dass er sich nicht mehr gemeldet hatte – auch nicht zu Geburtstagen oder an Weihnachten, hatte Melanie sehr geschmerzt. Insofern schloss sie sich lange Zeit der »nie-wieder-Litanei« ihrer Mutter an. Jedoch heimlich, ganz tief in ihrem Inneren, hatte sie ihn vermisst, obwohl sie jedes Mal ein schlechtes Gewissen bekam, wenn sie sich selbst gegenüber zugeben musste, wie sehr er ihr fehlte. Sie glaubte, sie sei es ihrer Mutter schuldig, ihn mit deren Augen zu sehen.

Wie glücklich war sie gewesen, als er den Kontakt mit ihr kurz vor ihrem 18. Geburtstag aufgenommen hatte, während dessen Verlaufs sie sich bei einem guten Gespräch behutsam einander annäherten. Melanie hatte gespürt, dass sie ihm etwas bedeutete, dass er oft in Gedanken bei ihr gewesen war, und er versuchte, ihr in etwas unbeholfenen Worten zu erklären, warum er damals sang- und klanglos weggegangen war.

»Es war einfach nicht mehr auszuhalten. Ständig Vorwürfe von deiner Mutter. Ich will sie nicht schlechtmachen, bitte versteh mich nicht falsch. Ich weiß, dass sie gut für dich gesorgt hat. Das entschuldigt nicht, dass ich dir nicht geschrieben habe. Ich weiß.« Er war sichtlich zerknirscht. »Aber ich brauchte lange, um mit der neuen Situation zurechtzukommen. Plötzlich allein dazustehen, war für mich weiß Gott nicht einfach.«

Ihr hatte es gutgetan, diese Geschichte einmal von der anderen Seite zu hören. Bis jetzt kannte sie nur die Version ihrer Mutter, und die war alles andere als schmeichelhaft für ihren Vater. Inzwischen hatten sie regelmäßigen Kontakt und er würde sich wahrscheinlich bald melden, um ihren Sieg bei einem schönen Essen zu feiern.

Heute Morgen durfte sie ausschlafen. Und das hatte sie ausgiebig getan. Für die vielen Blumen gab es nicht genug Vasen, einige Sträuße hatte sie deshalb in Plastikeimer gestellt. Auf dem Handy waren bereits zahlreiche Glückwünsche und weitere trafen immer noch ein.

Sie stellte den Fernseher an, setzte sich aufs Sofa, eine Tasse Kaffee vor sich auf dem Couchtisch. Eine Fähnchen schwingende Menschenmenge sah ihr vom Bildschirm entgegen. Ach so, heute war ja Royale Hochzeit.

Ich bin auch eine Königin, dachte sie lächelnd und sah dem Geschehen auf dem Bildschirm eine Weile zu. Das war doch mal eine Botschaft: Schwarz und Weiß vereinigt. Ebony and Ivory. Royal und Bürgerlich. Wollten Harry und Meghan ein Signal für mehr Verständnis und mehr Toleranz aussenden? Das wäre so schön.

Die Kamera fing die jubelnden Menschenmengen ein, die die Straßen säumten. Jetzt traf der Rolls Royce, in dem Harrys Braut saß, vor der St. George Chapel in Windsor ein.

»Es ist die Rolle ihres Lebens«, sagte der Kommentator. »Ihr ganz, ganz großer Auftritt, an dem die ganze Welt teilnimmt.«

Melanie dachte einen Moment lang an ihren eigenen großen Auftritt gestern Abend, den ebenfalls viele Zuschauer miterlebt hatten. Nicht ganz so viele wie bei der Prinzen-Hochzeit natürlich, aber immerhin. Ein bisschen schwebte sie noch immer, wenn sie daran dachte.

Nun kam Harry ins Bild, der ein wenig aussah wie Robin. Das hatte sie schon oft gedacht, wenn Bilder von Prinz Harry in den Medien gezeigt wurden. Robin hatte ebenfalls rötlichbraunes Haar, wenn auch etwas dunkler und voller als der Prinz – und er konnte genauso verschmitzt gucken wie Harry, wenn er gut drauf war. Sie seufzte, als sie an Robin dachte, den sie bereits ihr ganzes Leben kannte. Eine Zeit lang war sie in ihn verliebt gewesen, in den Jungen, mit dem sie bereits im Sandkasten gespielt hatte. Doch vor ein paar Wochen war ihr endgültig klar geworden, dass sie so nicht leben wollte. So vorhersehbar. Sie wollte noch viel erleben, fremde Länder bereisen und nicht auf einem Weingut festsitzen, auf dem es immer was zu tun gab. Zwar hatte Robin öfter angedeutet, dass er das auch nicht wollte, aber so ganz traute sie ihm nicht. Und es war nicht das Reisen allein, in letzter Zeit hatte so vieles zwischen ihnen beiden nicht mehr gestimmt.

»Gibt es einen anderen?«, hatte er wissen wollen. Dabei hatte er die Lippen zusammengepresst und die Fäuste geballt. »Nein«, beteuerte sie. »Es sind meine Gefühle, die sich geändert haben.«

»Dann können die sich doch wieder ändern.«

Er wollte es einfach nicht verstehen, versuchte immer wieder, durch bohrende Fragen herauszufinden, was sie umgestimmt hatte. Sie seien doch ein glückliches Paar, hätten gemeinsame Hobbys, hätten beide Spaß an der Arbeit mit dem Wein.

»Alles richtig«, antwortete sie. »Aber das ist nicht genug für ein ganzes Leben.« Immerhin war es ihnen gelungen, Freunde zu bleiben, obwohl ihr Zusammensein nicht mehr so unbeschwert war wie vorher.

Sie beide hatten sich in zu unterschiedliche Richtungen entwickelt, das war ihr mit einem Mal erschreckend klar geworden. Gleichzeitig war ihr bewusst geworden, dass sie sich lange Zeit etwas vorgemacht hatte, und dachte, sie könne die warnende Stimme in ihrem Inneren ignorieren. Vielleicht war es genau das gewesen: Sie kannten sich zu gut. Hatten keine Geheimnisse voreinander. Es gab nichts mehr zu entdecken. Immer öfter hatte sie gemerkt, dass sie sich in seiner Gegenwart langweilte. Darüber war sie richtig erschrocken gewesen. Schlimmer noch: Plötzlich war ihr aufgefallen, wie negativ er vieles sah. An allem und jedem hatte er herumzumäkeln. An seinen Eltern, an der Politik, an ihren Freunden. Gegen Ende ihrer Beziehung hatte sie besonders seine negative Haltung den Migranten gegenüber gestört. Während sie sich in der Flüchtlingshilfe engagierte, äußerte er sich zunehmend despektierlich darüber, dass es einfach zu viele seien, die unser Land überschwemmten, das könne auf Dauer nicht gut gehen. Es müsste viel mehr abgeschoben werden, und es sei höchste Zeit, die Grenzen dicht zu machen.

»Sie kommen zu uns, weil sie in Würde leben wollen. Weil sie Krieg und Elend entkommen wollen. Was würdest du denn tun, wenn dir die Bomben um die Ohren fliegen würden?«, hatte sie ihn gefragt. Die Diskussionen, die auf solche Äußerungen erfolgten, waren äußerst unerfreulich gewesen.

Irgendwann hatte sie sich eingestehen müssen, dass Robin nicht der Mann war, mit dem sie ihr weiteres Leben verbringen wollte. Sie wollte die Dinge genießen und sich nicht ständig ein schlechtes Gewissen einreden lassen, weil sie es schön fand, auf der Welt zu sein und eine Meinung vertrat, die der seinen widersprach.

Nun wurde die Tür des Rolls Royce geöffnet. Alle Welt sei gespannt auf das Hochzeitskleid, das, so der Kommentator, so viel gekostet habe, dass weniger Betuchte sich davon ein Eigenheim hätten leisten können. Durch die Fensterscheiben sah man zunächst eine Menge weißen Tüll. Dann stieg Meghan aus dem Auto.

Ihr Kleid wirkte äußerst schlicht. Meghan hätte ruhig auch in diesem Punkt ihr Gewissen und ihre Verantwortung sprechen lassen können, dachte Melanie. Sonst wurde überall ihr soziales Engagement gelobt. Und dann so ein teures Kleid, dem man noch nicht mal ansah, wie kostspielig es war. Doch wie sie in die Kirche schritt, anmutig, elegant und hinter ihr die meterlange Schleppe, das hatte was Erhebendes.

Dass sich ein paar unverbesserliche Briten über Meghans Hautfarbe mokiert hatten, regte Melanie furchtbar auf. Als ob das andere Menschen seien. Die beiden waren so ein süßes Paar! Immer wieder wurden Einblendungen gezeigt, wie verliebt sie sich anstrahlten.

Melanie kam in den Sinn, dass Robin und sie sich auch einmal so verliebt angesehen hatten. Doch das war lange her. Ein bisschen Abenteuer sollte schon sein. Und Aufregung. Bei dem Gedanken grinste sie vor sich hin.

Nun fing die Kamera das angespannte Gesicht von Harry ein, der neben seinem Bruder saß und erwartungsvoll seiner Braut entgegensah. Dann ertönten die Fanfaren. Während Meghan lächelnd und voller Würde den Gang der Kirche entlangschritt, erklang eine wunderschöne Stimme. In dem Moment, als Harry seiner Braut gewahr wurde, leuchtete sein Gesicht.

Melanie wurde warm ums Herz. Ihre Augen wurden tatsächlich ein wenig feucht. Es war alles so feierlich. Eine wahre Märchenhochzeit.

Mit einem Lächeln erinnerte sie sich daran, wie sie als kleines Mädchen ihre Mutter erstaunt gefragt hatte: »Warum heulen die denn?« Und die Mutter hatte geantwortet: »Vor Glück. Man kann vor Glück heulen und vor Rührung.« Das hatte Melanie lange nicht verstanden. Tränen waren für sie stets Ausdruck von Schmerz und Trauer gewesen. Vor Glück hatte sie ihre Mutter nie weinen sehen.

Was sie wohl gesagt hätte, wenn sie mitbekommen hätte, dass ihr Vater bei der Proklamation dabei war? Gift und Galle hätte sie gespuckt. Melanie verzog das Gesicht. Merkwürdig, welche Wege die Liebe manchmal ging. Überall verletzten sich Menschen, die sich einmal geliebt hatten. Da brauchte man nur an Harrys Eltern zu denken.

Nun erfolgte der Ringtausch. »Was Gott zusammengefügt hat, soll der Mensch nicht trennen«, übersetzte der Kommentator die Worte des dunkelhäutigen Pfarrers, der temperamentvoll von der Macht der Liebe predigte.

Melanie seufzte. Wenn man doch nur darauf vertrauen könnte! An einen Gott glaubte sie schon lange nicht mehr. Ebenso wenig wie an das, was er angeblich zusammenfügte. Warum zerstörte er es dann so oft? Warum ließ er zu, dass die Menschen sich voller Hass und Zorn bekriegten und sich gegenseitig ihren Willen aufzwingen wollten?

Den Glauben an die große Liebe hatte sie allerdings noch nicht aufgegeben. Sie war sicher, dass der Richtige auf sie wartete. Vielleicht sogar schon bald …

Als der Gospelchor *Stand by me* sang, bekam sie Gänsehaut. *No I won't be afraid, as long as you stand by me …*

Das war lange Zeit auch ihr Lied gewesen, ihres und Robins, als sie noch ineinander verliebt waren. Weil es das aussagte, was sie sich eigentlich beide vorgenommen hatten: Ein Leben lang füreinander da sein. Das wollte sie zwar immer noch: für ihn da sein. Aber nicht als seine Frau. Sie hatte lange, sehr lange gebraucht, bis sie ihm das sagen konnte. Auch, weil sie wusste, wie sehr ihn diese Nachricht verletzen würde. Doch inzwischen kam er ganz gut damit klar, zumindest tat er so nach außen hin. Wie es in ihm drin aussah, das wusste keiner. Er war immer sehr gut im Verbergen seiner Gefühle gewesen. Oftmals zu gut, was ein weiterer Grund für ihre Entscheidung gewesen war. Doch sie war froh, dass sie reinen Tisch gemacht hatte. Denn nun war Platz für etwas Neues, etwas Schönes. Die Zukunft stand offen vor ihr und sie war sich sicher, dass das Schicksal noch ein paar Überraschungen für sie bereithielt.

Ihr Handy vibrierte. Sie sah auf das Display und lächelte. Noch mehr lächelte sie, als sie die Nachricht öffnete und las. Über diesen ausgesprochen langen Glückwunsch freute sie sich ganz besonders.

Plötzlich hörte sie, wie die Wohnungstür geöffnet wurde. Ihre Mutter! Die hatte ihr gerade noch gefehlt. Immer platzte sie zu den unmöglichsten Zeiten herein. Manchmal fühlte sich Melanie geradezu erdrückt von deren Gegenwart. Das war einer der Gründe gewesen, warum sie von zu Hause ausgezogen war in eine eigene Wohnung. Doch im Grunde hatte sich nichts verändert. Ihre Mutter kam und ging, wie es ihr passte, und merkte noch nicht einmal, dass das nicht in Ordnung war.

Melanie nahm sich vor, ihr ein für alle Mal klarzumachen, dass ihre Wohnung ihr ureigener Privatbereich war und dass der Schlüssel, den sie ihr überlassen hatte, nur für Notfälle gedacht war.

Schnell schaltete sie ihr Handy aus. Ihre Mutter war furchtbar neugierig und wollte immer alles haarklein wissen.

»Morgen, mein Schatz«, rief sie und betrat das Wohnzimmer. »Oh, du bist ja noch im Hemdchen. Willst du dir nicht langsam was anziehen?«

Melanie seufzte laut. »Ich bin gerade erst aufgestanden.«

»War sicher ein langer Abend. Eine ganz tolle Veranstaltung.«

Melanie nickte.

»Ich wollte gleich mit dir aufs Fest. Wir können dort ja Mittag essen, ein Winzersteak oder so. Je nachdem, worauf du Appetit hast. Du musst doch was essen, bevor du dich deiner ersten anstrengenden Aufgabe widmest.«

Melanie rollte genervt mit den Augen. »Mama. Im Moment will ich nur hier sitzen und in Ruhe meinen Kaffee trinken. Hektik habe ich später noch genug.«

Die Mutter hob die Augenbrauen. »Ist ja gut. Ich wollte dir doch nur eine Freude machen.« Sie setzte sich neben Melanie auf die Couch. »Meine Tochter wurde tatsächlich Ahrweinkönigin! Obwohl die Konkurrenz wirklich groß war.« Sie lachte leise. »Ich gönne es dir so!« Dann wurde ihre Miene ernst. »Jetzt wirst du bestimmt viel in der Welt umhergondeln und kaum noch zu Hause sein.«

Oh nein, nicht schon wieder dieser mitleidheischende Ton. Auf so etwas hatte Melanie absolut keine Lust. Nicht an diesem Tag.

»Nicht in der Welt, Mama, hauptsächlich werde ich innerhalb Deutschlands reisen. Also nicht allzu weit weg. Wenn ich allerdings Deutsche Weinkönigin werden sollte, dann kann es schon eher vorkommen, dass ich in der Welt herumgondele. Aber das steht ja momentan nicht zur Debatte.«

»Ja.« Die Mutter seufzte.

Melanie konnte sich denken, was in ihrem Kopf vorging. Sie war eine Meisterin darin, Schreckensszenarien zu visualisieren. Warum fiel es ihr nur so schwer, sich von der Tochter zu lösen? Das bedeutete doch nicht, dass Melanie ihre Mutter weniger liebte, sondern einfach nur, dass sie ihr eigenes Leben leben wollte.

Ihre Mutter fasste nach der Hand ihrer Tochter und drückte sie. Ließ ihren Blick durchs Zimmer wandern. Versuchte ein Lächeln. »All die vielen Blumen. Das ist so schön, nicht wahr?«

Melanie nickte und sah auf den Bildschirm. Da waren strahlende Menschen, niedliche Mädchen in weißen Kleidchen, mit Blumenkränzen in den goldenen Löckchen. Mit ihren molligen Händchen streuten sie Blüten für das Prinzenpaar.

»So eine Hochzeit hättest du auch haben können.« Der leise Vorwurf in der Stimme ihrer Mutter war nicht zu überhören.

»Mama!« Melanie zog die Augenbrauen zusammen. Sie konnte es nicht mehr hören. Ein wenig mehr Distanz würde uns beiden wirklich guttun, dachte sie.

5. KAPITEL

Sie hatten das Auto auf einem Parkplatz am Rand von Dernau abgestellt und waren ein Stück den Rotwein- wanderweg entlang gewandert, der durch die Weinberge führte. Die Sonne brannte vom tiefblauen Himmel. Ab und an wurden sie von einem Windhauch gestreift, der den Duft von Natur und Blüten mit sich brachte. Die drei Kolleginnen kamen ganz schön ins Schwitzen.

Franca blieb einen Moment stehen und nahm aus ihrem Rucksack eine Wasserflasche, setzte sie an die Lippen und trank sie in einem Zug leer. Auch Karin kramte in ihrem Rucksack nach Flüssigkeit.

»Jetzt kann ich mir so ungefähr vorstellen, wie das auf dem Jakobsweg zugehen muss. Ich glaub, ich überleg mir das noch mal.« Clarissa war ebenfalls stehen geblieben und wischte sich schief grinsend den Schweiß von der Stirn.

Franca lachte. »Das würde ich auch an deiner Stelle.«

Immer wieder hatte Clarissa über ihr großes Vorhaben gesprochen, einmal den Jakobsweg zu gehen. Wie hatte sie von der Leichtigkeit des Wanderns geschwärmt – und nun machte sie bereits nach einer relativ kurzen Weg- strecke schlapp. Nun gut, die Hitze setzte ihnen allen zu.

»Stell dir vor, du müsstest Hunderte Kilometer gehen«, sagte Franca. »Und das bei jeder Witterung. Das Wetter kannst du dir nun mal nicht vorbestellen.«

Karin lächelte. Auch sie war verschwitzt und ihr rundes Gesicht gerötet. »Ich finde, so etwas muss man mal mitgemacht haben. Ist ein ganz tolles Erlebnis.«

»Du warst auf dem Jakobsweg?«, fragte Clarissa erstaunt und fächelte sich Luft zu.

Karin nickte. »Kurz nachdem mein Vater gestorben ist. Natürlich nicht die ganze Strecke. Nur ein Teil. Aber es war eine sehr gute Erfahrung. Ihr glaubt nicht, wie das beruhigt, einfach nur vorwärts zu gehen auf ein Ziel zu. Man sieht die Welt hinterher mit anderen Augen. Vieles nimmt man auf einmal ganz anders wahr.«

Franca erinnerte sich, wie Karin von ihrer Tour geschwärmt hatte. »Das wär nichts für mich.« An dieser Auffassung, der sie damals schon gewesen war, hatte sich nichts geändert.

»Alle Achtung, Karin«, sagte Clarissa. »So hab ich mir das auch in etwa vorgestellt. Aber der innere Schweinehund hat mich bisher immer ausgebremst. Vielleicht sollte ich es mir doch noch mal überlegen.«

»Man könnte ja erst mal mit dem Eifel-Camino anfangen«, erwiderte Karin. »Man soll sich so was eher in kleinen Etappen vornehmen. Hier in der Heimat kann man ebenfalls schön pilgern, wie man sieht.«

»Meine Flasche ist leer«, bemerkte Franca, die immer noch Durst verspürte.

»Bald haben wir es ja geschafft. Nur noch ein paar Hundert Meter, dann kommt das Kloster Marienthal. Dort kehren wir ein.« Karin setzte sich wieder in Bewegung. »Seht ihr? Da vorn ist es schon.«

Tatsächlich, vor ihnen tauchte ein Bruchsteingebäude auf mit grün und weiß gestrichenen Fensterläden, die zu einem ehemaligen Klostergebäude gehörten.

Dort angekommen, liefen sie hintereinander durch den

Schankraum hinaus in den hübsch angelegten Innenhof. Die meisten der Tische waren besetzt, und flinke Kellnerinnen und Kellner wanden sich durch die Tischreihen. Ringsum hörte man Gläser- und Besteckgeklirr und das Geräusch von sich unterhaltenden Menschen.

»Da hinten im Schatten ist noch was frei.« Karin wies auf einen Tisch mit einem ausgebreiteten weißen Sonnenschirm.

Sie steuerten auf den Tisch zu und nahmen auf den mit Polstern belegten Stühlen Platz.

»Na, hab ich euch zu viel versprochen?«, fragte Karin. »Ist es nicht schön hier?«

Francas Blick schweifte über die Ruinenwände des Klosters hinweg, an denen Efeu entlangkletterte hinauf zu den terrassierten Weinbergen, zwischen denen sich asphaltierte Wege hindurchschlängelten. Dahinter leuchteten in der Ferne blau die Hügel der umgebenden Wälder. Unten ahnte man die Ahr.

»Wunderschön«, bestätigten Clarissa und Franca wie aus einem Mund.

Karin studierte bereits die Speisekarte. »Hier gibt es ganz tollen Flammkuchen, der immer frisch zubereitet wird. Sehr empfehlenswert.«

Clarissa lehnte sich auf ihrem Stuhl zurück. »Ich brauch zu allererst was gegen Austrocknungserscheinungen.«

Die anderen beiden lachten.

»Oh, es gibt auch Tête de Moines auf der Girolle. Mit Feigensenf. Klingt toll«, sagte Franca.

»Was soll das sein?«, erkundigte sich Karin.

»Ist das nicht dieser Käse, den man mit einem Hobel vom Laib abschabt? Das gibt dann so lustige kleine Röschen. Mönchskopfkäse heißt der bei uns.«

Die Kellnerin kredenzte ihnen Blanc de Noir aus dem

hauseigenen Weingut und stellte zwei Flaschen Mineralwasser auf den Tisch, bevor sie die weitere Bestellung aufnahm. Die drei Frauen wählten unterschiedlich belegte Flammkuchen.

Nachdem die drei Kolleginnen ihren Durst gestillt hatten, prosteten sie sich mit dem gut gekühlten Blanc de Noir zu, der einen leichten Roséton aufwies.

»Wisst ihr überhaupt, an was für einem historischen Ort wir hier sind? Es ist ein Augustinerkloster, das erste Kloster überhaupt an der Ahr.«

»Ein Frauenkloster. Ich hab's gegoogelt«, bestätigte Clarissa. »Nachdem es zu Unstimmigkeiten zwischen Männern und Frauen kam. Ist ja nichts Ungewöhnliches.« Sie lächelte und zuckte mit den Schultern. »Aber die Frauen haben gewonnen.«

»Viel ist allerdings nicht übrig geblieben. Nur die Ruinen, die man hier sieht, und die stammen von der Klosterkirche«, antwortete Karin.

»Hat sich der Mensch nicht schon immer gut darauf verstanden, Trümmer zu hinterlassen?« Clarissa verzog das Gesicht und kaute auf ihrem Lippenpiercing. »Das wird einem besonders deutlich, wenn man in unserem Beruf arbeitet.«

Auf ihre Bestellung mussten sie ein wenig warten, da die Flammkuchen frisch zubereitet wurden. Franca hatte sich für die Sorte Mediterran und Karin für die klassische Variante entschieden. Clarissa hatte einen mit Ziegenkäse, Serranoschinken und Thymiansoße bestellt.

»So, bitteschön, die Flammkuchen. Darf's noch was zu trinken sein?«, fragte die Kellnerin freundlich.

»Ja, bitte, noch eine große Flasche Mineralwasser«, rief Clarissa.

»Sagen Sie, ist hier nicht in der Nähe die neue Gedenkstätte des Lagers Rebstock?«, fragte Karin die Kellnerin.

Die nickte und wies in die Richtung, aus der sie gekommen waren: »Ein kleines Stück den Berg hinauf. Nur etwa zehn Minuten von hier.«

»Dort sind wir entlang gelaufen und haben aber nichts bemerkt«, sinnierte Karin. »Wir haben auch nirgendwo ein Hinweisschild gesehen.«

»Es ist nicht ausgeschildert«, bestätigte die Kellnerin.

»Lager Rebstock?«, fragte Clarissa verwundert. »Davon hab ich noch nie gehört. Was hat es damit auf sich?«

»Eine sehr unschöne Geschichte«, meinte Karin. »Ein Außenlager vom KZ Buchenwald.«

»Wie? Hier in dieser schönen Gegend war mal ein KZ?«

Karin nickte. »So richtig will das offensichtlich noch immer niemand wahrhaben. Und auch nicht daran erinnert werden.«

»Dann sollten wir auf dem Rückweg bei der Gedenkstätte vorbeigehen. Liegt doch sowieso auf unserer Strecke.«

»Wenn ihr meint. Ich hab euch ja schon den Friedhof in Bad Bodendorf zugemutet. Ich will euch mit so was nicht unbedingt den Tag verderben«, sagte Karin.

»Tust du nicht«, bestätigte Clarissa. »Mich interessiert das auch.«

»Na dann«, Franca hob ihr Glas mit dem Blanc de Noir.

Mit Genuss kaute sie den letzten Bissen Flammkuchen, schluckte ihn hinunter. Sah sich um. Atmete die klare Luft. »Man muss sich immer darüber bewusst sein, wie gut es uns heute geht.«

»Und dass das nicht selbstverständlich ist«, fügte Karin hinzu. »Sollten wir eigentlich öfter machen, solche Ausflüge.«

»Mmh«, bestätigte Clarissa. »So was braucht man ganz einfach ab und zu, gerade in unserem Beruf, sonst wird man ganz meschugge.«

Hi Mellie,
über deine ausführliche Antwort hab ich mich riesig gefreut. Danke auch fürs Mutmachen. Kann ich gut gebrauchen. In der Dunkelheit, wenn alles ringsum still ist, merkt man am ehesten, wie einsam man sich manchmal fühlt so weit weg von allem Vertrauten. Ich schreibe dir auch deshalb in der Nacht, weil man da seine Ruhe hat und nicht andauernd gestört wird.
Warum ich mich nach Afghanistan hab versetzen lassen, fragst du. Die Antwort ist gar nicht so einfach. Ich musste selbst ein bisschen drüber nachdenken. Der Hauptgrund war, dass ich dabei mithelfen wollte, dieses kaputte Land aufzubauen. Mich aktiv einbringen, nicht nur vor dem Fernseher sitzen und mir diese furchtbaren Bilder ansehen, wie Afghanistan weiter zerstört wird. Ja, doch, das war der Hauptgrund.
Sicher wusste ich, dass dieser Einsatz kein Zuckerschlecken werden würde. Natürlich war da auch ein wenig Abenteuerlust, das geb ich zu.
LG Micha

6. KAPITEL

Sie wusste nicht mehr, wie oft sie bereits Melanies Nummer gewählt hatte. Warum ging sie nicht ans Telefon? Immerhin hatten sie beide einiges zu klären. Mehrmals hatte Astrid nun schon auf Band gesprochen. »Melanie, bitte melde dich. So kann das doch nicht weitergehen.« Regelrecht gefleht hatte sie.

Sie mochte ihre Stimme nicht, wenn sie so klang. In dieser hohen, kieksenden bittenden Tonlage. Aber sie konnte nichts dagegen tun.

Melanie und sie hatten am gestrigen Samstagmorgen eine unschöne Auseinandersetzung gehabt. Böse Worte waren gefallen. Sie würde sich in alles einmischen, hatte Melanie ihrer Mutter vorgeworfen. Wenn es nicht nach ihrem Kopf gehe, sei sie tödlich beleidigt und ließe dies sehr deutlich ihre Umwelt spüren. Die harschen Anschuldigungen hatten sie sehr verletzt. Zumal sie der unbedingten Meinung war, alles für ihr Kind getan zu haben. Astrid hatte sich diese Vorhaltungen nicht länger angehört, hatte die Tür hinter sich zugeknallt und war gegangen. Seitdem hatten sie sich weder gesehen noch gesprochen. Inzwischen hegte Astrid leise Zweifel, ob sie nicht zu hart reagiert hatte.

Auf die auf Band gesprochene und versöhnlich gemeinte Frage, ob sie beide sich denn nicht heute am Sonntag auf dem Festplatz treffen könnten, hatte Melanie nicht geantwortet. Bis jetzt war es alljährliche Tradition gewesen, das

Höhenfeuerwerk gemeinsam anzuschauen. Doch auch zu diesem Vorschlag hatte Melanie sich nicht geäußert.

Astrid stand auf, nahm die angebrochene Flasche Riesling aus dem Kühlschrank, schenkte sich ein Glas ein. Verschüttete ein wenig. Dabei merkte sie, wie sehr ihre Hand zitterte. Sie stellte die Flasche auf den Couchtisch, betrachtete das gefüllte Glas, ohne es anzurühren. Schließlich lehnte sie sich zurück und atmete tief ein und aus, während tausend Gedanken durch ihren Kopf hallten.

Wenn sie ehrlich war, kam sie überhaupt nicht damit klar, dass Melanie ihre eigenen Wege ging. Ihre Tochter war immer so ein liebes, folgsames Kind gewesen. Sogar die Pubertät hatten sie relativ reibungslos überstanden. Verglichen mit dem, was andere Mütter erzählten. Astrid hatte gedacht, das gehe ewig so weiter. Sie beide als Einheit gegen den Rest der Welt. Auch für die Zukunft schien alles klar zu sein: Melanie würde Robin heiraten, in ihrer Nähe leben und Kinder kriegen, Enkelkinder, die Astrid nur allzu gerne hüten wollte.

Alles schien richtig und selbstverständlich. Alles hatte seine Ordnung. Und dann begann Melanie mit diesen Sperenzchen. Brach einfach aus dieser zukunftssicheren Beziehung aus. Bis heute konnte Astrid nicht begreifen weshalb. Dann wollte Melanie in eine eigene Wohnung ziehen, was Astrid für völlig überflüssig hielt. Was war denn plötzlich in sie gefahren? Sie verstand ihre eigene Tochter nicht mehr.

Mit Carolin hatte sie ausführlich darüber gesprochen, die ebenfalls Melanies Verhalten nicht nachvollziehen konnte. Allerdings, dass sie in eine eigene Wohnung ziehen wollte, dafür schien Carolin vollstes Verständnis zu haben. Im Gegensatz zu Astrid, die vergeblich versucht hatte, Melanie umzustimmen, doch deren Plan stand unverrückbar fest.

»Glaub mir, es ist besser für uns beide«, hatte Melanie argumentiert. »Außerdem bin ich nicht aus der Welt, nur ein paar Häuser weiter.«

»Aber warum denn? Wir haben's doch so schön hier«, hatte sie versucht, dagegenzuhalten. »Und Platz für uns beide ist genug da. Du hast dein eigenes Reich. Außerdem sparst du so eine Menge Geld.«

»Mama, ich will endlich selbstständig werden. Meine eigenen Entscheidungen in meinen eigenen vier Wänden treffen. Wieso verstehst du das denn nicht? Du warst doch auch mal jung.« Störrisch hatte sie auf ihrem Willen beharrt. Später war sie sogar pampig geworden.

»Robin wohnt doch auch noch zu Hause«, hatte Astrid einen letzten Vorstoß gewagt.

»Ich bin nicht Robin!« Das hatte äußerst zornig geklungen.

Über dieses Thema konnten sie sich beide nicht einig werden. Insgeheim jedoch wusste Astrid, dass sie mit ihrer Gluckenhaftigkeit ihrer Tochter bisweilen gehörig auf die Nerven ging. Übertrieben nannte Melanie Astrids Verhalten. Dabei war es nur die Befürchtung, dass sie Melanie auch noch verlieren könnte. Sie war schließlich ihre einzige Tochter. Da war es doch verständlich, dass eine Mutter sich Gedanken machte.

Sie beugte sich vor und nahm einen Schluck Wein. Nun war es bereits sieben Uhr abends. Das Feuerwerk begann zwar erst nach Einbruch der Dunkelheit, doch sie hatte keine große Hoffnung mehr, dass Melanie sich noch meldete. Manchmal bewies sie einen furchtbaren Dickschädel. Genau wie ihr Vater.

Kurz entschlossen rief Astrid auf Carolins Handy an. Sicher war sie auf dem Festplatz. »Hast du Melanie getroffen?«, fragte sie atemlos.

»Ich bin zu Hause«, sagte Carolin. Es klang etwas verwundert. »Ich hatte keine rechte Lust, schon wieder aufs Fest zu gehen. Ist ja doch immer dasselbe.«

»Und Robin?«

»Der ist dort und will später das Feuerwerk schauen.«

»Weißt du, ob Melanie bei ihm ist?«

»Nein, das weiß ich nicht.« Das klang etwas pikiert. »Er sagt mir nicht über jeden seiner Schritte Bescheid.«

Astrid hörte durchaus die leise Anklage. »Also bleibst du zu Hause?«, fragte sie, obwohl sie die Antwort bereits wusste. Eine Weile herrschte Schweigen zwischen ihnen.

»Astrid. Meinst du nicht, Melanie darf langsam ihr eigenes Leben führen? Ich misch mich ungern in eure Angelegenheiten, aber … du solltest nicht vergessen, dass sie immer viel Rücksicht auf dich genommen hat. Irgendwann hat sie das Recht auf eigene Entscheidungen.«

»Was heißt das denn: immer viel Rücksicht auf mich genommen? Und ich? Hab ich vielleicht keine Rücksicht genommen? Ich hab schließlich mein ganzes Leben nach diesem Kind ausgerichtet.«

»Eben.«

»Wie: eben?« Sie hörte selbst, dass ihr Tonfall zunehmend aggressiv wurde. »Hat sie sich etwa bei dir beschwert?«, fragte sie eine Tonlage milder.

»Das nicht. Aber ich hab Augen im Kopf. Und Ohren. Du hast dich sehr verändert in der letzten Zeit. Veränderst dich immer mehr. Du musst wirklich aufpassen …«

Sofort nahm Astrid wieder Verteidigungshaltung ein. »Was willst du damit sagen? Dass ich zu viel glucke?«

»So hab ich das doch nicht gemeint«, sagte Carolin beschwichtigend. »Ich meine, es tut dir nicht gut, wenn du dir ständig Gedanken machst um Melanie. Sie ist doch deswegen ausgezogen, damit sie ein bisschen mehr Freiheit hat. Das solltest du respektieren.«

Astrid schnappte nach Luft. »Ich soll mir also keine Gedanken machen? Ja? Soll hinnehmen, dass sie sich fast zwei Tage lang nicht meldet.« Sie war nicht mehr zu bremsen. »Soll respektieren, dass sie nicht ans Telefon geht, dass sie mir nicht antwortet, nachdem ich ihr mehrmals auf den Anrufbeantworter gesprochen habe.« Mehr und mehr steigerte sie sich in ihr Selbstmitleid hinein. »So geht man doch nicht mit seiner Mutter um.«

»Astrid …«

»Ich wünsch dir noch einen schönen Abend«, äußerte sie in scharfem Tonfall und knallte wütend den Hörer auf. Ein paar Mal atmete sie tief ein und aus. Als sie sich etwas beruhigt hatte, ließ sie das Gespräch, das sie derart aus der Fassung gebracht hatte, Revue passieren. Carolin klang immer so furchtbar vernünftig und verständnisvoll. Vielleicht war ja doch was dran, an dem, was sie sagte. Da war ein dumpfer Schatten, der näher und näher kam und Astrid zu erdrücken drohte. Sie musste sich das abgewöhnen, derart heftig zu reagieren. Aber das war so schwer. Und da war diese furchtbare Angst, gegen die sie nichts tun konnte. Wieder griff sie nach ihrem Weinglas und trank es in einem Zug aus.

»Such mich doch«, klang ein Echo in ihren Ohren. Als Kind hatte Melanie gern Verstecken gespielt, hatte sich hinterm Vorhang oder Sessel verschanzt und eine diebische Freude daran gehabt, wenn ihre Mutter lange brauchte, bis sie sie fand.

Doch jetzt war alles anders. Melanie hatte sich nicht versteckt. Zumindest nicht im Haus. Und sie war nicht mehr klein.

Astrids Herz klopfte bis zum Hals. Unruhig rutschte sie auf dem Sofa hin und her. Machte den Fernseher an und wieder aus. Goss sich ein weiteres Glas Riesling ein. Konnte sich auf nichts konzentrieren. Bilder sprangen sie an, die sie schnell zurückdrängte. Bedrohliche Bilder, die sie nicht sehen wollte.

Plötzlich vibrierte ihr Handy. Eine SMS! Von Melanie. Gott sei Dank.

Alles okay, Mama. Melde mich morgen. M.

Wieder und wieder las sie die Worte, deren Sinn sie nicht recht verstand. Was war denn das für eine merkwürdige Nachricht? Ohne weitere Erklärung. Nichts war okay! Absolut nichts. Wieso sagte sie nicht, wo sie war und warum sie nicht mit zum Feuerwerk ging? Astrid hatte ihr deutlich diese und noch ein paar andere Fragen gestellt. Das musste geklärt werden, und zwar sofort.

Astrid versuchte erneut zurückzurufen. Doch wieder kam die Ansage, dass der Teilnehmer vorübergehend nicht zu erreichen sei. Was hatte das denn schon wieder zu bedeuten? Eben hatte sie doch noch eine SMS verschickt. Das ging jetzt wirklich zu weit. Wenn Melanie wieder zu Hause war, würde sie ein ernstes Wörtchen mit ihrer Tochter reden.

7. KAPITEL

Seufzend legte Carolin den Hörer auf. Martin sah sie mit hochgezogenen Augenbrauen an. »Wie lange willst du dir das noch bieten lassen? Das geht doch auf keine Kuhhaut, so wie die dich malträtiert.«

»Früher war sie ganz anders. Ich weiß auch nicht, wann sie so merkwürdig geworden ist.«

»Die war schon immer merkwürdig, Carolin. Du wolltest das bloß nicht wahrhaben.«

Vielleicht hatte Martin recht. Vielleicht war sie wirklich zu großzügig Astrid gegenüber gewesen und hatte ihr alles Mögliche und Unmögliche durchgehen lassen. Doch momentan war es besonders schlimm. Man musste furchtbar aufpassen, was man sagte. Ein falsches Wort, und Astrid ging an die Decke. Das war keine gute Grundlage mehr für eine Freundschaft. Das war nur noch eine Belastung.

»Die ist hysterisch. Da kannst du sagen, was du willst. Also, wenn jemand so mit mir umspringen würde, dann würde ich ihm mal richtig die Meinung sagen. Ein für alle Mal.«

Carolin nickte. Daran hatte sie auch schon gedacht. Doch bisher hatte sie davor zurückgescheut. Sie hasste Auseinandersetzungen. Aber vielleicht war wirklich der Zeitpunkt gekommen, sich allmählich von Astrid zu distanzieren. Dann jedoch würde sie sich zwangsläufig auch von Melanie distanzieren müssen, die hielt schließlich zu ihrer Mutter. Auch wenn sie so manchen Disput mit ihr ausfocht. Glücklicherweise war Melanie ein ganz anderer Charakter als ihre Mutter, die die Dinge nur allzu schnell viel zu schwarz sah.

Als ob Martin ihre Gedanken gelesen hätte, sagte er: »Ganz ehrlich? Ich kann verstehen, dass Melanie die Nase voll hat und sich verdünnisiert hat. So eine Klammeraffenmutter hältst du doch im Kopf nicht aus.« Er nahm die Zeitung vom Tisch und blätterte geräuschvoll ein paar Seiten um.

»Ich kann's ja auch verstehen.« Carolin stand auf. »Ich geh mal kurz zu den Bienen.«

Die Luft war lau. Sie sah über die Wiese. Die Obstbäume waren fast verblüht, doch Nahrung würden die Bienen genug finden in dem umliegenden blühenden Grün.

Das Wissen über Bienen hatte ihr Vater ihr nahegebracht, der ihr schon als Kind erklärt hatte, wie wichtig diese Nutztiere waren, ohne deren Bestäubungsleistung es viele Nahrungsmittel nicht gäbe. Für die seinen hatte ihr Vater ein eigenes prächtiges Bienenhaus gebaut. Mit großen Augen hatte sie seinen Erzählungen gelauscht, wenn er davon berichtete, was die Menschen von diesen schlauen geflügelten Wesen lernen können. So sehr hatte sie gehofft, dass auch Robin sich für ihr Hobby begeistern würde. Doch in der Familie war sie die Einzige, die von den Bienen fasziniert war. Auch Astrid hatte diese Affinität nie nachvollziehen können, obwohl sie gern Honig aß und auch die Propoliscreme, die Carolin ihr regelmäßig schenkte, gern annahm.

So ein Bienenvolk ist äußerst friedlich und wohlorganisiert, da könnte sich mancher Politiker was abschauen, hatte Vater stets betont. Gemeinsam seien sie in der Lage, etwas Riesiges zu erschaffen. Eigentum kennen sie nicht – jedes der Tiere hat seine Aufgabe, die es gewissenhaft erfüllt. Die Königin, die über allen steht, sorgt für den Nachwuchs, die Arbeitsbienen sammeln Pollen und lagern sie ein, die Soldaten oder Wächterbienen verteidigen das Volk. Interessant war allerdings die Sache mit den Drohnen. Die Aufgabe der männlichen Bienen ist es nämlich, die Königin zu begatten, um dann zu sterben. Die Königin wird nicht von den Drohnen des eigenen Volkes begattet, sondern von fremden.

Insgesamt lebt eine Biene etwa 40 Tage und durchläuft in ihrem Leben verschiedene Stationen. Die ersten 20 Tage verbringt sie im Stock, die nächsten 20 Tage ist sie Flugbiene, bis sie eines Tages nicht mehr heimkehrt. Zum Stockdienst gehören das Reinigen der Zellen, das Füttern der Brut, das Entgegennehmen und Umlagern von Honig sowie von Pollen und auch das Anfüttern einer neuen Königin. Am Ende des Stockdienstes sind die Bienen Wächterbienen und bewachen das Flugloch vor Eindringlingen. Flugbienen tragen Nektar und Pollen ein und legen dies in den Zellen ab oder übergeben es an die Stockbienen. Das alles zeugte von einer hoch komplizierten Arbeitsaufteilung, über die Carolins Vater bestens Bescheid wusste. Auch hatte er ihr vieles über die Reproduktion, das soziale Leben im Bienenstock und die verschiedenen Kommunikationsformen beigebracht. Bienen kommunizieren sowohl über den Duft als auch über Tänzelbewegungen miteinander.

»Pollensammlerinnen, die von einer weiter entfernten Futterstelle zurückkehren, führen einen anderen Tanz auf als Bienen, die aus der Nähe heranschwirren. Also: Je langsamer sie schwänzelt, desto weiter ist das Futter entfernt«, hatte ihr Vater erklärt.

Schlagartig kam eine Erinnerung zurück, der sich Carolin nur allzu gern hingab. Sie sah ihren Vater vor sich, ein kräftiger, braun gebrannter Mann, wie er sie fest an seine breite Brust drückte, sie sich an ihn kuschelte und genau seinen Herzschlag spürte. Mutter kam hinzu und umarmte sie beide, jetzt bildeten sie ein Trio, eine Mauer gegen den Rest der Welt. Beschützt und behütet hatte sie sich immer in der Nähe ihrer Eltern gefühlt. Nichts auf der Welt könne ihr etwas anhaben, dieses Bewusstsein hatten sie ihr vermittelt. Eine Botschaft, die sie stark machte für das Leben und seine Herausforderungen. Sie war der ganze Stolz ihrer Eltern, das späte Kind, auf das beide so lange und so sehnsüchtig gewartet hatten.

Obwohl sie die Fürsorglichkeit dieser beiden Menschen sehr genoss, fühlte sie sich dennoch von deren übergroßen Liebe manchmal wie erdrückt. Deshalb konnte sie Melanie so gut verstehen, die sich ebenfalls vor überfließender Mutterliebe kaum retten konnte, worüber sie schon manches Mal geklagt hatte.

Carolin erinnerte sich, dass das Engegefühl schlimmer wurde, als sie als Jugendliche anfing, auszugehen und sich mit Freunden zu treffen. Das sahen ihre Eltern überhaupt nicht gern, sie hätten ihre Tochter am liebsten im Haus behalten.

»Man weiß doch, was alles passieren kann«, das war das Mantra, das Carolin ständig zu hören bekam. Und das sich offenbar zwischen Astrid und Melanie wiederholte. Draußen war die feindliche Welt, die so ganz anders war als das traute Heim mit Garten und Bienen.

Noch immer hatte sie den Wunsch des Vaters im Ohr,

der ihr im Krankenhaus mit brüchiger Stimme zuflüsterte: »Um die Bienen musst du dich kümmern, wenn ich nicht mehr bin. Versprichst du mir das?«

Carolin hatte sehr um ihren Vater getrauert. Zum Schluss waren sie aufeinander angewiesen gewesen, ihre Mutter war viele Jahre zuvor gestorben.

Natürlich war sie seinem Wunsch nachgekommen. Weilte sie bei ihren Bienen, erfüllte sie jedes Mal eine Ruhe, die ihr Kraft gab. Hörte sie das Gesumme und sah das Gewusel rund um den Bienenstock, fühlte sie sich sofort wohl.

All das hatte sie Astrid zu vermitteln versucht. Bisher hatte sie auch geglaubt, dass Astrid sie verstehen würde. Doch wie wenig sie sich tatsächlich auf die Welt ihrer Freundin einließ, war Carolin erst vor Kurzem in aller Deutlichkeit klar geworden. Astrid hatte sämtliche Pflanzen aus ihrem Vorgarten reißen lassen und diese durch eine Schotterwüste ersetzt. Damit hätte sie viel weniger Arbeit, hatte sie sie voller Stolz erklärt. Carolin war entsetzt gewesen. Astrid hatte nicht verstanden, dass Pflanzen keine Dekoration sind, sondern wichtige Nahrungsquellen für die Vogel- und Insektenwelt.

Keine Ahnung hatte sie. Keine Ahnung.

Hey Mellie,
ich finde es ganz lieb von dir, dass du dir so viele Gedanken machst. Ja, das ist alles nicht ganz ungefährlich in diesem Land. Da hast du natürlich recht. Und es ist nicht immer schön hier, das geb ich zu.
Doch im Camp sind wir ganz gut geschützt. Aber es gibt im Grunde jeden Tag neue Herausforde-

rungen, denn wir müssen öfter raus und können uns nicht einigeln. Die Kameradschaft und der Zusammenhalt unter uns Soldaten funktionieren sehr gut. Wir helfen einander, wir stehen füreinander ein. Das ist eine tolle Erfahrung. Wir vertrauen uns, wir können aufeinander zählen. Einer hilft dem anderen. Wir packen miteinander an. Wir meistern Gefahren gemeinsam. Wir lassen die Welt nicht in dem schlimmen Zustand, wie sie ist, wir versuchen zumindest, sie ein Stückchen besser zu machen. Natürlich stoßen wir auch an unsere Grenzen. Das enttäuscht oft. Aber solche Erfahrungen gehören dazu.

Wir sind zwar in einer Friedensmission, aber müssen dennoch ständig mit irgendeinem Anschlag rechnen, da bist du richtig informiert. Zumindest gilt das außerhalb des Camps. Diese verrückten Selbstmordattentäter können überall lauern. Andererseits: Wenn du mit dem Auto fährst, ist ebenfalls die Gefahr da, einen Unfall zu haben. Und mal ehrlich: Würdest du dich deswegen nicht mehr hinters Steuer setzen?

Der Aufenthalt verändert einen, ja. Man bekommt eine andere Einstellung zu den Dingen, zum Wert des Lebens an sich, insbesondere zum Tod, denn es kann jeden Moment vorbei sein. Das wird mir oft bewusst. Aber natürlich hoffen wir darauf, dass das nicht der Fall sein wird. (Smiley)

Mit der Bevölkerung kommen wir kaum in Kontakt. Wir spüren schon, dass wir den Einheimischen nicht ganz geheuer sind. Obwohl die meis-

ten sehr freundlich sind. Gastfreundschaft wird in diesem Land ganz groß geschrieben. Aber die haben natürlich genauso ihre Vorbehalte gegen uns wie wir gegen sie.

Klar verstehe ich, dass so viele Menschen von hier wegwollen und widrigste Umstände dafür in Kauf nehmen. Ich hab mich schon oft gefragt, wie groß die Verzweiflung sein muss, wenn man sein Leben riskiert, in der Hoffnung auf eine sichere Zukunft.

Jedenfalls freue ich mich sehr über dein Interesse und unseren regen Austausch. Du lebst ja doch in einer vollkommen anderen Welt, an die ich natürlich den Anschluss nicht verlieren möchte. Aber weißt du, wie man hier sagt? »Migozarad« – es geht vorbei. Und meine Tage sind gezählt. Kein deutscher Soldat bleibt ewig in Afghanistan. LG Micha

8. KAPITEL

Im Radio lief ein Lied, das sie mochte. *Ticket to heaven.* Mark Knopflers sanfte Stimme berührte etwas ganz tief in ihrem Inneren ... *gonna ride all the way to Paradise ...* Franca summte mit, während sie tänzelnd das Frühstück vorbereitete.

Ihre Tochter Georgina hatte sich angekündigt. Mehrere Wochen hatten sie sich nicht gesehen, genauer: seit sie ihr Studium in Köln begonnen hatte, das offensichtlich sehr aufwendig und arbeitsintensiv war. Nun freute sich Franca sehr auf ihre Tochter.

Während sie den Tisch deckte, dachte sie über den Ausflug mit ihren beiden Kolleginnen am Samstag nach. Karin wusste erstaunlich viel über die Kriegszeit, das hätte sie der manchmal etwas oberflächlich wirkenden Kollegin gar nicht zugetraut. Dass es ein KZ-Außenlager in den Ahrweiler Weinbergen gab, hatte Franca nicht gewusst. Sicher war irgendwann mal die Bezeichnung »Lager Rebstock« gefallen. Doch was sich dahinter verbarg, hatte sie nun erfahren, denn auf ihrem Rückweg vom Kloster Marienthal hatten sie die neu errichtete Gedenkstätte aufgesucht. Diese befand sich in unmittelbarer Nähe neben dem inzwischen verschlossenen früheren Haupteingang des Regierungsbunkers, dessen Existenz man lange Jahre geheim gehalten hatte. Wegen bestimmter Teile seiner Geschichte schämte man sich, obwohl sie doch zu einem gehörten. Sie fand, es war wichtig, sich daran zu erinnern. Besonders in der heutigen Zeit, da nationalsozialistisches Gedankengut überall auf der Welt immer mehr um sich griff.

Sie nahm Butter, Orangensaft und Himbeermarmelade aus dem Kühlschrank. Eine Erdbeer-Mascarpone stand bereit, ebenso Rühreier. Mit frischen Champignons.

Als sie die Schnittlauchröllchen für die Eier anrichtete, fiel ihr dieser Witz ein, über den sie noch immer schmunzeln musste: »Was ist außen grün und innen hohl?«

Dieser Witz traf glücklicherweise nicht mehr auf rheinland-pfälzische Polizisten zu, die noch vor ein paar Jahren in dieser unsäglichen Grün-Braun-Kombination herumlaufen mussten. Rheinland-Pfalz hatte, wie viele andere Bundesländer, schon länger modisch aufgerüstet: Die Uniformen der Polizisten präsentierten sich in einem adretten Blau.

Sie warf einen letzten prüfenden Blick über den gedeckten Tisch. Nun konnte Georgina kommen. Da klingelte es auch schon.

Franca öffnete und fiel ihrer Tochter um den Hals. Wie toll sie wieder aussah! Rank und schlank stand sie vor ihr. Ihre dunkle, samtige Haut bildete einen interessanten Kontrast zu dem weißen T-Shirt mit der durchbrochenen Spitze am Hals. Auch die neue Frisur stand ihr gut. Sie hatte die Haare wieder ein Stück wachsen lassen, die sich in einer natürlichen Krause um ihren Kopf schmiegten.

Georgina schnupperte. »Hm. Riecht das gut. Gibt's Rührei mit Champignons?«

»Klar. Ich kenn doch die Vorlieben meiner Tochter.« Franca lachte und machte eine einladende Handbewegung. »Ich hab auch Erdnussbutter gekauft.«

Georgina verzog das Gesicht. »Mama! Du weißt: die Kalorien!«

»Heute darfst du sündigen. Ist doch Feiertag.« Sie wusste nicht, was ihre Tochter wollte. Ihre Figur war super. Kein Gramm zu viel. Anders als ihre Mutter, die wieder mal ein paar Pfündchen zugenommen hatte.

»Gut, wenn's auf ein paar Kalorien nicht ankommt.« Georgina stellte mit einem triumphierenden Grinsen einen nachtblauen Beutel mit Silbersternchen auf den Tisch. »Bitte schön.«

»Baci!«, rief Franca und dachte gleichzeitig an die noch ungeöffnete Schachtel mit den italienischen Nusspralinen in ihrem Schrank. Sie hatte sich – wieder einmal – vorgenommen, besser auf ihr Gewicht zu achten, und nun war da so viel Versuchung.

»Du musst gleich eins aufmachen. Bitte!«, drängelte Georgina.

Dieses Ritual, von Francas italienischstämmigem Vater eingeführt, hatte sie an ihre Tochter weitergegeben: Von einer einzelnen Nusspraline pulte man das Silberpapier mit den Sternchen ab. Darunter kam ein Pergamentstreifen mit einer gedruckten Botschaft zum Vorschein, der laut vorgelesen wurde.

Na gut, eins konnte sie sich gönnen. Sie riss die Tüte auf, wickelte ein Bacio aus und steckte es in den Mund. »Hm!« Genussvoll schloss sie die Augen.

»Wie lautet der Spruch?«, rief Georgina lachend.

»Warte.« Die Buchstaben waren sehr klein und in unterschiedlichen Sprachen geschrieben. Franca setzte ihre Lesebrille auf und begann zu deklamieren: »*La vita é une fiore per il quale ...*«

»Mammi! Du kannst doch gar kein Italienisch. Deutsch bitte!«

Franca kicherte. »Klingt aber so schön. Und erinnert

mich an deinen Opa. Also gut: ›Das Leben ist wie eine Blume, deren Honig die Liebe ist.‹«

»Na. Da gibt es aber bessere Sprüche.«

»Ist immerhin von Victor Hugo, einem der größten französischen Dichter.«

»Ach. Mit solchen Allerweltssprüchen wird man also berühmt?«

»Er hat ja durchaus einiges geschrieben, was in die Weltliteratur einging. Zum Beispiel den Glöckner von Notre-Dame.«

Georgina grinste breit. »Weiß ich doch, Mammi. Bin ja keine Fachidiotin.«

Franca schenkte ihnen beiden Kaffee ein.

»Wusstest du, dass Eier richtig gut für die Ernährung sind?«, fragte Georgina mümmelnd, die sich sofort auf das Rührei stürzte. »Entgegen aller Mythen erhöhen sie nicht das Cholesterin und helfen sogar beim Abnehmen.«

»Na dann.« Franca lachte und schnitt ein Brötchen auf.

»Wie läuft's denn so im Studium?«, erkundigte sie sich. Noch immer wunderte sie sich darüber, dass Georgina einen der raren Medizinstudienplätze ergattert hatte. Zwar hatte sie ein ganz gutes Abitur gemacht, doch es war allgemein bekannt, dass es deutschlandweit wesentlich mehr Bewerber für Humanmedizin als Plätze gab. Franca war der festen Überzeugung, dass David, Georginas Vater, die Hand im Spiel hatte. Er als Arzt hatte sicher seine Beziehungen spielen lassen.

»Gut.« Georgina biss herzhaft in ein mit Himbeermarmelade bestrichenes Brötchen.

»Viel zu tun?«

Am Telefon hatte sie öfter über das viele Lernen geklagt, das sich auch in den Semesterferien fortsetzte.

Georgina legte den Kopf schräg. »Ich denke nicht, dass du was über den Aufbau des menschlichen Körpers und dessen Funktionen hören möchtest, oder?«

Franca lachte. Sie war froh, dass Georgina eine einigermaßen passende Unterkunft gefunden hatte, denn die Wohnungssituation in Köln war wie in anderen Unistädten desolat. Inzwischen lebte sie in einer Zweier-WG mit einer Kommilitonin unweit der Uni, was ganz gut zu funktionieren schien.

»Und was hast du dir für heute gedacht? Hast du Vorschläge?«

Georgina druckste herum. »Es tut mir leid. Aber ich muss gleich nach dem Frühstück wieder weg.«

»Och nein«, rief Franca enttäuscht, »ich dachte, wir könnten heute was richtig Schönes zusammen unternehmen. Wenn ich schon mal frei hab.«

Früher hatte sich Georgina immer darüber beschwert, ihre Mutter habe keine Zeit für sie. So änderten sich die Verhältnisse.

Georgina hob die Schultern. »Bin leider verabredet.«

Franca legte den Kopf schief. »Neuer Freund?«

»Sei doch nicht immer so neugierig.« Georgina verzog das Gesicht, hob das Glas mit dem Orangensaft an die Lippen und trank ein paar Schlucke.

»Also ja.«

Georgina zierte sich ein wenig. »Ist noch nicht ganz spruchreif. Wir sind noch in der Findungsphase.«

Das klang nur allzu bekannt. »Hast du ihn wieder über Tinder kennengelernt?«

»Auch bei Tinder kann man fündig werden.«

Georgina hatte ihrer Mutter schon öfter zu erklären versucht, dass moderne Partnersuche heutzutage hauptsächlich übers Internet ging. Dass man dabei auch an Nullnummern und Lufttüten geraten konnte, hatte sie allerdings oft genug erfahren müssen. Franca, die in diesen Dingen eher altmodisch dachte, hatte Georgina vor den Scammern gewarnt, die mit gefakten Profilen und geklauten Fotos sympathisch daherkamen und mit psychologischen Tricks auch intelligenten Frauen das Geld aus der Tasche zogen. Bei der Polizei hatten sie andauernd mit solchen Fällen zu tun. Doch davon wollte Georgina nichts hören. »Ich pass schon auf mich auf«, war ihre Standardantwort.

»Und wie lange dauert diese Findungsphase schon?«

»Mammi!«

»Nun sag doch.«

»Vier Wochen. Ungefähr. Bitte keine Vorträge! Ich weiß, was ich tue.«

Franca lächelte ihrer Tochter zu. Ja, sie hielt sie durchaus für vernünftig. »Ich würde es dir so sehr wünschen, dass es diesmal hält.« Sie fasste nach der Hand ihrer Tochter, drückte sie.

»John und ich haben einiges gemeinsam«, bemerkte Georgina. »Nicht nur die Hautfarbe.«

»Schön!« Franca lächelte. Ihr früherer Mann war milchkaffeebraun, genau wie seine Tochter, was Franca stets sehr apart gefunden hatte. Dass ihre Lebenswege sich getrennt hatten, war dem Lauf der Zeit geschuldet. Doch sie beide hatten trotz Scheidung ein entspanntes Verhältnis zueinander. Auch er war sehr stolz auf seine hübsche Tochter, mit der er sich regelmäßig traf.

»Und was macht John so? Ist er auch Medizinstudent?«

Georgina schüttelte den Kopf. »Seine Eltern sind Kenianer. Er ist in Deutschland geboren, aber in Kenia aufgewachsen. Find ich hochinteressant.«

»Spricht er denn gut deutsch?«

Sie lachte auf. »So wie du und ich. Er lebt schon länger wieder in Deutschland. Und ist bei der Bundeswehr. Zeitsoldat«, sprudelte sie hervor.

»Oh«, entfuhr es Franca. »Wie kommst du denn an so einen?« Sofort tat ihr dieser Ausruf leid. Sie war es doch, die ihre Tochter stets zu Toleranz erzogen hatte. Aber Soldaten gehörten nun mal nicht zu ihrer bevorzugten Schwiegersohn-Klientel.

»Er hat Abitur, ist sehr gebildet. Und er sieht wahnsinnig gut aus. Noch Fragen?« Das klang etwas schnippisch, so, als ob Georgina ihn verteidigen wollte.

»Wie ist er denn als Kenianer bei der Bundeswehr gelandet?«, wollte Franca wissen.

Georgina verdrehte die Augen. »Mammi! Du willst doch nicht im Ernst behaupten, dass ein dunkelhäutiger Soldat nicht genauso gut die Republik verteidigen kann wie ein hellhäutiger?«

»So hab ich das doch überhaupt nicht gemeint«, verteidigte sich Franca.

»Nein? Wie denn dann? Weißt du überhaupt, wie viele deutsche Soldaten Migrationshintergrund haben? John sagt, nirgendwo in der Bevölkerung werde Integration so offen praktiziert wie in der Bundeswehr. Die Armee verstehe sich als Spiegel der Gesellschaft und wolle für alle hier lebenden Menschen die Streitmacht sein, nicht nur für die Deutschen. Deshalb spiele seine Hautfarbe überhaupt keine Rolle. Es gibt übrigens auch etliche dunkelhäutige Soldatinnen.«

»Das ist interessant«, meinte Franca nachdenklich. »Da hat sich offensichtlich einiges in diesem Männerverein verändert.«

»Darf ich dich daran erinnern, dass diesem Männerverein eine Frau vorsteht?«

»Flinten-Uschi.« Franca nickte.

Beide begannen zu kichern.

Hi Mellie,

der Mensch ist ein Gewohnheitstier, der sich relativ schnell an neue Gegebenheiten gewöhnt. An diesem Spruch ist was dran. Stell dir vor, gestern habe ich mich dabei ertappt, wie ich das Lager hier als mein Zuhause bezeichne.

Nun ja, im Grunde gibt es hier fast alles, was man so braucht. Ganz ordentliche Verpflegung, genug Wasser (Duschen ist bei dieser sengenden Hitze lebensnotwendig (Smiley)), und Internet. Dies aber leider nicht immer …

Wie meine Familie über diesen Einsatz denkt, willst du wissen? Nun, du kannst dir vorstellen, sie waren nicht sonderlich erfreut, dass ich mich gemeldet hab. Mein Vater fand es sowieso absolut schrecklich, dass sein Sohn zu den Soldaten ging. Er als Kriegsdienstverweigerer hält gar nichts vom Militär. Aber ich hab mich durchgesetzt. Es schien mir einfach sinnvoll, mich dort zu beteiligen, wo Hilfe nötig ist. Also meldete ich mich freiwillig. Klar, meine Mutter hat furchtbar geheult, als ich mich von zu Hause verabschiedete. Jeden Tag schickt sie mir SMS und fragt mich, wann denn endlich alles vorbei ist und ich wieder heimkomme. Andauernd muss ich sie vertrösten und sagen: Bald. Das stimmt ja auch. Bald komme ich zurück. Aber genau weiß ich es eben nicht.

Tja, und du fragst, warum immer noch so viele Menschen aus diesem Land flüchten. Ob es uns denn nicht gelingt, endlich Frieden zu schaffen. Eins kann ich dir versichern: Wir haben schon viel erreicht. Wo die Taliban zurückgedrängt werden konnten, gibt es beispielsweise wieder Mädchenschulen. Jetzt gilt es, die positive Entwicklung im Land zu stabilisieren. Unser langjähriger Einsatz soll schließlich nicht umsonst gewesen sein.

Das bedeutet aber nicht, dass alles gut ist. Es liegt noch immer sehr viel im Argen. In der Ausbildung der afghanischen Soldaten ist noch viel Unterstützung notwendig. Die gewährleisten wir so lange, bis sie ihr Land selbst verteidigen können. Leider kommt es immer wieder vor, dass einige mit ihrem neu erworbenen Wissen zum Feind überlaufen. Das ist natürlich weniger toll.

Ja, es ist wahr: Hier ist vieles vollkommen anders, als ich es mir vorgestellt habe. Wenn du dir eine dieser Dokus im Internet ansiehst, dann verstehst du, was ich meine. Doch du musst aufpassen. Manche sind zu einseitig und übertreiben maßlos. Aber es gibt auch solche, die die Lage realistisch wiedergeben. Wie es in diesem Land wirklich zugeht, kann dir nur jemand erzählen, der in Afghanistan lebt.

Sicher, es gibt auch einige Annehmlichkeiten für uns. In unserem »Camp-Kino« können wir Filme sehen. Letztens lief »Ziemlich beste Freunde«. Kennst du den? Der hat mir äußerst gut gefallen. Ist aber schon ein bisschen älter. Er handelt davon, dass ein schwarzer Pfleger einem gelähm-

ten reichen Mann vermittelt, was Leben bedeutet, auch wenn man eine schlimme Behinderung hat. Beruht auf einer wahren Geschichte, wie es heißt. So was mag ich.

Bei diesem Film ist mir wieder einmal klar geworden, dass wir den Wert des Lebens gar nicht hoch genug schätzen können. Es ist ein unbeschreibliches Gefühl, wenn man realisiert, dass man am Leben ist, denken, fühlen, spüren kann. Und nicht, wie so mancher Kamerad das alles von einer anderen Warte aus betrachten muss.

Ich freu mich auf deine Antwort. Micha

9. KAPITEL

Da schwirrte eine Melodie in ihrem Kopf herum, die in eine andere Zeit gehörte. *Schön blüh'n die Heckenrosen. Schön ist das Küssen …*

Astrid blinzelte und schloss sofort wieder die Augen. Noch nicht ganz wach, wollte sie in diesem Traum verharren, der angenehme Gefühle in ihr hervorrief und sie wenigstens eine Zeit lang von der rauen Wirklichkeit fernhielt.

Doch wieso kam ihr ausgerechnet dieses Lied mit den Heckenrosen in den Sinn, das sie ewig nicht mehr gehört hatte? Sie sah die rosa Blüten vor sich, roch ihren Duft, spürte ihre zarten Dornen. Diese Liedzeile hatte sich in einer Ecke ihres Gehirns versteckt und war urplötzlich zum Vorschein gekommen. *Schön blüh'n die Heckenrosen. Schön ist das Küssen und das Kosen. Rosen und Schönheit vergeh'n, drum nützt die Zeit …*

Das hatten sie früher gesungen auf den Weinfesten, wenn zum Tanz aufgespielt wurde. Sie hatte gern getanzt und wurde sehr oft von den Burschen aufgefordert. Später tanzte sie dann nur noch mit Helmut. Er war ein guter Tänzer. Und er hatte ihr die verfremdete Liedzeile ins Ohr gesungen: *Schön ist das Küssen und das Stoßen.* Sie hatte laut gelacht. Fand das frivol. Und überhaupt nicht anrüchig. Vielleicht, weil sie schon ein bisschen betrunken war. Jedoch damals hatte alles einen anderen Klang gehabt. Eine andere Bedeutung.

Noch mehr solcher Lieder fielen ihr ein. Walzerklänge im Dreivierteltakt. *Am Strand von Biscaya ein Mägdelein stand … Fahr mich in die Ferne, mein blonder Matrose. Bei dir möcht ich sein auf dem Wellengetose.* Unwillkürlich verzogen sich ihre Lippen, als sie daran dachte, wie Helmut auch diese Zeilen umgedichtet hatte: *Bei dir möcht ich sein ohne Hemd, ohne Hose.* Kaputtgelacht hatten sie sich über diese frivolen Umdeutungen.

Auch jetzt stahl sich ein Lächeln in ihr Gesicht. Sie hatten eine schöne Zeit gehabt, damals. Die Tänze und Gesänge waren voller Unschuld gewesen. Rumgeknutscht hatten sie wie wild und gefummelt – und manchmal auch ein bisschen mehr. Wie oft vergaßen sie dabei die Zeit. Ein wenig schuldbewusst schlich sie dann am frühen Morgen nach Hause, wo ihre verängstigten Eltern auf sie warteten und sie mit Vorwürfen überhäuften. Man konnte auch übertreiben! Wieso schlafen die nicht, hatte sie pikiert gedacht. Heute konnte sie die Sorgen der Eltern sehr gut nachvollziehen, nun, da sie sich in einer ähnlichen Situation befand.

Melanie!, zuckte ein Gedanke siedend heiß durch ihren Kopf. Sie wollte sich heute melden! Womöglich hatte sie längst versucht, anzurufen.

Die Traumsituation war endgültig verflogen, die Wirklichkeit wieder präsent. Astrid sprang aus dem Bett und sah nach dem Telefon. Doch es war kein Anruf eingegangen. Weder auf dem Festnetz noch auf dem Handy. Außer dieser knappen SMS hatte Melanie nichts weiter von sich hören lassen.

Carolin wollte Astrid nach dem unschönen Gespräch am gestrigen Abend nicht wieder anrufen. Sie meldete sich bei Simones Mutter. Vielleicht wusste die mehr.

»Simone und Christiane und noch ein paar andere machen heute einen Ausflug und sind schon ganz früh los«, berichtete sie.

»Wollte Melanie denn mit?«

»Das kann ich dir nicht sagen. Jedenfalls haben sie nichts erwähnt. Ganz ehrlich, Astrid: Ich würde mir keinen Kopf machen. Die meldet sich schon.«

Da war wieder dieser Ton, nachsichtig, betulich, als ob sie eine Idiotin wäre.

»Wahrscheinlich hast du recht«, presste sie mühsam hervor und legte auf. Mit jeder Minute, die verstrich, wurde ihre Unruhe stärker. Sie lief im Flur auf und ab. Ihr Blick streifte mehrmals das Körbchen auf der Kommode, in dem Melanies Wohnungsschlüssel lag.

Sollte sie einfach rübergehen und nachsehen, ob sie zu Hause war? Zwar hatte Melanie ihr in aller Deutlichkeit klargemacht, dass dieser Schlüssel ausschließlich für Notfälle gedacht war. Aber vielleicht war es ja ein Notfall. Vielleicht lag sie hilflos dort drüben und wartete auf sie …

Vergebens kämpfte Astrid gegen diesen Impuls an, der immer stärker wurde. Schließlich schnappte sie den Schlüssel und lief die paar Schritte bis zu Melanies Wohnung.

Vorsichtshalber klingelte sie. Es blieb alles still. Dann schloss sie mit klopfendem Herzen die Tür auf. In der Wohnung roch es durchdringend nach den vielen Blumen, die überall herumstanden. »Melanie? Bist du da?«

Sie lauschte. Keine Antwort. Im kleinen Wohnzimmer war alles wie gewohnt. Die Morgensonne leuchtete durchs staubige Fenster. Könnte mal wieder geputzt werden, war ihr erster Gedanke. Und das Blumenwasser sollte unbedingt ausgetauscht werden.

Dann schalt sie sich: Das geht dich doch gar nichts an. Es ist ihre Sache, wenn sie alles verkommen lässt.

Aber von Verkommen konnte überhaupt keine Rede sein. Es war leidlich aufgeräumt. Auf dem Tisch lag neben einer aufgeschlagenen Weinzeitschrift eine angebrochene Kekspackung, davor ein paar Krümel. Ein benutztes Glas stand daneben. In der Sofaecke türmte sich ein kleiner Stapel mit Prospekten von Weingütern. Überm Sessel hing ein großer Schal mit Ethnomuster, der aus Afrika stammte. »Irgendwann fahre ich mal dahin, wo der Schal herkommt«, hatte sie fröhlich verkündet, nachdem sie ihn in einem Second-Hand-Laden gekauft hatte.

Astrid ging in die Küche. Ein paar ungespülte Tassen mit eingetrockneten Kaffeeresten sowie einige benutzte Teller und Besteck standen auf der Ablage. Sie widerstand dem Impuls, sofort Ordnung zu schaffen. Mit furchtbarem Herzklopfen öffnete sie die Schlafzimmertür. Doch auch hier war nichts Ungewöhnliches zu sehen. Die Bettdecke war zurückgeschlagen. Das rote Kleid, in dem sie so hübsch ausgesehen hatte, hing an einem Bügel zum Lüften. Die Kommode mit ihrer Wäsche, die einen Spalt offen stand, schob Astrid zu. Auf dem Nachttisch lag ein Buch. »Drachenläufer« von Khaled Hosseini, von dem sie ihr letztens so begeistert erzählt hatte. Ein Buch, das in Afghanistan spielte. Dort, wo dieser junge Mann herkam, für den sie sich so einsetzte.

Astrid ging in den Flur zurück. Melanies Rucksack, der normalerweise in der Garderobe hing, war nicht da. Vielleicht war sie ja doch mit Simone und Christiane unterwegs. Ohne ihr auch nur irgendwie Bescheid zu geben! Schon wieder spürte sie diesen Stich in der Brust. Womöglich war Robin auch dabei. Merkwürdig, dass Simones Mutter so gar nicht wusste, wer da alles zusammen zum Wandern aufgebrochen war.

Sie wollte endlich Klarheit. Schweren Herzens entschloss sie sich nun doch, Carolin anzurufen. Martin war am Apparat. Er begrüßte sie freundlich, aber verhalten. Das war deutlich zu spüren. Martin versuchte sie normalerweise aus dem Weg zu gehen, weil ihr bewusst war, dass er die Freundschaft zwischen ihr und Carolin nicht sonderlich guthieß.

»Könnte ich Robin sprechen oder ist er unterwegs?«, fragte sie so unbefangen wie möglich.

»Robin? Der liegt noch in der Koje.« Martin lachte, doch sie hörte, dass es kein fröhliches Lachen war. »Ich glaube, gestern Abend war es sehr spät, was ich so mitbekommen habe.«

»Hat er irgendwas ... von Melanie gesagt?«

»Warte mal, ich geb dir Carolin. Die steht neben mir.«

Klar, er will mich loswerden, dachte Astrid.

»Guten Morgen, Astrid«, begrüßte Carolin sie kühl.

Astrid schluckte. Sie wusste, von ihr wurde eine Entschuldigung erwartet. Die fiel ihr sehr schwer, dennoch rang sie sich dazu durch.

»Ich weiß nicht mehr, was ich machen soll«, rief sie hilflos. »Ich weiß immer noch nicht, wo Melanie ist. Sie geht nicht ans Telefon. Und in ihrer Wohnung ist sie auch nicht. Ich habe das Gefühl, es ist etwas passiert.«

»So was darfst du gar nicht erst denken!« Mit Engelsgeduld und unerschütterlicher Zuversicht gelang es Carolin schließlich, Astrids Ängste zu mildern und ihre Zweifel zu zerstreuen. »Du wirst sehen. Bald steht sie vor der Tür. Und du hast dir vollkommen unnötig Sorgen gemacht.«

10. KAPITEL

Melanies Auto stand nicht in der Garage, ein weiterer Hinweis dafür, dass sie wahrscheinlich weggefahren war. Doch wohin bloß? Und warum hatte sie ihr das nicht mitgeteilt?

Das Grübeln nahm kein Ende und die Zeit wollte einfach nicht vergehen. Das Telefon gab weiterhin kein Lebenszeichen von sich. Astrids Geduld wurde auf eine sehr harte Probe gestellt.

Appetit hatte sie keinen. Ob sie sich einen Wein einschenken sollte? Nein, entschied sie. Schlimm, dass sie überhaupt um diese Uhrzeit über so etwas nachdachte.

Voller Unruhe lief sie im Wohnzimmer hin und her und suchte verzweifelt nach irgendetwas, an das sie sich klammern könnte. Sie blieb vor der Regalwand stehen, nahm eines der Fotoalben heraus und schlug es auf. Die Vergangenheit flog an ihr vorbei. Melanie als kleines Mädchen. Süß sah sie aus mit ihren blonden Zöpfchen und den Schmetterlingsspangen. Auf jedem Bild lachte sie. Sie war solch ein niedliches Kind gewesen. Neugierig und wissbegierig. Gut in der Schule und immer fröhlich. Astrid setzte sich aufs Sofa und blätterte weiter. Einen Hund hatte Melanie haben wollen, fiel ihr ein, doch den hatte Astrid ihr entschieden verweigert.

»Um einen Hund muss man sich kümmern, der will ein paarmal am Tag ausgeführt werden. Wann willst du das denn machen? Eins sag ich dir gleich: Ich hab dazu keine Lust.«

Schließlich hatten sie sich auf eine Katze geeinigt. Minka lebte immerhin neun Jahre bei ihnen, und als sie starb, war die Trauer groß.

Weiter zurück wollte Astrid nicht denken. Noch immer war sie bemüht, das andere, allzu Schmerzliche, zurückzuhalten. Obwohl das viel Kraft kostete, weil sich die Erinnerungen ständig in ihr Bewusstsein drängen wollten. Besonders in der Nacht kurz vorm Einschlafen. Nach der unschönen und folgenreichen Trennung von Helmut hatte sie geglaubt, mit Karl werde endlich alles gut. Sie könne neu anfangen und ihr altes Leben mit allem, was dazu gehörte, hinter sich lassen. Man musste Schlussstriche ziehen, auch wenn sie noch so schmerzlich waren. Nie hätte sie gedacht, dass auch Karl sie verlassen könnte, genau wie zuvor Helmut, dem sie keinen Platz mehr in ihrer Welt einräumen wollte. Dass sie sich von einem auf den anderen Tag als alleinerziehende Mutter wiederfand, nachdem ihre so mühsam konstruierte heile Bilderbuchwelt in Stücke zerbrochen war, wollte sie zunächst nicht wahrhaben. Lange Zeit hatte sie sich an den Gedanken geklammert, Karl käme wieder zurück, wenn er merkte, wie schlimm das Alleinsein war und wie sehr ihm seine kleine Familie fehlte. Doch er kam nicht wieder, deshalb galt auch hier ihre unumstößliche Devise: Schluss. Ende. Aus. Wie Helmut vor ihm verbannte sie Karl aus ihren Gedanken. Und jedes Mal, wenn er sich wieder in ihren Kopf einschleichen wollte, scheuchte sie ihn weg. Doch was tagsüber leidlich funktionierte, misslang in ihren Träumen. Da waren die Menschen, die sie verlassen hatten, stetige Besucher.

Es war schwer zu vergessen. Dass ihr dies nie richtig gelang, musste sie immer wieder feststellen. Und der Stich, den es ihr jedes Mal versetzte, wenn sie an früher dachte, an das, was ihr alles fehlte, tat nach wie vor furchtbar weh. Wie oft schon hatte sie sich den Kopf darüber zerbrochen, was schiefgelaufen war. Ob man es hätte verhindern und in eine andere Richtung lenken können. Doch sie hatte keine Antwort darauf gefunden.

Plötzlich begann ihr Herz heftig zu klopfen. Die altbekannte Angst kroch in ihr hoch. Ihre Atemstöße wurden laut. Was ist, wenn auch Melanie einfach weggegangen ist und nicht mehr wiederkommt? Der einzige Mensch, der ihr verblieben war. Nein, das wollte sie nicht noch einmal durchmachen. Diesen furchtbaren Verlassenheitsschmerz würde sie nicht noch einmal ertragen. Bitte. Nicht noch einmal! Wo bist du, Melanie?, schrie sie lautlos, während etwas wie eine kalte Klaue nach ihrem Herzen griff. Ein schrecklicher Gedanke drang in ihren Kopf und breitete sich darin aus. Vielleicht war sie entführt worden. Womöglich hatte sie diese SMS nicht selbst geschickt? Jemand hatte ihr Handy an sich genommen. Jemand, der Böses im Schilde führte.

Voller Entsetzen hielt Astrid den Atem an, wagte nicht weiterzudenken. So lange, bis in ihrem Kopf etwas zu explodieren schien.

Schnell lief sie in die Küche und schenkte sich ein Glas Wasser ein, das sie in einem Zug hinunterschlang. Sie zwang sich, ein paar Mal tief durchzuatmen. Danach ging es ihr etwas besser.

Zurück im Wohnzimmer umkreiste sie das Telefon und starrte unschlüssig darauf. Schließlich nahm sie es in die Hand. Noch einmal würde sie Melanies Nummer anrufen. Nur noch ein einziges Mal. Doch dieser Anruf war genau wie die zahllosen vorherigen ergebnislos.

Was sollte sie bloß tun? Sie konnte nicht schon wieder den ganzen Tag untätig herumsitzen, so wie gestern. Den Pfingstsonntag hatte Astrid hauptsächlich vor dem Fernseher verbracht, um sich abzulenken. Sie trat ans Fenster. Obwohl schönes Wetter war, konnte sie sich nicht entschließen, vor die Tür zu gehen. Doch im Haus fühlte sie sich wie eingesperrt. Sie wurde noch ganz verrückt!

Sie öffnete die Terrassentür und ließ frische Luft herein. Doch was sie auch tat, die Besorgnis um ihre Tochter wuchs stetig. Zwischen die zermürbende Grübelei schlich sich jedoch auch immer wieder die Stimme der Vernunft: Ich muss ihr mehr Freiheit lassen, sagte sie sich. Ich darf sie nicht so sehr einengen. Das ist ja furchtbar, wenn die eigene Tochter vor der Mutter davonläuft. Inmitten all dieses Gedankenwirrwarrs rotierten die schlimmsten Befürchtungen weiter in ihrem Kopf: Was ist, wenn doch etwas passiert ist?

Schließlich gab sie sich einen Ruck und wählte erneut die Nummer ihrer Freundin. »Carolin, auch wenn ich dir jetzt auf die Nerven gehe: Aber hast du inzwischen was von Melanie gehört?« Ihre Stimme klang kratzig, unnatürlich.

»Nein. Wieso? Hat sie sich denn immer noch nicht gemeldet?«, fragte Carolin äußerst verwundert.

Astrid holte tief Luft. »Ich mach mir ganz schreckliche Sorgen«, presste sie hervor. »Das ist einfach nicht ihre Art, sich so zu verhalten.« Ihr Mund war trocken, ihr Hals brannte, das Herz schlug hart gegen die Rippen.

Carolin blieb ruhig. So war sie immer gewesen. Besonnen, überlegt. Nicht so hektisch und flatterig wie sie. So, dass man sich an ihre Schulter lehnen konnte und sich sofort getröstet fühlte. Zumindest früher war das so gewesen.

»Warst du noch mal drüben in ihrer Wohnung?«

»Ja«, gestand Astrid. »Sie ist offensichtlich zu Hause gewesen und mit dem Auto weggefahren. Aber bei mir hat sie sich nicht gemeldet. Verstehst du das? Sie weiß genau, dass ich mir Sorgen mache.«

Das endlich schien Carolin zu beeindrucken. »Hat sie irgendwann erwähnt, dass sie wegwill?«

»Nein!« Das war ein Aufschrei. »Nie. Jedenfalls nicht sang- und klanglos.«

»Jetzt mal ganz von vorn: Wann habt ihr euch das letzte Mal gesehen?«

»Bei der Wahl am Freitag. Ach nein, warte, ich bring alles durcheinander. Am Samstagmorgen war ich kurz bei ihr drüben. Da war sie … etwas ungehalten.«

»Hat sie vielleicht einen neuen Freund?«, vermutete Carolin. »Und wollte dir nicht sagen, dass sie sich mit ihm trifft.«

»Das glaube ich nicht!«

Für Carolin war offenbar alles nachvollziehbar. Dabei wusste sie, dass Tochter und Mutter ein vertrauensvolles Verhältnis zueinander hatten.

»Hat sie sich denn seitdem gar nicht gemeldet?«, forschte Carolin weiter.

»Doch«, druckste Astrid. »Aber so komisch. Ganz kurz nur. Eine SMS, dass alles in Ordnung wäre. Kein Wort der Entschuldigung. Oder wann wir uns sehen.«

»Na, siehst du. Du machst dir einfach zu viele Gedanken. Lass sie doch mal ein paar Tage in Ruhe.« Carolins Stimme klang nachsichtig, aber zugleich ein wenig vorwurfsvoll.

»Ein paar Tage?« Astrid schrie es fast.

»Na ja, so lange, bis sie sich von selbst wieder meldet.«

»Du hast gut reden. Dein Kind wohnt bei dir im Haus. Da hast du ständig die Kontrolle.«

Einen Moment lang war Carolin still. Einen Moment zu lange. Vielleicht hätte Astrid das mit der Kontrolle nicht sagen sollen. »Carolin? Bist du noch dran?«

»Ja, ich bin noch dran.«

Das klang reserviert. Astrid wechselte die Taktik. »Könnte ich kurz mit Robin sprechen? Vielleicht weiß er ja doch was.«

»Robin ist unterwegs. Ich hab gestern noch mit ihm gesprochen. Er sagt definitiv, er weiß nicht, was Melanie die Feiertage über vorhat.«

Astrid seufzte tief. »Also eigentlich hatte ich schon irgend so ein Gefühl, dass sie was vor mir verheimlicht.« Carolin gegenüber konnte sie ehrlich sein. Dieses Gefühl, das ihre Freundschaft zusammenhielt, hatte sich nicht verändert. Auch wenn sie beide manchmal unterschiedlicher Meinung waren.

Sie hörte Carolin leise lachen. »Jede Tochter hat kleine Geheimnisse vor ihrer Mutter. Das kann ganz harmlos sein.«

Einen Moment stockte Astrids Herzschlag. »Hat sie dir was erzählt?«

Die Freundin schien kurz zu zögern. »Nicht direkt. Aber sie ist eine hübsche junge Frau, die nicht nur Robin gefällt. Und da sie ihm gegenüber ja zu nichts mehr verpflichtet ist …«

»Weiß ich ja«, fiel Astrid Carolin ins Wort. »Aber sie hat nie was gesagt. Von anderen Männern, meine ich. Oder von einem neuen Freund.«

»Einer Mutter erzählt man nun mal nicht alles.«

»Wir hatten immer ein sehr gutes Verhältnis, das weißt du genau. Sie hat es nicht nötig, etwas vor mir geheim zu halten.«

Das Geräusch, das Carolin am anderen Ende der Leitung von sich gab, konnte sie nicht deuten. »Du machst dir einfach zu viele Gedanken. Du wirst sehen, bald klärt sich alles auf.«

Das sollte wohl aufmunternd klingen. Und abschließend. »Wenn du meinst.« Sie verabschiedeten sich.

Astrid wusste nicht, wie lange sie wartend und hilflos auf dem Sofa gesessen hatte. Irgendwann hielt sie es einfach nicht mehr aus. Sie setzte sich ins Auto und fuhr geradewegs in die Wilhelmstraße zur Polizeiinspektion. Glücklicherweise war diese auch am Feiertag offen.

»Ihre Tochter ist also seit Samstag verschwunden und hat ihr Auto mitgenommen.« Der kahlköpfige Polizist hinter der Scheibe musterte sie mit einem langen, prüfenden Blick, bei dem Astrid unbehaglich wurde.

»Ich … ich weiß nicht so genau, seit wann sie weg ist«, stammelte sie. »Ich hab sie jedenfalls am Samstagmorgen zuletzt gesehen. Seitdem geht sie auch nicht ans Telefon.«

»Aber Sie hat Ihnen eine SMS geschickt, sagten Sie.«

Sie bemerkte ein stechendes Funkeln in seinen Augen, das sie irritierte. Schnell fasste sie in ihre Tasche und nahm das Foto heraus, das sie eingesteckt hatte. »Das ist Melanie.«

Der Polizist betrachtete das Porträt aufmerksam. »Ist das nicht unsere neue Weinkönigin?«, fragte er schließlich.

»Doch«, gestand Astrid. »Sie wurde am Freitag gewählt.«

»Dann erst mal herzlichen Glückwunsch.«

Astrid senkte den Blick. »Danke«, murmelte sie.

»Frau Dellinger«, fuhr der Polizist in sachlichem Ton fort. »Wieso machen Sie sich denn solche Sorgen? Sie ist eine junge Frau, volljährig. Da darf man schon mal unangekündigt verreisen.«

Astrid schnappte nach Luft. »Melanie ist nicht so. Sie hat mir immer gesagt, wo sie ist und wie lange sie wegbleibt ... man liest so viel in der Zeitung ... da passiert doch dauernd was ...«

In der Gegenwart dieses Polizisten kam sie sich taxiert vor, gemustert. Gescannt von oben bis unten. Von innen nach außen. Und vollkommen unverstanden.

Der Mann nickte nachsichtig. »Natürlich verstehe ich das. Aber es passiert längst nicht so viel, wie uns die Medien weismachen wollen. Da wird vieles aufgebauscht. Außerdem sind wir an unsere Bearbeitungsstandards gebunden. Und die besagen, dass ein erwachsener Mensch ...«

Was redete der denn für einen Stuss? Der hörte ihr überhaupt nicht zu. Ihr Blick streifte seine Schulterklappe. Drei Sterne. War wohl was Höheres. Und dachte, er könne sie behandeln wie eine dumme Nuss.

»Liebe Frau Dellinger. So wie ich die Sache einschätze, müssen Sie sich wirklich keine Sorgen machen. Ihre Tochter darf bestimmen, wann sie wohin geht. Und zwar, ohne das den Eltern mitzuteilen. Was meinen Sie, wie viele besorgte Eltern ständig bei der Polizei auftauchen? Und dann stellt sich alles als vollkommen harmlos heraus. Die jungen Leute haben vergessen, Bescheid zu sagen im Eifer des Gefechts, sind vielleicht frisch verliebt oder wollen einfach feiern.«

So ein blöder Typ! Er hielt sie wohl für eine Oberglucke? »Können Sie sich denn überhaupt nicht vorstellen, wie es einer Mutter geht, die nicht weiß, wo ihr Kind ist? Ein Mädchen, das immer Bescheid gesagt hat, wo sie hingeht.«

Der Polizist bekam einen Blick, den sie nur allzu gut kannte. Jetzt beugte er sich zu ihr hin. »Tut mir leid, dass ich Ihnen das so sagen muss: Aber solange keine Gefahr für Leib und Leben besteht, solange darf Ihre Tochter tun und lassen, was sie will.«

»Und woher wollen Sie wissen, dass keine Gefahr für Leib und Leben besteht?« Sie schrie es fast, hörte, wie ihre Stimme diesen kieksenden Beiklang hatte, den sie immer annahm, wenn sie sich zu sehr aufregte.

»Weil hier ständig aufgeschreckte Mütter erscheinen. Und kurz darauf ist das Kind wieder da.«

»Aufgeschreckte Mütter!« Dieser Mensch wollte sie einfach nicht verstehen.

»Aber Melanie hat immer … und ich hab ein ganz furchtbares Gefühl.« Nun war ihre Stimme leise, flehend.

Wieder dieser Scannerblick. Er räusperte sich. Schien mit sich zu ringen. »Gut, dann kommen Sie rein und erzählen mal.« Er öffnete die Tür und geleitete sie an einen Schreibtisch. Setzte sich vor den Computer und sah sie abwartend an. »Gab es Streitigkeiten? Hat Ihre Tochter schon mal Selbstmordabsichten geäußert?«

»Wie bitte?« Nun war Astrid vollständig entrüstet. »Melanie ist eine fröhliche junge Frau, die, wie Sie wissen, gerade zur Ahrweinkönigin gekürt geworden ist. Ihr steht die Zukunft offen. Wieso sollte sie an Selbstmord denken?«

Er lächelte nachsichtig. »Sehen Sie mal«, beschwichtigte er. »In diesem Land, also ich meine jetzt, unser Rheinland-

Pfalz, da werden täglich Jugendliche oder junge Erwachsene als vermisst gemeldet. Und spätestens ein paar Tage danach stehen sie zerknirscht vor der Tür. Weil sie ganz vergessen haben, sich zu melden. Sind halt junge Leute. Wir waren auch nicht anders. Oder?«

Heftig schüttelte sie den Kopf. »Melanie ist nicht so. Das hab ich Ihnen doch schon erklärt«, insistierte sie hartnäckig.

»Sie ist eine hübsche junge Frau.« Er legte den Kopf schräg. »Sicher hat sie viele Bewunderer.«

Astrid sah ihn strafend an. »Sie wollen also nichts tun?«

»Ich hab Ihnen ausführlich erklärt, warum wir nichts tun können.«

»Und ich hab Ihnen erklärt, dass Melanie nicht so ist.« Sie würde sich nicht so einfach abwimmeln lassen. »Ich gehe hier nicht eher raus, bis Sie etwas unternehmen.« Sie hoffte, dass sie sehr entschlossen klang.

Der Polizist seufzte. »Gut, wenn Sie unbedingt wollen, dann fertigen wir eine Vermisstenanzeige. Da bräuchte ich dann Angaben zu der Person Ihrer Tochter.« Lustlos tippte er auf der Tastatur seines Computers und hielt die Daten fest, die Astrid ihm diktierte: Melanie Dellinger, geboren in Ahrweiler, 19 Jahre alt, 1,68 Meter groß. Blonde, lange Haare. Blaue Augen. Schlanke Statur.

Er sah kurz auf. »Was trug Ihre Tochter zum Zeitpunkt ihres Verschwindens?«

»Das weiß ich nicht. Als ich mich am Samstagmorgen von ihr verabschiedete, war sie noch im Nachthemd. Danach war sie auf dem Festplatz und hat Wein präsentiert. Das war ihre erste offizielle Amtshandlung.«

»Was für ein Auto fährt Ihre Tochter?«, fragte der Polizist.

»Einen hellgrünen Nissan. Ziemlich auffällige Farbe. Es ist weg. Wie ihr Rucksack.«

Plötzlich vibrierte ihr Handy. Sie nahm es aus der Tasche. Irritiert las sie: *Mach dir keine Sorgen, Mama. Ich bleib ein paar Tage weg. Melde mich, wenn ich wieder zurück bin. Kuss M.*

Sie sah den Polizisten verblüfft an. »Sie hat noch so eine komische SMS geschrieben.«

»Na, sehen Se.« Der Polizist strahlte sie an, als ob dies sein Verdienst sei. »Hab ich es Ihnen nicht gesagt? Sind halt junge Leute, die können sich nicht so in ihre Eltern hineinversetzen. Spätestens, wenn sie selbst Kinder haben, merken sie, was sie da angerichtet haben. Glauben Sie mir, ich weiß, wovon ich spreche.«

Hi Mellie!
Draußen ist alles dunkel und still. Mein Zimmerkamerad pennt. So kann ich mich ganz auf dich konzentrieren. Wie alles hier begonnen hat, willst du wissen. Warum man deutsche Soldaten in Afghanistan eingesetzt hat. Nun, das lässt sich eigentlich an einem konkreten Datum festmachen, nämlich dem 11. September 2001, der Tag, an dem islamistische Terroristen die beiden Flugzeuge in die Twin-Towers lenkten, dieser Super-GAU, mit dem niemand gerechnet hatte und der so viele Menschenleben forderte. Da hat der Westen so richtig kapiert, was für eine schlimme Bedrohung diese radikalen Islamisten sind. Natürlich bin ich – wie du auch – zu jung, um mich real daran zu erinnern, aber die Bilder flimmern ja immer wieder über die Mattscheibe.

Jedes Mal, wenn ich sie anschaue, glaub ich, ich bin in einem Science-Fiction-Film. Bis mir dann klar wird: Das sind reale Ereignisse. Da fliegen wirklich Flugzeuge geradewegs in die Zwillingstürme rein, die wie Streichholzschachteln in sich zusammenfallen. Die ganze Welt stand damals unter Schock. Weil das eine unvorstellbare und vollkommen neue Dimension des Terrorismus war, gegen die man mit allen Mitteln ankämpfen musste. So was wollte sich Amerika nicht gefallen lassen. Man sann auf Rache. Denen wollte man es zeigen. Da man Osama bin Laden, den schlimmsten Feind Amerikas, in Afghanistan vermutete, marschierten amerikanische Truppen ein und machten ordentlich Rabatz.

Ein Jahr später wurden erstmals deutsche Soldaten hierher geschickt, weil wir Verbündete der NATO sind. Ja, es stimmt, was du gehört hast: Leider werden auch öfter Bundeswehr-Konvois angegriffen. Diese Terroristen sind und bleiben gefährlich und unberechenbar. Denen ist weder ihr eigenes Leben etwas wert noch das anderer Menschen, das ist eine Erfahrung, die auch wir hier machen. Obwohl die ja nicht dumm sind – einige von den Piloten hatten in Deutschland studiert und ihre Flugausbildung in den USA gemacht. Und dennoch flogen sie ganz bewusst in den Tod. Diese fanatischen Islamisten denken in einer Weise, die uns fremder nicht sein könnte. Um denen das Handwerk ein für alle Mal zu legen, wurden internationale Truppen beauftragt, diese Terroristen zu stürzen und das Land wie-

der aufzubauen, darunter eben auch die Bundeswehr. Wir sollen dabei helfen, dass Afghanistan
ein friedliches, stabiles Land wird. Seit 16 Jahren
sind wir Deutschen nun hier und tun unser Bes-
tes. Es hat sich einiges zum Guten verändert, aber
es liegt noch immer viel im Argen. Die islamistischen Terroristen sind nach wie vor stark und
versuchen ständig, verlorene Gebiete zurück-
zuerobern. Insofern muss man stets mit einem
Hinterhalt rechnen. Sie können überall lauern.
Ja, wir befinden uns in einem Krisengebiet. Doch
ich kann dich beruhigen: Wir sind gerüstet und
ständig auf der Hut. Also mach dir keine allzu
großen Sorgen.
Was wir zu essen bekommen, willst du wissen. Im
Camp sorgt man gut für uns, es gibt eine ganz
ordentliche Kantine. Wenn wir einen Einsatz
haben und länger woanders übernachten müssen, gibt es Notrationen.
Lebensmittel kann man auf dem Markt kaufen,
aber die sind teuer. Und das Budget muss entsprechend angepasst werden. Eier, zum Beispiel,
sind rar und kosten derart viel, dass es die nicht
jeden Tag geben kann. Ehrlich gesagt, freue ich
mich auf ein schönes Rührei, wenn ich wieder
zu Hause bin. Vielleicht können wir ja mal eins
zusammen zubereiten. Hast du Lust? (Smiley)
LG Micha

11. KAPITEL

Es hatten sich etliche Doppeltriebe gebildet, die ausgebrochen werden mussten. Diese Arbeit war notwendig, damit die Energie in den Kopf der Rebe strömen konnte. Je weniger Trauben am Rebstock hingen, umso besser die Qualität. An der Ahr setzen so gut wie alle Winzer auf Klasse statt Masse. Martin machte da keine Ausnahme.

Mit der bisherigen Entwicklung konnten sie sehr zufrieden sein. Der Austrieb war in diesem Jahr extrem früh erfolgt. Sowohl die Laubwand als auch das Geschein entwickelten sich prächtig. Aber eine regelmäßige Kontrolle war notwendig. Vorrangig bauten sie an etlichen Steilhängen Spätburgunder an, weil diese rote Rebsorte an der Ahr hervorragende geologische und klimatische Bedingungen vorfindet. Doch der arbeitsintensive Weinan- und Ausbau war vornehmlich Martins Geschäft. Carolin sah ihre Aufgabe eher darin, ihm, so gut es ging, zur Hand zu gehen.

Heute war Robin ebenfalls mit in den Wingert gekommen. Ab und an hörte sie leises Knacken oder Geraschel und sein rotbrauner Haarschopf leuchtete zwischen den grünen Blättern.

»Man fühlt sich wie in der Toskana. Wenn das so weitergeht, können wir dieses Jahr mit der Lese viel früher anfangen als sonst«, sagte Carolin durch die Laubwand hinweg. Vielleicht konnten sie in diesem Jahr auch auf eine ergiebige Ernte hoffen, sowohl was die Qualität als auch die Quantität betraf. Das letzte Jahr hatte zwar ebenfalls einen qualitativ hochwertigen Wein hervorgebracht, doch die Erntemenge war relativ klein gewesen, was ordentliche finanzielle Einbußen bedeutet hatte.

Mit der Vermarktung ihrer Bienenprodukte konnte zwar ein wenig ausgeglichen werden, doch ihre Haupteinkunftsquelle war und blieb der Wein. Aprilfröste und Hagel waren die Hauptgründe für die Einbußen im letzten Jahr gewesen. In diesem Jahr sah es glücklicherweise anders aus: Das gesamte Frühjahr war sehr warm, hinzu kamen ab und an starke Regenfälle, jede Menge Wasser drang tief in den Untergrund ein, von dem die Weinstöcke lange zehren konnten. So waren die Triebe fast explosionsartig gewachsen und mussten im Zaum gehalten werden. Doch alles schien gesund zu sein. Besonders achtete sie auf die japanische Kirschessigfliege, die sich seit etwa drei Jahren in den Weinbergen ausbreitete und manchem Winzer zu schaffen machte. Doch bis jetzt gab es in ihren Weinbergen keine Anzeichen dafür.

Zwar hatte es auch in manchen Ortschaften an der Ahr Probleme mit dem Starkregen gegeben, doch wie andere Winzer hatten auch sie aus der Vergangenheit gelernt und vermehrt Unkraut – oder wie Martin es nannte: Beikraut – in den Steillagen stehen gelassen. Auf diese Weise wurde der Boden gefestigt und nicht so schnell davongespült. Auch wenn das auf den ersten Blick etwas ungepflegt wirkte, so waren die Reben dadurch viel besser abgesichert.

»Vielleicht kriegen wir ja noch mal so einen Jahrhundertsommer wie 2003. Da hatten wir einen hervorragenden Wein.« Die damaligen Mostgewichte hatten selbst vorhergehende Superjahrgänge um einige Öchsle übertroffen.

»Das alles ist doch nicht mehr normal.« Robin hatte aufgeholt und stand ihr genau gegenüber. Er schüttelte den Kopf und sah sie skeptisch an. »Wenn die Lese Wochen vor der Zeit beginnt, ist im September bereits alles abgeschlossen«, sagte er. »Der Klimawandel bringt furchtbar viele Unwägsamkeiten mit sich. Das ist an den phänologischen Daten der Rebe eindeutig nachgewiesen worden. Warte nur ab, was wir noch für Probleme mit Schadpilzen oder der Rebzikade bekommen, die sich in dem warmen Klima so richtig wohlfühlen.«

»Aber Wetterschwankungen hat es doch immer gegeben?«, fragte sie vorsichtig. »Das ist doch nichts Neues.«

Robin verzog missbilligend die Lippen, schüttelte den Kopf und verdrehte die Augen. »Dann glaubst du also auch diesem Trump, der ungeniert die Lüge verbreitet, der Klimawandel wäre eine Erfindung der Chinesen?« Seine Stimme klang sarkastisch. »Du willst es wohl einfach nicht kapieren. Immer nur den Kopf in den Sand stecken. Genau wie die Amis, die diesem unmöglichen Präsidenten jede Absurdität abkaufen.«

Dass Robin sich stets so überheblich ihr gegenüber gebärden musste. Als ob er die Weisheit mit Löffeln gefressen hätte und sie die Dummheit in Person sei. Diese Haltung ärgerte sie ungemein. Dazu seine ständigen Drohungen, dass er nicht daran denke, das Weingut weiterzuführen. Die Arbeit in den Steillagen stünde in keinem Verhältnis zu dem Ertrag, argumentierte er seit Neuestem. Er habe keine Lust, sich sein Leben lang für einen Appel und ein Ei die Knochen kaputt zu machen.

Mit seiner neunmalklugen Überheblichkeit hatte er sie schon als Kind zur Weißglut gebracht. Als er und Melanie ein Paar waren, wurde er wesentlich verständnisvoller für seine Umgebung und in vielem nachsichtiger. Doch seit der Trennung schien dieser unschöne Charakterzug wieder vollends durchzubrechen.

Nach dem Abitur hatte Robin mit einer dualen Ausbildung als Winzer begonnen – notgedrungen, weil sein Vater ihn dazu genötigt habe, wie er behauptete. Martin und sie hatten fest damit gerechnet, dass er das Weingut, das als Familienbetrieb seit mehreren Generationen bestand, fortführen würde. Sie hatten doch nur diesen einen Sohn. Carolin hätte gerne mehr Kinder gehabt, doch das war ihnen nicht vergönnt.

Dass er ihr heute bei der Arbeit half, war eher eine Ausnahme. Viel lieber schnürte er die Wanderschuhe und zog los. Sein neuestes Hobby war das Geocachen, von dem sie nur wenig verstand. Das gesamte Ahrtal musste er inzwischen nach möglichen Verstecken erkundet haben, so oft wie er unterwegs war. Überall in der Umgebung, auch in entlegenen Orten, war er offenbar schon gewesen. Seine Erkundungen hielt er auf einem Blog fest, in dem sie ab und an las, weil dieser Blog öffentlich zugänglich war. Carolin hielt das Ganze für eine Spielerei. Jungenspiele eben. Doch wenn sie erfuhr, wo er überall herumkraxelte und mit welcher Abenteuerlust er dies kundtat, dann schwindelte ihr regelrecht. Diese Touren waren nicht ungefährlich, erst recht nicht, wenn man, wie er, allein loszog. Es wurde wiederholt davor gewarnt, die nicht offiziell ausgeschilderten Wege zu nutzen. Doch daran hielt sich Robin nicht, wie seinen Schilderungen zu entnehmen war.

Früher hatte ihn Melanie bei seinen Touren begleitet, auch sie hegte eine Leidenschaft für das Wandern. Doch seit sich die beiden getrennt hatten, waren sie kaum mehr zusammen losgezogen.

Obwohl offensichtlich war, dass Robin noch immer unter dieser Trennung litt, wollte er nicht darüber reden. Schon als Kind war er äußerst sensibel und schien mehr als andere Kinder zu leiden, wenn die Dinge sich nicht so entwickelten, wie er sich das vorstellte. Zumindest war ihr das so vorgekommen. Es hatte aber durchaus eine Zeit gegeben, da dominierte ein inniges Verhältnis zwischen ihnen beiden, das war so mit acht, neun Jahren gewesen. Da war er ihr nicht von der Seite gewichen, hatte ständig die Nähe seiner Mutter gesucht. Noch nicht mal aufs Klo ließ er sie ohne Murren gehen. Da blieb er vor der Tür stehen und wartete so lange, bis sie herauskam. Zur Zeit jedoch schien er sich immer mehr von ihr zu distanzieren. Diese Widersprüchlichkeit irritierte sie am meisten.

Sie hatte gehofft, dass er heute vielleicht zugänglicher war, da sie beide allein in den Weinbergen arbeiteten. Bisher hatte er sich auch noch nicht über Melanies angebliches Verschwinden geäußert, obwohl sie sich vorstellen konnte, dass ihn diese Frage genauso umtrieb wie sie. Schließlich sprach sie es aus. »Was glaubst du, was mit Melanie ist?«

Sein Kopf ruckte herum, dann wandte er sich abrupt den Reben zu. »Das weiß ich doch nicht.«

Sie spürte, dass er reden wollte, doch er schwieg weiterhin beharrlich. So ein sturer Bock!

Carolin dachte daran, dass sie Astrid eine Zeit lang regelrecht um ihre pflegeleichte Tochter beneidete, die ganz anders war als Robin. Auch hatte er von Anfang an einen sehr starken Willen gehabt, den er stets lautstark durchzusetzen versuchte. Doch die eher sanfte Melanie wusste ihn zu nehmen. In ihrer Gegenwart war er ganz anders. Da war er richtig aufgeblüht. Sicher lag es an ihrem positiven Einfluss, dass er mit der Zeit ruhiger und verständnisvoller wurde, aber seine erstaunliche Geschicklichkeit, wenn es darum ging, seine Umgebung von seiner Meinung zu überzeugen und seine Ziele durchzusetzen, hatte er beibehalten. Doch Melanie war ihm gewachsen und konnte ihm Kontra geben – was er erstaunlicherweise ohne Murren akzeptierte.

Melanie hatte Robin Halt und Orientierung gegeben, davon war Carolin überzeugt. Deshalb war ihr nun ein wenig bange, dass er den Halt verlieren könne.

Das Mädchen hatte eine erstaunliche Entwicklung gemacht bei solch einer schwierigen Mutter. Melanie hatte früh gelernt, dass man mit Astrid umgehen musste wie mit einem rohen Ei, und erfüllte deren Erwartungshaltung. War besonnen und klug und widersprach Astrid selten. Überhaupt wusste Melanie diplomatisch mit den Defekten ihrer Mitmenschen umzugehen, das schätzte Carolin sehr. Besonders aus diesem Grund hatte sie so sehr auf die Verbindung zwischen ihr und Robin gezählt, dem Diplomatie eher fremd war.

»Glaubst du wirklich, die ist abgehauen?«

Robin zuckte mit den Schultern. »Woher soll ich das wissen? Sie war ja ziemlich komisch in letzter Zeit. Es ging nur noch um das Thema Wein, weil sie unbedingt diese Wahl gewinnen wollte.« Er sah Carolin anklagend an. »Jetzt hat sie gewonnen, und nun braucht sie mich nicht mehr.«

»Meinst du, da gibt es einen anderen?«, fragte Carolin vorsichtig.

»Ich weiß es nicht.« Er betonte jedes einzelne Wort. Seine Stimme war laut geworden. »Sie hat mir jedenfalls keinen nachvollziehbaren Grund genannt, weshalb sie unsere Beziehung beendet hat.« Mit Macht riss er eine Ranke ab, dass der ganze Rebstock bebte. »Du weißt ja, dass sie sich für diese Flüchtlinge engagiert. Vielleicht gibt's da jemand Bestimmten, in den sie sich verguckt hat. Mir gegenüber hat sie das zwar immer abgestritten, aber …«

»Vielleicht, weil sie deine Einstellung kannte.« Die Worte waren raus, bevor Carolin sie stoppen konnte. Sie wollte eigentlich nicht schon wieder eine dieser unfruchtbaren Diskussionen anfangen, die stets unschön endeten.

Da konterte er auch schon: »Na und? Darf doch jeder die Einstellung haben, die er will. Wir leben schließlich in einem freien Land. Und ich bin nun mal der Meinung, dass diese … Menschen unser Land überschwemmen. Dass sie für Probleme verantwortlich sind, die wir nicht hätten, wären sie in ihrem Land geblieben. Das wirst du ja wohl nicht abstreiten können.«

Carolin lag etwas auf der Zunge, das sie sofort hinunterschluckte. Noch bis vor Kurzem war ihr Weltbild einigermaßen klar gewesen: Sie war stets der Meinung gewesen, dass jeder Mensch das Recht hatte, in Frieden zu leben und einigermaßen gesichert, gleich welche Hautfarbe er hatte oder welcher Religion er angehörte. Diese tolerante Einstellung hatte sie ihrem Sohn zu vermitteln versucht. Doch in letzter Zeit wurde so viel Schlimmes im Zusammenhang mit den Zuwanderern gemeldet, dass sie nicht mehr so recht wusste, was sie denken sollte. Vielleicht waren es wirklich zu viele Fremde, die Unruhe in unser Land brachten. Fast täglich wurde man mit unschönen Begebenheiten im Zusammenhang mit jungen kriminell gewordenen Flüchtlingen konfrontiert. Dennoch versuchte sie einen klaren Kopf zu bewahren, was dieses Thema betraf.

»Man darf nicht alle über einen Kamm scheren«, sagte sie schwach. »Die meisten kommen in friedlicher Absicht. Weil sie sich ein besseres Leben erhoffen. Die wollen sich auch anpassen. Und wir brauchen sie doch.«

»Ach ja? Solche brauchen wir? Die nicht lesen und schreiben können und die ein Frauenbild wie im Mittelalter haben.« Missbilligend schüttelte er den Kopf. »Mama. Wann wachst du endlich auf?«

Sie zog es vor zu schweigen. Sie hatte keine Lust mehr auf solche nicht enden wollenden Dispute. Mit Melanie hatte sie viel über dieses Thema gesprochen. Carolin fand es gut, dass sie sich für die Flüchtlinge einsetzte und einigen von ihnen beim Deutschlernen half. Melanie hatte ihr von einem jungen Afghanen erzählt, der seine Eltern und Geschwister im Heimatland verloren hatte und nun ganz allein war auf der Welt: »So jemanden muss man doch unterstützen«, hatte sie vehement ausgerufen. »Wir haben doch alle mal gelernt, was Barmherzigkeit und Nächstenliebe bedeutet.«

»Wie verhält er sich denn dir gegenüber?«, hatte Carolin damals vorsichtig gefragt.

»Er ist ein hochanständiger, fleißiger junger Mann, der alles tut, um sich so schnell wie möglich zu integrieren«, hatte sie geantwortet und ihren Schützling in glühenden Farben verteidigt, gerade so, als ob sie sich in ihn verliebt hätte. Carolin hütete sich jedoch, dies gegenüber Robin anzusprechen.

»Melanie hat sich sehr verändert«, äußerte er nun mit düsterem Gesichtsausdruck. »Ich hab sie irgendwann nicht mehr verstanden. Insofern ist alles gut, wie es ist. Meinetwegen kann sie bleiben, wo der Pfeffer wächst.« Er kniff die Lippen zusammen. Sein Blick war starr. Dann wandte er den Kopf und drehte seiner Mutter den Rücken zu.

Du hast dich auch verändert, dachte Carolin. Manchmal glaube ich, ich kenne meinen eigenen Sohn nicht mehr.

12. KAPITEL

Er lag auf seinem Bett und starrte an die Decke. Ab und zu drangen Gesprächsfetzen und das Klackern einer Gebetsperlenkette aus einer Ecke zu ihm herüber, wo zwei junge Männer zusammen saßen und sich unterhielten. Einer von ihnen stieß in unregelmäßigen Abständen ein kehliges Lachen aus, das ihn an das Lachen seines Vaters erinnerte.

Unter der Flut der Erinnerungen, die auf ihn einstürmte, presste Amir die Zähne zusammen, so lange, bis ihm die Kiefer wehtaten. Er sah deutlich Babas sonnengegerbtes Gesicht vor sich, der sich über irgendetwas amüsierte und dabei dieses kehlige Lachen ausstieß. Unwillkürlich fasste Amir nach seinem Amulett, das einzige Erinnerungsstück, das ihm von seiner Heimat geblieben war, und das er nah an seinem Herzen trug. Winzig klein war dort der 11. Vers der 13. Sure festgehalten, auf Seide geschrieben und mit Samt umhüllt.

Er kannte die arabischen Worte auswendig.

Ein jeder Mensch hat seine Engel, die sich einander abwechseln und die vor und hinter ihm hergehen und ihn auf Gottes Befehl bewachen, und Gott verändert seine Gnade gegen die Menschen nicht, es sei denn, sie hätten zuerst ihre Gedanken von Gott abgewendet.

Dieser Vers war ihm ein gewisser Trost, obwohl er im tiefsten Inneren seines Seins öfter mit Allah haderte. Amir konnte nicht nachvollziehen, weshalb der große Gott nicht verhindert hatte, was mit seiner Familie passiert war. Der Junge wusste, dass er aufpassen musste, er durfte sich nicht in diesen schlimmen Zweifeln verlieren, die ihn in regelmäßigen Abständen urplötzlich ansprangen, auch wenn er sich noch so sehr dagegen wehrte. Hatte er doch erfahren, dass alles auf dieser Erde eine Zeit hatte und vergänglich war. Manchmal schien ihm, als sei da eine Macht in ihm, die laut nach Rache und Vergeltung schrie, gegen die er sich kaum wehren konnte. Dann überfiel ihn eine Unruhe, die ihn aus der Enge dieser Unterkunft trieb, hinaus in die Natur, wo er freier atmen konnte.

Es kam vor, dass ihn ein lauter Türknall erzittern ließ oder auch nur Gewitterdonner – sofort war er in Afghanistan und erlebte noch einmal in aller Intensität die schrecklichen Dinge, die ihm widerfahren waren.

Manchmal jedoch genügte der Geruch nach Zimt und Kardamom, und er befand sich für Augenblicke in dieser anderen, schönen Welt, die es ebenfalls dort gegeben hatte. Wenn es ganz schlimm kam, vermischten sich die schönen und die schrecklichen Erinnerungen, die er kaum zurückzudrängen vermochte. Dann fühlte er sich furchtbar zerrissen und elend.

Als er heute Morgen in der Auslage eines Obst- und Gemüsegeschäftes Granatäpfel entdeckte, war ihm sofort vor seinem geistigen Auge die Wiese hinter dem Haus seiner Familie in Kabul erschienen. In aller Deutlichkeit sah er die grün belaubten Walnussbäume und den Granatapfelbaum mit seinen prallen Früchten. Sein Freund Jusef pflückte zwei der reifen Früchte und reichte ihm eine davon. Beide brachen sie die Schale auf und leckten den süßen roten Saft ab, der an den Händen herablief. Jusef, der viele Verse und Suren des Korans auswendig konnte, lachte breit. Während er die Granatapfelkerne einzeln herausklaubte und in den Mund steckte, wies er Amir darauf hin, dass es wichtig sei, die arabischen Wörter der heiligen Verse richtig auszusprechen, damit Allah sie besser verstehen könne. In dem Moment, in dem Jusef begann, einen Vers zu rezitieren, zitterte die Luft, die Erde bebte, etwas ganz in der Nähe explodierte und zersprang in Tausend Stücke. Er, Amir, sah umherfliegende Steine, eine riesige Staubwolke hüllte alles ein, und er schrie wie noch nie in seinem Leben. Später, als sich der Rauch legte, war das gesamte Ausmaß der Detonation zu erahnen: Wo vorher Gebäude gestanden hatten, war jetzt eine Trümmerwüste. Es dauerte lange, bis er realisierte, was sich gerade vor seinen Augen abgespielt hatte. Seine gesamte Familie war drinnen im Haus gewesen. Alle waren verbrannt oder in Stücke gerissen. Es gab keinen Baba mehr, keine Mutter, keine Schwester und keinen Bruder. Nur er war noch am Leben, weil er mit seinem Freund auf der Wiese unter dem Granatapfelbaum gesessen hatte.

Er wischte sich über die Augen, versuchte den Donner zu ignorieren, der wieder und wieder in seinem Kopf explodierte. Seine beiden Mitbewohner waren inzwischen hinausgegangen. Er war allein im Zimmer.

Schließlich richtete er sich auf und sah auf die Uhr. Ob Melanie heute kam? Bei ihrem letzten Gespräch hatte er ihr zu erklären versucht, dass er zu den Paschtunen gehöre, aber sie hatte gesagt, er sei doch Afghane. Ja, hatte er bestätigt. Afghanistan sei das Land der Paschtunen. Er sei ein Paschtune aus Afghanistan. Gern hätte er ihr dargelegt, was das Besondere seines Volkes ausmachte, aber er wusste nicht, wie er ihr das erklären sollte. Worauf sie ihm augenzwinkernd mitgeteilt hatte, dass er richtig Deutsch lernen müsse. Dann hätte er auch eine gute Chance, hier bleiben zu können.

»Nur wer unsere Sprache spricht und die Prüfungen besteht, der hat eine Zukunft. Und du willst doch eine Zukunft in Deutschland, oder?«, hatte sie ihn gefragt.

»Ja, das will ich«, hatte er voller Überzeugung geantwortet. »Eine neue Leben.« Bei diesen Worten schaute er in ihre blauen Augen, die sie auf ihn gerichtet und nicht gesenkt hatte, wie ein afghanisches Mädchen es getan hätte. Gern hätte er ihr honigfarbenes Haar angefasst, aber das schickte sich nun wirklich nicht. Obwohl in Deutschland vieles ganz anders war als in seinem Land. So begnügte er sich damit, ihr zuzuhören, auch wenn er nur die Hälfte dessen verstand, was sie ihm mitteilte. Es ging um eine Wahl, von der sie voller Begeisterung erzählte, eine Königinnen-Wahl, die sie gewinnen wollte.

»Malika«, hatte er geäußert. »In unserer Sprache: Königin Malika.«

»Das klingt schön«, hatte sie geantwortet.

»Melanie Malika. Malika Melanie«, murmelte er vor sich hin und sah Bilder vor sich, von denen er wusste, dass sie verboten waren.

Plötzlich überfiel ihn wieder diese furchtbare Unruhe. Wie getrieben fühlte er sich. Er wollte hinaus aus der Enge dieses Zimmers und dieser gesamten Unterkunft, lief mit schnellen Schritten ins Freie, setzte sich auf das Fahrrad, das Melanie ihm besorgt hatte, ein altes, klappriges Damenfahrrad ohne Gangschaltung, aber die Reifen waren intakt und es fuhr. »Tashakkor«, hatte er sich bedankt. Melanie hatte das Wort lächelnd wiederholt. »Du musst mir mehr Wörter in deiner Sprache beibringen«, hatte sie gesagt. Worte, die sein Herz aufgehen ließen, weil sie ein Zukunftsversprechen waren.

Mit dem klapprigen Rad fuhr er in der Gegend herum, einfach nur vorwärts, bis er zum Fluss kam, der an dieser Stelle nicht besonders tief war. Dort stellte er das Rad an einem Baumstamm ab, ging zum Ufer und setzte sich. Er zog die Sandalen aus und ließ die nackten Beine im Wasser baumeln. Mücken schwirrten umher. Eine Libelle, deren Flügel violett und goldgrün in der Sonne glitzerten, flog dicht an seinem Gesicht vorbei.

Gierig sog er die frische Luft ein und lauschte dem Gurgeln und Plätschern des Wassers, das sich einen Weg um große Steine herum bahnte. Als er für einen Moment die Augen schloss, wähnte er sich an dem Bachufer in der Nähe seines Hauses in Kabul. Melanie lief auf der Wiese lachend auf ihn zu, nackt und mit ausgebreiteten Armen. Ihr goldenes Haar wehte, ihre helle Haut glitzerte vom Wasser. Ein Bild, das schrecklich wehtat. Kabul, seine Stadt, zwischen massiven Bergketten gelegen, gab es nicht mehr, so wie er sie gekannt hatte. Und Melanie, so wie er sie sah, durfte es nicht geben. Das war ihm schmerzlich bewusst.

Eine ganze Weile saß er dort am Ufer, sah in das vorüberziehende Wasser, dann stand er auf. Streifte die nassen Füße an einem Grasbüschel ab, bevor er in seine Sandalen schlüpfte.

Hey, Mellie,
es freut mich, dass du den Film »Ziemlich beste Freunde« kennst und ihn ebenso toll findest wie ich. Inzwischen habe ich ein paar andere Filme in unserem Lagerkino gesehen, aber keiner hat mir so gut gefallen wie dieser.
Hier im Camp gibt es auch ein Basketballfeld und eine Grillhütte. Du siehst, man tut einiges dafür, dass es uns gutgeht. (Smiley)
Auch eine Pizzeria gibt es, dort gehen wir hin, wenn wir vom Kantinenfutter die Nase voll haben. Obwohl wir uns wirklich nicht über die Verpflegung beklagen können. Es ist ähnlich wie in einer Mensa. Man kann wählen zwischen mehreren Gerichten, und eine Salatbar gibt es auch. Beim Marketender im Lager bekommt man alles, was man so braucht. Süßigkeiten, Duschgel, auch Zigaretten und so. Aber ich rauche nicht. Und du? Wie es hier aussieht, kannst du auf den Bildern erkennen: Trocken, heiß und sehr staubig. Letztens habe ich den Sonnenuntergang auf der Dachterrasse der Pizzeria beobachtet. Da hab

ich gedacht, wie schön es wäre, wenn du das mit mir zusammen ansehen könntest. Diese Farben! Von Purpur über Violett ist alles dabei, wenn die Sonne die schneebedeckten Gipfel des Marmal-Gebirges beleuchtet. Auf dem Foto bekommst du eine ungefähre Vorstellung davon. Fast wie im Märchen, nicht wahr? Da kann man schon mal vergessen, weshalb man hier ist, und kommt sich ein bisschen vor wie im Urlaub.

Man hat uns mitgeteilt, dass unser Einsatz verlängert wird und die Truppengröße aufgestockt wird. Insgesamt sollen nun 1.300 Soldaten am Hindukusch stationiert werden, die sich an der Ausbildungsmission der NATO beteiligen. Das hat die Politik so entschieden. Nun ja, mich betrifft es nicht mehr.

Du fragst, was ich von unserer Verteidigungsministerin halte. Sie war ja im Dezember bei uns zu Besuch. Das war wirklich kein Glanzakt. Die hat doch tatsächlich die afghanische Regierung zur Aussöhnung mit den Taliban aufgefordert! Du solltest einmal hören, wie hier über »Flinten-Uschi« hergezogen wird. Die wirft nur mit wohlklingenden Sprüchen um sich, hat aber im Grunde keine Ahnung, wie es hier zugeht. »Afghanistan darf nicht wieder zur Brutstätte des Terrors werden«, sagt sie allen Ernstes und weiß überhaupt nicht, wovon sie spricht.

Die Taliban gebärden sich zutiefst menschenverachtend. Dass Frauen und Männer gleichberechtigt sind, wollen die absolut nicht wahrhaben. Die missachten ganz einfach die Hälfte der

Menschheit. Und dann taucht die deutsche Verteidigungsministerin hier auf – eine Frau – und will denen sagen, wo's langgeht! Wie naiv ist die denn?

Du weißt, dass ich Gleichberechtigung für absolut richtig halte und dass ich nie verstanden habe, warum Männer mehr wert sein sollen als Frauen. Aber man darf doch auch den Blick für die Realität nicht verlieren und auf jahrhundertealte Strukturen mit dem Holzhammer einschlagen. Das hat noch nie funktioniert.

Doch ich will dich nicht weiter mit Politik zulabern. Meine baldige Rückkehr ist endgültig geklärt, und ich hoffe nicht, dass etwas dazwischenkommt. Langsam reicht es mir nämlich. Ich will nach Hause!

Ich kann dir gar nicht oft genug sagen, wie viel mir deine Nachrichten bedeuten. Auch kann ich es gar nicht erwarten, dich endlich kennenzulernen, du bist mir schon so sehr vertraut. Wir sollten öfter miteinander skypen. Deine Stimme klingt so schön und sanft. Ja, schade, dass die Kamera nicht funktioniert. Vielleicht kann sie ja jemand von den Kameraden reparieren. Am besten machen wir genaue Anrufzeiten aus. Ich muss ein bisschen jonglieren. Wegen der Zeitverschiebung und weil mein Dienst mich doch ziemlich einschränkt. Bis bald dein Micha

13. KAPITEL

»Der von Ihnen gewünschte Teilnehmer ist momentan nicht erreichbar.« Wie oft hatte sie diese Litanei nun schon gehört.

Astrid lag in Melanies Bett, wo sie die Nacht verbracht hatte. Sie wollte da sein, wenn Melanie zurückkam. Auch, weil sie sie sofort zur Rede stellen wollte: Warum bist du weggelaufen? Vor mir? Ich bin doch deine Mutter!

Sie nahm das Kopfkissen in den Arm, sog Melanies Duft ein. Wiegte das Kissen wie ein Kind.

In der Stille ihres Hauses, wo die Tage und Nächte sich ins Unendliche dehnten, hielt Astrid es nicht mehr aus.

Sie hatte gehofft, in Melanies Wohnung ein wenig Ruhe zu finden. Hier, wo jeder Gegenstand ihre Anwesenheit signalisierte. Doch wie so oft in den letzten Tagen war Astrid auch hier urplötzlich aus einem Alptraum aufgeschreckt. Danach hatte sie lange wach gelegen und Schreckensszenarien, die auf sie einstürmten, mühsam zurückgedrängt. Tatsächlich musste sie danach noch einmal eingeschlafen sein. Dabei hatte sie das Gefühl, die ganze Nacht kein Auge zugetan zu haben.

»Melanie.« Der Klang des Namens schwebte in der Luft und verhallte. »Wo bist du nur, Melanie?«, flüsterte sie und legte ihr Handy auf den Nachttisch.

Ihr Blick wanderte über das kleine Regal mit den Urlaubsmitbringseln, das über der Kommode hing. Mehrere größere Muscheln lagen darauf, eine Flasche mit

Nordseesand, ein gläserner Briefbeschwerer, darunter ein Stapel Ansichtskarten. »Damit ich immer ein Stück Urlaub von meinem Bett aus sehe«, hatte Melanie lachend das Sammelsurium erklärt.

Das Regal wurde von einem wahren Glanzstück beherrscht, einer schweren Amethyst-Druse, die sie bei einem Ausflug zusammen mit Robin nach Idar-Oberstein gefunden hatte. Unwillkürlich musste Astrid schmunzeln, als sie daran dachte, wie enthusiastisch ihr Melanie von diesem ungewöhnlichen Fund erzählt hatte. »Ein einfacher grauer Stein, Mama, dem man von außen sein Innenleben nicht im Entferntesten ansieht. Und wenn man ihn aufklopft, da kommt dann so ein Edelstein zum Vorschein. Sagenhaft.«

Melanie hatte ihr berichtet, welche Kräfte man dem Amethyst nachsagte. Da gab es die Legende von Bacchus, dem Gott des Weines, der ein junges Mädchen derart erschreckt hatte, dass es zu Kristall erstarrte. Daraufhin seufzte der Weingott und als sein Atem den Stein berührte, färbte er sich purpur wie die Farbe des Weins. Über diese Geschichte, die höchstwahrscheinlich irgendjemandes Fantasie entsprang, hatten sie herzlich gelacht. Purpurn leuchteten die Kristalle nicht gerade, eher lila. Oder violett.

In dem Halbedelstein stecke viel natürliche Energie, hieß es. Er schenke Ruhe und Frieden und solle gegen bösen Zauber und böse Gedanken helfen. Daran wollte Melanie schon eher glauben. Deshalb legte sie ihn im Schlafzimmer auf das Regal, damit sie ihn vom Bett aus sehen konnte, sobald sie die Augen aufschlug. Manchmal hatte sie solche esoterischen Anwandlungen, denen Astrid jedoch so gar nichts abgewinnen konnte. Aber der

Amethyst war hübsch und die unterschiedlichen Violetttöne leuchteten geheimnisvoll, das musste auch sie eingestehen.

Astrid war sicher, dass Melanie inzwischen zumindest einmal in der Wohnung gewesen sein musste. Umso weniger verstand sie, dass sie sich nicht bei ihr meldete. Das afrikanische Tuch, das über dem Sessel hing, war verschwunden, auch hatten die Schubladen der kleinen Kommode im Schlafzimmer einen Spalt breit offen gestanden. Es sah ganz so aus, als habe sie eilig ein paar Wäschestücke eingepackt. Eilig, damit sie ihrer Mutter nicht begegnen musste?

»Ach Melanie, warum tust du mir das an?«, flüsterte sie, während sie das Kissen zur Seite legte und aufstand.

Sie ordnete das Bett, ließ Wasser in einen Putzeimer laufen und begann die Wohnung sauber zu machen. Als Erstes entsorgte sie die inzwischen verwelkten Sträuße und schüttete das faulig riechende Blumenwasser weg. Ins Putzwasser gab sie einen ordentlichen Schuss Zitronenreiniger, mit dem sie alles gründlich säuberte. In der Wohnung roch es bald wesentlich angenehmer. Auch das benutzte Geschirr, das noch immer in der Küche stand, spülte sie und polierte die Ablage.

Nun waren nur noch die Fenster zu putzen, doch auch das war schnell erledigt. Sie mochte solche Arbeiten, weil man das Ergebnis hinterher sichtbar vor Augen hatte und alles glänzte.

Melanie würde ihr dankbar sein, im Gegensatz zu ihrer Mutter hasste sie solche Arbeiten. Früher, als sie noch zusammen wohnten, drückte sich ihre Tochter regelmäßig vor jeglicher Hausarbeit und steckte ihre Nase lieber in Bücher.

Doch, Astrid war stolz auf ihre Tochter, die es so weit gebracht hatte und nun sogar Weinkönigin war. Dennoch saß tief in ihrem Hinterkopf die Angst, dass da vielleicht etwas war, worüber sie nichts wusste und das sich außerhalb ihrer Kontrolle abspielte. Carolin hatte recht, sie konnte sich nur schwer damit abfinden, dass Melanie ihre eigenen Wege gehen wollte. Und vielleicht war dieses Weglaufen tatsächlich eine Art, ihr, Astrid, zu zeigen, dass es so nicht weiterging. Mit Scham dachte sie daran, wie Melanie ihr unsägliche Affenliebe und was nicht noch alles an den Kopf geworfen hatte. »So spricht man nicht mit seiner Mutter!«, hatte sie sie angeherrscht, worauf Melanie sofort verstummte. Wütend hatte Astrid ihre Sachen geschnappt, hatte einen strafenden Blick auf das Häufchen Elend auf dem Sofa geworfen und geräuschvoll die Tür hinter sich zugeknallt. Nur ungern dachte sie an dieses Gespräch, das sie ganz nach hinten in ihren Kopf verbannt hatte.

Sie trat vor das silbergerahmte Porträt, das im Regal stand und sah ihrer Tochter in die Augen.

»Wir werden künftig alles besser machen, mein Mädchen. Das versprech ich dir. Wenn du nur bald wiederkommst. Dann sprechen wir uns aus, und alles wird gut.«

14. KAPITEL

»Wollen wir ein Päuschen machen?« Thomas Münzer strich sich durch das verschwitzte Haar und nahm den Rucksack vom Rücken. Die Wanderung war anstrengender, als es die in wenigen Kilometern bezifferte Länge vermuten ließ. Zumal es anhaltend steil bergauf ging. Nathalie hingegen sah aus, als sei sie gerade erst losmarschiert. Jung und elegant wirkte sie in ihrem schicken Outdoor-Outfit. Die Französin in ihr kam in solchen Momenten besonders zum Vorschein.

Sie hob fragend die Augenbrauen. »Mutest du dir vielleicht zu viel zu?« Ihre Stimme klang besorgt, doch gerade vor ihr wollte er nicht als ein schwach gewordener alter Mann dastehen. Obwohl er deutlich spürte, dass sich in letzter Zeit immer stärker die mehr als zehn Jahre Altersunterschied bemerkbar machten.

»Ach was«, antwortete er ausweichend. »Wenn man am Rennen ist, kann man gar nicht die Schönheit der Landschaft genießen.« Er vollführte eine weit ausholende Armbewegung, die die Umgebung mitsamt der Stadt unten im Tal einschloss, hinter deren Häusern Weinberge und bewaldete Hügel aufragten. Sie waren ein gutes Stück den Ahrsteig hinauf gegangen, ein durchaus anspruchsvoller Wanderweg, der touristisch aufbereitet war. Die in den felsigen Untergrund gehauenen Treppenstufen erleichterten zwar den Aufstieg, doch der Pfad war mitunter ziemlich schmal und nicht ganz ungefährlich.

Hier würde ich nicht allein wandern wollen, dachte er. Nun standen sie am schwarzen Kreuz, das, so teilte eine Tafel mit, vor langer Zeit als Unglückskreuz errichtet worden war und einen markanten Aussichtspunkt bezeichnete. Außerdem waren sie auf der Suche nach einer Station des Multi-Caches »Ahrview 1 – Teufelsloch«, wo es Antworten zu einer dreiteiligen Aufgabe zu finden galt. Eine zusätzliche Station befand sich etwas weiter oben an besagter Stelle.

»Ich finde, der Aufstieg lohnt sich allemal. Auch wenn er ein bisschen anstrengend ist«, teilte er Nathalie mit, ließ sich auf die Bank fallen und wischte sich über die Stirn. »Gut, dass wir es gewagt haben. Dort drüben, das ist die Burg Are. Siehst du?« Er deutete auf den gegenüberliegenden Hügel, auf dem eine mittelalterliche Ruine thronte.

»Noch sind wir nicht oben.« Seine Frau setzte sich neben ihn und legte die Hand auf sein Bein. »Sollen wir nicht lieber umkehren? Und diesen Multi müssen wir nicht unbedingt machen. Der scheint mir ziemlich kompliziert zu sein.«

»Das restliche Stückchen schaff ich auch noch, keine Sorge. Was ist denn so kompliziert?«, wollte er wissen.

»Es geht um Zahlen. Man muss Rechenaufgaben lösen. Mathe war noch nie meine Stärke.«

Er lachte kurz auf. »Hast recht. So etwas müssen wir uns nicht unbedingt antun.«

Im Grunde gefiel es ihm, dass sich ihr neues gemeinsames Hobby wunderbar mit langen Spaziergängen und ausgedehnten Wanderungen verbinden ließ. Außerdem entdeckte man auf diese Weise vorher völlig unbekannte Gegenden und erfuhr einiges über die Besonderheiten der Landschaft. Während Nathalie mehr an geschichtlichen Sehenswürdigkeiten interessiert war, fühlte er sich in der Natur am wohlsten. Und zum Teufelsloch hinauf wollte er unbedingt. Das Geocachen betrieben sie beide mit dem gleichen Eifer – wenn die Aufgabenstellungen nicht allzu kompliziert waren. Er nahm die Flasche Mineralwasser aus seinem Rucksack, trank ein paar Schlucke und verstaute sie.

»Wollen wir weiter?«, fragte er.

»Bist du sicher?« Nathalies Stimme klang noch immer besorgt. »Vielleicht hätten wir nicht alles an einem Tag machen sollen.«

Am Morgen war der Weinort Mayschoss ihr erstes Ziel gewesen. Dort hatten sie die älteste Winzergenossenschaft der Welt besucht, in der sie den historischen Fasskeller begutachteten und durch das Museum geschlendert waren. Er fand das alles beeindruckend und wähnte sich, besonders im Gewölbekeller, ein bisschen wie in einer anderen Welt, in der es modrig nach Vergangenheit roch. Aus mehr als 430 Mitgliedern bestehe der Verein, obwohl das Anbaugebiet der Ahr eine eher kleine Weinregion sei, hatte der junge Mann erklärt, der sie durch die Anlage führte. Man war stolz darauf, eine solch starke Gemeinschaft zu bilden, die hinter einer großen Erfolgsgeschichte stand, und berief sich auf das einmalige mediterrane Mikroklima, das ein unverwechselbares Geschmacksprofil entstehen ließ. Dass der Ahrwein zu den besten der Welt gehöre, wurde mehrfach betont. Eine Meinung, die Nathalie nicht unbedingt teilte.

»Mit einem Bordeaux kann er jedenfalls nicht mithalten«, flüsterte sie Thomas zu, nachdem sie einen Probeschluck genommen hatten.

Er lächelte nachsichtig. Dass seine Frau aus Südfrankreich kam, musste immer mal betont werden, wusste er doch, dass bei ihren Bemerkungen ein ordentlicher Hauch Patriotismus mitschwang. Und vielleicht auch Heimweh. Obwohl sie schon so viele Jahre in Deutschland lebte. Gern lebte, wie sie stets betonte.

Danach hatten sie sich das Grabmal von Katharina von der Mark in der Pfarrkirche St. Nikolaus und Rochus angesehen, das an eine Frau erinnerte, die wie im Märchen von der unehelichen Tochter einer Gänsemagd zur Gemahlin eines Grafen avancierte. Die Ehe, obwohl nicht standesgemäß, wurde dennoch von Papst Innozenz X. legitimiert und ihre vier Kinder zu ebenbürtigen Nachkommen benannt, wenn auch erst nach dem frühen Tod der jungen Frau, die 1620 im Alter von 25 Jahren starb. Das war eine Geschichte ganz nach Nathalies Geschmack. Mühelos konnte sie die lateinische Inschrift auf dem Grabmal aus schwarzem belgischen Granit übersetzen. »Das war ein Mann, der seine Frau sehr geliebt hat und der einiges auf sich genommen hat«, hatte sie voller Anteilnahme bemerkt.

Menschen, die schon so lange tot waren, vermochten ihn nicht unbedingt zu begeistern. Ihn interessierte vielmehr das Lebendige um ihn herum. Die Landschaft, die gute Luft, die Freude darüber, dass er am Leben war, dass er so eine hübsche, junge Frau hatte und dies alles genießen durfte.

»Immer haben die Menschen Grenzen durch Liebe überwunden, auch wenn es die Verwandtschaft und der borniert Klerus nur allzu gern verhindert hätten«, hatte Nathalie bemerkt, die sichtlich gerührt war von der ungewöhnlichen Liebesgeschichte.

Nun ging es weiter steil bergan den Ahrsteig hinauf. Bereits nach kurzer Zeit taten Thomas die Waden weh. Er sollte öfter ins Fitnessstudio gehen, lange hatte er nicht trainiert, im Gegensatz zu Nathalie, die die Strecke mühelos beherrschte. Immer wieder versperrten quergelegte Baumstämme Abzweigungen, um den rechten Weg zu markieren. Nach einiger Zeit, die ihm endlos vorkam, stießen sie auf einen Stein mit der Aufschrift »Teufelsloch«, ein Wegweiser.

»Wir haben's bald geschafft«, meinte Nathalie aufmunternd, die bemerkte, dass er sich ein wenig quälte.

Ein älteres Paar mit Hund kam ihnen entgegen, nickte ihnen grüßend zu. »Lohnt sich wirklich«, meinten sie und zeigten nach oben.

Nach ein paar weiteren Minuten erreichten sie endlich den sagenumwobenen Erosionsdurchbruch im Schiefergestein. Rund um das Loch waren die einzelnen Sedimentschichten gut zu erkennen. Der Ausblick war touristisch aufbereitet mit Geländerabsicherung und einer weiteren Bank zum Ausruhen, auf die er sich setzte, während Nathalie die lichte Höhe und Breite des Teufelslochs mit den Händen ausmaß.

»Metermaß vergessen«, meinte sie lachend. »Jetzt können wir den Cache wahrscheinlich nicht loggen.«

»Wir können es ja zu Hause nachmessen. Vielleicht akzeptiert das sein Owner.« Er schmunzelte. So akribisch brauchte man das doch alles gar nicht zu betreiben. Im Vordergrund sollte der Spaßfaktor stehen.

»Dann jetzt noch den Cache unten im Tal?«, fragte sie. Sie schien unermüdlich. Manchmal fragte er sich, woher sie all diese Energie nahm.

Er seufzte und wünschte, er wäre schon wieder unten.

Doch mit dem Rückweg ließen sie sich Zeit. Verweilten hie und da, kamen vorbei an den merkwürdigsten Holzformationen, die Baumstümpfe und abgebrochene Zweige bildeten, mussten moosüberwachsenen Schieferbrocken ausweichen und Baumwurzeln, die knorrig den Weg überwucherten. Aus dem trockenen Laub ragten junge grüne Farne und andere Gewächse.

Endlich erreichten sie die Ahr unten im Tal. Ein anmutiges Gluckern klang ihnen entgegen. Dann sahen sie das Wasser, das an dieser Stelle nicht sehr tief war. Sie liefen nah am baumbestandenen Ufer entlang, immer ein wenig abseits des ausgewiesenen Wanderweges, das fanden sie beide interessanter, und näherten sich der markierten Stelle, wo der Cache versteckt war.

Der Tradi, ein traditioneller Cache, wies keinen besonderen Schwierigkeitsgrad auf. Er war erst vor Kurzem ausgelegt worden. Mit ein bisschen Glück wären sie die Ersten, die ihn fanden.

Der Cache hatte die rätselhafte Bezeichnung »Palimpsest«. Damit konnte Thomas nichts anfangen, doch Nathalie hatte sofort gewusst, was es damit auf sich hatte. »Ein Palimpsest ist ein mehrfach überschriebenes Pergament. Früher hat man Pergament aus Kuhhaut hergestellt. Deshalb auch der Ausspruch: ›Das geht auf keine Kuhhaut.‹«

Einmal mehr hatte ihn seine Frau mit ihrem umfassenden Wissen beeindruckt.

Nathalie warf einen Blick auf ihr Handy, ging ein paar Schritte und sah sich um. »Hier müssten wir eigentlich richtig sein.«

Sie sahen unter Büschen, hoben Blätter hoch, scharrten Laub beiseite, wälzten moosbewachsene Steine um. Das Jagdfieber hatte ihn gepackt. Auch in die Kronen der

Bäume schauten sie, denn der Cache konnte irgendwo getarnt zwischen den Zweigen hängen. Manche Owner erwiesen sich als äußerst einfallsreich. Doch so sehr sie auch suchten, sie fanden nichts.

»Vergleichen wir noch mal die Koordinaten«, sagte Nathalie.

Man musste damit rechnen, dass bei ungünstigen Empfangssituationen die angezeigten Koordinaten manchmal erheblich hin- und hersprangen.

Thomas hatte ebenfalls eine Geocaching-App auf sein Handy geladen, auch er war der festen Überzeugung, sie befanden sich in unmittelbarer Nähe des Verstecks. Er sah auf das Display, wiegte mit dem Kopf. »Vielleicht ein bisschen näher beim Fluss.«

Sie stapften weiter. Hörten das Wasser gluckern, sahen Sonnenreflexe blinken. Hohe Bäume begrenzten das Ufer, Sonnenlicht sickerte durch das dichte Blättergewölbe und ließ es goldgrün aufleuchten. Thomas Münzer warf nochmals einen Blick auf das Handy und bahnte sich einen Weg zwischen niederem Gestrüpp und einem Heckenrosenbusch. Hinter plattgedrückten Grasbüscheln war eine Schneise zu erkennen, die durch dicht wachsenden Wiesenbärenklau führte. Ob doch schon jemand den Cache gefunden hatte?

Abrupt blieb er stehen. »Moment mal. Siehst du das, da vorn?«, fragte er aufgeregt und drehte sich zu seiner Frau um.

»Wie? Was meinst du?« Nathalie, die dicht hinter ihm geblieben war, reckte den Kopf.

»Da vorn. Siehst du nicht?« Er tat einige Storchenschritte, wich tief hängenden Zweigen aus und stand schließlich an der Uferböschung.

»Mon Dieu«, rief Nathalie aus, die ihm folgte.

Dort lag etwas im Wasser, das da nicht hingehörte. Schwebend wie eine Geistererscheinung. Wellen spielten damit, bewegten das große Bündel, das Arme und Beine hatte.

»Ein Mensch?« Nathalie schlug die Hände vors Gesicht.

Hi Mellie,

meinen Dienstgrad willst du wissen. Ich bin ausgebildeter Panzergrenadier. Als sogenannter Guardian Angel ist es meine Aufgabe, die Ausbilder von hier nach dort zu bringen. Man kann meinen Job auch profan Leibwächter nennen. Eigentlich mache ich ihn ganz gerne, weil man öfter mal aus dem Camp rauskommt.

Die Fahrten sind manchmal richtig abenteuerlich. Die Straßen sind furchtbar holprig, ein Schlagloch reiht sich an das andere. Da spürst du jeden Knochen im Leib, kann ich dir sagen. Einmal wären wir fast umgekippt, so sehr kamen wir ins Schlingern. So eine Fahrzeugpanne kann lebensgefährlich sein, weil ja die Terroristen überall lauern. Deshalb fahren wir immer im Konvoi. Einmal sind wir tatsächlich in eine Sprengfalle geraten. Da ist etwas ein paar Fahrzeuge vor uns explodiert. Da denkt man, gleich ist alles aus. Das war's dann. Glücklicherweise ist nicht allzu viel passiert. Auch, weil wir gut ausgebildet und unsere Fahrzeuge gepanzert sind. Es gab zwar ein paar Verletzte, aber keine Toten.

Die Taliban sind einfach nur die Pest, sie kleben an ihrer Macht, koste es, was es wolle. Immer-

hin haben sie im Winter weitgehend ihre Kämpfe ausgesetzt, doch im Frühjahr legten sie wieder richtig los. Sie fühlen sich als Gotteskrieger, persönlich beauftragt von Allah. Sie allein bestimmen, wer leben darf und wer sterben muss. Alle Nicht-Muslime sind für sie Ungläubige, verdammt, in der Hölle zu schmoren. Dazu gehören auch wir, natürlich. Wir Soldaten sind für die der Feind, der mit allen Mitteln bekämpft werden muss.

Etliche meiner Kameraden glauben, dass dieser Krieg militärisch nicht zu gewinnen ist. Und ich selbst bin mir inzwischen auch nicht mehr sicher. Vielleicht fragst du dich, warum ich dir das alles schildere. Ich könnte es ja für mich behalten. Solche Dinge erzählt man nicht einem Mädchen, das man mag und das sich auf die Wahl für die Weinkönigin vorbereitet.

Aber diese Gedanken gehen mir nun mal im Kopf rum, und ich habe mehr und mehr den Eindruck, du verstehst mich. Du fühlst mit mir, du bist bei mir in dieser Ödnis. Und das ist sehr tröstlich. Ich freue mich sehr auf deine nächsten Nachrichten.

Dein Micha (Kussmund-Smiley)

15. KAPITEL

»Ich hätte nicht gedacht, dass wir so schnell wieder hierherkommen würden«, sagte Franca. Wieder hatte sie den Weg über die B 9 gewählt, weil sich auf der Autobahn eine Baustelle befand und Staus gemeldet waren. Gerade passierten sie einen in die Straße hineinragenden Fels, hinter dessen Kurve eine Gaststätte war. Die »Bunte Kuh«. Wie eine Aufschrift mitteilte.

Diesmal waren sie nicht zu einem unbeschwerten Ausflug unterwegs. Die Leitstelle hatte einen Leichenfund gemeldet.

Gegenüber der »Bunten Kuh« floss die Ahr. Auf dieser kurvenreichen Strecke zwischen Ahrweiler und Marienthal war Vorsicht geboten.

»Hätt ich auch nicht gedacht«, bestätigte Clarissa, die am Steuer des Geländewagens saß, zu dem man ihnen vorsichtshalber geraten hatte, da die Leiche mitten in einem schwer zugänglichen Gebiet lag. »Weiß Gott nicht.«

»Noch zehn Kilometer, dann dürften wir da sein.«

Hinter der nächsten Kurve erhoben sich terrassierte Weinberge mit ihren gerade ausgerichteten Rebzeilen. Dazwischen ragten schroffe Felsformationen.

Nach ein paar weiteren Kurven bogen sie in einen asphaltierten Wirtschaftsweg ein, der ihnen von der Leitstelle beschrieben worden war. Wenig später ging der Wirtschaftsweg in einen unbefestigten Waldweg über. Am

Wegrand in einer Bucht war ein auffälliger metallicgrüner Nissan abgestellt.

»Sollen wir hinter dem hier parken?«

»Die Kollegen müssten schon da sein. Fahr ruhig noch ein Stück weiter. Mit dem Allrad kommst du da locker durch. Schauen wir mal, wie weit wir kommen.«

Das Fahrzeug holperte im Schritttempo über eine schmale Brücke und dann weiter den unbefestigten Waldweg entlang. Clarissa wich ein paar Schlaglöchern aus, die sich in den Waldweg gegraben hatten, ab und an wurden sie ordentlich durchgeschüttelt, bis sie schließlich die abgestellten Polizeifahrzeuge erreichten und den Wagen dahinter parkten.

Beide Frauen stiegen aus. Von hier aus war es noch ein gutes Stück einen schmalen Pfad durch den Wald bis zu der Absperrung. Dort an der Stelle am Fluss waren Stimmen zu hören. Wenig später sahen sie zwischen Bäumen und Büschen die geschäftig herumwuselnden Kollegen.

Ein Streifenpolizist dirigierte sie über einen Trampelpfad zur Anlandungsstelle. Solch ein Pfad wurde eigens angelegt, damit keine Täterspuren durch eigenverursachte Spuren verloren gingen. Ein dichter grüner Teppich aus Wiesenbärenklau schien alles zu beherrschen. Der Leiter der Spurensicherung, Frankenstein genannt, stand mit Gummistiefeln im Wasser und hob grüßend die Hand. Der lange Norbert knipste unentwegt Fotos. Die beiden werden wahrscheinlich auch bei der Kripo zusammen alt, dachte Franca. Genau wie ich.

Die Tote lag halb im seichten, grünlich trüben Wasser nahe der Uferböschung, wo Hahnenfuß, gelbes Barbarakraut und Löwenzahn wuchsen. Sonnenreflexe tanzten auf dem Wasser. Herabhängende Zweige berührten fast die schmale Gestalt, die sich zu bewegen schien, weil kleine Wellen mit ihr spielten. Das lange blonde Haar flutete wie ein nasser Schleier um ihren Kopf. Es sah unwirklich aus, wie von einem surrealen Maler gepinselt.

Clarissa näherte sich ebenfalls beherzt der Toten, die schutzlos dalag, und betrachtete sie eingehend. Die Augen der jungen Frau, die kaum jünger war als Clarissa, standen offen und blickten ins Leere. Irgendwo hatte Franca mal gehört, dass Schlangen in der Lage seien, das Bild desjenigen in ihrer Iris einzubrennen, den sie als Letztes gesehen hätten. Schön, wenn die Wissenschaft schon so weit wäre, dies auch bei Menschen nachzuweisen. Das würde uns eine ganze Menge Arbeit ersparen, dachte sie. Doch sie wusste nicht, ob das Science Fiction war oder ob die Wissenschaft tatsächlich solch ein Phänomen bei Schlangen herausgefunden hatte.

Franca ließ ihre Blicke wandern und versuchte, ein Gefühl für diesen Todesort zu bekommen, der so idyllisch und friedlich anmutete. Kein Autolärm drang bis hierher, lediglich Vogelgezwitscher war neben dem leisen Gluckern des Wassers zu hören. Das Gemurmel der Kollegen und ihre rastlose Geschäftigkeit störten allerdings die Stille. Sie sah an Totholz vorbei, um dessen Stamm sich Efeu wand, das dem einstigen lebendigen Baum wahrscheinlich die Luft genommen hatte, so lange, bis er abstarb. Zwischen den Blütenknospen eines Heckenrosenbuschs tänzelte ein weißer Schmetterling. Bestimmt ein Kohlweißling.

Ins Ahrtal war sie bisher äußerst selten berufen worden. Wirklich merkwürdig, dass sie erst vergangenen Samstag eine Tour durch den Rotweinwanderweg gemacht hatte. Ob es tatsächlich keine Zufälle gab, wie immer behauptet wurde? Alles komme so, wie es kommen müsse. Aber wer lenkte das? Dass ein einziger Gott so viel Macht haben sollte, daran hatte sie nie so recht geglaubt.

Clarissas roter Haarschopf leuchtete in der Sonne, als sie sich über die Tote beugte. Dann hob die Kollegin den Kopf und suchte Francas Blick.

Franca schluckte den Kloß in ihrem Hals hinunter und nickte Clarissa zu. Roch feuchte Walderde, sah in das Ahrwasser, das die Farbe des Himmels und der Uferpflanzen spiegelte. Als ihr Blick von der lebendigen jungen Kollegin zu der Toten im Wasser wanderte, spürte sie einen kleinen Schwindel. Das Bild des Mädchens, wie es dalag, bleich und von einer überirdischen Schönheit, ließ allmählich das Rauschen in ihrem Kopf anschwellen. Sie atmete tief ein und unterdrückte ein heftiges Zittern.

Wie viele Leichen hatte sie schon gesehen? Sie konnte sich einfach nicht an den Zustand eines Menschen gewöhnen, aus dem jegliches Leben gewichen und der nur noch Körper war. Keine Gedanken und Gefühle mehr äußern konnte. Eine Hülle ohne Inhalt.

Sie spürte, wie sie in diesem Augenblick ihren ehemaligen Kollegen Bernhard Hinterhuber vermisste, dessen trockene Sachlichkeit sie zwar manchmal bemängelt hatte, in solchen Momenten aber war es äußerst hilfreich, störende Empfindungen außen vor zu lassen. Hubi hatte sein Vorhaben, die Dienststelle zu wechseln, wahr gemacht und eine Führungsposition in einer Inspektion auf dem Maifeld übernommen. Der neue Job gefiele ihm sehr gut, hatte er verlauten lassen, als sie sich das letzte Mal am Telefon sprachen. Dort im Maifeld sei es ruhig, sehr angenehm zu arbeiten. »Klingt ein wenig langweilig«, hatte Franca bemerkt, worauf er herzlich lachte.

»Du weißt doch, dass es in unserem Job nie langweilig wird. Aber die Aufregungen hier sind nicht so schweißtreibend – und das schätze ich.«

Sie glaubte ihm nicht so recht. Hubi war ein guter Polizist, der gern in der Mordkommission gearbeitet hatte. Aber vielleicht war das Maifeld nur eine weitere Zwischenstation auf seiner Karriereleiter nach oben.

Clarissa erhob sich und trat einen Schritt zurück. »Ich muss die ganze Zeit an Shakespeares Ophelia denken«, sagte sie.

»Und wieso?« Franca war irritiert.

»Ich weiß nicht. Die lag auch tot im Wasser. Shakespeare nannte es das weinende Wasser. Vielleicht deswegen.« Sie hob die Schultern. Um ihren Mund zuckte es.

»Hat Ophelia nicht Selbstmord begangen? Wegen unglücklicher Liebe oder so?« Franca erinnerte sich dunkel an das gelbe Reclamheft. Hamlet hatte nicht unbedingt zu ihrer Lieblingslektüre gezählt. Gleichzeitig war sie der jungen Kollegin dankbar, dass sie sie auf andere Gedanken brachte.

Clarissa wiegte den Kopf. »Sie war heimlich in Hamlet verliebt. Selbstmord oder Unglücksfall, das wird im Stück nicht so richtig klar.«

»Und du meinst, es handelt sich hier um einen Selbstmord oder Unglücksfall?« Franca klang skeptisch.

Clarissa zuckte mit den Schultern. »Ich sehe keine Verletzungen. Sie ist vollständig bekleidet. Vielleicht ist sie ausgerutscht oder unglücklich gestürzt. Aber das sind nur Mutmaßungen.«

Tröstliche Mutmaßungen, dachte Franca. Die besser zu ertragen sind als ein gewaltsamer Tod.

»Weiß man, wer sie ist?«, fragte sie Frankenstein, der

konzentriert im Wasser herumstocherte, als ob er einem Fisch nachjagte. Sein weißer Overall spannte verdächtig um die Bauchmitte. Der liebe Frankenstein schien in letzter Zeit ziemlich an Gewicht zugelegt zu haben. Im nächsten Moment fischte er einen triefenden Rucksack aus dem Wasser. »Ich nehme an, darin finden wir die Antwort.« Seine Stimme klang ein wenig triumphierend.

»Die kann ich Ihnen geben.« Einer der umstehenden Männer, den Franca bisher nicht bemerkt hatte, trat zu der kleinen Gruppe am Ufer. »Das ist Melanie Dellinger«, sagte er und rieb sich das Kinn. »Die frisch gekürte Ahrweinkönigin.«

»Ahrweinkönigin?«, echote Franca.

Der große, drahtige Mann nickte und hielt ihr seine Hand hin. »Peter Schubart von der PI Ahrweiler. Ich war bei der Proklamation dabei. Als sie gewählt wurde. Am vergangenen Freitag.«

»Dann hat sie ja ihr Amt nicht lange ausüben können«, bemerkte Clarissa etwas unpassend, wie Franca fand.

Der Mann schüttelte den Kopf, Schmerz im Gesicht. »Ich hab sie ganz gut gekannt. Sie war ein fröhliches und äußerst sympathisches Mädchen. Überall beliebt.« Er zögerte einen Moment. »Und sie wanderte gern.«

»Das heißt?«

»Dass sie gern wanderte. Auch abseits der ausgewiesenen Wege. Ich nehme an, sie hat diese Gegend hier gut gekannt.«

Franca legte den Kopf schief. »Dann sagen Sie mir doch einfach, was Sie konkret denken.«

Peter Schubart hob die Schultern und ließ sie wieder fallen. »Ich denke, dass auch der versierteste Wanderer Fehler machen kann.«

In diesem Moment erschien Dr. Küppersbusch. »War gar nicht einfach, hierher zu finden«, meinte er mit lauter Stimme. »So abgelegen wie das hier ist. Aber ich wusste schon, warum ich Gummistiefel eingepackt hab.«

Franca verdrehte die Augen. Dieser schnöselige Rechtsmediziner mit seinem Spinnennetztattoo am Hals war für sie die reine Provokation. Sobald er in ihre Nähe kam, weckte er ihren Widerspruchsgeist. Sie konnte sich nicht so recht erklären, wieso er über die unrühmliche Gabe verfügte, sie durch seine bloße Gegenwart bis aufs Blut zu reizen.

»Sieht nach Leichen-Dumping aus«, konstatierte er und stiefelte ein paar Schritte ins seichte Wasser, um die Tote näher zu inspizieren. »Hübsch. Hübsch. Die hätte man noch ganz gut anders gebrauchen können«, murmelte er vor sich hin, während er anzüglich grinste.

Vor Francas Augen begann es gefährlich zu flimmern. »Was haben Sie da gesagt?« Franca schrie es fast. Unwillkürlich ballte sie die Fäuste und musste sich schwer zusammenreißen, sie ihm nicht entgegenzuschleudern.

Er hob abwehrend die Hände. »Nichts. Nichts.« Mit halbem Ohr hörte sie, wie er etwas von empfindsamen Weibern vor sich hinbrabbelte.

»Kann das Opfer jetzt geborgen werden?«, rief einer der Kollegen.

»Was meinen Sie, Herr Stein?«, fragte Küppersbusch.

Frankenstein nickte. »Von mir aus. Ich hab vorerst genug gesehen.«

Küppersbuschs Haare waren so kurz geschoren, dass die Kopfhaut zwischen den Stoppeln leuchtete.

Aus den Augenwinkeln beobachtete Franca, wie einige Männer, die ebenfalls Gummistiefel trugen, die Leiche ans Ufer zogen und sie auf eine ausgelegte Folie betteten. Das Mädchen trug ehemals helle Jeans, die einen grünlichen Farbton angenommen hatten, ein buntes T-Shirt mit Glitzer-Applikation und Wanderschuhe.

»Was meinen Sie? Ist sie ertrunken?«, fragte Franca den Rechtsmediziner.

Der schüttelte den Kopf. »Sieht nicht so aus.«

»Weil der typische Schaumpilz vor dem Mund fehlt?«

Sie erinnerte sich, dass bei einem Ertrunkenen nach der Bergung ein weißlicher Schaumpilz vor Mund und Nase tritt.

Küppersbusch sah sie mitleidig an. »Den gibt's nur bei frischen Leichen. Und so ganz frisch sieht diese nicht aus. Auch wenn sie sich einigermaßen gehalten hat.« Sein Tonfall war äußerst spöttisch.

Wieder einmal fühlte sich Franca in der Gegenwart dieses Rechtsmediziners wie ein gemaßregeltes Schulmädchen und ärgerte sich über sich selbst. Die fachliche Kompetenz war ihm nicht abzusprechen, leider. Obwohl sie ihm durchaus auch mal einen Patzer gegönnt hätte.

»Hohlhand ist weißlich. Es löst sich aber noch nichts ab«, murmelte er vor sich hin, als ob er mit sich selbst spräche. Dann hob er den Kopf. »Ich sehe da was am Hals und an den Armen. Könnten Paltauf-Flecken sein. Ein Fäulnisvorgang ist noch nicht sichtbar.«

»Paltauf-Flecken?« Franca beugte sich etwas näher zu der Toten hinunter, konnte aber kaum Verfärbungen auf der wachsbleichen Haut erkennen.

»Das kann was bedeuten. Muss aber nicht. Vielleicht ist mehr zu sehen, wenn sie trocken ist. Mit Wasserleichen ist das ja so eine Sache.« Er richtete sich auf und hob suchend den Kopf. »Ich würd das gründlich abkleben, Herr Stein«, wies er Frankenstein an. »Vergessen Sie nicht, die Hände einzutüten.«

»Abkleben nutzt ja wohl kaum was«, brummelte Frankenstein, dessen Gesichtsausdruck Bände sprach. »Die ist doch total nass«, zischte er in Francas Richtung. »Als ob mir jemand meine Arbeit erklären müsste.«

Franca hoffte, dass es nicht zu einem heftigen Disput zwischen dem Leiter der Spurensicherung und dem jungen Rechtsmediziner kommen würde, wie das schon öfter der Fall war. Beide waren Alphatiere und versuchten regelmäßig, ihr jeweiliges Revier zu verteidigen.

»Könnte es sich um ein Sexualdelikt handeln?«, fragte sie schnell.

Küppersbusch zuckte mit den Schultern. »Sie sehen ja selbst, dass sie komplett bekleidet ist. Aber man hat ja schon Pferde kotzen sehen.«

Immer diese dummen Sprüche! Wie oft schon hatte sie sich nach der besonnenen Irene Seiler zurückgesehnt, der Vorgängerin von Küppersbusch. Ihr wären niemals solche despektierlichen Aussagen über die Lippen gekommen. Franca verdrehte missbilligend die Augen. Ging aber nicht weiter auf ihn ein.

Mit einem Mal schien Küppersbusch ihren Blick zu suchen. »Todeszeitpunkt: halb drei«, sagte er mit triumphierender Tonlage. »Sie wollen es doch immer genau wissen.«

Sie war irritiert. Wollte er sie verarschen? Schließlich ging es ihr auf: Die Tote trug eine mechanische Armbanduhr, die offensichtlich nicht wasserfest war.

»Halb drei nachts oder am Tag?«, konterte sie. »Gestern? Vorgestern oder wann?«,

»Tja, das hat sie mir leider nicht geflüstert.« Küppersbusch grinste breit.

»Was meinen Sie, wie lange sie im Wasser liegt?«, bohrte Franca weiter.

Wieder traf sie ein spöttischer Blick. »Ach, Frau Mazzari, Sie können es einfach nicht lassen. Aber ich krieg das raus. Versprochen.«

Und er konnte es einfach nicht lassen, sie zu provozieren.

Ärgerlich presste sie die Lippen zusammen.

»Die Ablage im Wasser hat ihre Tücken. Wasserleichen verändern sich anders als an der Luft. Es ist viel zu früh für eine abschließende Beurteilung. Das wissen Sie doch.« Da war sie wieder, die Überheblichkeit, die der Rechtsmediziner sie so gern spüren ließ. Hatte sie sich nicht geschworen, sich nicht mehr darüber aufzuregen?

Peter Schubart, der den Schlagabtausch der beiden beobachtet hatte, griff ein: »Sie ist zuletzt am Samstagnachmittag gesehen worden. Da hatte sie eine erste Amtseinführung auf dem Festplatz. Dann ist die Zeitangabe auf der Armbanduhr wahrscheinlich einen oder zwei Tage später zu datieren. Also Pfingstsonntag oder Pfingstmontag.«

»Das könnte hinkommen«, meinte Küppersbusch versöhnlich. »Nach grober Einschätzung hätte ich gesagt: So, zwei bis drei Tage.«

Na also. Mehr wollte Franca doch gar nicht wissen. Mit vorsichtigen Schritten ging sie hinüber zu Frankenstein, der den Inhalt des Rucksacks inspizierte.

»Dieser Typ macht mich ganz krank«, zischte er zwischen zusammengepressten Zähnen hervor. »Dabei stinkt seine Scheiße nicht anders als meine.«

Franca musste unwillkürlich lächeln. »Was hast du denn da alles gefunden?«, wollte sie wissen.

»Siehst du ja selbst«, er wies auf die Utensilien, die er auf einer weiteren Plane ausgebreitet hatte. Geldbeutel mit Ausweis. Ein Päckchen durchweichte Papiertaschentücher, ein Lippenstift, Pfefferminzbonbons, eine halb leer getrunkene Flasche Mineralwasser und ein paar andere Kleinigkeiten.

»Kein Handy?«, fragte sie.

Er schüttelte den Kopf. »Und auch keinen Schlüssel.«

»Glaubst du, das hier ist der Tatort?«

Er hob die Schultern. »Vielleicht ist es ja nur ein Unglücksort.« Genervt sah er in Küppersbuschs Richtung. »Ich würde es diesem Angeber so sehr wünschen, dass er mal so richtig danebenliegt.«

»Dann sind wir schon zwei.« Franca stieß ein schnaubendes Lachen hervor. »Aber sie ist hier gestorben? Zumindest hier in der Nähe?«

»Das müssen wir abklären. Hier wird gründlich gearbeitet, wie immer. Auch wenn dieser Dummbeutel meint, er müsse uns Anweisungen geben.«

Franca beobachtete, wie etliche von Frankensteins Kollegen die nähere Umgebung absuchten.

»Ist das eine Hitze. Dabei haben wir doch erst Mai.« Frankenstein schob die Kapuze seines Schutzanzuges zurück und kratzte sich am Kopf. Sie bemerkte, dass sein schweißverklebtes Haar ziemlich schütter geworden war.

Aus den Augenwinkeln heraus sah sie, dass Clarissa mit einem Paar mittleren Alters sprach. Wobei die Frau augenscheinlich jünger war als der Mann. Sie hatte hell blondiertes, schulterlanges Haar und sah elegant aus, während der Mann in seiner Trekkinghose eher leger wirkte.

»Das sind Frau und Herr Münzer. Sie haben das Mädchen gefunden«, erklärte Clarissa, als Franca zu der

Gruppe trat. »Es sind Geocacher.« Zu den beiden Herrschaften gewandt, sagte sie: »Meine Chefin, Franca Mazzari.«

»Bitte was sind Sie?« Franca hatte zwar dieses Wort schon mal gehört, aber konnte sich nichts darunter vorstellen.

»Geocacher suchen nach versteckten Dingen«, erklärte Clarissa. »Die ausgelegt wurden.«

Der Mann nickte. »Das ist unser Hobby.« Er verzog das Gesicht. »Normalerweise finden wir dabei keine Leichen.«

Seine Frau sah ihn missbilligend an. »Darüber macht man keine Scherze«, maßregelte sie ihn.

»Entschuldigung. Ich hab ja noch nie …«

»Wo wohnen Sie?«, fiel ihm Franca ins Wort, bevor er sich anschickte, umfangreiche Erklärungen abzugeben.

»In Düsseldorf. Wir sind hier im Urlaub. Unser momentanes Domizil ist drüben auf dem Campingplatz.« Er wies vage in eine Richtung hinter den Bäumen. »Dort steht unser Wohnmobil.«

»Und, haben Sie gefunden, wonach Sie suchten?«

Der Mann schüttelte den Kopf. »Wir waren noch auf der Suche. Oben am Teufelsloch haben wir etwas für einen Earthcache ermittelt. Aber ich glaube nicht, dass Sie das wissen wollen, oder?«

Clarissa nickte ihm lächelnd zu. »Man weiß nie. Uns interessiert natürlich hauptsächlich der Cache, den Sie hier suchen wollten.«

»Ein einfacher Tradi. Er heißt Palimpsest«, sagte die Frau. »Er ist neu ausgelegt worden, und wir wären gern die Ersten gewesen, die ihn finden.«

»Leider können Sie vorerst nicht weitersuchen. Das Gelände ist abgesperrt.«

»Für wie lange denn?«, fragte der Mann.

Seine Frau knuffte ihn in die Seite. »Du wirst doch nicht weitersuchen wollen, wo ein Mensch …«

»Bis hier alles gesichert ist, kann es schon ein paar Tage dauern«, erklärte Clarissa.

Franca versuchte der Unterhaltung, von der sie kaum etwas verstand, zu folgen und wunderte sich wieder einmal über ihre junge Kollegin, die sich sehr gut mit diesem ihr unbekannten Hobby auszukennen schien.

»Ich hab Ihre Daten notiert«, erklärte Clarissa schließlich. »Sie können jetzt gehen.«

Die beiden trollten sich.

Frankenstein kam auf sie zu. »Ich frag mich die ganze Zeit, warum das Mädchen ausgerechnet an dieser Stelle war. Hier kommt man nicht einfach so vorbei. So abgelegen, wie das ist.«

»Vielleicht war sie Geocacherin«, sagte Franca.

Frankenstein sah sie sehr verwundert an.

16. KAPITEL

»So. Und jetzt erklärst du mir ganz genau, was ein Geocacher ist«, befahl Franca, als sie den Weg zum Auto zurückliefen. »Und was es mit diesem Tradi, oder wie das heißt, auf sich hat.«

Clarissa schmunzelte. »Geocaching ist eine sehr spannende Angelegenheit, die immer mehr Menschen als Hobby betreiben, und zwar weltweit. Hab mir schon gedacht, dass du das nicht kennst.«

»Alles kann man nun mal nicht wissen. Und ich bin ja auch nicht mehr die Jüngste. Also.«

»Das gibt es noch nicht allzu lange«, warf Clarissa begütigend ein. »Ich hatte mal einen Freund, mit dem ich regelmäßig cachen gegangen bin. Es ist im Grunde eine Art Schnitzeljagd, bei der man den versteckten Schatz finden muss.«

»Also ein Kinderspiel?«

»Nee, eher eins für Erwachsene. Das Wort kommt übrigens aus dem Französischen, von cacher. Also verstecken. Wird aber englisch ausgesprochen. Wie Cash. Es geht darum, dass sogenannte Owner was verstecken, das mit Hilfe von GPS gefunden werden muss. Als Cache-Behälter dient meistens eine Plastikbox – wasserdicht sollte sie schon sein –, damit der Inhalt vor äußeren Einflüssen geschützt ist. Wenn man den Cache gefunden hat, trägt sich der Finder in das Logbuch in der Box ein. Manchmal liegen auch Tauschobjekte dabei, dann wird der Austausch vermerkt. Die Box legt man in das gleiche Versteck zurück, damit sie weitere Cacher finden können.«

»Und woher weiß man, wo dieser Cache liegt?«

»Dazu bekommt man verschiedene Hinweise. Es gibt im Internet eine eigene Seite für Geocacher. Dort sind alle Caches verzeichnet. Da findest du genaue Angaben über die Gegend, in der sie versteckt sind, vor allem die Koordinaten. Also man arbeitet mit GPS.«

»Braucht man dazu ein eigenes Gerät?«

Clarissa wiegte mit dem Kopf. »Das kann ganz nützlich sein. Aber es gibt auch entsprechende Apps fürs Handy. Alle Caches haben einen Namen und sind mit einem Code versehen, auch der Schwierigkeitsgrad und die Geländewertung werden genannt. Bei den schwierigeren Mysteries muss man erst mal knifflige Fragen beantworten und quasi um die Ecke denken. Multis bedeuten, dass man mehrere Stationen bewältigen muss. Tradis, also traditionelle Caches, wie ihn die beiden gesucht haben, sind diejenigen, die am häufigsten vorkommen. Die sind normalerweise nicht allzu schwer zu finden, weil bei denen die Koordinaten direkt angegeben sind.«

»Und woher weiß man, dass es sich um einen Tradi handelt?«, wollte Franca wissen.

»Der ist auf der Cacher-Homepage grün markiert.«

»Wie kann man die Homepage einsehen? Einfach so?«

»Nein.« Clarissa schüttelte den Kopf. »Um beim Cachen aktiv dabei zu sein, muss man sich zuvor registrieren.«

»Und du bist registriert?«

Sie nickte. »Ich war zwar schon länger nicht mehr aktiv, aber ich bin immer noch angemeldet.«

Franca sah sie nachdenklich an. »Könntest du denn mehr über diesen Cache herausfinden, den die beiden Urlauber gesucht haben?«

»Daran hab ich auch schon gedacht«, bestätigte Clarissa. »Insofern wäre ich sehr dafür, baldmöglichst danach zu suchen.«

»Du meinst, bevor derjenige, der ihn versteckt hat, auf die Idee kommt, ihn eventuell wieder zu beseitigen?«

Clarissa hob die Schultern. »Ist vielleicht ein bisschen weit hergeholt. Aber möglich wäre es schon. Einen Versuch ist es allemal wert.«

»Sag ich doch. Frankenstein und seine Mannen bewachen das Gebiet nicht permanent. Dann können sie auch keine dummen Fragen stellen.«

»Wir wissen natürlich nicht, ob der Cache überhaupt was mit dem Fall zu tun hat.«

»Es gibt nur einen Weg, das herauszufinden.« Franca grinste.

Auf dem Rückweg fuhren sie wieder an dem metallicgrünen Nissan vorbei, der noch immer an derselben Stelle am Wegrand stand. Vielleicht sollte man sich um den Wagen mal kümmern, dachte Franca. Doch zuerst musste eine andere Aufgabe erledigt werden.

Das Haus lag mitten in einer stillen, verkehrsberuhigten Spielstraße. Es waren aber keine Kinder zu sehen. Ein schmuckes Einfamilienhaus, umgeben von einem Schottergarten, wie man sie immer öfter sah. Yucca-Palmen und Pflanzenkübel mit blühenden Blumen lockerten das etwas triste Bild auf. Alles wirkte sehr ordentlich und gepflegt. Kein einziges grünes Unkräutchen wagte sich zwischen den grauen Steinen hervor.

Sie stiegen aus und liefen auf das Haus zu. Franca drückte auf die Klingel und sah Clarissa betreten an. Solche Gänge, wenn man den Angehörigen mitteilen musste, was mit ihren Lieben geschehen war, waren die schlimmsten. Niemand machte so etwas gern, doch sie mussten sein. Die Vereinbarung lautete, dass Todesnachrichten in keinem Fall am Telefon überbracht werden sollten. Die physische Anwesenheit eines Menschen war bei einer solch diffizilen Angelegenheit sehr wichtig. Und es war notwendig, nicht allein zu kommen. Dies alles war jedes Mal sehr belastend, und man wusste nie, wie das Gegenüber reagieren würde.

Oftmals konnte man in solchen Momenten an den Reaktionen der Angehörigen sofort erkennen, wie das Verhältnis zueinander war. Manchmal konnten sich daraus durchaus Hinweise zum Täter ergeben. Es war nun mal eine unumstößliche Tatsache, dass die meisten Tötungen von Bezugspersonen begangen wurden. Allerdings waren die männlichen Straftäter deutlich in der Überzahl.

Schnelle Schritte waren im Inneren des Hauses zu hören. »Ich komme!«, rief eine helle Frauenstimme. Die Tür wurde mit einem Ruck geöffnet, eine jugendlich wirkende Frau mit großen, überraschten Augen stand ihnen gegenüber. Sie mochte Ende 40 sein, war gepflegt und hatte blondgefärbtes, kinnlanges Haar, das ihr schwungvoll in die Stirn fiel. Augenblicklich veränderte sich ihr Gesichtsausdruck. Ihre offene Miene wich Entsetzen. Es sah ganz so aus, als ob sie jemand anders erwartet habe und nun mit einem Schlag erkannte, wer vor ihr stand.

»Frau Dellinger?« Franca zeigte ihren Polizeiausweis. »Mein Name ist Mazzari. Das ist Frau Sonnenberg. Dürfen wir reinkommen?«

Die Frau trat stumm zur Seite. Ihr Körper war augenblicklich in sich zusammengesunken, ihre Schultern hingen herab. »Haben Sie … ist was mit Melanie?«, stammelte sie. Dann brach sie ab und schien förmlich den Atem anzuhalten.

Durch den Flur gingen sie hintereinander her ins Wohnzimmer. An der Wand hing eine Fotogalerie. Melanie in verschiedenen Altersstufen, lachend, fröhlich. Wie bei mir daheim, dachte Franca. Auch sie hatte im Flur Georginas Fotos aufgehängt, um sich stets deren verschiedenen Lebensstadien bewusst zu sein. Georgina war ungefähr so alt wie die Tochter dieser Frau. Doch im Gegensatz zu Melanie war sie am Leben und erfreute sich bester Gesundheit.

Francas Augen streiften durch das helle Wohnzimmer, in das sie geführt wurden. Kein Teppich lag auf dem glänzenden Marmorboden. Insgesamt wirkte das Zimmer, in Weiß- und Schwarztönen gehalten, ein wenig steril, nichts stand oder lag herum, bis auf eine zerknautschte Kuscheldecke auf dem schwarzen Ledersofa.

»Entschuldigen Sie die Unordnung, ich hatte mich kurz hingelegt«, sagte die Frau hilflos. »Ich bin so furchtbar durcheinander … Ich hab gedacht, Melanie …« Wieder brach sie ab und sah Franca an, als ob sie von ihr Hilfe erwarte. Vielleicht will sie auch nur den Moment der Gewissheit hinauszögern, dachte Franca. In ihren Augen konnte man lesen, dass sie längst ahnte, was passiert war.

»Das ist schon okay, Frau Dellinger«, Franca räusperte sich. »Können wir uns setzen?«

Die Frau nickte, nahm die Wolldecke auf und faltete sie zusammen. Alles geschah mit langsamen, bedächtigen Bewegungen. Als ob sie die Katastrophe, die sie offensichtlich auf sich zukommen spürte, gewaltsam durch diese Tätigkeit abhalten müsste. Franca und Clarissa setzten sich auf das Sofa und warteten ab, bis auch Melanies Mutter auf der Kante eines Sessels Platz genommen hatte. Schließlich räusperte sich Franca.

»Es tut uns furchtbar leid. Wir müssen Ihnen mitteilen, dass Ihre Tochter Melanie tot ist.« Sie sagte die Worte so sachlich wie möglich, dennoch konnte sie die Emotionen nicht aus ihrer Stimme heraushalten. Die Sätze hallten nach und schienen den Raum zu füllen.

Wie oft schon hatte Franca über die harten Worte nachgedacht, die sie ohne Umschweife äußern sollte, und sich gefragt, ob es nicht besser sei, die Betroffenen langsam auf das Unvermeidliche vorzubereiten. In Gesprächen mit etlichen Psychologen vertraten ausnahmslos alle die Meinung, dass man beim Überbringen der Todesnachricht keine Hoffnung auf ein Missverständnis aufkommen lassen dürfe. Sonst würden sich die Angehörigen zu sehr an der Möglichkeit festklammern, dass alles nicht so schlimm sei.

Bei Francas deutlichen Worten riss Astrid Dellinger die Augen auf und schnappte nach Luft.

»Was ... wo ist Melanie?«, krächzte sie.

»Sie wurde in der Ahr aufgefunden. Nahe Altenahr.«

»Ertrunken?«

»Das muss noch untersucht werden.«

Frau Dellingers Gesicht versteinerte. »Ich wusste, dass etwas Schreckliches passiert sein musste«, presste sie hervor. »Ich wusste es. Aber niemand wollte mir glauben.«

Franca hatte die Hoffnung in ihren Augen gesehen, die Hoffnung, dass ihre Tochter vor der Tür stünde anstatt der Polizei. Aber wer konnte ihr diese Aussage verübeln?

»Wir wissen, wie schwer so eine Nachricht wiegt«, sagte Clarissa sanft. »Wenn Sie möchten, bleiben wir eine Weile bei Ihnen.«

Astrid Dellinger krampfte die Hände zusammen und starrte vor sich hin. »In der Ahr«, murmelte sie immer wieder kopfschüttelnd.

»Wir fragen uns, warum Sie keine Vermisstenanzeige aufgegeben haben«, bemerkte Clarissa nach einer Weile.

Mit einem Mal trat ein böses Funkeln in Frau Dellingers Augen. »Aber das wollte ich doch!«, schnappte sie. »Ich war auf der Polizei. Am Pfingstmontag. Aber der Polizist sagte, Melanie nehme sich wahrscheinlich eine Auszeit und sei verreist. Und dann kam ja auch diese SMS in dem Moment, als ich die Anzeige aufgeben wollte.«

Clarissa tauschte mit Franca einen überraschten Blick, dann bat sie: »Können wir die SMS sehen?«

Wie mechanisch stand die Frau auf und ging mit schleppenden Schritten aus dem Raum. Kurz darauf kam sie mit ihrem Handy zurück und rief die Nachricht auf. Mit zitternden Händen hielt sie Franca das Smartphone hin. Die SMS war von Pfingstmontag, 18.45 Uhr.

»Ist das das letzte Lebenszeichen, das Sie von ihr erhalten haben?«, fragte Franca.

Frau Dellinger nickte, setzte sich und starrte weiter vor sich hin.

»Ist Melanie hier aufgewachsen?«, fragte Clarissa in die Stille hinein. »In ihrem Ausweis ist eine andere Adresse vermerkt.«

»Das ist ihr Elternhaus. Vor ein paar Wochen ist sie ausgezogen. Und jetzt …« Astrid Dellinger hob den Kopf und sah Franca mit geweiteten, bettelnden Augen an,

»ist sie tot.« Plötzlich kippte ihr Körper vor und zurück. Immer wieder. Es sah unheimlich aus. Bis die Bewegungen mit einem Ruck aufhörten. »Was hat man ihr angetan?« Die Stimme kam wie aus weiter Ferne. »Wurde sie …« Ihre Augen bohrten sich in die von Franca.

Franca zwang sich, diesem unheimlichen Blick standzuhalten. »Wir wissen es nicht. Noch nicht.«

»Aber Sie denken es. Ich sehe es Ihnen an.« Nun begann sie mit einem mechanischen Nicken. Wie das einer Marionette, die von fremder Hand geführt wird.

»Das kann man so nicht sagen. Sie lag im Wasser und war vollständig bekleidet und völlig unversehrt.«

Vielleicht half das, sich erst einmal mit dem Gedanken vertraut zu machen, dass ihre Tochter nie mehr wiederkommen würde.

»Unversehrt, ja?« Astrid Dellinger krampfte die Hände wie zum Gebet ineinander. So fest, dass Fingerspitzen und Knöchel weiß wurden. »Und warum ist sie dann tot?«

»Die genaue Todesursache muss erst noch festgestellt werden. Es könnte sich auch um ein Unglück handeln. So ganz geklärt ist das noch nicht.« Franca beschloss, das Gespräch in eine andere Richtung zu lenken. »Gibt es vielleicht jemanden in Melanies Bekanntenkreis, mit dem sie Streit hatte?«

Frau Dellinger schüttelte den Kopf. Wieder eine Bewegung, die wie fremdgesteuert wirkte.

»Hatte Melanie einen Freund?«, nahm Clarissa den Gesprächsfaden auf.

Frau Dellinger öffnete den Mund, schloss ihn wieder. Dann flüsterte sie: »Bis vor Kurzem war sie mit Robin zusammen, dem Sohn meiner Freundin. Aber das ist auseinandergegangen.«

Franca musste sich bemühen, die Worte der Frau zu verstehen.

»Seit wann sind die beiden getrennt?« Sofort fielen ihr die Worte eines Profilers ein: »Der schlimmste Feind einer Frau ist der Mann kurz nach der Trennung.« Die Statistik besagte, dass das Böse oftmals kein fremder dunkler Schatten ist, sondern aus dem Freundes- oder Familienkreis kommt.

»Seit ein paar Wochen.«

»Wissen Sie den Trennungsgrund?«

»Nicht genau.« Frau Dellinger schüttelte den Kopf. Eine Träne lief ihr über die Wangen. Sie strich sich über die Augen, neue Tränen folgten. »Wissen Sie, was ich die letzten Tage durchgemacht habe? Können Sie sich vorstellen, wie schlimm diese Ungewissheit ist? Jeder hat mir einreden wollen, ich mache mir zu viele Sorgen.« Ihre Stimme wurde immer leiser. »Ich hab versucht, mich abzulenken. Die schlimmen Gedanken nicht zuzulassen, die mir natürlich sofort in den Kopf kamen. Ich hab mir eingeredet, dass Melanie bald wieder vor der Tür steht. Aber jetzt ist es genauso, wie ich befürchtet hab. Mein Kind ist tot. Und ich hab niemanden mehr«, flüsterte sie. »Ich bin ganz allein.«

»Melanie war Ihr einziges Kind?«, fragte Franca mit normaler Stimme. Dieses Flüstern war ihr unheimlich.

Die Frau hob den Kopf, zögerte kurz, dann nickte sie. »Wir hatten immer ein sehr gutes Verhältnis«, sagte sie nach einer Weile, ebenfalls mit normaler Stimme. »Obwohl sie ganz anders ist … war als ich.« Mit dem Fingernagel ritzte sie Muster in das Leder des Sofas. »Dass sie von hier auszog, hat mir nicht gefallen, das geb ich zu. Aber sie wohnte nicht weit weg. Quasi um die Ecke. Sodass wir uns immer besuchen konnten.«

»Haben Sie einen Schlüssel zu ihrer Wohnung?«, wollte Clarissa wissen.

Astrid Dellinger nickte. »Ich war ein paar Mal dort, seit sie weg ist. Weil ich wissen wollte, ob sie zurückgekommen ist, ohne mir Bescheid zu sagen.« Sie begann heftig zu blinzeln. Dann sagte sie mit Nachdruck: »Aber das hätte sie nicht gemacht. Nein, das … hätte sie nicht …«

»Können wir den Schlüssel haben? Wir möchten uns dort ein wenig umsehen.«

Astrid Dellinger schien einen Moment zu überlegen, dann nickte sie, stand auf und lief mit unsicheren Schritten in den Flur.

»Die können wir nicht allein lassen«, flüsterte Clarissa. »Die bricht gleich zusammen.«

Franca nickte. »Wir geben dem Kriseninterventionsdienst Bescheid.«

Melanies Mutter kam ins Wohnzimmer zurück und legte Franca einen Schlüssel mit einem silbernen Herz-Anhänger in die Hand. »Der ist für Haustür und Wohnung.«

»Was ist eigentlich mit Melanies Vater? Wohnt der ebenfalls hier?«, erkundigte sich Clarissa.

»Gott bewahre!« Nun kam Leben in die vorher so apathisch wirkende Frau. »Der ist schon vor Jahren abgehauen. Hat uns einfach im Stich gelassen. Weder Melanie noch ich haben Kontakt zu ihm.« Das klang hart. Hart und anklagend. »Es ist zu viel vorgefallen«, fügte sie etwas leiser hinzu.

Nach diesem kurzen Aufbäumen sank sie wieder in sich zusammen. »Ich hätte früher zur Polizei gehen müssen. Aber niemand wollte mir glauben. Auch die Polizei nicht. Alle haben mir eingeredet, Melanie wolle nur eine

Auszeit! Von mir! Als ob ich ein Monster sei. Und jetzt tun sie alle bestürzt.«

Das war eine Reaktion, die Franca kannte. Entweder machte man sich selbst Vorwürfe, weil man nicht vorausgesehen hatte, was kam. Oder man suchte einen anderen Schuldigen.

Astrid Dellinger hob den Kopf, blickte Franca direkt ins Gesicht. »Wann kann ich sie sehen?«

Das war die Frage, vor der Franca sich am meisten fürchtete. »Bald«, antwortete sie. »Sobald ihre Leiche freigegeben wird.«

»Freigegeben«, murmelte Frau Dellinger. Dann schüttelte sie verständnislos den Kopf.

Bevor die Situation sich wieder veränderte, griff Clarissa mit nüchterner Stimme ein: »Sie erwähnten vorhin Melanies früheren Freund Robin. Könnten wir dessen Adresse haben?«

»Robin? Meinen Sie denn, der hat was damit zu tun?« Ihre Augenbrauen zogen sich zusammen. »Die beiden kennen sich seit ihren Kindertagen. Er ist der Sohn meiner Freundin.«

»Wir müssen das gesamte Umfeld prüfen. Das gehört zu unserer Routine.«

Frau Dellinger nickte und schrieb mit zittrigen Händen etwas auf einen Zettel, den sie Clarissa reichte.

»Und wo wohnt Ihr früherer Mann?«

»Der? Den können Sie gern überprüfen. Ja, gehen Sie nur zu dem.« Nun spuckte sie Gift und Galle. »Dem traue ich alles zu.« Bitter stieß sie die Worte hervor. Ihre Stimme war plötzlich ganz fest. »Geben Sie her.« Sie riss Clarissa förmlich den Zettel aus der Hand und notierte eine weitere Anschrift. »Das ist seine letzte mir bekannte Adresse.

Ich weiß nicht, ob er immer noch dort wohnt. Aber das dürfte ja kein Problem sein, das herauszufinden.«

Francas Blick ruhte besorgt auf der Frau. »Wir schicken Ihnen jemand vorbei. Jemand, der mit solchen Dingen Erfahrung hat.«

Frau Dellinger sah sie mit zusammengekniffenen Augen an. »Das brauchen Sie nicht, ich komm schon klar. Ich hab ein Leben lang gelernt, klarzukommen.«

In der Tür drehte sich Franca um. »Was für ein Auto fährt Melanie?«

»Einen hellgrünen Nissan.«

Franca und Clarissa tauschten Blicke.

Hi Mellie,
hier kann man übrigens rund um die Uhr den Soldatensender Radio Andernach empfangen. So ganz abgeschnitten von der Welt sind wir also nicht. Die spielen auch aktuelle Musik. Momentan höre ich am liebsten ›Despacito‹ und alle Lieder von Ed Sheeran. Die kommen oft. Ich bin sehr froh, dass es diesen Sender gibt, da kriegt man doch manches von der Heimat mit. Und die daheim erfahren einiges von uns. Man kann übrigens auch Grüße übermitteln. (Smiley)
Jeder kann sich dort anmelden, auch du, wenn du magst, und dann kannst du das Radioprogramm über Computer oder eine App empfangen, mit dem ich jeden Morgen in den Tag starte. Weißt du, was witzig ist? Der Sender hat auch ›Lili Marleen‹ im Programm, dem schon mein Uropa im Krieg gelauscht hat. Das ist immer noch Kult. Da hört man dann ein kitschiges Sehn-

suchtslied von anno dazumal und denkt an Opa
im Schützengraben. Nur dass wir nicht in Russ-
land, sondern in Afghanistan sind. Aber dieser
Krieg lässt sich wahrscheinlich nicht mit dem Hit-
ler-Krieg vergleichen.
Es ist schon eine merkwürdige Welt, in der wir
leben, und ich frage mich oft, wieso es die Mensch-
heit nicht hinkriegt, friedlich miteinander auszu-
kommen. Denn dass dies in Afghanistan jemals
der Fall sein wird, daran glaubt keiner so richtig.
Momentan ist es furchtbar heiß. Richtige Back-
ofentemperaturen, kaum auszuhalten! Nicht nur
deshalb wünsche ich mich immer öfter zurück
nach Deutschland, sondern auch, weil ich dann
endlich in deiner Nähe sein kann. Natürlich ist es
auch das Heimweh. Hast du gewusst, dass Heim-
weh ein Wort ist, das nur wir Deutschen kennen?
Das Gefühl kennt sicher die ganze Welt, aber
nur wir haben ein Wort dafür. Na ja, Sehnsucht
kommt dem schon ziemlich nahe. Unten ist ein
Link zu meinem momentanen Lieblingslied. Es
ist von den Toten Hosen. Vielleicht gefällt es dir
auch so gut wie mir. GLG dein Micha

17. KAPITEL

Die Sonne brannte vom wolkenlosen, tiefblauen Himmel. Das Thermometer hatte sich bereits am Morgen der 30-Grad-Marke genähert. Und jetzt am frühen Abend war es immer noch sehr heiß.

Vor dem Öffnen der Beute entzündete Carolin den Smoker, um ein Feuer zu simulieren. Das war notwendig, damit die Bienen sich in ihre Waben zurückzogen und sie selbst in Ruhe arbeiten konnte. Die Waben dienten zur Aufzucht der Larven und zur Lagerung von Honig und Pollen.

Sie nahm eines der Rähmchen heraus und kontrollierte den Bestand. Dass sich ihre Bienen weiterhin so prächtig entwickelten, freute sie. Das bedeutete aber auch, dass sie mehr Platz brauchten.

Auch wenn Martin sich nicht so sehr für die Bienen interessierte, wie sie sich dies wünschte, so zimmerte er immerhin weitere benötigte Beuten. Vorausgesetzt, es stand gerade nichts anderes an. Eigentlich gab es auf diesem weitläufigen Anwesen, das bereits über mehrere Generationen von Martins Familie bewirtschaftet wurde, sehr viel zu tun. Erbaut wurde das Weingut, das am Rande von Ahrweiler lag, von Martins Urgroßeltern. Rund um den großen Innenhof bot es viele Räumlichkeiten sowohl für die Produktion und die Lagerung der Weine als auch zum Wohnen. Auch Martins Eltern lebten hier in einer separaten Wohnung und gingen ihnen noch manches Mal zur Hand.

Martin führte regelmäßig offene Weinproben durch, im Sommer und Frühherbst auch geführte Spaziergänge über den Rotweinwanderweg, bei denen ihn Robin gern begleitete. Das Interesse dafür war groß, und Carolin hatte den Eindruck, dass Robin es genoss, wenn man seinen Erzählungen lauschte, in die er nicht nur sein Fachwissen, sondern auch Anekdoten mit einflocht. Wein und Religion hängen untrennbar zusammen, bemerkte er gern mit einem Augenzwinkern. Die Mönche insbesondere hätten den Weinanbau gefördert, wie viele Klosterweingüter bewiesen. Man hätte schon früh die gesundheitsfördernde Wirkung des Weines erkannt. »Sie wissen ja, dass Mönche sehr alt werden.« Überhaupt sei die Weinrebe eine in der Bibel am häufigsten erwähnte Pflanze, erklärte er verschmitzt, der »himmlische Tropfen« werde oft gelobt sowie der Ausspruch: »Wein erfreue des Menschen Herz.« Auch auf die Hochzeit von Kanaan spielte er gern auf witzige Weise an: »Jesus wusste, wie man aus Wasser Wein macht. Das wissen wir im Ahrtal leider nicht, deshalb sind wir immer noch darauf angewiesen, Reben zu pflanzen.«

Wenn die Menschen ihm mit schmunzelnden Mienen zuhörten – was sie nicht selten dazu animierte, danach Wein und andere Produkte zu kaufen –, war Carolin besonders stolz auf Robin. Ihr Sohn konnte so nett sein. Aber dann gab es wieder Zeiten, in denen er furchtbar verschlossen war und damit drohte, alles hinzuwerfen und auszuwandern.

Momentan schien sich solch eine Phase zu wiederholen, in der sie ihn nicht verstand und nicht an ihn herankam. Dieses Verhalten führte sie auf die Trennung von Melanie zurück. Doch egal, welche Anteilnahme sie zeigte, welche Fragen sie ihm stellte, er antwortete mürrisch und einsilbig und ging bei der kleinsten Bemerkung, die ihm nicht passte, an die Decke. Nicht nur zu ihr verhielt er sich so, sondern auch Martin und seinen Großeltern gegenüber, die sich ebenfalls über sein wechselvolles Benehmen beschwerten.

So war sie dankbar dafür, dass die Bienen ihr immer wieder die Möglichkeit boten, sich von all diesen Widrigkeiten abzulenken. Wenn sie deren emsiges Treiben beobachtete, fühlte sie sich in einer anderen Welt. Besonders freute sie sich darüber, dass die Politik offensichtlich erkannt hatte, wie wichtig die Bienen für das gesamte Ökosystem waren und man nun ernsthaft per Gesetz dem Bienensterben entgegenwirken wollte. Das viel diagnostizierte Insektensterben, das allerorten zu beobachten war, traf allerdings ihrer Meinung nach nicht im gleichen Maße für die Bienen zu. Aus dem einfachen Grunde, weil Imker ihre Bienen hätschelten. Bei den Wildbienen, die diese Vorteile nicht genießen konnten, sah es dagegen anders aus.

Was ihr Sorgen bereitete, war das brachliegende Nachbargrundstück, in dem sich das Jakobskreuzkraut breitmachte. Noch blühte es nicht, aber bei der momentan optimalen Wachstumsbedingungen würde es nicht mehr lang dauern, bis sich dort drüben ein Meer von gelben Blütenkörbchen ausbreitete, das die Bienen magisch anzog. Das sah zwar hübsch aus, aber die Pflanze mit ihren Pyrrolizidin-Alkaloiden war hochgiftig. Für die Bienen selbst bestand zwar keine unmittelbare Gefahr, aber die Giftstoffe konnten in den Honig gelangen und somit in die menschliche Nahrungskette. Und das war gar nicht gut.

Carolin hatte schon überlegt, das Nachbargrundstück zu erwerben, um es zu roden und bienenfreundliche Samen darauf auszubringen, doch Martin war strikt dagegen, noch mehr Geld in die Imkerei zu investieren, die in seinen Augen sowieso ziemlich viel kostete. Obwohl es im Grunde auch ihn freute, dass das Ansehen der Bienen und die Besorgnis um ihr Sterben so viel öffentliches Interesse hervorrief und gleichzeitig die chemische Keule zunehmend verdammt wurde. Für die Bestäubung der Weinblüten waren Bienen zwar nicht notwendig, doch sie waren ein untrüglicher Indikator für eine intakte Umwelt. In diesem Zusammenhang war es äußerst begrüßenswert, dass die Zahl der Imker ständig stieg und viele neue Zielgruppen sich für dieses Hobby begeisterten, vor allem junge Leute. Auch deshalb fand sie es besonders schade, dass Robin sich überhaupt nicht dafür begeistern konnte, obwohl sie ihn von klein auf an die Bienen herangeführt hatte. Doch schon als kleiner Junge war er schreiend vor ihnen davongelaufen, da konnte sie noch so begütigend auf ihn einreden.

Gerade steckte sie den Finger in den Mund und leckte an dem Honig, als Robin keuchend um die Ecke geschossen kam. Wie sah der denn aus? Er war ja aschfahl im Gesicht.

»Was ist denn los?«, fragte sie alarmiert.

Er schrie es fast: »Mama. Es ist etwas ganz Schreckliches passiert.«

18. KAPITEL

»Was hast du jetzt vor?«, fragte Clarissa.

Franca sah auf die Uhr. »Es ist zwar schon ziemlich spät. Aber bis es dunkel wird, dauert es noch eine Weile. Was hältst du davon, wenn wir diesen Cache noch suchen?«

Clarissa hatte mit Frankenstein telefoniert. Hauptsächlich wegen des grünen Nissans, von dem sie nun wussten, dass er Melanie gehörte. Der musste abgeschleppt und in die KTU gebracht werden, um etwaige Spuren zu sichern.

Gleichzeitig hatte sie Frankenstein nach dem Geocache gefragt, doch seine Leute hatten bei der Absuche des Fundorts nichts entdeckt, was auf einen solchen hinwies.

»Das hätte ich auch vorgeschlagen«, bestätigte Franca.

Sie stiegen in den Geländewagen. Diesmal fuhren sie bis kurz vor die Absperrung, wo man Melanies Leiche gefunden hatte. Von den Kollegen war niemand mehr vor Ort.

Clarissa hatte mit Hilfe ihrer App die Koordinaten von »Palimpsest« ausfindig gemacht. Der Username des Owners, der diesen Cache versteckt hatte, war »Devil242«. »Der Teufel persönlich«, verkündete sie. »Hoffentlich kein schlechtes Omen.«

Sie passierten die Absperrung, zogen Überschuhe und Einmalhandschuhe an und begannen direkt nach der Eingrenzung durch das rot-weiße Flatterband mit der Suche. »Wir sind praktisch da. Aber Koordinaten sind lediglich Anhaltspunkte«, erklärte Clarissa. »Die Anzeige ist nie völlig exakt. Der Cache kann ein paar Meter weiter rechts oder links liegen.«

Franca beobachtete Clarissa, wie sie vor und zurücktrat, sich bückte, Steine umdrehte. Auch schaute sie unter die Blätter des üppig wuchernden Wiesenbärenklaus. Franca tat ihr gleich. Doch nichts von dem, was sie fanden, glich einem Cache-Behälter. Offensichtlich hatten Frankensteins Leute gute Arbeit geleistet.

»Bald wird es dunkel«, sagte Franca nach geraumer Weile mit einem Blick zum Himmel. »Ich glaub, das wird nix mehr.«

»So schnell geb ich nicht auf«, beteuerte Clarissa. »Ich schau noch mal an der Uferböschung nach. Caches können auch im Wasser liegen, wenn sie in wasserdichte Behälter verpackt sind. Geocacher sind äußerst erfinderisch und machen es einander nicht so einfach. Manchmal muss man sogar klettern oder herumrobben.«

»Um Himmels willen«, rief Franca aus. »Also ich hab keine Lust mehr auf Geländeübungen.« Ihr Blick schweifte über das Gestrüpp rund um das Flussufer. Wenn man das alles akribisch absuchen wollte, würden Tage nicht reichen. »Komm, wir gehen lieber.«

»Lass mich noch ein bisschen suchen.« Clarissa ging auf einen Heckenrosenbusch zu, dessen Blütenknospen einen zarten Duft verströmten, und bog vorsichtig dornige Zweige einen nach dem anderen auseinander. »Ganz schön stachelig«, bemerkte sie.

»Das haben Rosen nun mal so an sich.« Franca grinste und sang etwas schief: »Rosen ohne Dornen gibt es leider nicht.«

Plötzlich schrie Clarissa so laut auf, dass Franca regelrecht zusammenzuckte. »Hier! Ich hab ihn!«

Clarissa hielt triumphierend ein durchsichtiges Plastikröhrchen in die Höhe, das oben zugeschraubt war.

»Wo war das denn?«

»Das ist ein sogenannter Petling«, erklärte Clarissa aufgeregt. »Der hing da in dem Busch an einer Drahtspirale. Man musste schon ziemlich genau gucken. Aber ich war ja auf so was in der Art vorbereitet.« Mit ihren behandschuhten Fingern schraubte sie den Deckel ab und nahm einen schmalen zusammengehefteten Papierstreifen heraus. »Das Logbuch«, erklärte sie. Dort war alles Wichtige vermerkt. Auch der Name des Owners war angegeben.

Ausgelegt worden war der Cache ein paar Tage zuvor, am Pfingstfreitag. »Wir sind tatsächlich die ersten Finder«, rief Clarissa erfreut.

In dem Plastikröhrchen befand sich ein weiteres Stück Papier, ein Pergament. Clarissa rollte es vorsichtig auseinander. Es war eine Bleistiftzeichnung, die das verschwommene Gesicht einer jungen Frau darstellte.

»Mit ein bisschen Fantasie könnte das Melanie sein«, sagte Clarissa nachdenklich.

Franca wiegte den Kopf hin und her. »Nun ja, mit ein bisschen sehr viel Fantasie kann das jeder weibliche Frauenkopf sein. So verwischt wie das ist.«

19. KAPITEL

»Wo ist Melanie?« Etwas Drängendes lag in den Worten des jungen Afghanen.

Amir hatte bereits ein paar Mal nach Melanie gefragt, doch Iris wusste auch nicht, warum die sich nicht meldete. Große, schokoladenbraune Augen waren auf sie gerichtet. Ein hübscher Bursche war er, dieser Amir mit der olivfarbenen Haut und dem fusseligen Bart, der nicht so recht wachsen wollte. Ehrgeizig war er auch, zäh und ziemlich intelligent. Aber immer sehr ernst. Nur in Gegenwart von Melanie hatte sie ihn lachen sehen. Sein Deutsch war schon recht gut für die kurze Zeit, seit der er hier war. Von seiner Biografie wusste Iris lediglich karge Bruchstücke, die er nach und nach hatte verlauten lassen, ein Lebenslauf, der vielen Bewohnern dieser Unterkunft glich.

Amirs Eltern und Geschwister waren bei einem Angriff der Taliban ums Leben gekommen, da war er zehn Jahre alt. Danach hatte ihn sein Onkel bei sich aufgenommen, sich für ihn eingesetzt und ihm die Überfahrt nach Deutschland ermöglicht, als er älter war und es für ihn in Afghanistan keinerlei Zukunftsperspektive gab. Amir war, wie so viele, über beschwerliche Fußmärsche und allerlei Umwege mit dem Boot gekommen und schließlich irgendwo bei Italien aus dem Meer gefischt worden.

Jeden Tag hörte Iris solche und ähnliche Geschichten. Manche waren zurechtgebogen und frisiert, das war ihr durchaus bewusst. Doch alle diese Geschichten hatten den gleichen Ursprung. Sie erzählten von Krieg und Perspektivlosigkeit, von Unsicherheit, vom Abwägen, vom Inkaufnehmen schlimmster Katastrophen und einer unbändigen Hoffnung auf ein besseres Leben. Die Mehrzahl der Geflüchteten hatte den starken Willen, sich in Deutschland etwas aufzubauen, sich anzupassen, um etwas zu erreichen. Das war nicht einfach. Einige strauchelten, blieben auf der Strecke oder rutschten ab in die Kriminalität. Das musste man bei der Vielzahl dieser oftmals hochtraumatisierten Menschen einkalkulieren.

Iris war auf das angewiesen, was ihr die Flüchtlinge erzählten. Etliche Abstriche mussten gemacht werden. Viele, sehr viele, gaben an, ihre Papiere auf der Flucht verloren zu haben – ob wahr oder nicht wahr, das konnte sie nicht beurteilen. Amir hatte seine Papiere vorweisen können, das war sein Glück. Somit war alles andere leichter.

Inzwischen war sie so etwas wie eine Asylexpertin geworden. Sie kannte die Formulare der Ämter, hatte die Paragrafen des Aufenthaltsgesetzes parat, wusste, wie man eine Tazkira beschaffte, das in Afghanistan übliche Identitätsdokument, ohne das ein Asylbewerber in Deutschland kaum einen Job oder eine Lehrstelle bekam.

Dass die Grünen ein Bleiberecht für Afghanen bewirken wollten, die sich in der Altenpflege engagierten, fand sie gut. Altenpfleger wurden dringend gebraucht. Amir wollte auf eigenen Wunsch Altenpfleger werden, was sie unbedingt unterstützte. Es war zwar noch ein weiter Weg bis dahin, aber er war jung und ehrgeizig. Insofern hatte er gute Chancen, sich eine Zukunft in Deutschland aufzubauen.

»Ich warten auf Melanie.« Seine ernsten dunklen Augen hielten flehend ihren Blick fest. »Sie mir helfen.«

Iris seufzte. »Melanie ist auch heute nicht gekommen, es tut mir leid.«

Ohne Melanies Hilfe hätte er wahrscheinlich nicht in dieser kurzen Zeit Deutsch gelernt. Es war zwar noch ziemlich holprig, aber es wurde jeden Tag besser. Melanie war seine ehrenamtliche Sprachpatin, die mit ihm Konversation übte, was ihm enorm dabei helfen würde, die geforderten Prüfungen zu bestehen und danach eine Ausbildungsstelle zu finden.

Hoffentlich war nicht alles vergebens, dachte Iris. Die Abschiebepraxis veränderte sich ständig, mal wurde Afghanistan als sicheres Herkunftsland eingestuft und dann wieder nicht. Insofern hing vieles von denjenigen ab, die die Anträge bearbeiteten und wie sie die aktuelle Situation interpretierten.

»Wann Melanie kommen?« Amir deutete auf sein Smartphone. »Sie nicht antworten.«

Iris zuckte die Schultern. »Ich weiß es nicht. Sie hat sich auch bei mir nicht gemeldet.« Sie überlegte einen Moment. Da war doch was. Ach ja. »Melanie wurde an Pfingsten zur Weinkönigin gewählt. Vielleicht hat sie momentan einfach zu viel um die Ohren.«

»Ohren?« Er schaute verständnislos.

Iris unterdrückte ein Schmunzeln. »Das ist eine Redensart. Das bedeutet: Melanie hat viel Arbeit«, erklärte sie. »Weil sie zur Weinkönigin gewählt worden ist.« Mit beiden Händen formte sie über ihrem Kopf eine Krone.

»Ja.« Er nickte. Blieb aber hartnäckig. »Wann kommen Melanie? Sie versprochen, kommen. Gestern. Heute.«

»Das kann ich nicht sagen. Ich weiß es nicht. Ich weiß

es wirklich nicht, Amir.« Melanie war eine ehrenamtliche Helferin, wenn sie entschied, sich nicht mehr regelmäßig zu engagieren, war das ihre Sache.

Die Enttäuschung stand ihm im Gesicht. Doch Iris konnte nichts tun. Sie hob die Schultern und beäugte den hohen Stapel Papiere, der vor ihr lag. Die Arbeit drängte.

»Es tut mir leid, Amir. Dann musst du noch ein bisschen warten. Ich denke, sie wird sich bald melden«, sagte sie ausweichend.

Mit hängenden Schultern wandte er sich um und trottete hinaus. Er tat ihr wirklich leid. Vor allem, wenn sie daran dachte, wie viele Enttäuschungen er bereits in seinem kurzen Leben hatte erfahren müssen. Was wissen wir wirklich von ihrem Schmerz, wie es ist, so allein in einer fremden Kultur, einem fremden Land, einer fremden Sprache zurechtzukommen? Und ständig diese Ungewissheit, ob sich all die Anstrengungen überhaupt lohnten. Ob er nicht doch eines Tages abgeschoben wurde.

Aber sie hatte beim besten Willen keine Zeit, sich weiter mit Amir zu beschäftigen. Sie hoffte inständig, Melanie würde sich bald wieder um ihn kümmern können.

Hey Mellie,
super, dass dir das Sehnsuchtslied der Toten Hosen genauso gut wie mir gefällt. Wir haben ja doch einiges gemeinsam, stelle ich immer wieder fest. (Zwinkersmiley)
Ob ich die Uniform gern trage? Ja, irgendwie schon. Sie macht uns einheitlich und gibt uns ein gewisses Zusammengehörigkeitsgefühl. Vor allem muss man sich keine Gedanken machen, was man anziehen soll. Irritierend finde ich aller-

dings, dass Flecktarn in bestimmten Kreisen sehr beliebt zu sein scheint. Ich denke da an diese Asis, die ungeniert in ausgebeulten Camouflage-Jogginghosen rumlaufen. Mit denen möchte ich nichts gemein haben.

Es gab ja mal eine Zeit, da wurden Soldaten als der letzte Dreck angesehen. Wenn man in Uniform irgendwo auftauchte, wurden dumme Bemerkungen gemacht. Aber die Zeiten haben sich glücklicherweise geändert. Ich meine, ohne militärische Härte, wozu auch Befehl und Gehorsam gehören, geht es nun mal nicht. Wer sich nicht an die Regeln hält, bekommt das deutlich zu spüren. Es ist doch klar: Wenn jeder machen würde, was er will, würde alles zusammenbrechen. Aber ein gewisses selbstständiges Denken spricht man uns glücklicherweise nicht ab. (Smiley)

Ich glaube, es wird allgemein anerkannt, dass Soldatsein heute eher bedeutet, für die Gemeinschaft einzustehen und den Frieden zu sichern, als kriegerisch gegeneinander zu kämpfen. Wir sind eine Armee der Demokratie und keine Kriegstreiber, das hat man auch draußen kapiert.

Doch der Kampf gehört nach wie vor zum Soldatsein dazu, das ist klar. Die Armee ist nun mal nichts für schwache Nerven. Wer ihr beitritt, weiß, was ihn erwartet. Und ich finde es wichtig, sich und seiner Überzeugung treu zu bleiben. Wir müssen äußerst fit sein. Und das bin ich.

Ach Mellie, ich habe immer mehr das Gefühl, trotz der räumlichen Entfernung ganz nah bei dir zu sein. Du machst mir Mut mit deinem Opti-

mismus, auch noch die letzten Wochen oder Tage durchzustehen. Obwohl du ja so wenig Zeit hast und dich mit anderem, Wichtigem beschäftigen musst. Aber meine Situation ändert sich ja glücklicherweise bald.
GLG dein Micha

20. KAPITEL

»Ich habe mit Ihrem Besuch gerechnet.« Um den Mundwinkel der Frau zuckte es schmerzlich. Die mollige Winzerin in ihrer blauen Latzhose sah abgearbeitet aus, so, als sei ihr alles zu viel. Oder als schleppe sie eine Last mit sich herum.

Carolin Wielandt führte die beiden Polizistinnen in einen kleinen, von Fachwerkbalken durchsetzten Raum und bat sie, an dem schweren Eichentisch Platz zu nehmen. »Kann ich Ihnen etwas anbieten?«

»Nein, danke«, sagte Franca und sah sich um. In diesem Raum wurde offensichtlich die eigene Produktion verkauft. Auf einer ansprechend mit Weinreben dekorierten Verkaufstheke standen etliche Wein- und Sektflaschen mit interessant gestalteten Etiketten. Daneben ein Körbchen voller Bienenhoniggläser und Wachskerzen. Auch eine Creme wurde angeboten. An der Wand hingen gerahmte Auszeichnungen.

»Die Propoliscreme.« Clarissa wies auf die Döschen. »Machen Sie die selbst?«

Carolin Wielandt nickte. Über ihr Gesicht huschte ein Lächeln. Mit sichtlichem Stolz äußerte sie: »Auch die Kerzen. Überhaupt alles, was mit Bienen zu tun hat. Das ist mein großes Hobby.« In diesem Moment wirkte sie fast ein wenig erleichtert. Doch dann trübte sich ihr Gesicht wieder. Offensichtlich wurde ihr bewusst, dass die beiden Polizistinnen sie nicht wegen ihrer Bienenhaltung aufgesucht hatten.

»Wir kommen wegen Melanie Dellinger«, sagte Franca.

Frau Wielandt strich die brünetten Locken zurück, die ihr störrisch ins Gesicht fielen, seufzte laut und blinzelte heftig. »Ja, ich habe gehört, was passiert ist. Das ist so furchtbar. Bei uns war ja ihr zweites Zuhause. Wir können es alle kaum fassen.«

»Wir versuchen, die letzten Stunden von Melanie so genau wie möglich nachzuzeichnen. Dazu bräuchten wir Ihre Hilfe. Wann haben Sie die junge Frau zum letzten Mal gesehen?«

Carolin Wielandt begann zu erzählen, von der Proklamation am Pfingstfreitag, von der Wahl und ihrem freudigen Ausgang, von den besorgten Anrufen ihrer Freundin, Melanies Mutter, davon, dass sie, Carolin, versucht habe, Astrid zu beruhigen, weil sie sich einfach nicht vorstellen konnte, dass Melanie etwas zugestoßen sein könnte.

»Sie müssen wissen, Astrid übertreibt gern ein bisschen.« Carolin blickte etwas schuldbewusst von Franca zu Clarissa. »Deshalb hab ich das anfangs nicht so ernst genommen. Wir konnten uns wirklich nicht vorstellen, dass etwas passiert ist. Daran haben wir in unseren schlimmsten Träumen nicht gedacht.« Sorgenvoll wiegte sie den Kopf. »Das ist so …«

»Ihr Sohn war mit Melanie eng befreundet?«, unterbrach Franca den Redeschwall der Winzerin.

Carolin nickte. »Seit Kindertagen sind die beiden ein Herz und eine Seele. Wir haben gehofft, dass sie mal heiraten. Aber vor einiger Zeit hat Melanie Schluss gemacht. Das hat uns allen sehr leidgetan. Besonders natürlich meinem Sohn. Den hat das sehr getroffen. Obwohl er es nicht so zeigen will. Aber eine Mutter spürt, wenn ihr Kind leidet.«

Sie blickt ein wenig treuherzig, als ob sie uns von der Redlichkeit ihres Sohnes überzeugen will, dachte Franca.

»Könnten wir Robin sprechen?«

In Carolins Miene schlich sich Misstrauen. »Wieso?« Doch dann fügte sie sofort hinzu: »Ach, das gehört wahrscheinlich zur Routine.«

»Sie sagen es.« Franca lächelte.

»Mal sehen, wo der sich rumtreibt.« Ihr Ton hatte nun etwas gewollt Leichtes. Sie nahm ihr Handy und wählte eine Nummer. Wartete einen Moment.

»Robin, kannst du mal in die Probierstube kommen? Zwei Polizistinnen wollen dich sprechen. Routine«, fügte sie hinzu, offensichtlich um ihn nicht zu beunruhigen.

Es dauerte nicht lange, da kam der junge Mann zur Tür herein. Unter dem eng anliegenden T-Shirt dehnten sich beachtliche Oberarmmuskeln. Das rotbraune Haar war modisch kurz geschnitten. Sein Gesicht zierte ein gepflegter rötlicher Bart. Wahrscheinlich deswegen erinnerte er Franca ein wenig an Prinz Harry.

»Wir haben das von Melanie schon gehört. Das ist furchtbar«, sagte er und gab Franca und Clarissa die Hand. Ein höflicher, wohlerzogener und außerdem sehr ansehnlicher junger Mann, dem die Trauer im Gesicht stand.

Franca stellte Robin Wielandt die gleichen Fragen, die sie seiner Mutter gestellt hatte. Er beantwortete alles, was Franca wissen wollte. Doch im Gegensatz zu seiner Mutter fasste er sich sehr kurz und beschränkte sich auf das Nötigste.

Zuletzt habe er Melanie auf dem Festplatz gesehen. Am Samstagnachmittag an einem der Weinstände. Danach habe man sich aus den Augen verloren. Weder am Pfingstsonntag noch am Montag habe man sich getroffen.

Plötzlich fragte Clarissa: »Kennen Sie sich mit Geocaching aus?«

Er stutzte einen Moment. »Warum interessiert Sie das?«, fragte er misstrauisch.

Clarissa sah ihn unverwandt an. »Sie wissen, was das ist?«

»Sicher. Viele in meinem Freundeskreis praktizieren das.«

»Und Melanie?«

»Ja. Sie auch. Aber ich verstehe nicht …«

»Haben Sie denn schon etwas herausgefunden?«, fragte seine Mutter in die plötzlich eintretende Stille.

Weder Franca noch Clarissa ging auf die Frage ein.

»Können Sie sich vorstellen, was mit Melanie passiert ist?«, fragte Franca Robin.

Er schüttelte den Kopf. »Ich hab nur gehört, dass man sie in der Ahr gefunden hat.« Sein Blick flackerte. »War es denn Mord?« Er schluckte hart. »Könnte es nicht ein Unglücksfall gewesen sein?«

»Die Ergebnisse der Gerichtsmedizin sind noch nicht eingetroffen«, erwiderte Franca. »Aber es spricht einiges dafür, dass es kein Unglücksfall war.«

Sein Blick streifte sie. Sein Adamsapfel hüpfte auf und ab. Dann sah er an ihr vorbei. Schließlich drehte er den Kopf. Druckste herum, als ob er etwas loswerden wollte. Franca hob fragend die Augenbrauen.

»Waren Sie schon bei den Flüchtlingen?«, stieß er unvermittelt hervor.

»Bei welchen Flüchtlingen?«, fragte Franca irritiert.

»Robin!« Carolin Wielandt schüttelte missbilligend den Kopf. »Was soll das?«

Doch er ließ sich nicht beirren. Er würdigte seine Mutter keines Blickes, als er weitersprach. »Melanie hat sich sehr für die Flüchtlinge eingesetzt. Besonders um einen jungen Mann aus Afghanistan hat sie sich bemüht.« Endlich ein kurzer Seitenblick zu seiner Mutter. »Bitte verstehen Sie mich nicht falsch. Ich will bestimmt niemandem was anhängen. Aber vielleicht sollten Sie sich dort mal umsehen. Nur mal so als Tipp.«

Ein Flüchtling. Franca ärgerte sich über die Kopfbilder, die ihr sofort durchs Gehirn schwirrten und die sie schnell verscheuchte. »Danke für den Hinweis. Wir werden uns darum kümmern«, sagte sie äußerst sachlich.

Sie verstand nicht, warum ihr so ein mieses Teufelchen dummes Zeug ins Ohr raunte, obwohl sie sich intellektuell darüber im Klaren war, dass Geflüchtete Menschen waren wie du und ich. Genauso mussten sie behandelt werden. Jeder für sich. Nicht als gefährliche Personengruppe, die man unter Generalverdacht stellte. Wieder einmal musste sie feststellen, dass da ein Stück Fremdenfeindlichkeit in ihr wohnte, das sie trotz besseren Wissens nicht loswurde. Und das ihr peinlich war. Gut, dass die Umstehenden nichts davon mitbekamen.

21. KAPITEL

»Despacito«, klang es aus dem Radio. Ein Lied, das auch Franca gut gefiel, obwohl sie kein Wort des Liedtextes verstand. »Ist spanisch, oder?«, fragte sie Clarissa, die am Steuer saß und mit den Fingern auf dem Lenkrad den Takt klopfte. »Weißt du, was das heißt?«

»Es ist ein Liebeslied, und es geht darum, dass man es ganz langsam angehen lässt.«

Ihnen stand die Befragung von Melanies Vater bevor, der in Heimersheim, nicht weit von Ahrweiler entfernt, wohnte. Inzwischen kam ihr auf dieser Strecke vieles vertraut vor. Die Weinberge auf der gegenüberliegenden

Seite des Rheins, die Fahrt durch die Ortschaften, deren Namen sie schon öfter gelesen hatte. Als sie die Einfahrt zum Ehrenfriedhof Bad Bodendorf passierten, dachte sie an den Ausflug zu dritt, der angesichts der neuesten Entwicklungen in weite Ferne gerückt war.

Noch ein paar Kurven, dann hielten sie in einer ruhigen Seitenstraße. Das Haus, in dem Herr Dellinger lebte, konnte man eher als Villa bezeichnen. Am Eingang stützten Säulen ein Vordach. Der Garten drum herum war von einer hohen Hecke bewachsen, die wie ein Schutzwall wirkte.

Doch Melanies Vater lebte nicht in der Hauptwohnung, sondern in einem kleinen Appartement, zu dem eine Treppe hinabführte. Ein großer Mann mit weißem, akkurat gestutztem Bart öffnete ihnen die Tür. Seine Haltung war etwas nach vorn gebeugt, so, als ob ihm eine große Last auf die Schultern drücke. Er geleitete die beiden Polizistinnen in die Einliegerwohnung. Im kleinen, etwas düsteren Wohnzimmer, das mit einigen antiken Möbeln ausgestattet war, bat er die beiden Frauen Platz zu nehmen. Melanies Eltern schienen einen vollkommen konträren Geschmack zu haben, wahrscheinlich nicht nur, was die Wohnungseinrichtung betraf.

Karl Dellinger teilte den Polizistinnen sofort mit, dass er seit seiner Scheidung allein in diesem kleinen Appartement wohne. Auf einem Schränkchen bemerkte Franca etliche Fotos von Melanie.

»Ich war bei der Proklamation am Freitag, da hab ich sie zum letzten Mal gesehen«, gab er bereitwillig Auskunft. »Natürlich hab ich mich ihr nicht genähert, sonst hätte mich meine Ex gesteinigt«, sagte er mit einem schmerzlichen Lächeln. »Aber Melanie hat mich bemerkt und mir zugewinkt. Später habe ich ihr per SMS gratuliert. Ich hatte ihr diesen Sieg so sehr gegönnt. Schon als Kind wollte sie Weinkönigin werden. Es ist schön, wenn Träume in Erfüllung gehen.« Sein Gesichtsausdruck veränderte sich abrupt. Offenbar war ihm bewusst geworden, was unmittelbar nach der Erfüllung von Melanies Träumen geschehen war. »Ich kann es immer noch nicht begreifen, dass sie nicht mehr lebt«, stieß er hervor und wischte sich mit der Hand über die Augen.

»Haben Sie eine Antwort auf Ihre SMS erhalten?«, fragte Franca.

Er nickte. »Sie wollte wissen, ob wir uns in den nächsten Tagen sehen können, weil sie ihren Sieg ganz privat mit mir feiern wollte.« Seine Augen waren feucht, er begann zu blinzeln, aber hielt die Tränen zurück.

»Und, haben Sie sie gesehen?«

Einen Moment lang glaubte Franca, eine Irritation in seinen Augen wahrzunehmen. Vielleicht war es auch der Schmerz der Erkenntnis, dass er seine Tochter nie mehr sehen würde. Er schüttelte den Kopf und strich sich mit Daumen und Zeigefinger übers bärtige Kinn. »Ich schlug ihr ein Treffen an einem der Feiertage vor, aber sie sagte, da wäre sie vollkommen ausgebucht. Was ja verständlich ist, nachdem sie die Wahl gewonnen hatte. Und dann …« Er schluckte. »Das wissen Sie ja …«

»Wie war Ihr Verhältnis zu Melanie?«, wollte Clarissa wissen.

Er hob die Schultern. Ein leichtes Zucken umspielte seine Mundwinkel. »Ich denke, ich war ihr ein guter Vater, so lange wir zusammen lebten. Danach hatten wir uns eine ganze Weile aus den Augen verloren.«

»Und warum?«

»Nun.« Er seufzte. Sein Blick irrte unsicher von einer Polizistin zur anderen. »Das Verhältnis zu meiner Frau war sehr schwierig, wissen Sie. Sie kam nicht damit klar, dass ich sie verlassen habe, und dann tat sie alles, um mir mein Kind zu entfremden. Es war mir praktisch nicht möglich, mit Melanie in Verbindung zu bleiben. Jahrelang wusste ich nicht, wie meine Tochter aussieht, wie sie sich entwickelte. Obwohl sie gar nicht weit weg von mir lebte.« Er stützte den Kopf in die Hand. »Vielleicht hätte ich mich mehr bemühen sollen, das ist gut möglich. Aber ich hatte viel Arbeit. Ich musste Geld verdienen, um meiner Frau und meiner Tochter Unterhalt bezahlen zu können. Diesen Verpflichtungen bin ich natürlich nachgekommen.«

»Darf ich fragen, was Sie beruflich machen?«

»Ich bin Ingenieur. Inzwischen pensioniert. Jetzt hätte ich Zeit für mein Kind. Und jetzt ist sie nicht mehr da.«

Die altbekannte Geschichte, dachte Franca. Schon Tausend Mal gehört.

»Wie hat sich das denn alles entwickelt? Wie kam es, dass Sie wieder Kontakt zu Melanie aufgenommen haben?«, erkundigte sich Clarissa.

Karl Dellinger hob den Kopf. »Das war in der Tat nicht leicht. Meine Frau hat mir einfach nicht verziehen, dass ich sie verlassen habe. Sie hat mich regelrecht aus ihrem und Melanies Leben ausgeschlossen. Jahrelang. Und hat dem Kind weiß Gott welche Schauermärchen erzählt. Auch Astrids Anwalt hat sich als wahrer Kriegstreiber geriert. Sie glauben nicht, was ich für Schreiben bekommen habe.« Er schüttelte den Kopf. »Dabei hab ich alles getan, was sie von mir forderte. Aber Melanie durfte ich trotzdem nicht sehen. Ich habe auf den Tag gewartet, an dem meine Tochter endlich volljährig wird und man vernünftig mit ihr reden kann, ohne dass ihre Mutter das mitkriegt. Über eine Bekannte hab ich Melanies Handynummer bekommen. Da hab ich mich bei ihr gemeldet und mit ihr geredet. Es war nicht einfach, das können Sie mir glauben. Sie verhielt sich anfangs mir gegenüber sehr ablehnend. Doch mit viel Geduld ist es mir gelungen, dass wir uns langsam annäherten. Ich spürte ihren anfänglichen Widerstand sehr deutlich, aber da war auch ihre Bereitschaft, sich meinen Teil dieser Geschichte anzuhören. Sie kannte ja nur die Version ihrer Mutter. Ab da haben wir uns regelmäßig getroffen. Natürlich, ohne dass ihre Mutter davon erfahren hätte. Ich wollte meiner Tochter wieder ein guter Vater sein, wollte ein wenig das nachholen, was wir versäumt hatten.«

»Dann ist es Ihnen nicht gelungen, auch zu Ihrer Exfrau wieder ein normales Verhältnis zu bekommen?«

Er schüttelte den Kopf und schnaubte leise. »Ich bin der Überzeugung, meine Frau ist krank, psychisch krank. Ein Leben mit ihr war mir irgendwann nicht mehr möglich. Bei der kleinsten harmlosen Bemerkung konnte sie tödlich beleidigt sein. Kritik hat sie überhaupt nicht vertragen, da wurde sie sofort ausfallend. Sie fühlte sich immer im Recht, und alle anderen waren im Unrecht. Egal, worum es ging. Das nahm bisweilen absurde Züge an.«

»Aber zu Melanie hatte sie ein gutes Verhältnis?«

Er sah von Clarissa zu Franca. »Also, ehrlich gesagt kann ich mir nicht vorstellen, dass das Zusammenleben der beiden harmonisch vonstattenging. So wie Astrid manchmal drauf war.«

»Hat Melanie sich Ihnen gegenüber dementsprechend geäußert?«

»Das nicht«, sagte er nachdrücklich und schüttelte den Kopf. »Sie hat niemals schlecht über ihre Mutter gesprochen. Aber ich weiß, dass meine Ex mit einer wahren Affenliebe an unserer Tochter hing und sie förmlich an sich gekettet hat, dass sie ihr manchmal regelrecht die Luft zum Atmen nahm.« Er sah auf. Sein Blick war intensiv. »Vielleicht kann man das verstehen, wenn man weiß, dass sie aus erster Ehe einen Sohn hatte. Über ihn hat sie jedoch nicht gesprochen. Ich weiß nicht, ob Melanie überhaupt wusste, dass sie einen Bruder hat. Dieses Kind wurde einfach verschwiegen. Auch mit mir hat sie niemals darüber geredet. Ich habe es von jemand anderem erfahren, lange nach unserer Trennung. Da fiel ich aus allen Wolken. Heute denke ich, sie hat sich an Melanie geklammert, weil sie etwas gutmachen wollte. Nur geredet hat sie darüber nicht.«

Franca war hellhörig geworden. »Was ist denn mit diesem Sohn? Wissen Sie, wo er lebt?«

Wieder schüttelte Herr Dellinger den Kopf. »Es gab damals wohl einen Sorgerechtsprozess, den Astrid verlor. Das hat sie offenbar nicht verkraftet. Der Junge ist bei seinem Vater geblieben. Also wusste sie doch, wie schlimm das ist, was sie mir antat.«

Eine Weile herrschte Stille. Karl Dellinger hatte den Kopf gesenkt und blickte auf seine vor dem kleinen Bauch gefalteten Hände. Die antike Standuhr schlug. Dann war es wieder still im Raum.

Franca fragte: »Wie haben Sie von Melanies Tod erfahren?«

»Nun, zunächst hab ich mich gewundert, dass ich keine Antworten auf meine SMS bekommen habe. Auch persönlich hab ich sie nicht erreicht. Das war ungewöhnlich. Normalerweise hat sie immer sofort geschrieben. Oder zurückgerufen.« Er zuckte die Schultern. »Jetzt weiß ich ja, warum.« Er hielt einen Moment inne, schluckte. »Ich hab sogar bei der Polizei nachgefragt, doch die wollten mir keine Auskunft geben. Es war zum Verrücktwerden. Und dann hab ich's aus der Zeitung erfahren.«

»Das tut uns sehr leid.«

Er nickte.

»Hat sie jemals mit Ihnen über Geocachen gesprochen?«, wollte Clarissa wissen.

»Über was?« Er zog die Augenbrauen zusammen und hielt die Hand hinters Ohr.

»Geocachen. Das ist so eine Art moderne Schatzsuche. Meist in der Natur.«

»Nein, davon hat sie nie was erzählt. Aber ich weiß natürlich nicht alles von ihr. Wir haben uns in letzter Zeit viel über Wein unterhalten. Ich kenn mich ganz gut mit Wein aus. Und es hat ja auch offensichtlich etwas gebracht.«

Franca erhob sich. Die beiden Polizistinnen bedankten sich bei Herrn Dellinger und verabschiedeten sich.

»Was hältst du von ihm?«, fragte Franca, als sie neben Clarissa im Auto saß.

»Der scheint mir ganz vernünftig«, antwortete die junge Kollegin.

»Der Sache mit dem Sohn sollten wir nachgehen.«

Clarissa nickte und startete den Wagen. »Weißt du, was ich nicht verstehe? Wie sich zwei Menschen so angiften können, dass sie sich das eigene Kind vorenthalten. Die haben sich doch irgendwann mal geliebt – und jetzt herrscht Krieg.«

»Sind ja nicht die Einzigen«, antwortete Franca. »Die Welt ist voll von solchen Geschichten.«

»Du hast das doch auch mit deinem Ex geschafft. So ganz ohne Rosenkrieg«, bemerkte Clarissa nach einer Weile.

Franca lachte leise. »Das war ja auch ein hartes Stück Arbeit. Man muss sich manchmal selbst überwinden. Und Fünfe gerade sein lassen, auch wenn man vielleicht gern explodiert wäre.«

»Ach ja?« Clarissa war überrascht. »Hast du noch nie von erzählt. Ich dachte immer, bei euch war alles so easy.«

Franca lächelte. »Ist es nicht das Ergebnis, was zählt?«

22. KAPITEL

Lange hatte Carolin mit sich gerungen. Wie sollte sie Astrid gegenübertreten? Sie war schließlich ihre beste, und soweit sie das beurteilen konnte, auch einzige wirkliche Freundin. Astrids schwierige Art war für manchen ihrer Zeitgenossen eine Herausforderung, damit hatte auch sie, Carolin, zu kämpfen. Nicht wenige hatten sich deswegen von ihr abgewandt, weil sie sich von ihr vor den Kopf gestoßen fühlten. Auch Carolin hatte sich manches Mal gefragt, warum sie eine solch komplizierte Freundschaft aufrechterhielt.

Doch aus einem Gefühl der Menschlichkeit und der Verbundenheit heraus fühlte sie sich dazu verpflichtet. Zumal es viele kleine Erlebnisse gab, die sie miteinander teilten, hauptsächlich in einer Zeit, als Astrid wesentlich zugänglicher gewesen war. Zumindest war das Carolin so vorgekommen. Richtig schwierig wurde Astrid erst, als Karl sich von ihr trennte. Und Carolin ließ nun mal nicht so leicht jemanden fallen, dem sie einmal ihr Herz geöffnet hatte.

Kennengelernt hatten sie sich in einer Kindergruppe, als Astrid mit ihrer süßen kleinen Melanie mit den blonden Zöpfchen und Carolin mit dem ungestümen und etwas tollpatschigen Robin zusammentrafen. Die beiden Mütter hatten darüber gelacht, dass ihre Kinder sich sofort aufeinander stürzten und sich gar nicht mehr loslassen wollten.

Aus diesem Kennenlernen hatte sich eine innige Freundschaft entwickelt. Man traf sich regelmäßig mit den Kindern und tauschte sich aus. Im Laufe der Zeit hatten die beiden Frauen sich vieles mitgeteilt, verrieten sich kleine und größere Geheimnisse, die Carolin bei Astrid sicher aufbewahrt glaubte. Und auch umgekehrt wusste sie einiges von Astrid, was diese ihr in einer stillen Stunde anvertraut hatte. Sehr dankbar war Carolin gewesen, als sie große Probleme mit Robin bekam, für die Martin kaum Verständnis aufbrachte, für die jedoch

Astrid immer ein offenes Ohr hatte. So etwas vergaß Carolin nie.

Dennoch: Ihre Freundschaft war schon manches Mal auf eine harte Probe gestellt worden. Nun war offenbar wieder eine Krisenzeit gekommen, in der Carolins Hilfe gebraucht wurde. Astrid hatte ihre Tochter verloren. Ein Verlust, der ihr, Carolin, ebenfalls ans Herz ging. Ein schlimmes Verbrechen war geschehen. Da musste sie sich kümmern, auch wenn es ihr noch so schwerfiel.

Sie bereitete sich auf einen schwierigen Gang durch ein hochexplosives Minenfeld vor. Noch kurz vor der Haustür zögerte sie. Sie spürte ihr Herz bis zum Hals klopfen. Ihr Mund war ganz trocken. Was erwartete sie dort drin? Ob sie lieber wieder umkehren sollte? Doch dann drückte sie beherzt den Klingelknopf.

Jemand kam mit schlurfenden Schritten zur Tür. Dann öffnete Astrid ihr mit teilnahmslosem Blick.

»Es tut mir so leid«, äußerte Carolin mit schuldbewusster Miene.

Wie ein Häufchen Elend stand ihre Freundin da, mit hängenden Schultern, hängenden Wangen und rot unterlaufenen Augen. Sie zitterte am ganzen Körper. Carolin nahm sie in den Arm und drückte sie ganz fest. Tränen stiegen ihr in die Augen.

Fast gewaltsam löste Astrid sich aus der Umarmung und sagte kein Wort. Sie drehte sich abrupt um und ging voraus ins Wohnzimmer. Setzte sich auf das Sofa und zog eine Decke über ihren zitternden Körper, obwohl es drückend warm war.

»Niemand wollte mir glauben. Ich hab gewusst, dass was passiert war. Auch du hast mich nicht ernst genommen. Warum?«, stieß sie anklagend hervor.

»Es tut mir so furchtbar leid«, wiederholte Carolin, »aber wir hätten doch nie und nimmer gedacht ...« Sie fühlte sich vollkommen hilflos. Was sollte sie sagen? Wie sollte sie trösten? Gab es überhaupt die richtigen Worte in solch einer Situation? Dass Melanie etwas Schlimmes zugestoßen sein könnte, hatte außerhalb ihrer Vorstellungskraft gelegen. Jetzt schämte sie sich, dass sie Astrids Sorgen nicht ernst genommen hatte, dass sie, wie alle anderen auch, dachte, es sei das bekannte Gluckenverhalten einer überbehütenden Mutter. Doch nun waren deren schlimmste Befürchtungen Wahrheit geworden.

Bei Carolins Worten war Astrid sofort in einen Weinkrampf ausgebrochen. »Ich fühle mich so ohnmächtig«, schluchzte sie. »Ich weiß einfach nicht mehr weiter. Wie soll ich das jemals verarbeiten? Kannst du mir das mal sagen?«

Darauf wusste Carolin keine Antwort.

»Was soll ich denn jetzt noch hier?«, stieß Astrid schluchzend hervor.

»Wie meinst du das?«, fragte Carolin erschrocken und strich ihrer Freundin vorsichtig über den Arm.

»Sie war doch mein Ein und Alles.« Tränen tropften auf die Wolldecke.

»Das weiß ich«, entgegnete Carolin leise. »Wir haben sie alle geliebt. Melanie war etwas ganz Besonderes. Was ihr passiert ist, ist so furchtbar.« Sie hielt einen Moment inne, dann fuhr sie in einem sachlichen Tonfall fort: »Ich bin sicher, die Polizei wird alles tun, ihren Tod aufzuklären. Die gehen offenbar zu jedem, der mit Melanie zu tun hatte. Auch bei uns waren sie schon und haben Robin und mich befragt.«

Doch Carolins beschwichtigende Worte schienen nicht bei Astrid anzukommen.

»Mein Leben hat aufgehört. Ich habe aufgehört zu existieren.«

Die Worte hingen in der Luft, schienen zu vibrieren.

»Sag doch so was nicht«, entgegnete Carolin beklommen

Astrid schnäuzte sich in ein Papiertaschentuch. Dann suchte sie die Augen Carolins. »Wofür soll ich denn jetzt noch leben? Sag es mir. Ich weiß es nicht. Mein Kind ist tot. Tot.«

Nun traten auch Carolin Tränen in die Augen. Sie schluckte hart. »Du hast alles für sie getan, was eine Mutter für ihr Kind tun kann.«

»Und? Was hat es genutzt?«

»Sie hatte ein schönes Leben.« Carolin verzog die Lippen zu einem schmerzlichen Lächeln.

»Das vor der Zeit geendet hat.«

Eine Weile herrschte Schweigen.

Plötzlich hob Astrid den Kopf und straffte ihren Körper. »Ich will Antworten. Ich will die Zusammenhänge wissen.« Auf einmal kam Leben in sie. Ihr Blick flackerte. Ihr Gesichtsausdruck war unheimlich. »Wer ihr das angetan hat, der wird dafür büßen. So was tut man nicht ungestraft meiner Tochter an.« Sie klang sehr entschlossen. Fast schon irre.

»Aber man weiß doch noch gar nicht ...« Mit einem Mal wurde Carolin ganz flau im Magen. Sie dachte an Robins merkwürdiges Verhalten in den letzten Tagen. In diesem Moment überfiel sie eine fürchterliche Angst, dass er etwas mit Melanies Tod zu tun haben könnte.

Hi Mellie,
ja, sicher verstehe ich, dass du momentan kaum
Zeit hast zu schreiben, weil du dich auf deine

*Wahl vorbereiten musst. Du sollst wissen: Ich freu
mich auch über die kleinste Nachricht von dir.
Aber mach dir bloß keinen Kopf, wenn du nicht
zum Schreiben kommst!*

*Weil ich grad Zeit habe, schreib ich dir über ein
paar Eigenheiten, die mir aufgefallen sind: Hier
in Masar-e Scharif ist das einzige Feldlazarett
der Deutschen. Die Ausstattung ist durchaus mit
der einer modernen Klinik in Deutschland zu
vergleichen. Echt beeindruckend! Es gibt viele
Behandlungsmöglichkeiten: erlittene Verwundungen, Knochenbrüche, Operationen natürlich
und auch Zahnbehandlungen. Dazu bestens aus-
gebildetes Personal. Was allerdings ein bisschen
komisch ist: Hier werden afghanische und deutsche Verwundete voneinander getrennt. Man hat
uns erklärt, das ist, weil sie eine andere Keimka-
pazität haben, insofern sei das notwendig. Und
hätte nichts mit Diskriminierung zu tun. Ob's
wahr ist?*

*Ja, natürlich hab ich davon gehört, dass sich viele
Soldaten nach ihrer Heimkehr fremd in ihrer
Haut fühlen, weil sie unter seelischen oder kör-
perlichen Verletzungen leiden. Aber da brauchst
du dir um mich keine Sorgen zu machen. Ich
fühle mich gut. Obwohl ich einiges Unschöne
erlebt habe. Aber so etwas stärkt die Persönlich-
keit, glaub ich.*

*Zu Hause bin ich doch sehr von meiner Mutter
verwöhnt worden, ja auch gegängelt. Das hat
meiner Selbstständigkeit eher geschadet. Ich
finde, jeder Mensch sollte in jungen Jahren von*

zu Hause weggehen, auch um schätzen zu ler-
nen, was man dort hat. Meine Mutter meinte es
immer nur gut mit mir, das weiß ich. Und meine
Dankbarkeit werde ich ihr auch häufiger zu ver-
stehen geben, wenn ich wieder daheim bin.
Weißt du, dass ich dein Bild ausgedruckt habe?
Es hängt an der Wand, damit ich dich immer
sehen kann. Beim Einschlafen und sofort beim
Aufwachen bist du bei mir und lächelst mich an.
Deine Augen leuchten. Du strahlst einfach nur
positive Lebensenergie aus, das färbt auf mich
ab. (Smiley)
Ich zähle die Tage. Nicht mehr lang, dann nehm
ich dich in die Arme. Dein Micha

23. KAPITEL

Franca setzte sich an ihren Schreibtisch und fuhr den
Computer hoch. So früh am Morgen herrschten im Büro
noch relativ angenehme Temperaturen. Und vor allem

Stille. Da konnte man gut etwas wegarbeiten, ohne ständig unterbrochen zu werden.

Während der Computer rödelte, blickte sie auf den Dschungel, den Hinterhuber hinterlassen hatte: Sukkulenten, Kakteen, deren Pflege Clarissa mit Hingabe übernommen hatte. Mit dem Ergebnis, dass die Pflanzen immer üppiger wucherten, und man auf diese Weise den Kollegen, der das Team verlassen hatte, nicht so schnell vergessen würde. Bei einer der Kakteen zeichnete sich seitlich eine kleine Beule ab. Wahrscheinlich würde sie bald eine Blüte bekommen.

Als Erstes checkte Franca ihre Mails und beantwortete sofort, was dringend war. Dann überflog sie die Meldungen im Intranet. Zu ihrem Bedauern lagen in ihrem aktuellen Fall keine neuen Hinweise vor. Schließlich widmete sie sich den Fotos, die ihr Pressevertreter zur Verfügung gestellt hatten, die am Pfingstwochenende auf dem Ahrweiler Weinmarkt waren. Ein Foto nach dem anderen klickte sie durch. Verschiedene Aufnahmen zeigten die frisch gekürte Ahrweinkönigin, die sich strahlend präsentierte. Während Melanie Dellinger bei der Proklamation die Haare hochgesteckt trug, fielen sie ihr am Pfingstsamstag offen auf die Schulter. An diesem Tag hatte sie an verschiedenen Ständen einzelne Weingüter vorgestellt. Das letzte Foto war gegen 18.00 Uhr gemacht worden. Dies deckte sich mit Aussagen von Zeugen, die Melanie um diese Zeit zuletzt gesehen hatten.

Die Hauptaufgabe von Franca und ihren Kollegen in den vergangenen Tagen hatte darin bestanden, möglichst schnell möglichst viele Menschen aus Melanies nahem Umfeld zu befragen, bevor die Beobachtungen verblassten. Auch mit den Konkurrentinnen hatten sie gesprochen –

man hatte ja schon allerhand vom Zickenkrieg rivalisierender Teilnehmerinnen bei solchen Wettbewerben gehört, doch die jungen Frauen äußerten sich allesamt bestürzt, hatten durchweg nachprüfbare Alibis und konnten somit als Täterinnen ausgeschlossen werden.

Am späten Nachmittag des Pfingstsamstags hatte Melanie verschiedenen Personen gegenüber geäußert, sie sei sehr müde und wolle früh ins Bett. Sie habe vorgehabt, am nächsten Abend zum traditionellen Höhenfeuerwerk zu kommen, zu dem sie jedoch nicht erschienen war. Ob sie sich früher am Sonntag mit jemandem treffen wollte, war nicht bekannt. Der schriftliche Obduktionsbericht lag noch nicht vor. Jedoch hatte Küppersbusch am Telefon erklärt, er gehe davon aus, dass sie mit an Sicherheit grenzender Wahrscheinlichkeit am Sonntagnachmittag getötet wurde. Alles sprach dafür, dass sie am Samstag nach Hause gegangen war, nachdem sie das Weinfest verlassen hatte, doch das konnte niemand bezeugen. In jedem Fall musste sie zwischen letztem Gesehenwerden und ihrem Auffinden in ihrer Wohnung gewesen sein. Denn sie war nicht im festlichen Outfit, sondern in legerer Kleidung mit Wanderschuhen an den Füßen in der Ahr aufgefunden worden.

Wenn sie tatsächlich so müde war, wie alle Zeugen aussagten, konnte man davon ausgehen, dass sie früh ins Bett ging, ausschlief und am nächsten Tag, dem Pfingstsonntag, zu der Wanderung aufgebrochen war. Oder aber sie hatte die Nacht woanders verbracht und war am Morgen darauf losgezogen. Vielleicht zusammen mit ihrem Mörder, der auf dem Weg zum Ahrufer womöglich neben ihr im Auto saß. Inzwischen war der grüne Nissan sichergestellt worden und wurde in der KTU unter die Lupe genommen.

Was war an der Ahr geschehen? Hatte Melanie vielleicht nach dem Cache gesucht?

Clarissa wollte versuchen, mit dem Owner des Cache-Eintrags Kontakt aufzunehmen, der sich zwar nicht mit Klarnamen registriert hatte, aber es gab eine Mailadresse, unter der er zu erreichen war.

Laut Aussagen von Melanies Freunden war es nicht ungewöhnlich, dass sie allein zu Wanderungen aufbrach. »Wenn sie sich etwas in den Kopf gesetzt hat, hat sie es durchgezogen«, war der allgemeine Tenor. »Egal, ob jemand mitkam oder nicht.«

War es vielleicht doch ein Unfall? Dass sie auf der Suche nach dem Cache ausrutschte und unglücklich ins Wasser fiel, war denkbar. Aber wieso hatte man weder ihre Schlüssel noch das Handy gefunden? Zum Cachen war das Handy mit der App notwendig, da sie offensichtlich nicht über ein GPS-Gerät verfügte, wie ihre Freunde ebenfalls bestätigten.

Auf den Fotos war durchweg zu erkennen, was für ein apartes Mädchen sie war, mit einem sympathischen Lächeln und den Grübchen in den Wangen. Eine junge Frau, überall beliebt, hilfsbereit, nett. Das hatte auch die Betreuerin in der Flüchtlingsunterkunft bestätigt, die sie aufsuchten, nachdem Robin sie auf diesen Kontakt hingewiesen hatte. Dort wurde ihnen bestätigt, dass Melanie sich besonders um einen jungen Afghanen namens Amir gekümmert hatte, der noch nicht allzu lange in Deutschland lebte und sich dank ihrer Hilfe schon recht gut verständigen konnte. Den jungen Mann selbst hatten sie nicht angetroffen, er sei mit dem Fahrrad unterwegs, hieß es. Franca hinterließ ihre Visitenkarte mit der Bitte, er möge sie so bald wie möglich kontaktieren.

Da das Flüchtlingsthema momentan oft und hitzig diskutiert wurde, ging Franca vorsichtig und zurückhaltend damit um. Aber Melanie pflegte nun mal engen Kontakt mit dem jungen Mann. Um auszuschließen, dass er etwas mit ihrem Tod zu tun hatte, musste er entsprechend befragt werden. Auch wenn seine Betreuerin ihn in den höchsten Tönen gelobt hatte. Im Polizeialltag stellte sich oft heraus, dass es Überraschungen gab und man niemandem hinter die Stirn schauen konnte.

Ein paar Mal hatte Franca mit Astrid Dellinger telefoniert, die einen äußerst instabilen Eindruck auf sie machte. Offensichtlich stand sie unter starken Psychopharmaka, wie ihre manchmal verwaschene Sprache vermuten ließ. Oder aber sie ertrank ihren Kummer in Alkohol. Bei jedem Telefonat wollte sie sofort wissen, wer ihr und ihrer Tochter dies angetan habe. Eine Frage, die sie gebetsmühlenartig wiederholte. Jedes Mal musste Franca Astrid Dellinger aufs Neue vertrösten. Es gab absolut keine heiße Spur, und sie wussten noch immer nicht, was geschehen war.

Das Verhältnis von Mutter und Tochter konnte Franca nicht recht einschätzen. Verschiedene Zeugen hatten angedeutet, dass die Mutter sehr besitzergreifend war und die Tochter es gewiss nicht leicht mit ihr hatte. Allerdings habe Frau Dellinger sich sehr um die Tochter gesorgt, und diese Sorge sei echt gewesen.

Franca hatte inzwischen mit dem diensthabenden Polizisten gesprochen, bei dem Astrid Dellinger die Vermisstenanzeige aufgeben wollte. Er bestätigte, dass man von einer Anzeige abgesehen hatte, nachdem Frau Dellinger in seinem Beisein eine SMS von ihrer Tochter bekam mit dem Inhalt, sie sei ein paar Tage verreist.

Melanies Wohnung war versiegelt worden, einmal, weil die Spurensicherung dort eine gründliche Durchsuchung anberaumte. Aber auch deshalb, weil der Schlüssel vermisst wurde und es nicht auszuschließen war, dass er in die Hände des Täters geraten war.

Franca war es merkwürdig vorgekommen, dass Melanies Wohnung picobello sauber und aufgeräumt war. Da lag nichts herum. Erstaunlich für so eine junge Frau. Wenn sie da an Georgina dachte! Spuren eines möglichen Verbrechens waren nicht auszumachen.

Nun versprach man sich einiges von der Auswertung der Mobilfunkdaten, die vielleicht mehr über Melanies letzte Wege Auskunft geben konnten. Die Anträge bei den vier großen Anbietern waren gestellt. Es blieb zu hoffen, dass es dort, wo sich Melanie aufgehalten hatte, ausreichend Funkkontakt gab.

Franca rief die Suchmaschine auf und durchstöberte das Internet nach Informationen über Melanie Dellinger. Sie hatte einen Account bei Facebook und bei Instagram, die jeweils lange Freundeslisten aufwiesen. Um Genaueres würde sich Renate Julien von der IT kümmern, die Melanies Laptop in gewohnter Gründlichkeit unter die Lupe nehmen würde.

Beim Googeln stieß Franca auf einen Filmbeitrag von der Proklamation und dem Krönungsakt. »Ganz Ahrweiler im Freudentaumel«, kommentierte der Moderator begeistert. »Die neu gekürte Ahrweinkönigin Melanie Dellinger hat gute Chancen bei der Wahl der deutschen Weinkönigin im September in Neustadt an der Weinstraße.«

Leider nun nicht mehr, dachte Franca.

Weiter war die Rede von weinseligen Feierlichkeiten. Von der souveränen Vorstellung, die die neue Weinkönigin abgab. Von ihrem überzeugenden Auftritt. Stets wurde ihr äußerst sympathisches und charmantes Wesen hervorgehoben.

Franca beobachtete Melanies Mienenspiel und ihre Körpersprache, lauschte auf ihre Stimme. »Natürlich hatte ich gehofft, dass ich es schaffe«, sagte sie in einer Rede, die sie im Anschluss an ihre gewonnene Wahl hielt, »aber als mein Name dann genannt wurde, konnte ich es trotzdem kaum glauben. Es war so unwirklich. Alles, worauf ich in den letzten Wochen und Monaten hingearbeitet habe, ist mit einem Mal wahr geworden. Und es wird noch viel mehr wahr werden.« Ihre Stimme klang enthusiastisch, zukunftsorientiert und voller Optimismus. Eine junge Frau, die mit keinem Gedanken daran gedacht hatte, dass dies alles derart abrupt enden würde.

Viele Menschen drängten sich vor der Bühne. Einzelne Gesichter waren kaum erkennbar. Die Kamera hatte hauptsächlich die Hinterköpfe eingefangen.

Ob ihr Mörder bei dieser Proklamation anwesend war? Plötzlich nahm Franca ein aufblitzendes Erkennen in Melanies Augen wahr, gleichzeitig hob sie leicht die rechte Hand. Als ob sie jemand Unerwartetes erkannt habe, dem sie unauffällig zuwinkte und ihn länger glücklich anstrahlte.

Wen hast du da gesehen?

Es klopfte an der Tür. Franca drückte auf »Pause« und hielt den Film an. Roger Brock streckte seinen Kopf herein. Der war aber früh dran.

»Hab ich mir gedacht, dass du schon da bist.« Neugierig sah er beim Näherkommen auf den Bildschirm. »Hübsche Frau.« Er konnte seinen Blick kaum losreißen. »Wirklich sehr hübsch.«

»Was willst du?«, fragte Franca kühl und musterte ihn abwartend. Roger Brock war nicht gerade ihr Lieblingskollege.

»Wollte nur eine Zeugenaussage melden, die eventuell von Bedeutung sein könnte.«

»Ach ja?« Nun wurde sie neugierig.

»Eine Zeugin will das Opfer am Pfingstsonntag gesehen haben. Um die Mittagszeit, als sie ihren Hund an der Ahr ausführte. Also die Zeugin, nicht das Opfer.«

»Das Opfer hat einen Namen«, rügte Franca. Sie konnte zunehmend schlechter damit umgehen, dass Menschen plötzlich zu einer Sache degradiert wurden. Leichensache, hießen die Toten im Polizeijargon. Ein Wort, das sie, so gut es ging, vermied.

Brock verdrehte die Augen und richtete den Blick zur Decke. »Sie, also Melanie Dellinger, sei in der Begleitung eines jungen Mannes gewesen. Groß und schlank war er und dunkelhaarig.«

Augenblicklich hatte Franca das Bild des jungen Afghanen vor Augen.

»Konnte die Zeugin ihn näher beschreiben?«

»Nein. Natürlich hab ich sie gefragt, ob sie das Opfer …« Er räusperte sich. »Also, ob sie Melanie zweifelsfrei erkannt habe. Da war sie sich plötzlich nicht mehr so sicher. ›Ja, das war die Ahrweinkönigin, die kam ja im Fernsehen‹, hat sie gesagt. Sie habe sich noch gewundert, dass sie so leger gekleidet war. In Jeans und T-Shirt. Doch als ich dann nachgebohrt habe, war sie ziemlich verunsichert. Das Pärchen sei etwas weiter weg gewesen. Aber die beiden seien ihr vertraut vorgekommen. Sie hätten sich angeregt unterhalten. Vielleicht ist das ja wichtig.«

»Vielleicht. Vielleicht auch nicht. Danke jedenfalls. Ich nehm's zu den Akten.«

Es gab inzwischen etliche Hinweise, die zunächst vielversprechend geklungen hatten, die aber nicht zu Spuren geworden waren. Doch nun drängte die Befragung des jungen Afghanen. Franca hatte ein ungutes Gefühl, weil er sich so lange Zeit ließ, sie zu kontaktieren. Sie hoffte inständig, dass er nicht der schlanke junge Mann mit den dunklen Haaren war, den die Zeugin gesehen hatte.

24. KAPITEL

Amir setzte sich auf das Fahrrad und fuhr los. Er sah weder rechts noch links. Immer geradeaus. So fest er konnte, trat er in die Pedale. Er wich Fußgängern aus. Überquerte an einer grünen Ampel die Straße und hatte endlich sein Ziel erreicht.

Er stellte sein Fahrrad an das Treppengeländer, schloss es ab und ging die Stufen hinunter.

Kein Hinweisschild verwies auf den Gebetsraum, selbst

der Briefkasten war ohne Aufschrift. Doch Iris hatte ihm genau erklärt, wo sich das Gebäude befand.

Hier, wo deutsch und arabisch gesprochen wurde, trafen unterschiedliche Nationalitäten zusammen. Nach dem Gebet konnte man sich zwanglos unterhalten. Wenn es mit der Sprache nicht so gut funktionierte, genügte auch ein freundliches Lächeln und ein höfliches »Salam aleikum«.

Im Vorraum standen bereits viele Schuhpaare nebeneinander. Am Wasserbecken vollzog er die rituelle Waschung. Zuerst wusch er die Hände bis zum Handgelenk. Dabei sprach er die Gebetsformel. Dreimal schöpfte er Wasser in den Mund, drei Mal in die Nase. Dann fuhr er sich mit den Händen über Ohren und Gesicht, wie es das Ritual vorschrieb, mit dem er eine große Spiritualität verband. Säuberung war wichtig. Kein Gebet ohne vorherige Reinigung. Zum Schluss wusch er seine Füße.

Das Zeremoniell, bei dem der Schmutz des Alltags entfernt wurde, tat ihm gut. Als er den Gebetsraum betrat, vernahm er die Stimme des Imam, der zum Vorgebet anhob. Der Sprechgesang hatte etwas Vertrautes. Amir ließ sich zwischen den Betenden nieder. Schulter an Schulter saßen sie auf dem Boden. Herz neben Herz. Etwas weiter rechts sah er einen jungen Mann, den er aus dem Flüchtlingsheim kannte und nickte ihm zu. Er war nicht der einzige Geflüchtete, der hier ein Stück Heimat suchte.

Nun setzte der Imam zur Predigt an. Amir lauschte den vertrauten arabischen Worten. Es wurde von Liebe, Achtung und Respekt gesprochen. Die Sprache bedeutete Heimat. Die Regeln gaben ihm Sicherheit.

Wer mit vollem Magen schlafen geht, während sein Nachbar Hunger hat, der ist kein Muslim. Wer aber ist ein Muslim? Derjenige, vor dessen Zunge und vor dessen Hand die Menschen sicher sind.

Der arabischen Predigt folgte eine Übersetzung in deutschen Worten, der er kaum folgen konnte. Bilder begannen durch Amirs Gehirn zu ziehen, Bilder von grünen Sträuchern, einem Bach, der durch die Wiese floss, vorbei an einem uralten, dicht verzweigten Granatapfelbaum …

Er fiel auf die Knie, beugte den Oberkörper weit vor, danach erhob er sich wieder. Alles lief respektvoll ab. Der Aufenthalt in diesem Gebetsraum war ein Orientierungspunkt. Es tat ihm gut, hier zu sein. Unter seinesgleichen. Es war eine Wohltat für seine Seele.

Mit seinem Onkel hatte er oft über den Glauben gesprochen. Als Kind hatte Amir sich erkundigt, warum es eine Hölle und ein Paradies gab. Er fragte aus dem einfachen Grund, weil er fürchtete, in die Hölle zu kommen, und wollte nichts falsch machen. Der Onkel antwortete: »Alles ist eine Prüfung. Du musst Gott vertrauen.«

Seitdem überfiel Amir regelmäßig Angst, er könne diese Prüfung nicht bestehen, weil er so oft zweifelte. Und weil er so verbissen gegen diese Zweifel ankämpfte. Er hatte Angst, dass er umsonst kämpfte. Auch darauf hatte sein Onkel eine Antwort parat: »Man kann nie wissen, ob man einen Kampf gewinnt, aber es gibt gewiss Wege. Die musst du im Vertrauen gehen.«

Das Vertrauen fiel ihm nicht leicht. Jetzt in diesem Moment schon, da er die vertraute Sprache hörte, vertraute Rituale befolgte, Menschen traf, die ihm ähnelten. Hier fühlte er sich Allah ein wenig näher. Und seine Zweifel waren verblasst. Der Onkel hatte ihm immer zugestanden, kritische Fragen zu stellen, die er nach bestem Wissen beantwortete. Stets hatte er Amir zu verstehen gegeben, dass man unterschiedliche Meinungen haben durfte. Aber das hieß nicht, dass man einander bekämpfen musste.

Als Amir aus der Moschee trat, hinaus in den gleißenden Sonnenschein, fühlte er sich einen Moment lang gut. Voller Hoffnung und Frieden.

Straßenlärm drang in ihn ein. Autogeräusche. Dort unten im Gebetsraum hatte er die reale Welt verdrängen können. Doch hier oben traf ihn wie eine dunkle Wolke die Erkenntnis, dass Melanie tot war. Iris hatte es ihm gesagt. Sie sei tot im Fluss aufgefunden worden. Als er das erfuhr, hatte er sie ungläubig angesehen und andauernd den Kopf geschüttelt. »Melanie tot?«, hatte er ein paar Mal gefragt, wie um sich zu vergewissern, dass er Iris richtig verstanden hatte. Sie hatte traurig genickt. »Es tut uns allen sehr leid. Sie wird uns fehlen.«

Dann hatte sie ihm mitgeteilt, dass die Polizei ihn sprechen wolle. Er verstand nicht, warum. Polizei, das war ein Wort, das viele Ängste auslöste. Eine Staatsmacht, die berechtigt war, seine Landsleute und vielleicht auch ihn auszuweisen. Man hörte schlimme Dinge. Dass sie mitten in der Nacht kamen, um die Menschen zu holen.

Nein, er würde nicht zur Polizei gehen. Er würde sich ruhig verhalten.

Melanie würde ihm nun nicht mehr helfen können. Sie, die seine Zukunft gewesen war, für die es sich zu kämpfen gelohnt hätte, war nicht mehr da. So viele Menschen hatte er bereits sterben sehen. So viele. Er war noch immer am Leben. Aber das war im Moment kein Trost.

Hi Mellie,
es war wieder so schön, deine Stimme zu hören.
Ich würde gern öfter mit dir skypen, aber es ist

manchmal ziemlich schwierig, das einzurichten. Dauernd will einer was von mir. Privatsphäre hat man so gut wie gar keine. Ganz zu schweigen von der Zeitverschiebung und den manchmal unmöglichen Dienstplänen. Wir sind euch ja 3 1/2 Stunden voraus.

Ich hoffe, es geht dir weiterhin gut und du bist nicht allzu aufgeregt wegen der Wahl. Ich drück dir jedenfalls ganz fest die Daumen. (Smiley)

Heute waren wir wieder einmal im »Save Haven«. Das ist ein Lager im Lager der Afghanen, ein besonders geschützter Außenposten, der von der NATO bewacht wird. Es ist eine traurige Tatsache, dass Hunderte internationaler Soldaten bei sogenannten Insider Attacks getötet wurden, also bei Angriffen von afghanischen Soldaten auf ihre Verbündeten. Auf solchen Fahrten ist deshalb höchste Vorsicht geboten.

Manchmal sind wir auch mit dem Helikopter unterwegs. Wie du auf dem Foto siehst, tragen wir Gefechtshelme und kugelsichere Westen aus Keramik und Aramit. Ich bin der ganz hinten, der gerade aus dem Hubschrauber steigt. Alle meine Kameraden und ich sind mit einer G36 ausgestattet, dem Standardgewehr der Bundeswehr.

Kürzlich sind wir gelobt worden als hochmotiviertes Team, weil wir so gute Arbeit leisten. Und das von einer der höchsten Instanzen. Solches Lob tut gut, weil der Ton normalerweise nicht gerade zimperlich ist.

Du weißt gar nicht, wie oft ich an dich denke, an deine liebevolle Stimme, da wird mir jedes Mal

ganz warm ums Herz. Gerade in schwierigen Situationen bist du mir eine Stütze. Es ist schön zu wissen, dass sich bald alles ändern wird. Dann werde ich dir nicht nur schreiben, sondern dich im Arm halten und dich streicheln können. Du bist mir inzwischen so vertraut, als ob wir uns schon ewig kennen.
Alles Liebe dein Micha

25. KAPITEL

»Hier in Ufernähe ist die Auffindestelle.« Frankenstein wies mit einem Laserpointer auf einen Punkt auf der Wandkarte, die in vergrößertem Maßstab die Ahrschleife samt der näheren Umgebung zeigte. »Eine Schleifspur führt durch diesen Bärenklauteppich hin zur Böschung.«

Auf der Magnettafel neben der Karte hafteten Fotos. Eine sehr lebendige, junge Frau mit honigblonden Haaren und Grübchen in den Wangen lachte Franca an. Darunter waren die anderen Fotos angebracht, auf denen sie im Fluss lag.

»Die Frage ist: Hat der Täter das Opfer an dieser Stelle, wo wir sie gefunden haben, getötet? Oder ist sie an anderer Stelle getötet und dann ins Wasser geworfen worden.«

»Was ist mit der Kleidung?«, fragte jemand.

»Die ist unbeschädigt und weist keinerlei Auffälligkeiten auf. Wir haben sie einzeln asserviert und getrocknet. Relevante Anhaftungen haben wir leider nicht gefunden, also keine DNA oder Ähnliches. Lediglich einige Fasern konnten wir sichern. Die haben wir ans LKA geschickt.«

»Na, das ist doch immerhin was«, murmelte Anton Osterkorn. Der Chef hatte seine Brille abgenommen und spielte mit ihr. »Wenn auch nicht gerade viel.«

Frankenstein hatte eine ausführliche Dokumentation mit einem genauen Lagebild erstellt, die er nun dem erweiterten Team vorstellte. Der Einzige, der noch fehlte, war Staatsanwalt Hanser. Er hatte sich entschuldigt, dass es bei ihm später werden würde.

»Wir haben dort wirklich alles auf den Kopf gestellt«, erläuterte Frankenstein. »Jeder Meter in der kompletten Umgebung des Fundortes ist spurentechnisch von meinen Leuten untersucht worden. Gefunden haben wir zwar allerhand, allerdings war die Ausbeute insgesamt eher mager: einen verbogenen Regenschirm, ausgediente Feuerzeuge, Plastikflaschen, Zigarettenpackungen, Kippen. Auch ein Taschenmesser, doch das hat nachweislich nichts mit der Tat zu tun, so verrostet wie das war.«

Die Anwesenden lachten verhalten. Das waren die üblichen Hinterbleibsel einer jeden Tatortabsuche. Die Kunst bestand darin, den Müll von den relevanten Spuren zu trennen.

»Auch Fußspuren konnten wir im Uferbereich sichern, Größe 43, leider kein markantes Sohlenprofil, also kein Markenschuh, es scheint eher von einem billigen Allerweltsmodell zu stammen. Außer Melanies Rucksack mit dem bekannten Inhalt haben wir weiter nichts von Bedeutung gefunden. Ihr Auto, ein metallicgrüner Nissan stand am Rand eines Wirtschaftsweges, gut einen Kilometer entfernt von dem Auffindeort. Er war ordnungsgemäß abgeschlossen. Der ist in der KTU und wird abgeklebt und nach Fingerspuren, Anhaftungen und DNA-fähigem Material untersucht. Ergebnisse liegen noch nicht vor.«

Francas Augen wanderten über die Anwesenden im Besprechungsraum. Neben ihr saß Clarissa mit leuchtend rotem Strubbelhaar. Heute trug sie wieder eins ihrer hautengen, aussagekräftigen T-Shirts zur Schau. »Niveau ist keine Hautcreme«, war quer über ihren Busen zu lesen. Da muss sie sich nicht wundern, wenn alle dorthin starren, dachte Franca. Clarissa gehörte zu der Sorte selbstbewusster junger Frauen, die in solcher Kleidung nichts Herausforderndes sahen und gleichzeitig wortkräftig die »MeToo-Bewegung« guthießen. Für eine Feministin hingegen hielt sie sich nicht, für Frauenrechte brauche man ihrer Meinung nach nicht mehr zu kämpfen, die seien doch selbstverständlich. Schon öfter hatte sie Franca gegenüber behauptet: »Ich führe ein selbstbestimmtes Leben, ich arbeite in dem Beruf, den ich mir ausgesucht habe, und ich mache mich bestimmt nicht von einem Mann abhängig. Konsequenterweise trage ich auch die Klamotten, die ich will.«

»Wurden die Autoschlüssel gefunden?«, erkundigte sich Roger Brock, der sich gerade eine Tasse Kaffee eingeschenkt hatte und vernehmlich schlürfte.

Frankenstein schüttelte den Kopf. »Weder Auto- noch Haustürschlüssel. Die Mutter hatte glücklicherweise Zweitschlüssel, die sie uns zur Verfügung stellte. Die Wohnung haben wir akribisch durchsucht. Es kann definitiv ausgeschlossen werden, dass dort irgendwas passiert ist.«

»Der genaue Todeszeitpunkt ist noch nicht bekannt?«, fragte der Chef.

»Sie trug eine mechanische Armbanduhr, die um halb drei stehen geblieben ist. Die Rechtsmedizin ließ verlauten, dass dies mit hoher Wahrscheinlichkeit am Sonntagnachmittag der Fall war. Der offizielle Obduktionsbericht steht noch aus.«

»Wenn ich das recht sehe, ist die junge Frau zuletzt am Pfingstsamstag gesehen worden?«, konstatierte der Chef mit einem Blick in seine Unterlagen.

Franca nickte. »Das ist auf vielen Fotos dokumentiert, die mir die Presse zur Verfügung gestellt hat. Nach 18.00 Uhr an diesem Tag hat sie niemand mehr gesehen. Ihre Mutter ist jedoch der Überzeugung, Melanie sei am Pfingstmontag in ihrer Wohnung gewesen und habe ein paar Sachen zusammengepackt.«

Der Chef zog die Augenbrauen zusammen. »Wieso ist sie sicher, dass es am Pfingstmontag war?«

»Die Mutter war seit dem Verschwinden ihrer Tochter mehrfach in deren Wohnung gewesen. Weil sie hoffte, dort auf Melanie zu treffen. Sie sagt, ein Schal mit einem auffälligen ethnischen Muster habe noch am Sonntag über einem Sessel im Wohnzimmer gehangen. Als sie Montagnachmittag in der Wohnung war, fehlte er. Und sie bemerkte, dass eine Schublade der Kommode mit Unterwäsche einen Spalt offen stand. Weiß aber nicht genau, ob was fehlt.«

»Wenn ich mir das alles so ansehe, ist also nicht bekannt, wo Melanie sich zwischen Samstagabend und ihrem Todeszeitpunkt aufgehalten hat.« Der Chef strich sich mit Zeigefinger und Daumen über das Kinn, den Blick auf seine Unterlagen gerichtet.

»Nein, das ist nicht bekannt. Es gibt, wie gesagt, ab dem Samstagabend keinerlei Zeugen, die sie gesehen haben.«

Da griff Roger Brock ein: »Franca, das stimmt nicht ganz. Ich habe dir mitgeteilt, dass eine Zeugin glaubt, das Opfer am Sonntag um die Mittagszeit zusammen mit einem jungen Mann mit dunklen Haaren gesehen zu haben.«

»Und wie gesichert ist diese Zeugenaussage?«, fragte sie herausfordernd.

»So gesichert, wie eben Zeugenaussagen sind. Aber wenn wir denen keine Beachtung mehr schenken wollen, können wir unsere Befragungen ja ganz sein lassen.« Brock war sichtlich stolz auf seine Retourkutsche.

Der Chef räusperte sich. »Gut, ich habe das registriert. Dann fahren wir mit den Fakten fort. Bitte, Herr Stein.«

»Melanies Laptop haben wir in ihrer Wohnung sichergestellt«, erläuterte Frankenstein. »Der ist bei der IT und wird momentan ausgewertet.« Er sah zu Renate Julien hinüber, nickte ihr zu. »Kannst du uns dazu was sagen?«

Die IT-Expertin räusperte sich. »Nun ja, wie immer in solchen Fällen müssen wir uns durch einen Wust von Daten wühlen. Das dauert eben. Du erwartest ja wohl keine Hexerei«, sagte sie mit einem schiefen Lächeln.

Renate-Granate, wie sie anerkennend genannt wurde, war gut. Doch ihre Abteilung war chronisch unterbesetzt, sodass die meiste Arbeit an ihr selbst hängen blieb. Als wahre Datenjongleurin kämpfte sie sich regelmäßig durch

Hieroglyphen und Zahlenreihen, denen sie erstaunliche Ergebnisse entlockte. Jeder wusste das und erkannte es an. Trotzdem schien es nicht genug.

»Leider wurde Melanies Handy nicht gefunden«, fuhr Frankenstein fort. »Auch nicht nach gründlicher Absuche. Das legt die Vermutung nahe, dass der Täter es an sich genommen haben könnte. Laut Auskunft der Mutter hat sie es immer bei sich getragen. Melanie verfügte über keinen Festnetzanschluss.«

»Sind denn die Verbindungsdaten beantragt?«, fragte Brock mit Wadenbeißerblick.

Frankenstein rollte mit den Augen. »Was glaubst du denn, was wir die ganze Zeit machen? Däumchen drehen?«

Brock hob abwehrend die Hände. »Ich wollte ja nur wissen, ob der letzte Standort schon bekannt ist.«

»Nein, ist er nicht. Die Mühlen der Netzbetreiber mahlen nun mal langsam. Und besonders mitteilsam sind sie auch nicht, wie ihr alle wisst.«

»Stickig hier drin«, murmelte Clarissa, stand auf und öffnete zwei Fensterflügel. Doch die Luft, die von draußen hereindrang, war nicht unbedingt kühl. Seit Tagen schon herrschte eine drückende Hitze, und der Wetterbericht stellte weder ein Ende der Wärmeperiode noch Regen in Aussicht.

Peter Schubart, einer der Kollegen aus Bad Neuenahr-Ahrweiler, meldete sich zu Wort. »Vielleicht kann ich was zur Auffindeumgebung sagen.« Er stand auf und stellte sich vor die Wandkarte. Frankenstein drückte ihm den Laserpointer in die Hand.

»Hier stand das Auto des Opfers.« Er zeigte auf einen Punkt. »Von hier aus gelangt man auf einen Rundweg, der hoch hinauf führt zu spektakulären Aussichtspunkten. Besonders das Teufelsloch ist ein beliebtes Ausflugsziel. Es ist bekannt, dass Melanie eine begeisterte Wanderin war. Und diese Gegend hier zwischen Teufelsloch und Engelslay« – er deutete auf die jeweiligen Gebiete – »ist sehr beliebt sowohl bei Wanderern als auch bei Geocachern. Die Strecke geht teils über unbefestigte, äußerst schmale Wege. Man hat dort fast schon alpine Verhältnisse. Das ist nicht ungefährlich. Vor ein paar Jahren ist dort eine junge Frau abgestürzt.«

»Aber doch nicht an der Stelle, wo man das Opfer aufgefunden hat, oder?«, fragte der Chef.

Peter Schubart schüttelte den Kopf. »Nein. Das war auf der anderen Seite. Aber wenn man den Rundweg über die Felsen geht, könnte man an den Auffindeort gelangen.«

»Wenn die Strecke so beliebt ist und sie die gegangen ist, müsste sie doch auf andere Wanderer getroffen sein, oder?«, insistierte der Chef weiter.

»Das haben wir auch vermutet«, bestätigte Schubart, »doch leider hat sich bis jetzt kein weiterer Zeuge gemeldet.«

»Kommen Sie ins Ahrtal – hier ist jede Minute wie im Urlaub. Auch wenn es die letzte Ihres Lebens ist«, bemerkte Brock süffisant.

Der Chef sah ihn strafend an. »Wir sind Ermittler, Herr Brock, und keine Comedians«, rügte er scharf. »Also mäßigen Sie sich.«

Endlich mal jemand, der diesem Zyniker unverblümt die Meinung sagt, dachte Franca mit Genugtuung. Mit qualifizierten Äußerungen hatte Brock sich selten hervorgetan.

Clarissa meldete sich zu Wort. »Sie erwähnten die

Caches, Herr Schubart. Wie wir wissen, waren es Geocacher, die Melanies Leiche gefunden haben. Das Ehepaar war auf der Suche nach einem kürzlich ausgelegten Cache in der Nähe der Auffindestelle. Genau diesen Cache könnte Melanie ebenfalls gesucht haben.«

Frankenstein war sehr erstaunt gewesen, dass Franca und Clarissa den Cache gefunden hatten, und nicht seine Leute. Doch das brauchte nicht unbedingt an die große Glocke gehängt zu werden. »Palimpsest« wurde als ganz normales Asservat geführt.

»Das scheint durchaus möglich.« Der Chef wiegte bedächtig mit dem Kopf. »War sie eigentlich liiert?«, wollte er wissen.

»Bis vor Kurzem war sie mit Robin Wielandt zusammen, einem Jugendfreund. Sie hat die jahrelange Freundschaft beendet. Ihn haben wir bereits befragt«, antwortete Franca.

»Lass mich raten: Er hat ein Alibi.« Brock süffisant.

»Kein eindeutiges«, musste Franca zugeben.

Brock lächelte listig. »Dann sollten wir überprüfen, ob sie mit ihm dort bei den Teufeln rumgeklettert ist.« Er lehnte sich zurück und verschränkte die Hände vor seinem Bauch wie zum Gebet. »Kennt man ja nur allzu gut: Der verlassene Liebhaber dreht durch und schmeißt seine Ex ins Wasser. Emotionen sind nun mal ein starkes Motiv.«

»Ach Brocki«, bemerkte Clarissa nachsichtig. »Zu schön, wenn die Dinge immer so einfach wären.«

»Manchmal sind die Dinge nun mal ganz einfach.«

Franca kam in den Sinn, dass Melanies Mutter eng mit der Mutter von Robin befreundet war. Falls wirklich etwas an diesem Gedankenspiel dran sein sollte, wäre das fatal. Fast jeden Tag rief Astrid Dellinger an und wollte wissen, ob der Mörder endlich gefunden sei. Sie wurde offenbar von dem Gedanken aufgezehrt, den Täter hart bestraft zu sehen. Jedes Mal betonte sie, sie würde nicht ruhen, bevor sie nicht wisse, was genau er mit Melanie gemacht habe.

Francas Handy klingelte. Die Nummer auf dem Display kannte sie nicht. Sie entschuldigte sich und ging vor die Tür. »Ja bitte?«, fragte sie. Auf der anderen Seite war Schweigen. Und Atmen. »Wer spricht denn?«

Jemand räusperte sich. Dann sagte eine angenehme männliche Stimme: »Ich bin Amir. Iris mir gesagt, ich soll anrufen.«

»Amir«, sagte Franca erfreut. »Schön, dass Sie sich melden. Wann kann ich Sie treffen?«

26. KAPITEL

Carolin klopfte vorsichtig an die Zimmertür ihres Sohnes. Dann öffnete sie sie einen Spaltbreit. »Darf ich reinkommen?«

Er antwortete nicht. Lag auf seinem Bett und starrte an die Decke. Wie so oft in den letzten Tagen.

Ihr Blick streifte Melanies Foto auf seinem Nachttisch. Carolin ging zu ihm hin, setzte sich auf den Bettrand und legte eine Hand auf sein Knie. »Wie geht's dir?«, fragte sie leise.

»Wie soll's mir schon gehen«, antwortete er in sarkastischem Tonfall. »Mir geht's prima.«

Das war wieder so eine typische Robin-Antwort. »Wenn du reden willst, ich bin für dich da«, bot sie ihm an.

»Es gibt nichts zu reden«, erwiderte er hart und sah sie anklagend an. »Du glaubst immer, durch Reden wird alles besser. Aber Melanie ist tot. Hörst du? Tot. Durch nichts wird sie wieder lebendig.«

»Ich weiß.« Sie atmete hart aus. »Aber es muss doch irgendwie weitergehen. Man muss sich mit den Tatsachen auseinandersetzen. Den Kopf in den Sand stecken und so tun, als wäre alles normal, nützt nichts.«

Robin stierte weiter an die Decke. Plötzlich lief ihm eine Träne die Wange hinunter. Sie wollte sie ihm vorsichtig wegwischen, da schob er unwirsch ihre Hand weg.

»Ich hab Angst um Astrid«, platzte sie nach einer Weile heraus. »Ich trau mich nicht mehr zu ihr zu gehen. Sie ist so abweisend.« So abweisend wie du, schoss es ihr durch den Kopf. »Sie lässt sich einfach nicht helfen.«

Er schnaufte. »Mama, du solltest langsam kapieren, dass du die Welt nicht retten kannst.«

Das tat weh. Carolin blieb eine Weile schweigend sitzen und versuchte, die Gedanken, die seit dem Besuch der beiden Polizisten in ihr hochdrängten, wegzuscheuchen. Es ging ihr nicht aus dem Kopf, wie merkwürdig Robin reagiert hatte. Als ob er gewaltsam die Schuld von sich weg auf den Flüchtling schieben wollte. So hatte sie ihn noch selten erlebt. Und auch danach, als sie ihn zur Rede stellen wollte, hatte er darauf beharrt, er könne sich gut vorstellen, dass dieser Amir, der immer um Melanie herumscharwenzelt sei, ihr Mörder war.

»Wie kannst du nur so etwas sagen?«, hatte sie ihn voller Entsetzen gefragt. »Du kennst ihn doch gar nicht.«

»Mellie war fast jeden Tag dort in diesem Heim und hat mit ihm Deutsch gelernt. Ich hab gesehen, wie der sie angeschaut hat. Fast aufgefressen hat er sie mit seinen Blicken.«

»Du warst im Flüchtlingsheim? Was hast du denn da gewollt?«, hatte sie erstaunt ausgerufen.

Er hatte mit einer wegwerfenden Handbewegung geantwortet.

Jetzt wollte sie ihn nochmals darauf ansprechen. Es ging einfach nicht an, dass er solche Dinge in die Welt setzte.

»Was weißt du über diesen Amir, Robin?«, fragte sie.

»Was soll ich schon über ihn wissen? Er ist ein Flüchtling aus Afghanistan, der Mellie schöne Augen gemacht hat. Vielleicht hat er sich davon versprochen, dass sie sich für ihn einsetzt. Oder sonst welche Vorteile. Man weiß doch, wie berechnend diese Typen sind. Schmeißen ihre Papiere weg und lügen uns allen was vor.«

Mein Gott, was ist er eifersüchtig, dachte Carolin. Er weiß nicht, wohin mit seiner Eifersucht und konstruiert sich irgendwas zurecht. Da ist ihm jeder recht, der als Schuldiger in Frage kommt. Irgendein Sündenbock muss herhalten. Ein Mechanismus, so alt wie die Welt. »Was du da sagst, ist sehr gefährlich. Du kannst nicht einfach irgendjemanden beschuldigen.«

»Was?« Er sah sie mit zornigem Blick an. »Du hättest

die Welt gern harmonisch, Mama. Aber das ist sie nicht. Liest du denn keine Zeitung? Seit die Flüchtlinge hier bei uns sind, gibt es ständig Zoff. Und komischerweise sind es immer die Afghanen, die auffallen. Wer hat das 15-jährige Mädchen in Kandel erstochen? Ein Afghane. Wer hat die Joggerin in Freiburg umgebracht? Ebenfalls ein Afghane. So blind kann man doch gar nicht sein, das nicht zu merken.«

Hilflos schüttelte sie den Kopf. »Aber du kannst doch nicht eine ganze Nation für schuldig erklären.«

»Wieso kann ich das nicht?«, rief er aufgebracht. »Soll ich aufhören, Zeitung zu lesen oder Nachrichten zu schauen, nur damit dein Weltbild heil bleibt?«

»Man kann die Dinge nicht derart verallgemeinern. Nur weil das Afghanen waren, sind alle Afghanen so. Als ob es keine deutschen Verbrecher gäbe.«

»Sicher gibt es die. Aber warum hört man denn dann immer nur von den Afghanen?«

»Robin. Hör dir doch mal zu!«

»Ich weiß, was ich sage. Dazu steh ich auch. Und dich frage ich: Wo lebst du denn? Für alles hast du eine Entschuldigung.«

Das Gefühl, ihn nicht mehr zu erreichen, nicht mehr an ihn heranzukommen, nahm überhand.

Allmählich wurde sie zornig. »Ist das das Einzige, was dir einfällt, ja? Schlimme Verallgemeinerungen und dumme Sprüche. Mit dir kann man ja nicht mehr normal reden.« Abrupt stand sie auf, knallte die Zimmertür hinter sich zu und lief direkt Martin in die Arme.

»Was ist denn los?«, wollte er wissen, als er ihr Gesicht sah. Sie warf sich an seine Schulter und begann hemmungslos zu weinen. Sanft umfasste er ihren bebenden

Körper. »So schlimm?«, flüsterte er in ihr Haar, während er ihren Rücken streichelte.

»Ich versteh ihn nicht«, schluchzte sie. »Ich versteh ihn einfach nicht.«

»Das wird schon wieder, lass ihm ein bisschen Zeit«, murmelte Martin an ihrem Ohr. »Du weißt doch, wie sehr er sich diese Sache mit Melanie zu Herzen nimmt. Aber alles wird gut. Das weißt du doch. Wir müssen eben geduldig mit ihm sein.«

27. KAPITEL

Die meisten der Kollegen waren bereits gegangen. Auf dem Flur draußen wurde es ruhiger. Franca war allein im Büro. Noch immer war es sehr warm. Sie hatte beide Fensterflügel geöffnet, doch die Luft, die hereinströmte, war alles andere als kühl. Die Hitze des Tages war noch nicht abgeklungen.

Vor ihr lag aufgeschlagen die Ermittlungsakte. Da fegte Clarissa zur Tür herein.

»Ich dachte, du seist längst zu Hause«, sagte Franca erstaunt.

»Und ich dachte, hier sei unser Zuhause.« Clarissa grinste und wedelte mit einer beigen Mappe. »Liebesbrief von Küppersbusch. Der hat sich diesmal ordentlich Zeit gelassen mit dem Obduktionsbericht. Den sollten wir noch schnell durchgehen.« Sie setzte sich auf ihren Platz und schlug die Mappe auf.

»Und? Was schreibt er?« Franca war froh gewesen, nicht bei der Leichenöffnung dabei sein zu müssen. Solche unangenehmen Aufgaben versuchte sie mehr und mehr zu delegieren. Sie fühlte sich dazu berechtigt, schließlich rückte ihr Pensionsalter näher. Sollten das die jüngeren Kollegen übernehmen. Clarissas Augen wanderten über die eng beschriebenen Seiten. »Über den konkreten Tatablauf lässt sich offensichtlich immer noch nicht viel sagen. Er äußert lediglich einige Vermutungen«, murmelte sie. »An der Kleidung ist nichts Auffälliges entdeckt worden. Die saß regelrecht und hatte keine Beschädigungen. Es gab auch keine Gewebedurchtrennungen.«

»Dazu wird uns Frankenstein sicher mehr sagen können. Hat der eigentlich seinen Bericht abgegeben?«

Clarissa schüttelte den Kopf. »Kommt wohl noch.«

»Lies doch mal vor«, forderte Franca Clarissa auf.

»Also, laut Untersuchungsergebnissen gibt es nichts, was auf Ertrinken hinweist: keine überblähten Lungen, keine Anreicherung von CO_2 im Blut und auch keine Kieselalgen im Blutkreislauf oder im Gehirn.«

»Dann war es also eindeutig Fremdtötung?«

»Warte doch mal.« Clarissa blätterte. »Hier heißt es: Der Leichenfundort Wasser ist auch dann von erheblicher Relevanz, wenn es sich nicht um Ertrinken handelt oder der Tod sich aus innerer natürlicher Weise im Wasser ereignet hat.« Sie hob den Kopf. »Unser geschätzter Herr Küppersbusch liebt das Nicht-Konkrete: Der Tod ist mit hoher Wahrscheinlichkeit außerhalb des Wassers aufgetreten. Im vorliegenden Fall ist von Leichen-Dumping auszugehen. Das Opfer wurde offensichtlich im Wasser abgelegt, um ein Tötungsdelikt zu vertuschen.«

»Und, was ist denn nun die Todesursache?«

»Sei doch nicht immer so ungeduldig … Er spricht von geringfügigen Verletzungen im Kehlkopfbereich und Beschädigung der Epidermis. Dies sei nach der Trocknungsphase deutlich sichtbar geworden. Dann schreibt er was von Tardieu'schen Flecken. Um Himmels willen, was ist denn eine Pleura visceralis?«

Franca schmunzelte. Es gab also auch Dinge, die die sonst so schlaue Jungkommissarin nicht wusste. »Tardieu'sche Flecken gibt es oft bei Erstickungsblutungen. Sie sind unter dem Lungenfell nachzuweisen, lateinisch: Pleura visceralis. Wenn sie ertrunken wäre, wären es Paltauf'sche Flecken gewesen.«

»Hab ich beides noch nie gehört.«

»Wenn du mal so viele Leichen begutachtet hast wie ich …« Sie hielt inne, weil sie selbst merkte, dass sie wie eine Großmutter klang. »Aber das dauert hoffentlich noch ganz lange.«

»Hier wird nochmal bestätigt, dass der Todeszeitpunkt eindeutig der Sonntagnachmittag ist.« Clarissa blätterte weiter. »Ach, und hier steht: Tod durch manuelle Kompression der Blutgefäße im Halsbereich ist wahrscheinlich.«

Franca erinnerte sich, dass der Rechtsmediziner am Fundort etwas von bräunlichen Flecken im Halsbereich der Leiche erwähnt hatte, die sie selbst nicht erkennen konnte. Offensichtlich hatte er ein sehr gutes Auge.

»Also ist sie erwürgt worden?«

»Es sind allerdings kaum Finger- oder Handabdrücke festzustellen. Hier steht: Es ist anzunehmen, dass das Opfer an der Erstickung starb. Unscharf begrenzte Hautschürfungen und Blutungen im Unterhautfettgewebe seien nachzuweisen.«

»Und was bedeutet das?«

»Könnte durch den Unterarm passiert sein, vermutet er. Doch über den Tathergang ließe sich nichts Konkretes sagen.«

»Wie soll man das verstehen? Dass der Täter sie in den Schwitzkasten genommen hat?«

Clarissa nickte. »Es ist doch so: Wenn die Halsgefäße abgeklemmt sind, wird man bewusstlos. Und wenn man dann weiter drückt, geht der andere hops.«

»Müsste sie dann nicht blau gewesen sein?«

Clarissa hob die Schultern. »Vielleicht ist das nicht zwingend der Fall.« Sie sah Franca mit vorwurfsvollem Blick an. »Küppersbusch versteht sein Fach. Auch wenn du ihn nicht leiden kannst.«

Franca ging nicht auf diese Spitze ein. »Gibt es denn keinerlei Abwehrverletzungen?«, fragte sie. »Dann wäre der Sachverhalt eindeutiger.«

»Offensichtlich nicht. Unter den Fingernägeln hat man weder Hautfetzen noch Fremd-DNA gefunden. Auch Spermaspuren konnten nicht festgestellt werden. Abstriche in Mund, Scheide und After waren ebenfalls ergebnislos. Sie ist also nicht vergewaltigt worden.«

»Und wenn er ein Kondom benutzt hat?«

Clarissas Augen wanderten weiter übers Papier. »Keine

Spuren von Beschichtungs- oder Gleitmitteln nachweisbar. Auch nicht von spermiziden Substanzen, schreibt Küppersbusch.«

Franca hob die Schultern. »Vielleicht wollte der Täter und konnte nicht. Dann ist er wütend geworden und hat zugedrückt. Wäre nicht das erste Mal. Sie war ja ein zartes Persönchen. Die hat man leicht überwältigen können.«

Clarissa kaute auf ihrem Lippenpiercing und wiegte den Kopf hin und her. »Kein einziger verwertbarer Hinweis auf den möglichen Täter. Das ist nicht gut.«

»Das ist überhaupt nicht gut«, bestätigte Franca zerknirscht.

Hi, Mellie,

während ich dir schreibe, schaue ich immer wieder auf dein liebes Foto, auf dem du mir so nett zulächelst.

Ich wollte dir sagen, dass ich meine Entscheidungen, wenn es möglich war, selbst getroffen habe. Das gilt auch für die Entscheidung, nach Afghanistan zu gehen. Ich weiß sehr gut, wie schwierig es ist, wenn man nicht der sein darf, der man ist. Mein Vater hat mir jahrelang einzureden versucht, was ich zu denken habe. Das ist mir erst in letzter Zeit so richtig klar geworden. Das hat aber nicht mit dem übereingestimmt, was ich wirklich dachte. Da ist es nicht weiter verwunderlich, dass ich mich immer mehr von ihm entfernt habe. Zum Schluss hatten wir uns gar nichts mehr zu sagen. Als er die Familie verlassen hat, war ich nicht wirklich traurig. Ich habe ihn oft als Störenfried empfunden, und als er endlich weg war, konnte ich mit meiner Mutter in Frieden leben. Aber wenn ich ehrlich bin, fehlt er mir manchmal eben doch. Ich habe nun mal nur diesen und keinen anderen Vater.

Mellie, ich bin so froh, dass ich dir dies alles anvertrauen kann, und weiß, dass es bei dir gut aufgehoben ist. Du verurteilst mich nicht. Ich denke viel an dich, du bist mir sehr wichtig geworden. Bei dir habe ich das Gefühl, verstanden zu werden. du weißt, was ich meine, wenn ich was erzähle. Du versuchst nicht, mir eine andere Meinung aufzudrängen. Du lässt mich sein, wie ich bin. Das ist sehr viel wert. Du machst dir, wie ich, viele Gedanken um den Zustand dieser Welt. Und ich weiß es zu schätzen, dass du diese Gedanken mit mir teilst. Wir sind uns in vielem ähnlich, das hast du sicher auch schon gemerkt. Auch für dich zählen mehr die inneren als die äußeren Werte. Wollen wir im Grunde nicht alle das Gleiche? Glücklich und zufrieden sein? Ich kann dir gar nicht sagen, wie sehr ich mich auf unser baldiges Treffen freue. Dein Micha

28. KAPITEL

Überall hatte sie Fotos aufgestellt. Auf einem kleinen Altar zündete sie jeden Tag eine Kerze an. Auf diese Weise versuchte sie, Melanie nahe zu sein.

Astrid war froh, dass sie all diese Belästiger losgeworden war. Diese Phrasendrescher mit ihren ernsten Mienen, ihrem geheuchelten Mitgefühl und ihrem eingeübten Lächeln konnten ihr gestohlen bleiben. Was wussten die von ihrem Schmerz? Nichts!

»Melanie.« Sie sah auf das Foto ihrer lachenden Tochter und wiederholte den Namen mehrmals. Lauschte dem Klang ihres Namens.

Noch immer verdrängte sie bisweilen, dass Melanie nicht mehr antworten würde. Nicht mehr da war. Sie ertappte sich dabei, wie sie auf die Schritte ihrer Tochter lauschte. Bis die Gewissheit sie wie ein Keulenschlag traf, dass Melanie nie wieder zur Tür hereinkommen würde.

Das Schlimmste stand ihr noch bevor: die Beerdigung. Sie wusste nicht, wie sie überstehen sollte, ihr Kind endgültig zu Grabe zu tragen. Sie konnte sich nicht vorstellen, ihr Leben einfach so fortzuführen wie vorher, das gelang ihr nicht. An gut gemeinten Ratschlägen fehlte es nicht. Sie müsse sich ablenken. Sich was Gutes tun, auf andere Gedanken kommen. Die hatten doch alle keine Ahnung, wussten nicht, wie es sich anfühlte, ein Kind auf eine so schreckliche Weise zu verlieren.

Obwohl sie so furchtbar müde war, kam sie keine

Nacht zur Ruhe. Sie hatte schon immer schlecht schlafen können, doch nun war es besonders schlimm. Ihr war bewusst, dass die Nacht das Leben potenzierte und die Regeln des Tages außer Kraft setzte. Dann, wenn der Mensch auf sich selbst zurückgeworfen war und es keinerlei Ablenkung gab, war alles noch schwerer zu ertragen. In den Dämmerstunden kamen Dinge hoch, die sie längst überwunden glaubte. Verluste, die so wehtaten, dass sie sie in der hintersten Ecke ihres Hirns verborgen hatte.

In der Folge konnte sie sich tagsüber kaum konzentrieren. Jeder Handgriff fiel ihr schwer. Ständiges Grübeln begleitete sie. Wenigstens hatten sie ihr genug Tabletten dagelassen, die halfen zumindest ein bisschen.

Habe ich was versäumt?, fragte sie sich oft. Hätte ich mehr kämpfen müssen, damals, als Helmut mir Yannick wegnahm? Und heute, hätte ich Melanie retten können, wäre ich rechtzeitig hinüber in ihre Wohnung gegangen? Vielleicht hätte ich sie von ihrem Vorhaben abhalten können, das so verhängnisvoll endete.

Doch was hätte sie wirklich tun können? Melanie hatte ihr nur allzu deutlich zu verstehen gegeben, dass sie besser ohne ihre Mutter zurechtkam. Dass sie Abstand von ihr brauche. Da hatte man alles für sein Kind getan und bekam so etwas an den Kopf geworfen. Das war derart schmerzhaft gewesen, dass ihr die Worte wegblieben. Lange war sie darüber nicht hinweggekommen.

Und jetzt war nichts mehr so wie zuvor. Absolut nichts stimmte mehr. Astrids Leben war vollkommen aus den Fugen geraten. War verpufft wie ein Luftballon, in den man hineingestochen hatte. Es war nur noch eine leere, schrumpelige Hülle übrig.

In der Tiefe ihres Herzens wusste sie, es gab Menschen, die sich um sie sorgten, allen voran Carolin, doch diese Sorge kam nicht bei ihr an. Momentan hatte sie nicht die Kraft, irgendjemanden zu sehen. Den einzigen regelmäßigen Kontakt, den sie aufrechterhielt, war der mit der Polizei. In der Hoffnung, dass sie endlich Klarheit bekäme über das, was geschehen war. Doch diese Hoffnung wurde mit jedem Anruf kleiner.

Die Welt kam ihr vor wie ausgelöscht. Sie fühlte sich regelrecht neben der Spur, ver-rückt im wahrsten Sinn des Wortes. Sobald sie die Augen schloss, machte sich Dunkelheit in ihrem Kopf breit, die von Dämonen bevölkert wurde. Müßige Gedanken verhakten sich ineinander und rauschten durch ihren Kopf.

Wie oft hatte sie sich verbogen, um Anerkennung zu finden. Wie oft hatte sie ihr wahres Selbst verleugnet. Um so zu sein, wie sie glaubte, dass die anderen sie haben wollten. Und wie weit war sie damit gekommen? Sollte das ihr Leben gewesen sein? Hoffnungen, Täuschungen, Selbstquälerei? Alles nur, damit sie nun wieder allein dastand ohne einen Menschen an ihrer Seite? Hieß es nicht immer, dass es in der Natur keine stärkere Bindung gab als die einer Mutter zu ihrem Kind? Schon einmal wurde diese Bindung gewaltsam durchtrennt. Was blieb ihr denn noch?

Das Klingeln des Telefons schreckte sie aus ihren rotierenden Gedanken. Sie nahm ab.

»Hallo, Astrid«, sagte eine Stimme, die sie lange nicht gehört hatte.

»Was willst du?«, bellte sie. Ihr Ex hatte ihr gerade noch gefehlt.

»Ich trauere genauso wie du um unsere Tochter. Das wollte ich dir nur mitteilen.«

»Du? Du hast es doch jahrelang nicht für nötig gehalten, dich um sie zu kümmern. Und jetzt spielst du den trauernden Vater. Was bist du nur für ein gottverdammter Heuchler.« Ihre Stimme überschlug sich. Sie schnappte nach Luft, wurde hysterisch. »Mit dir will ich nie wieder was zu tun haben. Merk dir das ein für alle Mal.« Sie knallte den Hörer auf. Ihr Herz klopfte bis zum Hals. Sofort griff sie nach der Schachtel mit den Tabletten und wollte zwei herausnehmen. Doch dann steckte sie sie heftig atmend zurück in die Tasche. Nein, das war keine Lösung.

Sie musste sich anders beruhigen. Schnell lief sie in den Flur, schnappte den Schlüssel von Melanies Wohnung und lief die paar Schritte hinüber. Die Polizei hatte ihr mitgeteilt, dass die Wohnung wieder freigegeben war, nachdem sie tagelang versiegelt gewesen war. Man hatte ihr nahegelegt, das Schloss austauschen zu lassen. Doch vorerst hatte sie keine Kraft für solche Aktionen.

Ein muffig-dumpfer Geruch strömte ihr entgegen, als sie die Tür aufschloss. Der typische Geruch einer Wohnung, in der sich länger niemand aufgehalten hatte. Sie öffnete die Fenster, ließ die Sommerluft herein und atmete ein paar Mal tief durch.

Dann ging sie ins Schlafzimmer und legte sich auf Melanies Bett. Ihr Blick wanderte über das Regal mit den Urlaubserinnerungen, die Muscheln und Postkarten und den großen Amethyst, den Melanie von einem Ausflug nach Idar-Oberstein mitgebracht hatte. Ein lila Edelstein mit gezackten Rändern, die in der Sonne funkelten.

Nach einer Weile stand Astrid auf. Schlurfte hinüber in das kleine Wohnzimmer. Zwischen all den Dingen, die ihrer Tochter gehört hatten, glaubte sie Melanie zu spüren.

»Mein Mädchen, ich will zu dir«, flüsterte sie. »Was soll ich noch hier? In diesem Leben? Das jeden Tag nur Qual ist und ein einziger Kampf.«

Zu viel hatte sie aushalten müssen. Viel zu viel für ein einzelnes Menschenleben.

Sie setzte sich aufs Sofa. Fühlte sich unendlich kraftlos und ausgelaugt. Alles um sie herum schien verhüllt von einem dunklen, undurchsichtigen Schleier.

Sie stellte sich vor, ein Messer bohre durch ihre Haut. Sie stellte sich einen herannahenden Zug vor, dem sie furchtlos entgegentrat. Und sie stellte sich vor zu ertrinken. Im Wasser unterzutauchen und nie wieder hochzukommen.

In ihr war ein grenzenloses Gefühl von Leere.

Mit meiner Tochter habe ich mein Leben verloren.

Es ist, als ob sie aus meinem Inneren herausgerissen wurde, und zurückgeblieben ist eine einzige riesige Wunde.

Astrid spürte kein Leben mehr in sich, alles war zu Frost erstarrt. So vieles hatte sie verloren. Zu vieles. Erneut fasste sie in ihre Tasche, zog die Schachtel mit den Tabletten hervor. Vielleicht war das doch eine Lösung.

29. KAPITEL

Die Hitze brütete weiter über dem Land. Regen war nicht in Sicht. Franca hatte inzwischen mit Amir gesprochen, den sie in der Flüchtlingsunterkunft aufsuchte. Er war ihr höflich, aber äußerst zurückhaltend begegnet. Offensichtlich hatte er nicht so recht verstanden, was die Polizei von ihm wollte. Die Befragung gestaltete sich schwierig und zäh, weil Amirs Deutsch nicht sonderlich gut war. Vorsichtshalber hatte sie einen Dolmetscher hinzugezogen. Aus seinen kargen Antworten konnte man schließen, dass er Melanies Tod unendlich bedauere. Zunächst konnte er nicht erklären, wo er am Pfingstsonntag gewesen war. Den Ort Altenahr kannte er angeblich nicht. Er verfüge über ein Fahrrad, mit dem er oft unterwegs sei, aber lediglich in der näheren Umgebung von Ahrweiler. Melanie habe ihm das Fahrrad geschenkt. Sie habe mit ihm Deutsch gelernt, aber er habe sie schon länger nicht mehr getroffen.

All das hatte sie aus seinen unbeholfenen Aussagen herausgehört. Am Ende konnte sie weder bejahen noch verneinen, ob er als Täter in Frage kam, zu vage und manchmal etwas widersprüchlich waren seine Aussagen.

»Dass wir im Flüchtlingsheim Nachforschungen anstellen, darf auf keinen Fall an die Presse. Wer weiß, was daraus wieder konstruiert wird«, hatte der Chef angeordnet, und Franca hatte ihm zugestimmt.

Dass bei jedem Verbrechen sofort Zuwanderer ins Visier gerieten, schien seltsam fest in den Köpfen der Deutschen verankert, obwohl sowohl die Kriminalstatistiken als auch ihre eigene Erfahrung aussagten, dass dies ein Vorurteil war. Schlimme Straftaten, medial bisweilen ketzerisch in Szene gesetzt, sorgten dafür, dass die allgemeine Meinung eine andere war, als die Statistiken aussagten.

Syrien, der Irak und Afghanistan stellten zwar die meisten Flüchtlinge, die jedoch statistisch gesehen seltener Straftaten begingen als andere Volksgruppen. Die Anzahl der tatverdächtigen Zuwanderer, die in der PKS aus dem letzten Jahr kriminalstatistisch erfasst waren, zeigte eine eindeutig rückläufige Tendenz. Verbrechen, die von Deutschen begangen wurden, schienen hingenommen zu werden, jedenfalls berührten sie die Gemüter längst nicht so sehr wie Straftaten von Menschen mit Migrationshintergrund, die von den Zeitungen oftmals ausführlich dargestellt wurden. Generell waren junge Männer für die meisten Straftaten verantwortlich, egal ob Deutsche oder Zuwanderer. Das war eine Tatsache, an der es nichts zu rütteln gab. Eine erfreuliche Entwicklung war, dass alle erfassten Straftaten, unabhängig von der Herkunft der Straftäter, zurückgingen.

Clarissa hatte inzwischen Astrids verlorenen Sohn – Melanies Bruder – ausfindig gemacht, doch der lebte seit einiger Zeit in Amerika und war lange nicht in Deutschland gewesen.

Trotz des großen Ermittlungsaufwandes waren sie noch nicht viel weitergekommen. Und noch immer gab es weder einen schlüssigen Ablauf der Tat noch ein mögliches Motiv. Ganz zu schweigen von einem Verdächtigen.

Die fehlenden Kleidungsstücke, die Melanies Mutter bemerkt haben wollte, gaben Franca Rätsel auf. Weder

der Schal mit seinem markanten ethnischen Muster noch Wäsche oder Kosmetikartikel, wie man sie für eine kurze Reise mitnimmt, waren irgendwo aufgetaucht. Es hätte durchaus sein können, dass sich die Kleidungsstücke in einer separaten Tasche im Auto befanden. Doch da war nichts, wie die KTU versicherte. Möglich war allerdings auch, dass Melanie die Sachen mit zu einem Mann genommen hatte, bei dem sie übernachtete. Und dieser Mann war ihr womöglich zum Verhängnis geworden.

Denkbar war allerdings auch, dass sich der Täter mit dem gestohlenen Schlüssel Zugang zu Melanies Wohnung verschafft und die Sachen an sich genommen hatte. Gerade Unterwäsche war etwas sehr Intimes, etwas, das man am Körper trägt, und es wäre nicht das erste Mal, dass ein Täter sich Dessous seines Opfers besorgte. Franca seufzte. Vielleicht waren das alles auch nur Gedankenspiele, und sie verrannte sich da in etwas. Womöglich fehlte gar nichts, denn konkrete Angaben hatte Melanies Mutter nicht machen können. Weder über Aussehen noch über Stückzahl der Unterwäsche. Nur bei dem fehlenden Schal schien sie sich absolut sicher zu sein. Insgesamt vermittelte Astrid Dellinger einen äußerst labilen Eindruck, sodass man ihre Aussagen und Wahrnehmungen mit Vorsicht bewerten musste. Vielleicht hatte sie sich die fehlenden Stücke auch nur ausgedacht, damit sie etwas Wichtiges beizutragen hatte. Man hatte schon die skurrilsten Dinge erlebt.

Jetzt lag Francas ganze Hoffnung auf der Auswertung von Melanies Laptop. Doch es waren noch keine Ergebnisse da. Kurz entschlossen ging Franca hinüber in Renates Büro und klopfte an die Tür.

Die IT-Fachfrau saß wie üblich an ihrem Computer. Als Franca eintrat, hob sie den Kopf und lächelte schwach.

»Ich hab mir schon gedacht, dass du bald hier antanzt.« Renate sah übermüdet aus, ihre Augen waren gerötet. »Der Computer ist zwar ein großer Verräter«, sagte sie. »Aber du weißt ja: Was wir hier betreiben, ist reine Fleißarbeit. Nur wenn wir Glück haben, finden wir die Nadel im Heuhaufen.«

»Für mich ist und bleibt ein Computer ein Buch mit sieben Siegeln. Ich kann mich nur immer wieder darüber wundern, wie du ihm all seine Geheimnisse entlockst.«

Renate lachte. »Ausspähen ist leichter als schützen, das kannst du mir glauben. Mit den richtigen Programmen funktioniert das alles. Manchmal ist dafür gar kein besonderes Programm notwendig. Unsere Kandidatin hier hatte ihren Laptop noch nicht mal mit einem Passwort geschützt. Und die sozialen Netzwerke sind eine wahre Fundgrube. Aber was wirklich schlimm ist, sind die unerschöpflichen Datenmengen. Tut mir leid, ich bin noch nicht sehr weit gekommen. Und meine Mitarbeiter …«, sie seufzte tief. »Wir bräuchten halt mehr Personal, dann ginge es schneller.«

Franca musste lächeln, als sie einen der Sinnsprüche las, die an der Wand über Renates Schreibtisch gepinnt waren. »*Grausam, heute ist mein Computer abgestürzt und ich musste selber denken.*«

»Können wir denn irgendwie behilflich sein?«, bot sie an.

»Das wäre natürlich toll. Aber du sagst doch immer, du hättest keine Ahnung.«

»Hab ich auch nicht. Ich kann nur das, was ich unbedingt wissen muss.« Franca lachte. »Aber ich hab ja Clarissa. Die ist total fit in diesen Dingen. Die jungen Leute können ja alle bestens mit der modernen Technik umgehen. Ist halt eine andere Generation.«

»Das wäre super«, rief Renate erfreut aus. »Ich kopier einige Daten. Dann könnt ihr daran arbeiten, während ich hier weitermache.« Mit schnellen Handgriffen verband die IT-Expertin eine externe Festplatte mit dem Laptop und betätigte anschließend mit flinken Fingern die Tastatur. Das Gerät begann geräuschvoll zu rödeln.

»Über den Browserverlauf hab ich schon mal drüber geschaut, aber bisher nichts Spektakuläres gefunden. Sie hat vieles über Wein gegoogelt.«

»Kein Wunder. Sie hat sich ja zur Wahl der Ahrweinkönigin gestellt«, sagte Franca.

»Schon klar.« Renate nickte. »Was vielleicht ein bisschen aus dem Rahmen fällt: Über Afghanistan hat sie sich sehr intensiv informiert. Hast du eine Ahnung, warum?«

Franca überlegte einen Moment. »Sie war engagiert in der Flüchtlingshilfe und hat einem jungen Afghanen bei der Deutsch-Kommunikation geholfen. Vielleicht wollte sie mehr über sein Land wissen.«

»Das würde einiges erklären.« Renate legte den Kopf schräg und sah ihr Gegenüber prüfend an. »Denkst du, er ist verdächtig? Jetzt mal so ganz unter uns.«

Franca zuckte die Achseln. »Wir haben ihn eingehend befragt. Das war ziemlich zäh. Aber mein Bauch sagt mir, er war es nicht.«

»Ob dein Bauch immer die Wahrheit kennt?« Renate grinste breit.

»Eigentlich kann ich mich schon auf meine Intuition verlassen. Amir schien sehr traurig über Melanies Tod zu sein. Sie hat ihm wohl ziemlich geholfen, bei uns zurecht-zukommen.«

Die Daten waren fertig kopiert. Renate steckte das Kabel aus und reichte Franca die Festplatte. »In jedem Fall war sie medienmäßig gut unterwegs. Hatte Accounts bei verschiedenen Anbietern und einen regen Mail-Verkehr. Da haben wir einiges zu tun.«

»Was ist mit den Passwörtern?«, fragte Franca.

Renate feixte. »Seit wann sind Passwörter für mich ein Problem?«

»Du bist und bleibst halt eine Granate.« Franca lachte. In der Tür drehte sie sich um. »Du weißt schon, dass du klasse bist?«

Renate, deren Augen wieder am Bildschirm klebten, sah überrascht hoch. »Schön, dass das mal jemand anerkennt. Krieg ich nicht allzu oft zu hören.« Dann straffte sie den Rücken und sagte schelmisch: »Und falls ihr Fragen habt – die Granate weiß immer Rat.«

Sie lachten beide.

»Danke.« Franca schlüpfte zur Tür hinaus und ging zurück in ihr Büro.

»Arbeit für dich«, rief sie Clarissa entgegen und legte ihr die Festplatte auf den Schreibtisch.

»Okay. Dann leg ich gleich mal los.«

30. KAPITEL

Iris sah ihn betroffen an. »Du hast dich tapfer geschlagen«, sagte sie anerkennend. Irritiert schlug Amir die Augen nieder. Er hatte gar kein gutes Gefühl.

»Die Polizei fragt jeden, der mit Melanie zu tun hatte. Damit sie herausfinden, wer sie getötet hat. Du bist nicht der Einzige.«

Doch ihre beruhigenden Worte vermochten ihn nicht zu trösten. Vielmehr fühlte er sich voller Angst, einsam und verloren. Fast so wie am Anfang, als er die ersten Tage in dieser Unterkunft verbrachte, niemanden kannte und nicht wusste, ob er jemals in diesem fremden Land heimisch werden würde. In Melanies Gegenwart war dieses Gefühl fast verschwunden gewesen, nun war es wieder mit Macht zurückgekehrt.

»Warum?«, fragte er und bohrte seinen Blick in Iris' Augen. »Warum Melanie tot?«

»Das weiß ich nicht. Die Polizei hat es noch nicht herausgefunden. Deshalb waren sie ja hier.«

Er merkte, dass sie seinem Blick auswich. Vielleicht hatte auch sie geglaubt, dass er etwas damit zu tun hatte. Doch er wollte nicht fragen. Jetzt war die Polizistin weg. Aber er wusste nicht, ob er ihr trauen konnte. Sie hatte so misstrauisch gewirkt, hatte andauernd Dinge gefragt, auf die er keine Antwort wusste.

Er ging in sein Zimmer, legte sich auf sein Bett und schloss die Augen. Wieder begannen die Gedanken zu rotieren. Melanie ist tot. Genau wie Baba, wie seine Mutter, seine Geschwister. Sein früheres Leben zog an ihm vorbei. Bilder aus einer vollkommen anderen Welt. Er sah das Gewimmel von überdachten Basaren, hörte den Ruf des Muezzin zum Gebet, roch den Saft des Granatapfels, den er gerade gepflückt hatte, sah den Feigenbaum auf der Wiese, zwei lachende Jungs, die sich neckten.

Einen Moment lang sehnte er sich in dieses Leben zurück, das er hinter sich gelassen hatte. Doch im selben Augenblick wurde ihm bewusst, dass nichts mehr so war, wie er es in der Erinnerung bewahrte. Schon spürte er diese Vibration in der Luft, gleich darauf hörte er die furchtbare Detonation, schmeckte Staub auf der Zunge, sah, wie er auf das Haus zurannte, das kein Haus mehr war …

Er ballte die Hände zu Fäusten, presste die Augen ganz fest zu, so lange, bis andere, weniger schmerzhafte Erinnerungen aufflackerten.

Er hörte die beschwörende Stimme des Onkels, der ihm Geld zusteckte und ihm mit besorgter Miene sagte, er solle gehen. Hier in diesem Land gebe es nur noch Elend und Leid. Frieden sei nicht in Aussicht. Nicht so lange sich Paschtunen, Hazaras, Tadschiken und Usbeken gegenseitig bekriegten. »Die können sich ja nicht einmal selbst voneinander unterscheiden«, hatte er voller Abscheu geäußert. »Der einzige Feind, den der Afghane hat und den er niemals besiegen wird, ist niemand anders als er selbst. Jeder versucht, über den anderen zu herrschen, und dann wundern sie sich, wenn böses Blut entsteht und alle zu den Waffen greifen. Ich sage dir, Amir: Das hört niemals auf. Geh, du bist jung genug, dir woanders etwas aufzubauen.«

Er wusste, der Onkel hatte recht. Dennoch war es ihm so schwergefallen, Abschied zu nehmen von all dem Vertrauten. Von dem Gewimmel, das Menschen, Karren und Maultiere auf den staubigen Straßen verursachten, von den hohen, schneebedeckten Bergen, die die Stadt umringten, vom Blöken der Schafe und vom Meckern der Ziegen.

Von seiner Familie war nur dieser Onkel übrig geblieben. Und der hatte ihn fortgeschickt. Weil er nicht wollte, dass auch er, Amir, von Raketen beschossen werden würde, dass er einer derjenigen sei, der wie eine Puppe durch die Luft flog und zerrissen auf irgendeinem Dach landete.

Der Onkel hatte es gut mit ihm gemeint. Das musste er sich immer wieder ins Gedächtnis rufen. Weitere Erinnerungen zuckten auf. Die Fahrt durch eine kahle, staubbraune Landschaft voller Schluchten und Felsmassive, die an zahllosen ausgebrannten Wracks vorbeiführte, zerschossenen Militärfahrzeugen. Das Donnern der Gewehrsalven war stets in der Ferne zu hören.

Dann die Ankunft in einem Flüchtlingslager in Pakistan mit einem Meer aus schiefen Wellblechhütten und Zeltplanen, an denen der Wind zerrte. Unmöglich, hier zu bleiben.

Fünf Monate war er unterwegs gewesen. Den größten Teil des Weges hatte er zu Fuß zurückgelegt. Von Pakistan war er weitergelaufen in den Iran. Unterwegs hatte er sich einer Gruppe angeschlossen. Gemeinsam überwand man Grenzen, durchquerte Länder. Am schlimmsten war der Weg vom Iran in die Türkei. Schleuser nahmen ihn und ein paar andere mit, eingepfercht in einen Kofferraum. Mitten in der Nacht ließen sie ihn an der Grenze raus. Dort stand er vor einem zwei Meter hohen Zaun mit Stacheldraht. Doch er überwand auch diese Grenze.

Andere schafften es nicht. Schließlich stieg er in ein Boot, das nach Griechenland fuhr. Es war ein sehr weiter Weg, bis er völlig erschöpft und entkräftet nach Deutschland kam, wo er endlich Ruhe fand. Und einen Menschen, der sich um ihn kümmerte. Melanie.

Nun war Melanie tot.

Ihm war bewusst, dass er nicht der einzige afghanische Junge mit einer solchen oder ähnlichen Biografie war. Doch dieses Wissen nützte ihm nichts. Er fühlte sich in hohem Maße entwurzelt, vertrieben, fehl am Platze.

Wieder einmal rannte er von Unruhe getrieben hinaus, stieg auf sein Fahrrad und trat keuchend in die Pedale, so lange bis keine Häuser mehr zu sehen waren und er das Flussufer erreichte. Er lehnte das Rad an einen Baumstamm und setzte sich ans Ufer. Beobachtete, wie sich das Wasser gurgelnd um die Steine drängte, die an einigen Stellen aus dem Flussbett herausragten.

In diesem Wasser hatte man Melanie gefunden. Nicht an dieser Stelle, aber in diesem Fluss. Während das Wasser ihre Seele weitertrug, hatte es ihren Körper zurückgelassen. Und jetzt, wo war sie jetzt? Im himmlischen Zuhause, bei Baba, Mutter, seinen Geschwistern? Bei all den anderen, die er verloren hatte? Oder gab es für Christen einen anderen Himmel als für Muslime?

Iris hatte ihm gesagt, wo Melanie begraben war. Dort wollte er hin. Er stieg auf sein Fahrrad und radelte zurück in die Stadt, bis er den Friedhof erreichte. An der Außenmauer stellte er sein Fahrrad ab, ging durch das Tor, suchte zwischen Gräberreihen. Da war ein frischer Grabhügel mit zahllosen Blumengebinden und Kränzen. Auf einem schlichten Holzkreuz stand ihr Name. Melanie Dellinger.

»Melanie«, sagte er leise. »Melanie-jan.« Mit einem schmerzlichen Lächeln dachte er daran, wie gern er ihr honigfarbenes Haar angefasst hätte. Ihre zarte Haut gestreichelt hätte. Wie nah er ihr manchmal gekommen war. Doch nie nah genug.

Er dachte an die Kette mit den blauen Lapislazuliperlen, die er in einem Schmuckgeschäft gesehen hatte und die er ihr gern als Geschenk überreicht hätte. Doch er musste mit seinem Geld sparsam umgehen, deshalb hatte er die Kette nur angesehen und nicht gekauft.

Seine Gedanken schweiften weiter in eine schwierige Region. *Wir gehören zu Gott und zu Gott kehrt unsere Seele zurück,* hieß es im Koran. Mord ist eine schwere Sünde, die nicht nur im Diesseits, sondern auch im Jenseits bestraft wird. Melanie war gewaltsam aus diesem Leben geschieden, ihr Täter war noch nicht gefasst.

Amir hatte fest daran geglaubt, in Deutschland herrsche Frieden. Doch nun hatte er schmerzlich erfahren müssen, dass es auch in diesem Land Menschen gab, die das Leben anderer mit Gewalt auslöschten. Wieder begannen sich die altbekannten Zweifel in ihm zu regen. Dass das Leben eines Menschen von Beginn an festgelegt ist, so wie es im Koran stand, daran konnte er beim Anblick von Melanies Grab nicht glauben. Konnte es Allah wirklich gefallen, dass sich ein Mensch an einem so jungen hübschen, blühenden Leben vergriff? Sagt der große Gott nicht, das Leben sei heilig? Warum gebot er dann nicht Einhalt? Einhalt gegen all das unsinnige Töten überall auf der Welt?

Dass Allah den Todestag jedes Menschen bestimmt und ihn an diesem Tag ins Jenseits ruft, in den Paradiesgarten, zu dem nur Gläubige Zutritt haben, das konnte unmöglich der Wahrheit entsprechen. Auch zweifelte er schon länger daran, dass derjenige, der im Kampf um Allah gestorben war, direkt ins Paradies kam. Niemand konnte darauf antworten. Es war schließlich noch nie ein Toter zurückgekehrt, um davon zu berichten.

Amir glaubte fest daran, dass Melanies Seele unbeschadet ins Paradies gelangt war. Auch wenn sie keine Muslimin war, war sie ein guter Mensch. Seine Zweifel würde er jedoch niemals laut äußern. Aber tief in seinem Inneren rumorte es.

Auf einmal sah er deutlich, wie ihr Gesicht inmitten dieses Blumenmeers auftauchte.

»Melanie Malika«, flüsterte er. »Malika Melanie.« Deutlich spürte er ihre Nähe. Sie war da. Durch die Blumengebinde hindurch nickte sie ihm lächelnd zu. »Geh deinen Weg«, hörte er sie leise sagen. »Ich weiß, dass du das kannst und dass du Erfolg haben wirst.« Dann war sie wieder verschwunden. So schnell, wie sie gekommen war.

Er drehte sich um und machte sich mit einem Gefühl des Getröstetseins auf den Heimweg.

Hi, Mellie,
WhatsApp funktioniert nur manchmal, nicht immer, das hast du ja schon gemerkt. Die Regierung hat es schon öfter gesperrt, angeblich wegen schlechter Qualität. Aber wir vermuten, es ist, weil sie glauben, dass der Dienst von den Taliban genutzt wird. Und das wollen sie unterbinden. Nein, ich bin dir nicht böse, weil deine Nachricht so kurz war. Ich weiß doch, warum. Und wenn du nur einen Satz schreibst, so ist das ein Lebenszeichen von dir, ein Signal, dass du an mich denkst.

Im Übrigen hast du mir ja schon sehr viel von deinem Alltag und von deinen Gedanken erzählt. Ich denke, ich weiß eine ganze Menge von dir. Ich finde es total spannend, dass wir uns bald leibhaftig gegenüberstehen werden. Ich hoffe sehr, du bist nicht enttäuscht, weil ich vielleicht nicht so ganz dem entspreche, was du dir so vorstellst. Irgendwie kommt es mir merkwürdig vor, bald wieder in Deutschland zu sein. Sicher brauch ich auch einige Zeit der Eingewöhnung. In normalen Klamotten rumzulaufen, ohne Waffe, keine Angst mehr zu haben vor Selbstmordattentätern oder Sprengfallen – noch kann ich mir dies nicht wirklich vorstellen.

Aber ich freu mich wahnsinnig darauf. Und natürlich darauf, dich endlich in meinen Armen zu halten und deine Lippen zu spüren. Ich habe ein ganz tolles Geschenk für dich, von dem ich mir sicher bin, dass es dir sehr gefallen wird. Na, neugierig geworden? Das sollst du auch. (Smiley) Bald, meine Liebe, bald werde ich es dir persönlich übergeben. Die Tage hier sind gezählt. In unbändiger Freude dein Micha

31. KAPITEL

Ein Tag schleppte sich nach dem anderen dahin. Die Morgen gingen in die Nachmittage über, die Nachmittage in die Abende. Die Zeit wollte nicht vergehen. Am schlimmsten war es frühmorgens, wenn der ganze Tag noch vor ihr lag. Schlafen war ein einziger Alptraum. Durchzogen von realen und befürchteten Erinnerungen. Ihr Körper sehnte sich so sehr nach Schlaf, doch ihre verletzte Seele ließ ihn einfach nicht zu.

Die Beerdigung hatte sie wie in Trance überstanden. Dem Hinabgleiten des Sarges in die Erde wäre sie am liebsten nachgefolgt.

Jeden Morgen lief sie hinüber in Melanies Wohnung. Ein Gang, der zu einem Ritual geworden war. Einem schmerzlichen Ritual. Denn was war eine Wohnung ohne deren Bewohnerin?

Es war nur ein kurzes Stück Weg. Ein junger Mann, den sie nicht kannte, begegnete ihr. Sie sah ihm forschend ins Gesicht.

Könnte er der Mörder meiner Tochter sein?

Doch der junge Mann beachtete sie nicht weiter. So setzte sie ihren Weg fort.

In Melanies Wohnung lief sie wie ein Tiger im Käfig hin und her. Ihr Kopf schmerzte, aber sie wusste nicht, wohin mit ihrem Schmerz. Vor ihren Augen flimmerte es, alles geriet in Bewegung. Wenn sie glaubte, der Boden drohe unter ihr wegzukippen, legte sie sich auf Melanies Bett. Doch auch dort kam sie nicht zur Ruhe.

Der Gedanke, was Melanie in ihren letzten Minuten hatte durchmachen müssen, ließ sie nicht los. Erwürgt worden sei sie, hatten die Polizisten gesagt. Erwürgt. Astrid fasste sich an den Hals, drückte zu, versuchte sich vorzustellen, wie das ist, wenn man keine Luft mehr bekommt. Dann ließ sie los und schnappte. Hechelte. Hörte dumpfe Hilfeschreie.

Der Schmerz zerriss sie innerlich.

Sobald sie die Augen schloss, stürmte eine Bilderflut auf sie ein. Sie sah Melanie, wie sie lachte, ein Anblick, den sie kaum ertragen konnte. Aber das Schlimmste war, dass sich in Melanies Gesicht ein anderes schob. Das Gesicht eines Jungen, der ihr entrissen wurde und den sie hatte vergessen wollen, aber der doch immer bei ihr war. In den tiefsten Tiefen ihres Seins.

In all ihren Schreckensvisionen waren immer Hände im Spiel. Männerhände, die ihr das Liebste, das sie hatte, wegnahmen. Zwei Kinder hatte sie geboren. Zwei Kinder hatte man ihr genommen. Zwei Namen verschmolzen zu einem: Melanie und Yannick. Yannick und Melanie.

Es gibt Dinge, die sind so schrecklich, die will man einfach vergessen. Und kann es doch nicht.

Bisweilen gelang es ihr noch immer, sich einzureden, dass Melanie nur kurz weggegangen sei im Gegensatz zu Yannick, der zwar irgendwo existierte, der ihr aber vollkommen entglitten war. Doch dann stürmte mit Macht die Gewissheit auf sie ein, dass sie ihre beiden Kinder nie mehr sehen würde.

Wie oft schon hatte sie sich gefragt, wie viel ein Mensch zu ertragen vermochte. Und wann es einfach zu viel wurde.

Extreme Gefühlsschwankungen wechselten sich ab. Nach einer kurzen Phase der Trauer stieg langsam Wut in ihr hoch, dann ballte sie ihre Hände zur Faust und drückte so fest, dass sich die Fingernägel in ihre Haut eingruben. Schließlich kam die Panik, die ihr Herz schneller schlagen ließ. Bis sie glaubte, es explodiere mit dem nächsten Schlag.

Sie sprang auf, wusste sich nicht anders zu helfen als gegen das Sofa zu trommeln, die Kissen herumzuwirbeln, die Lippen zu zerbeißen. So lange, bis sie kraftlos zu Boden sank und der Schwindel, die Kopfschmerzen überhandnahmen. Bisweilen tat es so weh, dass sie nur noch sterben wollte, um diesen Schmerz nicht mehr zu spüren.

Ihr Leben war zu einem einzigen Grenzgang geworden, sie hangelte sich am Rand eines Abgrunds entlang im Bewusstsein, jeden Moment abzustürzen. Gut, dass sie die Tabletten hatte. Sie halfen ihr über den Tag, dämpften die allzu heftig auf sie einstürmenden Gefühle. Zumindest ein bisschen.

Sie raffte sich auf, wischte Staub, wo keiner war. Irgendwie musste sie sich beschäftigen. Der Tag war noch lang. Sie stand vor dem großen Wohnzimmerregal mit den Büchern und den Fotos.

Plötzlich stutzte sie. Wieso war dort eine Lücke? Auf diesem Regal hatten zwei Fotos von Melanie in Silberrähmchen gestanden. Es waren besonders schöne Fotos. Eines zeigte sie inmitten der Weinberge. Und eines war ein gelungenes Porträt. Beide Bilder waren verschwunden.

Astrids Gedanken begannen zu rotieren. Sollte etwa noch mehr fehlen? Sie lief zurück ins Schlafzimmer, öffnete Schranktüren, zog Schubladen heraus. Die Schublade mit der Unterwäsche war am Pfingstmontag noch relativ gut gefüllt gewesen. Dessen war sie sich ganz sicher. Jetzt fiel auf, dass sie nur noch halb voll war. Da fehlte eine ganze Menge!

Plötzlich erfasste sie Unruhe. Was bedeutete das? Sollte etwa der Täter hier gewesen sein und die Sachen an sich genommen haben? Aber wie war das denn möglich? Die Tür war nicht beschädigt. So einfach konnte man nicht in die Wohnung eindringen. Bis vor Kurzem war sie ja auch noch durch ein Polizeisiegel verschlossen gewesen.

Der Schlüssel!

Der Täter hatte Melanies Schlüssel an sich genommen und war hierhergekommen. Hatte sich in der Wohnung aufgehalten. Ihr wurde siedend heiß. So musste es sein. Ihr Herz raste. Deshalb hatte ihr die Polizei dringlich geraten, das Schloss auszutauschen.

Womöglich kam der Täter ein weiteres Mal zurück …

In ihr begann sich ein hässlicher Gedanke zu regen. Wut und Hass wurden übermächtig. Sie biss sich auf die Lippen und fasste einen Entschluss. Von jetzt an würde sie hier bleiben. Sie würde sich in der Wohnung ihrer Tochter einnisten. Tag und Nacht. Sie würde hier sein, bei Melanie und auf deren Mörder warten. Und dann Gnade ihm Gott. Niemals würde sie dem Menschen vergeben können, der ihr Melanie genommen hatte. Plötzlich schmeckte sie Blut, so sehr hatte sie sich auf die Lippen gebissen.

Immer mehr vergiftete Gedanken drängten in ihr Gehirn. Mit einem Mal spürte sie eine unbändige Kraft in sich. Ein Ziel, das sie für alles Leid entschädigen würde. Für all die Verwundungen und Verluste, die sie erlitten hatte. Der Gedanke der Rache überflutete sie wie ein Tsunami.

32. KAPITEL

»Bist du jetzt nur noch im Büro?« Der Tonfall erinnerte Franca an früher, als sie regelmäßig mit solchen Vorwürfen aus dem Mund ihrer Tochter konfrontiert wurde. Sie seufzte tief. »Wir haben einen komplizierten Fall.«

»Ach. Das ist ja ganz was Neues.« Geräuschvolles Ein- und Ausatmen. »John und ich wollten dich eigentlich am Sonntag besuchen. Aber dann passt es wohl mal wieder nicht?«

»Es tut mir so leid. Wirklich. Aber …« Franca hatte Georginas Freund inzwischen kennengelernt. Ein ausgesucht höflicher, gebildeter junger Mann mit einer klaren Haltung, mit der er nicht hinter dem Berg hielt. Das imponierte ihr. Sie konnte gut nachvollziehen, was ihrer Tochter an dem gebürtigen Kenianer gefiel, der sie ein wenig an Barack Obama erinnerte. Zumindest, was das Charisma betraf. John sprach grammatikalisch korrekter als mancher gebürtige Deutsche. Nicht nur seine unverblümten Meinungsäußerungen, auch sein Humor gefielen ihr. Einmal, als er in Francas Gegenwart Georgina leidenschaftlich küsste, hatte er verschmitzt geäußert: »Ich hab gehört, du stehst auf Schokoküsse.« Worauf Franca erst irritiert gestutzt und dann herzlich gelacht hatte. Im Gegenzug nannte Georgina ihn zärtlich »mein Sarotti-Mohr«. Über solche Wortspielereien konnten sich die beiden köstlich amüsieren.

»Ich hätte euch so gern bei mir gehabt, wirklich, auch

weil mir dein John ausgesprochen gut gefällt«, sagte sie zu Georgina. »Im Moment ist hier aber gerade Hochphase. Doch du weißt: Es kommen wieder bessere Zeiten.«

»Klar. Kennen wir ja nicht anders.« Das klang resigniert.

»Grüßt du ihn von mir?«

»Bleibt mir was anderes übrig?« Das klang schon versöhnlicher.

»Ich melde mich, ja?« Franca legte auf.

»Tja, die liebe Familie. Kann gar nicht verstehen, dass wir arbeiten müssen.« Clarissa sah mit schiefem Grinsen hinüber zu Franca und kaute auf ihrem Lippenpiercing.

»Sie ist schon früher schwer damit klargekommen, dass mein Beruf stets Vorrang hatte. Das hängt ihr immer noch nach.«

»Nützt aber alles nichts. Wir sind hier gefragt. Ich würde vorschlagen, du kümmerst dich um Instagram und Facebook, das ist am einfachsten. Und ich checke erst mal ihre Mails«, sagte Clarissa.

»Also mit Instagram komm ich überhaupt nicht klar«, lenkte Franca ein. »All diese komischen Zeichen.«

»Die komischen Zeichen sind Hashtags.« Clarissa lachte. »Schlagworte, damit man Nachrichten mit bestimmten Inhalten oder zu besonderen Themen besser findet.«

»Bei Facebook weiß ich einfach eher, worum es geht.«

»Sag bloß, du hast jetzt einen Account?« Clarissa feixte.

»Quatsch. So was lehne ich privat strikt ab. Weißt du doch. Ich hab einfach keine Lust, mich mit all diesem belanglosen Zeugs zu beschäftigen. Dazu ist mir meine Zeit viel zu schade. Aber hier geht es ja um etwas anderes.«

Clarissa grinste und hob die Augenbrauen. »Okay, dann fang halt mit Facebook an.«

Franca rief das Facebook-Profil von Melanie auf, die sich hier Mellie D. nannte. Das Profilfoto, das sie eingestellt hatte, war eines, das Franca bereits kannte. Eine lachende, etwas schelmisch über den Rand ihrer Sonnenbrille schauende junge, äußerst attraktive Frau.

»Die hatte über 2.000 Facebook-Freunde. Na, das geht ja schon mal gut los«, sagte sie.

»War halt ein beliebtes Mädchen«, antwortete Clarissa. »Aber du musst immer bedenken: Facebook-Freunde muss man nicht unbedingt aus dem wahren Leben kennen.«

»Schon klar.«

Melanies letzter Eintrag stammte vom Morgen des Pfingstsamstags. Da hatte sie freudig gepostet, sie habe die Wahl gewonnen, und ein Foto von ihrem Krönungsakt eingestellt, das sie als strahlende Siegerin zeigte. Die Unterschrift unter dem Foto lautete knapp: »Gewonnen! Demnächst mehr!« Doch daraus wurde nichts mehr.

Franca scrollte zurück. »Fast jeden Tag ein Eintrag. Dazu viele Videos und Bilder.« Sie stöhnte. »Puh. Das wird hart.«

»Kennen wir doch nicht anders.« Clarissa lachte leise und klackerte auf der Tastatur. »Was hat sie denn als Status angegeben? Single?«

»Genau.«

»Da kannst du auch die Freundschaftsanfragen checken. Besonders die männlichen. Dürften etliche sein. Sie war ja eine ausgesprochene Schönheit.«

Franca befolgte Clarissas Anleitungen, die bestens mit den Geheimnissen der sogenannten sozialen Netzwerke vertraut war. Für die junge Kollegin war der Umgang mit dem Computer eine Selbstverständlichkeit, während

Franca oft ratlos davorsaß. Wenn etwas nicht funktionierte, wie es sollte, wusste Clarissa sofort Rat. Das war eine große Hilfe.

»Eigentlich ist so ein Computer schon was Feines«, sagte Franca nach einer Weile. »Mit seiner Hilfe kann man sich ein ziemlich genaues Bild über den Besitzer machen.«

»Ach ja?« Clarissa grinste.

In der Tat war Franca erstaunt, wie viel sie über dieses Portal von Melanies Leben erfuhr. Kurz vor Pfingsten hatte sie jeden Tag etwas gepostet. Wie sehr sie sich auf die Wahl freue. Welche Bücher sie gelesen hatte. Wie viel sie dabei über Wein gelernt habe. Viele Fotos zeigten sie mit einem Glas Wein in der Hand oder inmitten der Weinberge. Oft umringt von Freunden. Und immer lächelte sie.

Auf einem der Fotos saß sie auf einer riesigen Bank. »Gullivers Bank in Heimersheim«, stand darunter. Franca erinnerte sich, dass Melanies Vater in Heimersheim lebte, einer Gemeinde nicht weit von Bad Neuenahr-Ahrweiler entfernt.

Gulliver, der Riese im Land der Zwerge, der dort die Welt auf eine neue Art betrachten lernte. Ein Märchen, das Georgina sehr gemocht hatte, als sie klein war. »Manchmal sind die wichtigen Dinge ganz klein«, hatte sie einmal geäußert.

Franca spürte Clarissas Blick und hob den Kopf.

»Vielleicht solltest du dich als Erstes mit den Nachrichten beschäftigen. Dann siehst du genau, mit wem sie sich persönlich ausgetauscht hat und wie häufig. Das gibt sicher einiges her.«

»Und wie krieg ich die?«

»Du musst auf ›Nachrichtenanfragen‹ klicken. Dann

gelangst du in ihr Postfach. Vergiss auch nicht, die Option ›Gefilterte Anfragen‹. Da sind Nachrichten gespeichert von Usern, mit denen man nicht auf Facebook befreundet ist. Da kann man auch manche Entdeckung machen.«

»Okay.«

Franca tat wie geheißen und scrollte die einzelnen Nachrichten durch, sodass sie alle User sehen konnte, mit denen Melanie jemals Kontakt aufgenommen hatte. Es waren eine ganze Menge. Einige Namen waren Franca von Zeugenbefragungen her bekannt. Die beiden Freundinnen Christina und Simone hatte sie kennengelernt. Man kannte sich von der gemeinsamen Schulzeit in der Klosterschule Calvarienberg in Ahrweiler, einer christlichen Traditionsschule.

Die beiden Mädchen waren äußerst hilfsbereit und freundlich gewesen, dennoch waren sie Franca ein wenig oberflächlich vorgekommen. Sie seien eine nette Clique, die sich oft verabredete und vieles gemeinsam unternahm. Seit Melanie sich zur Wahl der Weinkönigin vorbereitet hätte, wären sie allerdings nicht oft zusammen gewesen.

Wer denn alles zur Clique gehöre, wollte Franca wissen.

»Wir beide, Melanie natürlich und Robin. Das war so der harte Kern. Manchmal war auch Ralf dabei.«

»Ralf?« Der Name war Franca unbekannt vorgekommen.

Christina hatte gekichert, während Simone rot anlief.

»Er sieht sehr gut aus«, sagte Christina mit einem Seitenblick auf Simone. »Ralf ist ein cooler Typ. Den mag eigentlich jeder. Simone und er waren mal zusammen. Und da ist er bei uns hängen geblieben. Weil wir eben so nett sind.« Sie verzog das Gesicht.

»Kai haben wir ganz vergessen. Der ist auch ab und zu

dabei«, warf Simone dazwischen, offensichtlich um von Ralf abzulenken.

»Den kannst du auch vergessen«, rief Christine. »Das ist ein Nerd. Und Nerds haben ja bekanntlich nie Zeit.«

Sämtliche Mitglieder der Clique waren in der Facebook-Freundesliste enthalten, jedoch war der Austausch dort nicht sehr rege. Wahrscheinlich hatten sie anderweitig miteinander kommuniziert.

Interessanterweise war derjenige, mit dem Melanie sich am ausführlichsten ausgetauscht hatte, ein deutscher Soldat namens Micha, der in Afghanistan stationiert war. Von ihm waren Hunderte Nachrichten gespeichert. Franca erinnerte sich an Renates Bemerkung, dass Melanie sich ausgiebig im Internet über Afghanistan informiert habe. Neugierig begann Franca zu lesen. Er berichtete von seinem Alltag im Camp. Melanie fragte ihn, ob es nicht gefährlich dort sei. Auch teilte sie ihm mit, dass sie sich gerade von ihrem langjährigen Freund getrennt habe. Auch von ihrer Bewerbung zur Weinkönigin berichtete sie.

»Hast du irgendwelche Hinweise über einen deutschen Soldaten gefunden, der in Afghanistan stationiert ist?«, fragte Franca Clarissa. »Auf Facebook hat sie sich sehr intensiv mit ihm auseinandergesetzt. Irre lange Nachrichten wie mit niemandem sonst.«

»Soldat in Afghanistan?« Clarissa zog die Augenbrauen hoch. »Da muss ich sofort an einen Scammer denken.«

Romantic Scammer waren eine große Gefahr im Internet, vor der ständig gewarnt wurde. Andauernd hörte man Berichte über die offensichtlich sehr erfolgreiche Masche solcher Männer, die hauptsächlich unbedarfte einsame Frauen anschrieben, scheinbar eine Beziehung vom Ausland her aufbauten, aber nur auf Geld aus waren. Um sich interessant zu machen und Mitleid zu erheischen, erfanden diese perfiden Betrüger ungewöhnliche Lebensgeschichten, stellten sich als sensibel und vom Leben gebeutelt dar, schickten Bilder mit Kindern oder Haustieren oder gaben sich als einsame Witwer aus auf der Suche nach einer neuen Beziehung. Ihre Profile versahen sie mit Fotos von weißen Männern, oftmals in Uniform und äußerst attraktiv – Fotos, die von fremden Profilen gestohlen waren. Scammer arbeiteten oft in Banden, die von Westafrika oder von Osteuropa aus operierten und die Frauen mit netten Worten beeindruckten. Um ihr Ziel zu erreichen, nutzten die Scammer manchmal sogar kostspielige Übersetzungstools. Ihre Masche bestand darin, dass sie die Konversation mit netten Bemerkungen begannen und diese fortsetzten, bis sie sich bald unentbehrlich machten. Schließlich rückten sie mit Geldforderungen heraus, denen die Frauen nicht selten nachkamen.

Unwillkürlich musste Franca in diesem Zusammenhang an Georgina denken, die John, ihren kenianischen Freund, ebenfalls im Internet kennengelernt hatte. Doch die Beziehung schien sich gut zu entwickeln. Georgina war glücklich und ausgeglichen.

»Wie heißt der Soldat?«, fragte Clarissa in Francas Gedanken hinein.

»John. Äh nein. Entschuldigung.« Einen Moment war sie irritiert. »Micha, ja, so heißt er.«

»Warte mal. Hier im E-Mail-Account gibt's mehrere Michael.« Sie starrte auf den Bildschirm. Dann schüttelte sie den Kopf. »Von denen scheint aber keiner was mit Bundeswehr und Afghanistan zu tun zu haben.« Clarissa klapperte auf der Tastatur, während Franca weiter in den Chats von Micha und Melanie las.

»Ach, schau mal an«, rief Clarissa plötzlich von der anderen Seite des Schreibtischs. »Hier ist eine Liste mit Kontaktdaten und Mobilfunknummern. Die ist ziemlich lang. Damit lässt sich bestimmt eine ganze Menge anfangen. Damit geh ich doch gleich mal rüber zur Granate.«

Hi, liebe Mellie,

es stimmt, die Sicherheitslage in Afghanistan ist unübersichtlich und sehr schwer einzuschätzen. Wie oft schon bekamen wir zu hören, dass man alles unter Kontrolle habe. Und dann gab es doch wieder schwere Anschläge. Da fragt man sich unwillkürlich, wer nun recht hat. Wer richtig handelt und wer falsch. Es gibt so vieles Irreführende, Falschmeldungen auf beiden Seiten. Manchmal weiß ich wirklich nicht mehr, was ich glauben soll.

Dieser Krieg scheint nie zu enden. Auf jeden Schlag erfolgt ein Gegenschlag. Die Wut wächst. Und zwar auf beiden Seiten. Der Hass macht blind. Rachegedanken beherrschen einen. Wie oft höre ich: Denen werden wir es zeigen.

Und dann bekommen wir am eigenen Leib zu spüren, was es heißt, zu kämpfen. Kameraden zu verlieren. Sterben zu sehen. Zwölf Tote gab es letztens bei einem Anschlag. Zwölf Kameraden. Wie leicht hätte man selbst derjenige sein können …

Kennst du das: Man malt sich tausendmal im Kopf aus, was alles passieren könnte, doch wenn es pas-

siert, ist es dann außerhalb jeder Vorstellungs-
kraft. So ist es mir schon öfter gegangen.

Viele von uns haben eine dermaßen Wut auf diese
Taliban, dass man sich wünscht, die wären end-
gültig weg.

Ich kam schon in manche brenzlige Situation.
Da denkt man dann gar nicht, sondern reagiert
mechanisch, so wie man es uns beigebracht hat.
Wenn man angegriffen wird, muss man zurück-
schlagen, sonst ist man selbst das Opfer. Wenn
ein Kamerad in Gefahr ist, muss man helfen. Das
hat nichts mit Heldentum zu tun, das ist normal.
Eigentlich will ich mich nicht mehr mit solchen
Gedanken beschäftigen. Wo führt das noch hin?
Ich will weg, von dem Elend, dem Krieg, der
Gewalt. Ich will endlich Frieden. Der Gedanke
an dich, an unser baldiges Zusammentreffen hilft
mir ungemein. Ich habe immer mehr das Gefühl,
trotz der räumlichen Entfernung ganz nah bei dir
zu sein. Du machst mir Mut mit deinem Optimis-
mus, auch noch die letzten Tage durchzustehen.
Bis ganz bald dein Micha

33. KAPITEL

Die Dämmerung, wenn der Tag zu Ende ging, war die gefährlichste Zeit. Oft blieb sie im Dunkeln sitzen, während plötzlich auftauchende Bilder sie torpedierten und die schlimmen Gedanken immer deutlicher Gestalt annahmen. Während sie darüber nachdachte, was sie bis jetzt alles hatte mitmachen müssen, fühlte sie sich wund, beschädigt und versehrt. Ihre Seele hielt nichts mehr aus. Zu viel an Schmerz war zusammengekommen. Und diesen letzten schlimmen Verlust erlebte sie in seiner gesamten Tragweite wieder und wieder aufs Neue.

Damals hatte sie sich ausführlich über Traumata informiert. Aus eigener Erfahrung wusste sie, das war ein Zustand, der Wochen, Monate oder sogar Jahre andauern konnte. Das hielt sie nicht mehr durch. Nicht noch einmal.

Das Einzige, was sie noch wollte, waren Antworten. Sie wollte endlich wissen, was mit Melanie geschehen war und wer sie auf dem Gewissen hatte. Wie oft schon hatte sie zum Telefon gegriffen, doch niemand bei der Polizei beantwortete ihre Fragen. Sie rieb die schmerzhafte Anspannung in ihrem Nacken. Tag für Tag, Stunde um Stunde baute sich ein unerträglicher Druck in ihr auf, der kein Ventil fand.

Für sich hatte sie beschlossen, dass niemand wissen sollte, wo sie sich aufhielt. Sie hatte sich regelrecht in Melanies Wohnung verschanzt. Zu essen brauchte sie nur wenig, Appetit hatte sie sowieso keinen. Hin und wieder trank sie einen Saft aus Melanies Vorräten. Ansonsten hatte sie es sich zur Aufgabe gemacht zu warten. Dazusitzen und zu warten. Obwohl ihr dieses Warten endlos vorkam.

Sie hatte endgültig begriffen, dass in ihrem Leben nichts mehr sein konnte wie vorher. Nun hatte sie nur noch ein Ziel. Immer näher steuerte sie auf einen Abgrund zu. Nur noch ein paar Schritte … Es gab keine Hoffnung mehr. Ihr Herz klopfte wild. Die Zeit verschwamm in einem grauen Nebel.

Manchmal hatte sie das Gefühl zu ersticken. Keine Luft mehr zu bekommen. Nicht mehr atmen zu können. Besonders dann, wenn sich das Dunkel um sie herum und in ihrem Inneren immer weiter verdichtete.

Empfindlich sei sie, das hatte sie zeitlebens oft gehört. Überempfindlich. Man dürfe kein falsches Wort zu ihr sagen, schon gebärde sie sich als beleidigte Leberwurst. So gern hatte sie sein wollen wie andere, die viel leichter durchs Leben kamen als sie. Oftmals hatte sie sich sehr angestrengt, eine andere zu sein. Doch das hatte viel Kraft gekostet, sehr viel Kraft. Sie hatte redlich versucht zu verstecken, wenn sie wieder einmal getroffen war. Von einer unbedachten Bemerkung. Von einer harschen Kritik. Eine Zeit lang hatte das funktioniert. Doch urplötzlich war dann wieder ihr altes, wirkliches Ich zutage getreten. Und alle waren erstaunt. »Nun hab dich doch nicht so. Was ist denn plötzlich mit dir los? Du warst doch sonst nicht so.«

Doch, das war ich, hätte sie demjenigen am liebsten ins Gesicht geschrien. Aber ich hab mich verleugnet.

Irgendwann während ihrer Grübelei landete sie bei den bohrenden Fragen, die so wehtaten. Melanie, was hast du gefühlt in deinen letzten Stunden? Hast du nach mir gerufen? Ich hätte dir so gern geholfen.

Oftmals glaubte Astrid, den Schmerz ihrer Tochter zu spüren, diesen Schmerz vom Übergang vom Leben in den Tod, als sich die Nabelschnur zwischen ihnen endgültig durchtrennte. Aber nur sie selbst konnte noch den Schmerz fühlen, während Melanie in einer anderen Welt war, wo es keine Schmerzen mehr gab, keine Gefühle, keine Verwundungen.

Astrids Handy klingelte. Sofort krampfte sich ihr Körper zusammen.

Sie ließ es klingeln, ging nicht ran. Wahrscheinlich war es Carolin. Aber die hatte auch nur die üblichen Sprüche und Worthülsen parat.

»Es geht schon irgendwie weiter.«

»Du musst nach vorne schauen.«

»Erst mal ausruhen, dann wird es schon wieder.«

»Man muss lernen, über den Tellerrand hinauszuschauen. Das ist die Basis für Veränderungen.«

Abgenutzte, bedeutungsleere Phrasen. So etwas konnte sie nicht mehr hören. So etwas wollte sie nicht mehr hören.

Es ging nicht mehr weiter. Alles war dunkel und aussichtslos.

Einzig der Gedanke, dass sie selbst es war, die entschied, wann endgültig Schluss war, hielt sie aufrecht.

34. KAPITEL

Fotos zeigten einen jungen Mann im Flecktarn in verschiedenen Posen im Militärjeep, auf einem gepanzerten Lastwagen. Beim Karten- oder Würfelspiel mit Kameraden. Im Kreis von anderen Soldaten, lachend, mit der MP in der Hand. Oder in der Lagerkantine vor einem gefüllten Teller. Einmal stand er mit dem Rücken zum Fotografen vor einer Gebirgskette. Ein andermal blickte er von einem Hügel aus mit einem Feldstecher ins Tal. Ein eindrucksvolles Foto zeigte schneebedeckte Berggipfel, die sich blaugrau aus dem Nebel erhoben. Darunter hatte er geschrieben, das sei der Blick von der Dachterrasse der Pizzeria auf das Marmal-Gebirge. Micha erwies sich als ein einfühlsamer, gut aussehender junger Mann mit blonder Kurzhaarfrisur, der seinen Nachrichten zahlreiche Bilder angehängt hatte.

Der Austausch zwischen Melanie und ihm hatte im Februar dieses Jahres begonnen. Am Anfang hatte man sich eher Alltägliches mitgeteilt. Melanie hatte Micha Fragen gestellt, auch manch heikle Frage, die er im Grunde alle beantwortete. Jeden Tag hatten sie einander Nachrichten geschrieben. Manchmal sogar mehrmals. Um Geld war es dabei nie gegangen, insofern konnte die Theorie vom betrügerischen Scammer ausgeschlossen werden. Ab und an verstreute er kleine Komplimente, teilte ihr mit, wie wichtig Mellie für ihn geworden sei dort in dieser Einöde fern der Heimat. Oft äußerte er sich darüber, dass er sich auf Lebenszeichen von ihr freue und wie sehr er auf Nachrichten von ihr warte. Sie haben wohl auch miteinander telefoniert. Aber wegen der Zeitverschiebung und seinen unregelmäßigen Dienstzeiten war das offenbar nicht so oft möglich.

Melanie äußerte großes Interesse an seinem Beruf und wollte seine Beweggründe wissen, weshalb er nach Afghanistan gegangen war. Mit Kritik über die Bundeswehr hielt sie nicht hinterm Berg, während er eher deren Standards und Notwendigkeit verteidigte. Er gab jedoch zu, dass er sich das Leben in Afghanistan anders vorgestellt hatte und sich danach sehne, bald zurück in die Heimat zu kommen.

Allmählich wurden die Nachrichten intimer. Dabei schien sie die treibende Kraft zu sein. Auch ihre Nachrichten waren mit Fotos gespickt, sie kokettierte und flirtete. Auf beiden Seiten wurde immer öfter der Wunsch geäußert, einander endlich in der realen Welt zu begegnen.

Franca scrollte ans Ende des Austauschs. Die letzte ausführliche Nachricht hatte Micha in der Woche vor Pfingsten geschickt. Er drücke ihr ganz fest die Daumen zur Wahl, schrieb er, wofür sie sich in ihrer letzten Nachricht kurz bedankte. Danach folgten noch einige kurze dringende Nachfragen, warum sie denn nicht antwortete.

Schauen wir doch mal, was Micha jetzt so macht, dachte Franca. Ob er mitbekommen hatte, dass Melanie tot war? Vielleicht hatte er sich bereits mit jemand anderem getröstet? Doch sein Facebook-Account war nicht mehr aufzufinden. Er hatte ihn offensichtlich deaktiviert.

Beim Lesen seiner Nachrichten war ihr deutlich vor Augen geführt worden, wie wenig sie von Afghanistan und den dortigen kriegerischen Auseinandersetzungen wusste. Zwar wurde in den Fernsehnachrichten immer mal wieder darüber berichtet, insofern klangen einige Ortsnamen bekannt, aber im Grunde war das alles sehr weit weg.

Um sich ein besseres Bild von diesem unbekannten Land zu machen, schaute sie sich einige Artikel und Video-Clips an über den Einsatz der Bundeswehr und die Gründe, weshalb deutsche Soldaten daran beteiligt waren. Sie erfuhr von einem zerrissenen Land am Hindukusch, von barbarischen Gräueltaten, von zahllosen Attentaten, bei denen sich Menschen in die Luft sprengten und dabei so viele andere mitnehmen wollten wie möglich. Sie las die Rechtfertigungen der Bundeswehr, diesem Treiben Einhalt zu gebieten, zusammen mit anderen internationalen Streitkräften.

»Hast du gewusst, dass die deutschen Soldaten schon seit 16 Jahren in Afghanistan sind?«, fragte sie Clarissa.

Auch die war erstaunt. »Schon so lange?«

Franca nickte. »Seit 2002. Das ist länger, als beide Weltkriege zusammen gedauert haben.«

Clarissa zuckte mit den Schultern. »Hab ich nicht gewusst. Hab auch kaum Ahnung von der Bundeswehr und was die dort eigentlich wollen.«

»Ich hab mich informiert. Scheint aber alles sehr kompliziert.« Franca wandte sich wieder dem Austausch von Micha und Melanie zu. Stationiert war Micha östlich von Masar-e Scharif im Norden Afghanistans im Camp Marmal. Sie googelte die Stadt, die in den Zeitungen auf unterschiedliche Weise geschrieben wurde, und erfuhr, dass das Camp das größte Feldlager der Bundeswehr außerhalb Deutschlands war. Ursprünglich hieß es Camp Alexander. Ein Foto mit Blick über das Lager zeigte eine abgezirkelte, mit Stacheldraht umzäunte Station inmitten einer weitläufigen sandigen Ebene. Viele größere und kleinere Militärfahrzeuge standen im Inneren neben Container-bauten und Zelten.

Um mehr zu erfahren, klickte sie zurück auf die Über-sicht. Sie stieß auf einen ausführlichen Artikel aus dem Jahr 2017 über das Camp. Dort war zu lesen, dass inzwischen die zweite Mission der NATO am Hindukusch erfolgt sei. Die erste habe knapp 13 Jahre gedauert. »Resolute Support« hieß diese neue Mission, die im Januar 2015 gestar-tet war. Es sei keine Kampf-Mission, wurde ausdrück-lich betont. Dort im Camp Marmal werden vornehmlich afghanische Soldaten ausgebildet, die lernen sollten, ihr Land zu verteidigen und selbst für dessen Sicherheit zu sorgen. Zahlreiche Bundeswehr-Videos gaben Auskunft über diese neue Mission. Es sei ein erfolgreiches Modell, hieß es, das wichtig sei für die Stabilisierung des Landes. Man arbeite eng mit dem afghanischen Verteidigungsmi-nisterium zusammen. Deutschland sei die Lead-Nation im Norden.

Das hörte sich vernünftig und nicht besonders gefähr-lich an. Auffällig war, dass Micha oft von der Gefahr erzählte, die überall außerhalb des Lagers lauere. Doch im Grunde mutete Franca seine Einstellung recht unkri-tisch an. Er verhielt sich offenbar so wie von der Bundes-wehr erwünscht, die diese jungen Soldaten in das Krisen-gebiet schickte.

Viel Erfahrung mit Frauen schien er nicht zu haben. Seine Komplimente klangen manchmal etwas unbehol-fen. Melanies Worte hingegen hörten sich anders an. Wis-sender. Erfahrener. Öfter hielt sie ihn dazu an, offen über seine Gefühle zu sprechen. Sie nannte ihn einen guten und sensiblen Beobachter, der auf sie eingehe. Charmant sei er, mitteilsam, offen. Was ihn offensichtlich dazu verleitete, sich ihr weiterhin anzuvertrauen. Irgendwann gestand er ihr, dass er noch keine richtige Freundin gehabt habe und er deswegen etwas unsicher sei. Im Gegenzug hatte sie ihm viel von Robin erzählt. Dass sie ihn von klein auf kenne, dass sie nahe dran gewesen sei, ihn zu heiraten. Dass sie sich aber entschlossen habe, sich von ihm zu trennen. Mit dieser Entscheidung hätte jedoch er, Micha, nichts zu tun.

Offenbar hatte sie ihm einige freizügige Fotos geschickt, für die er sich überschwänglich bedankte. Dies musste auf andere Weise geschehen sein, denn die Bilder waren nicht in die Facebook-Nachrichten integriert.

Ab Mitte April waren größere zeitliche Lücken zwischen den einzelnen Mitteilungen. Womöglich hatten sich die beiden ab dann vorzugsweise über andere Kommunikationswege unterhalten.

»Wir sollten herausfinden, was es mit diesem Micha auf sich hat«, sagte sie zu Clarissa. »Am besten, wir fragen dort in diesem Camp mal an.«

»Okay, dann schick ich ein Amtshilfeersuchen raus.«

35. KAPITEL

Wie so oft in den letzten Tagen lag sie in Melanies Bett und starrte zur Decke. Die Schultern waren verspannt, ihr ganzer Körper kribbelte. Ihre Hände waren zu Fäusten geballt, die Zähne fest zusammengebissen. Ihre Trauer war endgültig einer unbändigen Wut gewichen, die in ihr so stark tobte, dass sie bisweilen vor sich selbst erschrak. Doch dieses Feuer, das in ihr loderte, hielt sie aufrecht, hielt sie am Leben. Ließ sie jeden Tag neu überstehen.

Sie schloss die Augen und versuchte ein wenig zu entspannen, was ihr nur leidlich gelang. Sollte sie Musik anmachen? Auf diese Weise versuchen, auf andere Gedanken zu kommen?

Auf einmal hörte sie ein merkwürdiges Geräusch, das sie verunsicherte. Ihr Herzschlag stockte. Mit einem Schlag war sie hellwach. Alle Sinne waren auf dieses Geräusch gerichtet. Ihr Mund war vollkommen trocken. Stecknadelstiche tanzten auf ihrer Zunge.

Kein Zweifel: Ein Schlüssel drehte sich im Schloss. Es folgte ein leises Knarren.

Melanie!, schoss es ihr durch den Kopf. Doch im selben Moment: Nein, das ist doch gar nicht möglich. Melanie ist tot. Sie kommt nicht zurück. Sofort spürte Astrid wieder die harte Eisenklammer, die sich um ihre Brust legte.

Jetzt waren nebenan Schritte zu hören. Während sie

den ungewohnten Geräuschen lauschte, hämmerte ihr Herz so laut, dass sie glaubte, man könne es bis ins andere Zimmer hören.

Da war kein Geist, das war ein Mensch. Durch den halb geöffneten Türspalt sah sie einen grauen Schatten durchs Wohnzimmer huschen. Sollte das wirklich der Täter sein, der hierhergekommen war?

Um so wenig Geräusche wie möglich zu verursachen, stand sie vorsichtig auf. Tu was, du musst etwas tun, flüsterte eine Stimme in ihrem Kopf. Schleichend wie eine Katze bewegte sie sich vorwärts, griff instinktiv nach dem schweren Amethyst auf dem Regal und spähte durch den Türspalt.

Da stand jemand mit dem Rücken zu ihr.

Erschrocken wich sie zurück, verharrte einen Moment, bis sie sich langsam wieder ein Stück vor wagte. Da war ein großer, schlanker Mann mit rotbraunen Haaren im Zimmer. Ein junger Mann, den sie nur zu gut kannte. Alles Mögliche schoss ihr in diesem Moment durch den Kopf. Bis sie zu dem Schluss kam: Nein, das kann nicht sein. Das war ganz und gar unmöglich. Doch nicht er. Das ist ein Trugbild.

Vorsichtig beobachtete sie weiter durch den Türspalt die Gestalt, die sich durchs Zimmer bewegte. In Sekundenschnelle lief etwas in ihrem Hirn ab, wo sich immer mehr eine Gewissheit verfestigte. Es gab keinen Zweifel, wer sich da völlig ungeniert in Melanies Wohnung aufhielt. Kalte Schauer jagten über ihren Rücken. Jetzt blieb er vor dem Regal mit den Büchern und Fotoalben stehen. Nahm eins der Alben heraus, setzte sich aufs Sofa und begann darin zu blättern.

Sie stand weiter wie erstarrt und wagte sich nicht zu

regen. Angst und Wut hämmerten in ihrer Brust. Ewigkeiten vergingen. Sie spürte einen wahnsinnigen Druck im Kopf.

Du hast meine Tochter auf dem Gewissen!, schrie es in ihr. *Du bist ihr Mörder!*

Etwas in ihr lenkte sie, trieb sie an. Die unbändige Wut brodelte weiter. Wurde stärker, immer stärker.

Sie hatte den Schuldigen gefunden! Jemand, von dem sie dies nie für möglich gehalten hätte. Auf ihn war ihr ganzer Zorn, ihre ganze Wut und Ohnmacht gerichtet. Alle anderen Möglichkeiten blendete sie aus, jegliche Stimme der Vernunft war abgeschaltet. Sie konzentrierte sich auf den Stein in ihrer Hand und trat hinaus ins Wohnzimmer.

Du kommst mir nicht ungeschoren davon, du kriegst, was du verdienst!

Entschlossen stellte sie sich vor ihn. »Was machst du hier?«, herrschte sie den jungen Mann an.

Wie ertappt fuhr Robin herum. »Ich wollte …«, begann er zu stammeln. Sie hob die Hand mit dem Stein.

»Was … wieso …?«, stotterte er erschrocken. Das Fotoalbum glitt ihm aus den Fingern, fiel auf den Boden.

Astrid umfasste fest den Stein. Fühlte die glatte Außenfläche, das spitze Innere. »Was wolltest du?« Noch immer konnte sie nicht glauben, dass es Robin war, der vor ihr stand. In ihrem Kopf lief ein Film ab. Ein Film, in dem nichts zusammenpasste. Während sie mit aller Kraft auf ihn einschlug, wirbelten ihre Gedanken wild durcheinander. Vor sich sah sie nicht Robin, den sie von Kind an kannte, sie sah den Täter, der ihre Tochter auf dem Gewissen hatte. Voller Wut schlug sie zu. Immer wieder. Etwas in ihr lenkte sie. In diesem Moment fühlte sie sich nicht mehr hilflos und ohnmächtig, sie war kein Opfer mehr. Sie konnte aktiv etwas tun.

Und wieder ein Schlag.

Sie hatte sämtliche Kontrolle über ihr Tun verloren. Wie mechanisch taten ihre Hände, was ihnen ihr Hirn vorgab, wieder und wieder. Ein automatischer Mechanismus.

Sie sah, wie Blut lief, registrierte seine entsetzten Blicke, seine Hände, die sich in Abwehr hoben. Sie schlug und schlug. Wie von Sinnen. So lange, bis sie kraftlos vor ihm auf dem Boden niedersank.

36. KAPITEL

Inzwischen hatte Franca einen guten Überblick über die Beziehung – oder wie immer man das nennen sollte zwischen Micha und Melanie. Gleichzeitig hatte sie sich tiefer in die Strukturen Afghanistans eingearbeitet. Zahllose Videos und Zeitschriftenartikel gaben unterschiedlichste Auskünfte über die Lage des Landes. Während seriöse

Zeitungsberichte sich äußerst skeptisch über Lösungen und Erfolgschancen der internationalen Truppen äußerten, rechtfertigte die Bundeswehr ihre Einsätze mit der Begründung, sie würden zur allgemeinen Sicherheit beitragen. Donald Trump hatte, noch bevor er zum amerikanischen Präsidenten gewählt worden war, vollmundig angekündigt, den IS in Afghanistan zur Hölle zu bomben. Daneben gab es verstörende Beiträge von Soldaten, die von erlittenen Anschlägen und gefallenen Kameraden berichteten. Journalisten gaben offen und unverblümt Auskunft über Fahrten durch ein militärisch zerschundenes Gebiet. Etlichen Aussagen zufolge galt Afghanistan als eines der korruptesten Länder der Welt. Gelder kämen nicht da an, wofür sie bestimmt seien. Rückschritte ins tiefe Mittelalter seien allerorten zu verzeichnen, insofern sei der Fortschritt äußerst schwierig in einem Land, das derart von Gewalt durchdrungen sei. Menschen, die einen unbändigen Hass in sich trugen, wüteten und töteten, taten anderen Menschen Unsägliches an. Des Lesens und Schreibens kundig war weniger als die Hälfte der jugendlichen Einwohner. Frauen, die nach wie vor unter der Herrschaft der Männer standen, konnten nur zu knapp über zehn Prozent eine relative Bildung vorweisen. Männern hingegen schien ihr eigenes Leben nichts wert zu sein. Sie vertrauten darauf, dass anderswo ein schöneres, ewiges Leben auf sie wartete.

Wieder andere Videos lobten den Fortschritt im Land. Ein Video von einem deutschen Soldaten, der in Afghanistan stationiert war, warnte davor, dass die öffentliche Berichterstattung mit Vorsicht zu genießen sei. Die Taliban zusammen mit dem IS seien immer noch eine sehr große Bedrohung und drängten in bereits eroberte Gebiete zurück. Ihr erklärtes Ziel sei es, kämpferisch gegen die internationale Gemeinschaft vorzugehen und das Land weiter unter ihre Herrschaft zu bringen.

Die Taliban, das waren bärtige, vermummte Männer in Turban und Kaftan mit der Kalaschnikow in der Hand, die offenbar alles vernichten wollten, was in irgendeiner Weise westlich anmutete. Frauen erschienen als formlose Wesen, vollkommen in ihren Burkas versteckt mit Stoffgittern vor den Augen.

Besonders die Amerikaner mit ihrer zügellosen Lebensweise waren den Taliban ein Dorn im Auge. Noch immer wurden fast täglich Anschläge verübt, explodierten Bomben, bei denen viele Menschen starben. Auf eine nicht nachvollziehbare Art taten die Terroristen danach kund, dass man stolz sei auf den Tod des eigenen Sohnes, der sein Leben geopfert hatte. Man sei sehr glücklich über dessen Tod.

Was ging in diesem Land, in diesen Menschen vor sich? Wie konnte man sich nur über den Tod des eigenen Kindes freuen? Was war das für eine Denkweise?

Ein Telefonanruf riss Franca aus ihren Überlegungen.

»Einsatz in Bad Neuenahr-Ahrweiler«, wurde ihr mitgeteilt.

Sie stutzte, als sie den Straßennamen hörte. Noch mehr, als die Hausnummer genannt wurde. Das war die Adresse von Melanie Dellingers Wohnung.

»Worum geht es?«

Der junge Kollege am Telefon räusperte sich. »Eine Frau hat den Notruf betätigt und gesagt: ›Sie können den Mörder meiner Tochter hier abholen.‹ Wir sollen den Leichenwagen mitbringen.«

»Was?« Franca sprang auf. »Wir müssen sofort nach Ahrweiler«, rief sie Clarissa zu.

»Schon wieder?«, wunderte die sich.

Gemeinsam fuhren sie nach Ahrweiler. Eine Strecke, die Franca nun schon so oft in der letzten Zeit gefahren war.

»Puh, ist das heiß.« Beide Seitenscheiben waren geöffnet. »Klimaanlage ist kaputt. Wieso kriegen wir immer solche Mühlen?«, stöhnte Clarissa.

An beiden Frauen lief der Schweiß hinunter. »Dass das mit der Hitze so gar kein Ende nimmt. Ich hab mir geschworen, ich beschwere mich nicht über das Wetter, aber langsam wird mir das doch ein bisschen zu viel.« Franca verzog das Gesicht.

Sie vermieden beide zu artikulieren, was sie dort in Ahrweiler vorfinden könnten.

Frankensteins weißer Lieferwagen stand bereits vor dem Haus. Auch einige blau-silberne Streifenwagen mit rotierenden Blaulichtern waren da.

Der Tatort war tatsächlich die Wohnung von Melanie Dellinger.

Mit einem unguten Gefühl betrat Franca die Wohnung. Dort saß Melanies Mutter völlig apathisch in einem Sessel, starrte blicklos vor sich hin und zitterte am ganzen Körper.

Peter Schubart lief den beiden Polizistinnen kopfschüttelnd entgegen. »Das hier kapiere, wer will.«

Franca sah eine reglose Gestalt in verrenkter, halb liegender Haltung auf dem Sofa. Der Kopf war eine einzige blutige Masse. Davor auf dem Boden lag ein großer violetter Edelstein.

»Weiß man, wer das ist?«

Peter Schubart schaute düster. »Robin Wielandt. Der frühere Freund von Melanie. Es ist nicht zu fassen.«

»Robin?« Franca sah genauer hin. Die Gesichtszüge waren nicht zu erkennen, so sehr war der junge Mann zugerichtet.

»Ich verstehe nicht. Die kannten sich doch.«

»Klar kannten die sich. Astrid hat dem schon die Windeln gewechselt. Sohn ihrer besten Freundin. Sogar Fast-Schwiegersohn. Keine Ahnung, was hier vor sich gegangen ist. Aus ihr ist kein Wort rauszukriegen. Vielleicht habt ihr mehr Glück.«

Franca ging auf Frankenstein zu, der mit behandschuhten Fingern nach dem Edelstein griff.

»Die Tatwaffe?«, fragte Franca.

Frankenstein nickte, hob den Stein hoch und drehte ihn, sodass die blutig gefärbten Kristalle im Sonnenlicht aufleuchteten. »Schlimm, wenn man so was auf den Kopf gedonnert kriegt.«

Was ist hier geschehen? Die Mutter des Mordopfers schlägt den Sohn ihrer besten Freundin nieder, den sie von klein auf kennt. Wieso ist die überhaupt in der Wohnung ihrer Tochter? Und wieso war Robin hier? Was lief da ab?

Franca trat zu Frau Dellinger. Zog einen Hocker herbei und setzte sich neben sie. Sie wollte ihr auf Augenhöhe gegenüber sitzen. Im Stehen, von oben herab mochte sie ihre Fragen nicht stellen.

»Was ist passiert?«, fragte Franca leise, während sie krampfhaft vermied, das blutbesudelte Sommerkleid anzuschauen, das Melanies Mutter trug.

Astrid Dellinger schwieg. Teilnahmslos saß sie da und starrte vor sich hin. Die Haare hingen ihr wirr ins Gesicht. Die Hände waren dicht am Körper ineinander verschränkt.

»Hat Robin Sie angegriffen?«, tastete Franca sich vor.

Schweigen.

»Haben Sie ihn hier überrascht?«

Plötzlich hob Frau Dellinger den Kopf und starrte Franca mit einem bösen Glitzern in den Augen an. »Er hat bekommen, was er verdient hat«, stieß sie hervor.

»Wieso glauben Sie das?«, fragte Franca irritiert.

»Ich weiß es.« Das klang sehr bestimmt.

»Hat er es Ihnen etwa gestanden?«

Sollte alles so einfach sein? Der verlassene Liebhaber hat seine ehemalige Freundin getötet und kommt zurück in deren Wohnung. Dort wartet die Mutter des Opfers auf ihn und gibt den Racheengel. Auge um Auge. Zahn um Zahn. Wie im Alten Testament.

Für einen Moment glaubte Franca, in die Augen einer Irren zu blicken.

Hi Mellie,

ich weiß, meine letzte Nachricht klang ziemlich deprimierend. Tut mir leid, dass ich dich beunruhigt habe. Im Grunde bin ich aber gern Soldat. Und Rückschläge muss man verkraften, das gehört halt dazu. Ich fühle mich der Truppe zugehörig, bin einer von ihnen. Innerhalb einer funktionierenden Gruppe kann man viel erreichen, das merke ich immer wieder. Und das ist ein gutes Gefühl.

Als Kind habe ich mich oft allein und von aller Welt verlassen gefühlt. Besonders, wenn ich von meinem Vater verprügelt worden bin. Er war nämlich fest davon überzeugt, dass man Kinder züchtigen muss. Da hab ich mir oft gewünscht, stark zu sein und mich gegen ihn zu wehren. Wie toll hätte ich es gefunden, wenn da Freunde gewesen wären, die mir zur Seite gestanden hätten. Aber es gab niemanden. Jetzt habe ich viele Freunde, Kameraden, auf die ich mich verlassen kann, das ist toll. Mein Vater hat mir nichts mehr zu verbieten.

Wie du dir denken kannst, war meine Kindheit nicht besonders schön. Als ich klein war, durften andere Kinder nicht zu uns kommen. Mein Vater wollte das nicht. Er ist ein schwieriger Mensch, mit dem ich nichts mehr zu tun haben will. Obwohl das vielleicht etwas hart klingt, bin ich froh, dass meine Mutter ihn verlassen hat.

Kannst du dir so was vorstellen: Ich musste manchmal stundenlang gerade auf meinem Stuhl sitzen und durfte nicht spielen. Auch nicht malen, was ich so gern getan hätte. Sobald ich unruhig wurde, bin ich von meinem Vater bestraft worden. Computer sind in seinen Augen des Teufels. Erst als er auszog, durfte ich mir einen zulegen. Er war natürlich stärker als ich, das zeigte er mir oft. Auch deshalb hatte ich große Angst vor ihm. Meine Mutter ist ganz anders. Die hat mich immer beschützt. Von ihr bin ich nie geschlagen worden, obwohl sie auch streng war. Ich finde schon, dass man Kindern Grenzen setzen muss. Sonst schießen sie leicht übers Ziel hinaus, lernen nicht zu unterscheiden zwischen Recht und Unrecht.

Ich weiß jetzt, wann genau ich nach Deutschland zurückkomme: nämlich kurz vor Pfingsten.

Vielleicht schaffe ich es sogar, bei deiner Wahl dabei zu sein. Du glaubst gar nicht, wie oft ich mir vorstelle, Hand in Hand mit dir durch die Weinberge zu laufen, wir reden, und du zeigst mir deine Heimat und alles, was dir wichtig ist. Darauf freue ich mich wahnsinnig.
Dein Micha

37. KAPITEL

Carolin erkannte sofort die beiden Polizistinnen. Es waren dieselben Frauen, die sie vor Kurzem wegen Robin befragt hatten. Was wollen die denn schon wieder hier? Wir haben doch alles gesagt, was wir wussten, dachte sie. Sofort durchfuhr ein schmerzhafter Stich ihre Brust. Sollte Robin vielleicht doch etwas mit Melanies Tod zu tun haben? Wo war er überhaupt? Er hatte gesagt, er wolle nur kurz in die Stadt.

Sie bat die Polizistinnen in die Probierstube. Die ernsten Gesichter der beiden irritierten sie. Was war los?

Die Ältere begann zu sprechen. Ihre Worte waren leise. Anteil nehmend. Es dauerte eine Weile, bis Carolin realisierte, was ihr gerade mitgeteilt wurde.

»Nein«, schrie sie auf und spürte einen elektrischen Schlag durch ihren Körper zucken. Ihr Schädel brummte. Sie wollte losrennen, weg von diesen Worten, die ganz falsch waren, aber sie fühlte sich wie festgeklebt.

»Es tut uns leid. Aber es besteht kein Zweifel.« Die Polizistin wollte ihr die Hand auf den Arm legen, sie wehrte sie heftig ab. Dann schüttelte sie den Kopf. »Das ist nicht wahr, was Sie da sagen. Das kann gar nicht sein. Er ist gerade vorhin erst aus dem Haus gegangen. Gesund und quicklebendig. Ich bin doch nicht im verkehrten Film.« Es war einfach nicht zu begreifen. Mit einem Ruck drehte sie sich um. »Martin!«, schrie sie. Es war ein gellender Schrei. »Martin!«

Ihr Mann kam angerannt. Sah bestürzt von einer zur anderen. »Um Gottes willen, was ist denn los?«

Die Polizistin sagte es zum zweiten Mal: »Es tut mir sehr leid. Ihr Sohn Robin ist tot.«

Martin reagierte genau wie Carolin und schüttelte verständnislos den Kopf. »Was ist passiert? Ein Unfall?«

Die Polizistin trat von einem Bein auf das andere.

Da schlich ein Gedanke in Carolins Hirn, mehr eine Ahnung. Eine Möglichkeit, die sie stets zurückgedrängt hatte. Weit weg in eine hintere Ecke ihres Hirns. Weil nicht sein konnte, was nicht sein durfte.

»Astrid?«, schrie sie auf. »Hat sie ihn auf dem Gewissen?«

»Wir können das noch nicht bestätigen«, drückte die Polizistin in Amtsdeutsch aus. »Aber Ihr Sohn ist in Melanies Wohnung tot aufgefunden worden. Frau Dellinger selbst hat den Notruf betätigt.«

»Was sagen Sie da?« Martin, mit offenem Mund und weit aufgerissenen Augen.

Carolin war völlig außer sich: »Die ist verrückt«, schrie sie. »Verrückt. Nicht ganz dicht. Ich hab's immer gewusst. Verrückt.«

Martin konnte sie gerade noch auffangen, als sie zu Boden zu gleiten drohte.

38. KAPITEL

»Guten Morgen, Frau Dellinger.«

Franca saß Melanies Mutter im Besucherraum der JVA auf der Karthause, Vollzugsabteilung F, gegenüber. Die Angesprochene erwiderte den Gruß nicht, hob nur kurz den Kopf, dann ließ sie ihn wieder sinken, starrte ausdruckslos ins Nichts und schwieg. Franca erinnerte sich an die gepflegte Frau in dem hübschen Sommerkleid, das sie getragen hatte, als sie sie zum ersten Mal aufsuchte, um ihr die Nachricht vom Tod ihrer Tochter zu überbringen.

Nun trug sie ein offenbar achtlos übergestreiftes T-Shirt und eine altmodisch wirkende Dreiviertelhose.

Die einstmals gepflegte Frau sah um Jahre gealtert aus. Ihre Haare hingen ihr strähnig ins Gesicht. Pausenlos knibbelte sie an den Fingernägeln. Man hatte Franca mitgeteilt, dass sie meist apathisch im Bett lag, die Wand anstarrte, das Essen kaum anrührte und schwieg. In regelmäßigen Abständen schaute jemand nach ihr, weil sie als höchst selbstmordgefährdet galt.

»Ich würde Ihnen gern ein paar Fragen stellen. Ist das möglich?«

Frau Dellingers Gesicht blieb leer, vollkommen ausdruckslos.

»Sie kannten Robin von Kind an, ist das richtig?«

Immer noch keine Reaktion.

Dass Robin Melanies Mörder war, konnte inzwischen vollkommen ausgeschlossen werden. Beim Durchsehen weiterer Fotos, die ein Pressefotograf zur Verfügung gestellt hatte, war Robin während der Tatzeit mehrmals auf dem Weinmarkt zusammen mit seinen Freunden zu sehen.

Der Wahrheit auf die Spur kommen, das war ihr Ziel bei jeder Ermittlung. Ein Ziel, das sie oftmals – wenn überhaupt – nur über Umwege erreichen konnte. Über vorsichtiges Herantasten. Bloß nicht mit der Tür ins Haus fallen, da machte jeder Verdächtige sofort zu.

Franca hätte Astrid Dellinger gern gefragt, wieso sie sich in der Wohnung ihrer Tochter aufgehalten hatte. Dass sie eventuell damit hätte rechnen müssen, dass der Täter den Schlüssel an sich genommen und versuchen würde, in die Wohnung zu gelangen. Aus diesem Grund war ihr dringlich nahegelegt worden, das Schloss austauschen zu lassen. Was war ihr durch den Kopf gegangen, als sie plötzlich dort Robin gegenüberstand? Robin, dem früheren Freund ihrer Tochter, der offensichtlich noch einen Schlüssel zu Melanies Wohnung besaß. Den vielleicht die Sehnsucht übermannt hatte, seiner verlorenen Freundin noch einmal nahe zu sein – und den Astrid fälschlich für den Mörder gehalten hatte. Weil ihre Tunnelgedanken nur diesen einen Schluss zuließen, schlug sie wie von Sinnen auf ihn ein mit der erstbesten Waffe, die sie hatte fassen können: einen schweren Edelstein. Um den Menschen auszulöschen, der ihre Tochter ausgelöscht hatte.

Die archaische Lösung.

Oder war alles anders? Hatte sie vielleicht geahnt, dass Melanies mutmaßlicher Mörder genau dies vorhatte und in die Wohnung kommen würde? Hatte sie ihm regelrecht aufgelauert? Um Melanie zu rächen, über deren Tod sie nicht hinwegkam?

Alle diese Fragen konnte Franca nicht stellen, weil sie keine Antwort darauf bekommen hätte. Sie musste auf andere Weise Zugang gewinnen. Wahrscheinlicher war, dass Fachleute mit entsprechender psychologischer Ausbildung mehr Glück hatten.

Franca unternahm einen letzten Versuch. »Frau Dellinger, warum haben Sie Robin Wielandt angegriffen?«

Vielleicht war das doch das richtige Stichwort. Denn nun schien Leben in ihr Gegenüber zu kommen. Sie hob den Kopf. »Weil er meine Tochter auf dem Gewissen hat!«, presste sie aus einer ersten Regung von Verzweiflung hervor. »Er hat mir mein Kind genommen.«

»Das hat er nicht«, entgegnete Franca sanft. »Robin hat Ihre Tochter nicht getötet. Das war jemand anders.«

Astrid Dellinger riss die Augen auf, keuchte, starrte

Franca ungläubig an. »Nicht?« Ihre Stimme war dünn und tonlos. Ihr Gesichtsausdruck erschrocken, verletzt. Dann schüttelte sie den Kopf. »Doch«, beharrte sie stur. »Er war es. Er muss es gewesen sein.«

Sie hatte sich ein Muster zurechtgelegt, einzelne Puzzleteile so zusammengesetzt, dass sie passten. Jede andere Möglichkeit war ausgeschlossen. Bis nur noch diese eine Erklärung übrig blieb. Franca kannte solche festgefahrenen Denkmuster. Mit Vernunft kam man nicht dagegen an. Argumente prallten ab. Wurden nicht wahrgenommen. Robin war der Feind, den Astrid Dellinger aus dem Leben schlagen wollte. Weil er ihre Tochter aus dem Leben geschlagen hatte.

»Robin ist an allem schuld.« Nun begann sie zu keuchen,

»Dieser … dieser … Verbrecher …« Sie sprang auf, der Stuhl kippte um. Sie gebärdete sich wie eine Irre. Aus ihrem Gesicht leuchteten Hass und Wut.

Sofort waren JVA-Bedienstete zur Stelle, die sie zu beruhigen versuchten. Was ihnen nach einer kurzen Rangelei gelang. Mit klopfendem Herzen beobachtete Franca, wie Astrid Dellinger zurück in ihre Zelle geführt wurde.

39. KAPITEL

Sie sieht sich rennen, atemlos rennen, zwischen einem Felsmassiv auf schmalem Pfad, immer weiter, so lange, bis sie abrupt vor einem Abgrund stehen bleibt. Darunter dehnt sich eine Schlucht. Sie hält einen Moment inne. Soll sie springen? Sie keucht, ihr Herz ist eine rasende Pumpe.

Carolin erwacht von ihrem eigenen Schrei, schnappt nach Luft, greift sich ans Herz. Gleitet langsam hinüber in die andere Welt, bis schlagartig das Wissen wieder da ist. Ihr waches Ich hämmert ihr ein: Dein Kind ist tot, es kommt nie wieder zurück. Du wirst damit leben müssen mit diesem Schmerz, der niemals vergeht.

Die Tage vergingen, die Fragen nicht. In ihrem Kopf gab es ein übergroßes WARUM? Sie wusste, diesen Schrecken konnte sie nicht in die Vergangenheit verweisen. Er war präsent. Immer und immer. Zu jeder Tages- und Nachtzeit. Egal, wie viel Zeit auch vergehen würde.

Wie in einem Film erschienen die Abläufe wieder und wieder vor ihrem inneren Auge. Wie Astrid den Amethyst ergreift, wie sie mit ungeheurer Wucht auf Robin einschlägt. Wie Blut spritzt. Und Astrid weitermacht. So lange, bis kein Leben mehr in Robin ist.

Es war derart unwirklich, dass sie es immer noch nicht fassen konnte. Ihre Freundin hatte ihren Sohn erschlagen. Das passte in keiner Weise zu dem Bild, das sie von ihrer Freundin hatte. Astrid, die Robin kannte, seit er ein kleines Kind war. Die ihn mochte und liebevoll mit ihm umgegangen war.

Wie kann man so jemanden töten? Ist dir sämtliches Gefühl abhandengekommen? Bist du überhaupt zu irgendwelchen Gefühlen fähig?

Der Schrei erstickte. Die Worte fanden keinen Weg nach draußen. Carolin übermannte pures Entsetzen. Sie konnte nicht weinen, die Tränen steckten in ihr fest. Das Gefühl, nie wieder weinen zu können, überflutete sie.

Das kann einfach nicht wahr sein. Und im nächsten Moment traf es sie wie ein Hammerschlag: Aber es ist wahr.

Es gelang ihr nicht, sich um die Wahrheit herumzudrücken. Ihr Herzschlag ging unregelmäßig. Andere Gedanken drängten in ihr Gehirn. Wiederholte sich das Schicksal auf so grausame Weise? War sie dazu verdammt, denselben Schmerz zu spüren wie Astrid zuvor? Den unerträglichen Schmerz, den es bedeutet, wenn man sein Kind verloren hat. Endgültig verloren. Die Gewissheit, dass es nie wiederkommt.

Sie blieb eine Weile liegen, matt, unfähig, sich zu bewegen, auch, weil die Bilder nicht aufhörten, auf sie einzustürmen. Absurde Bilder, die einfach nicht zueinander passen wollten.

Schließlich stand sie auf, schlurfte ins Bad, zog den Bademantel über. Sich richtig anzuziehen, dazu fehlte ihr die Kraft. Auch sich die Haare zu kämmen oder die Zähne zu putzen.

Sie tappte in die Küche. Dort stand die Warmhaltekanne mit Kaffee, den Martin gekocht hatte. Ein wenig wunderte sie sich darüber, dass er weiter funktionierte, wie man es von ihm erwartete. Sie konnte das nicht. Sie fühlte sich aus der Bahn geworfen. Aus dem Leben katapultiert.

Für alles fehlte ihr die Kraft. Essen konnte sie nichts. Lediglich eine Tasse Kaffee trank sie am Morgen. Dann setzte sie sich auf das Sofa und starrte in die Luft.

So ging es Tag für Tag. Carolin kümmerte sich um nichts mehr. Weder um ihren Haushalt noch um die Arbeit in den Weinbergen. Auch ihre Bienen vernachlässigte sie. Ihr war alles egal. Ihr Sohn war tot. Erschlagen von ihrer einst besten Freundin. Die Gedanken rotierten im Kreis. Sie versuchte zu verstehen und verstand nichts. Ihr Kopf drohte zu explodieren, so sehr strengte sie sich an.

Da war ein Mensch, den sie in ihrem früheren Leben als ihre Freundin betrachtet hatte, der ihr das Liebste genommen hatte und jetzt im Gefängnis saß.

Soll sie dort doch verrecken!, dachte Carolin voller Hass.

Allmählich lichtete sich ihr Hirn. Rationalere Überlegungen überlagerten die bösen Gedanken, nahmen zunehmend Platz ein.

Wieso hatte Astrid auch nur eine Sekunde lang annehmen können, Robin habe Melanie getötet? Hatte sie, Carolin, zu viel ausgeblendet? Hatte es Hinweise gegeben? Doch da meldete sich eine zaghafte Stimme in ihrem Hinterkopf: Hast du das denn nicht auch gedacht, aber nicht glauben wollen? – Nein, gab sie sich selbst zur Antwort. So etwas kann ich nicht von meinem eigenen Kind annehmen.

Wieso? Glaubst du wirklich, du kanntest deinen Sohn?

Zuerst wehrte sie sich gegen eine mögliche Antwort, doch dann versuchte sie weiterzudenken, vorzudringen in die Welt von Astrid. Was hatte sie in Robin gesehen? Hatte er ihr vielleicht gebeichtet, dass er Melanie auf dem Gewissen hat? Oder sah Astrid den Beweis für ihre Mutmaßung lediglich darin, dass er plötzlich in Melanies Wohnung vor ihr stand?

Carolin hatte nicht gewusst, dass er noch immer Melanies Schlüssel besaß, und konnte sich auch nicht erklären, was er in ihrer Wohnung wollte. Vielleicht war es der Wunsch, Melanie noch mal nah zu sein, dort in ihrem ureigenen Lebensbereich. Und Astrid hatte dies in ihrem Wahn völlig falsch eingeschätzt. Sie hatte die Dinge nicht gesehen, wie sie waren, sondern wie sie glaubte, sie zu sehen. Vollkommen verzerrt.

Konnte es so gewesen sein?

Aber hat sie, Carolin, überhaupt ihr eigenes Kind gekannt? Hatte sie gewusst, was in ihm vorging? Jedes Mal, wenn sie ein ernsteres Gespräch mit ihm beginnen wollte, hatte er sie abgekanzelt. Sie wolle die Welt retten mit ihrer Harmoniesucht. Wie oft hatte er solche sarkastischen Worte geäußert, die ihr wehgetan und sie zum Schweigen gebracht hatten.

Jetzt fragte sie sich, wie Robin die Welt gesehen hatte. Als einen feindlichen Ort, dem man nur mit Zynismus begegnen konnte? Besonders, nachdem sein Lebenstraum geplatzt war und Melanie ihn verlassen hatte.

Und sie? Hatte sie sich in einer Welt eingesponnen, die gar nicht real war? Und Astrid? Hatte sie, Carolin, dies nicht immer an Astrid bemängelt, dass sie die Dinge allzu düster sah? Hatte sie Astrid nicht einzureden versucht, dass das Leben schön sei? Und lebenswert. Dass man auch mal Fünfe gerade sein lassen sollte. Dass Ordnung nicht das ganze Leben war. Und Putzen und Klammern kein Lebensinhalt.

Und nun? Wie weit war sie mit ihrer Weisheit gekommen?

Was wussten sie eigentlich wirklich voneinander?

Wie oft hatte Astrid über Depressionen geklagt, für die

Carolin kaum Verständnis aufbringen konnte. Lästige Klagen über ihre innere Leere, ihr mangelndes Selbstwertgefühl, dass sie angeblich niemand mochte. Sich unverstanden fühlte. Und dann hatte sie den Putzlappen in die Hand genommen, hatte geschrubbt und gewischt, um alles Störende, alles Negative aus der Welt zu schaffen. Und hatte wieder gelächelt.

Vielleicht war ihr gar nicht zum Lächeln zumute gewesen. Aber sie lächelte, weil das von ihr erwartet wurde. Sie wollte der Welt beweisen, dass sie funktionierte, dass sie für ihr Kind da war, das ihr alles bedeutete.

Über die Kindheit und Jugend ihrer Freundin wusste Carolin nur wenig. Öfter hatte Astrid angedeutet, dass ihre Kindheit schrecklich war und die Mutter ständig die Schwester bevorzugt hatte. Mit ihrer Ursprungsfamilie hatte sie gebrochen und sich vollkommen auf ihre neue Familie konzentriert – bis auch die zerbrochen war. Vielleicht war Astrid ein Mensch, der solche Dinge anzog. Oder verrannte sich Carolin jetzt? Ihr Schmerz war zu überwältigend. Objektiv denken konnte sie nicht mehr.

Martin kam in die Küche, setzte sich neben sie. Legte behutsam den Arm um ihre Schulter. »Carolin, so geht das nicht weiter. Du musst deine Bienen versorgen, sonst gehen sie ein. Ich mach ja schon vieles. Aber ich kann mich nicht auch noch um die Bienen kümmern.«

Sie sah ihn mit schmerzverhangenem Blick an. In seinen Augen tanzten Lichtreflexe. Er sah so lieb aus, so zugewandt. Ein erstickter Laut drang aus ihrer Kehle. »Ja, ich weiß, aber ich kann nicht. Ich bin so müde.«

»Komm mal her.« Er zog sie zu sich heran. Dankbar lehnte sie den Kopf in die Kuhle zwischen Schulter und

Nacken, atmete seinen Duft ein. Spürte seine kräftigen Arme um sich, die ihr das Gefühl gaben, nicht allein zu sein. Bei ihm fühlte sie sich auf wunderbare Weise geborgen. Für ein paar Sekunden war es ihr möglich, ihren Schmerz auszublenden. Wie sehr hatte Martin ihr den Weg von ihren Jungmädchenträumen zur Wirklichkeit geebnet. Wie dankbar war sie dafür.

Man muss sich um jedes Leben kümmern, für das man mal Verantwortung übernommen hat, hörte sie Martin sagen, der mit der Stimme ihres Vaters sprach.

Hatte sie vielleicht auch für Astrids Leben Verantwortung übernommen? Carolin wusste nicht, ob sie jemals mit der Freundin über diesen Tag würde sprechen können. Ob sie nicht von Hass zerrissen werden würde. Doch sie war voller Zuversicht, dass Martin ihr bei alledem, was noch auf sie zukam, helfen würde.

Hi Mellie,
vielen vielen Dank für die tollen Fotos!!! Die hüte ich wie einen Schatz und guck sie mir immer wieder an. Wow, siehst du toll aus! Ich kann gar nicht den Blick von ihnen wenden.
Ob es hier bei uns auch Soldatinnen gibt, fragst du. Ja, die gibt es. Aber sie sind natürlich deutlich in der Minderzahl. Die Bundeswehr ist und bleibt eine Männerdomäne, und es ist schon ziemlich hart für eine Frau bei all dem, was von uns verlangt wird. Die wenigen, die bei uns sind, werden von uns Männern vollkommen akzeptiert. (Aber du brauchst keine Angst zu haben, die sind eher Kumpeltypen) (Zwinkersmiley)

Auch willst du wissen, ob ich schon mal einen Menschen töten musste. Du stellst vielleicht Fragen. Aber du hast ja recht, man muss sich als Soldat mit dieser Möglichkeit auseinandersetzen. Wo es doch diesen unheilvollen Spruch gibt, dass alle Soldaten Mörder seien. Ich glaub, der stammt von Tucholsky.

Wir tun das, wofür wir ausgebildet wurden. Und was uns befohlen wird. Wir haben gelernt, mit Waffen umzugehen. Also benutzen wir sie auch. Uns wurde nicht umsonst beigebracht, uns zu verteidigen, wenn wir angegriffen werden. Es kommt halt immer drauf an, wer der Schnellere ist.

Hier im Camp gibt es eine Gedenkmauer, die mit 18 Flaggen umrahmt ist. An der Mauer sind Tafeln mit den Namen von getöteten oder gefallenen Bundeswehrsoldaten angebracht. Die werden fortlaufend erneuert, wenn wieder einer gestorben ist. Wie schnell das gehen kann, wird mir jedesmal bewusst, wenn ich dort stehe.

Das Denkmal befindet sich im militärischen Sperrgebiet – eigentlich dürfte ich dir gar kein Foto davon schicken – also zeig es niemandem!

Ja, du hast recht. Manchmal weiß ich nicht so recht, was ich denken soll. Ob das alles richtig ist, was wir hier tun.

Töten heißt, den Feind vernichten. Aber es bedeutet auch, dass dieser Mensch auf niemanden mehr eine Waffe richten kann. Dass er eliminiert ist. Viele Terroristen geben sich hier als ganz normale Zivilisten aus – und wenn sie dann unter-

sucht werden, kommt manchmal einiges zutage,
das sie verstecken wollten. Trauen kann man hier
eigentlich niemandem.

Weißt du, was ganz merkwürdig ist? Wenn man
später an einen Kampfschauplatz kommt, fin-
det man kein einziges Zeichen mehr von dem
Gefecht. Sie nehmen alles und jeden mit. Ihre
Toten begraben sie sofort. Es liegt keine einzige
Patronenhülse herum. Einschusslöcher werden
zugeschmiert, die Einsplitterungen in den Bäu-
men werden abgesägt. Man kann ihnen nicht
nachweisen, dass sie da waren.

Aber sie waren hier und wollten zerstören. Nichts
als zerstören, um ihre Macht zu demonstrieren.
Zeigen, dass sie alles beherrschen.

Ich selbst musste zum Glück noch nicht töten.
Aber wenn es hart auf hart ginge, wenn es hieße,
der Feind oder ich, dann würde ich nicht zögern
zu schießen. In mir hat sich sehr viel Wut ange-
staut, das ist nicht zu leugnen.

Einer meiner Kameraden hat einen Taliban getö-
tet. Er war mit einem gepanzerten Fennek, also
einem Spähwagen, in einen Hinterhalt geraten
und wurde beschossen. Da hat er ohne nach-
zudenken zurückgeschossen – und getroffen.
Anfangs war er fix und fertig. Der hat die ganze
Nacht gekotzt. Die ersten zwei Wochen konntest
du gar nichts mit dem anfangen. Obwohl er stän-
dig sagte, er habe keinerlei Schuldgefühle, weil
er ja angegriffen wurde. Hätte er nicht geschos-
sen, wäre er anstelle des anderen unter der Erde.
Also hat er alles richtig gemacht.

Jeder Mensch hat normalerweise eine natürliche Tötungshemmung. Die lässt sich jedoch überwinden, indem man Automatismen entwickelt und wieder und wieder denselben Handgriff tut. Das hat man denen beigebracht, das hat man uns beigebracht. Auch das Schießen auf menschliche Silhouetten statt auf Pappkreise hilft, diese Hemmung zu überwinden. Ich glaube, in der Polizeiausbildung verhält es sich ganz ähnlich. Die müssen ja auch im Notfall auf Menschen schießen.

Was ich niemals tun würde, ist, auf Kinder zu schießen. Das Schlimme ist, dass schon kleine Kinder mit der Knarre in der Hand herumlaufen, und du weißt nicht, ob sie sie vielleicht nicht doch benutzen.

Ach Mellie, manchmal denke ich, dass ich dir ziemlich viel zumute, wenn ich dir solche Dinge schreibe. Aber es ist halt das, was so um mich herum passiert.

Ich bin so froh, dass wir uns gefunden haben. Dieser Austausch mit dir ist das, worauf ich mich jeden Tag freue. Bald, bald ... Alles Liebe, dein Micha (vier Kussmund-Smileys)

40. KAPITEL

Franca traf am Samstagmorgen gegen neun Uhr im Präsidium ein. Im Gebäude war es relativ ruhig, nicht so hektisch wie an den Werktagen. Vorher war sie noch einmal bei Astrid Dellinger in der JVA auf der Karthause gewesen, doch sie hatte sich vollkommen in ihr Schweigen zurückgezogen. Ihnen würde nichts anderes übrig bleiben, als einen Fachmann einzuschalten.

Clarissa saß bereits am Computer. »Interessante Neuigkeiten aus Afghanistan«, rief sie, als Franca zur Tür hereinkam. Zum superkurzen Minirock trug sie ein hautenges Top mit Spaghettiträgern, das tief blicken ließ. Das Dekolleté war üppig mit unterschiedlich langen Ketten behängt. Die Jungkommissarin war durchaus ein Blickfang und verkörperte das, was Männer sexy fanden. Was allerdings in ihrem Beruf nicht sonderlich angebracht war. Franca konnte sich bereits die Blicke der Kollegen in der Besprechungsrunde vorstellen. Momentan berief Clarissa sich auf die tropischen Temperaturen, die auch die Innenräume beherrschten. Sämtliche Erziehungsversuche hinsichtlich angemessener Kleidung waren bei Clarissa abgeprallt. »Ich bin ich«, behauptete sie jedes Mal, wenn Franca dieses Thema anschnitt. »Und wem das nicht passt, der soll wegucken.«

»Die Bundeswehr hat sich gemeldet. Dort im Camp Marmal gibt es keinen Micha, auf den unsere Beschreibung passt.«

Franca schaltete ihren Computer an. »Also ein Fake, wie du von Anfang an vermutet hast?«, fragte sie stirnrunzelnd.

»Schlimmer. Der Soldat auf den Fotos ist real. Er ist allerdings tot. Umgekommen bei einem Sprengstoffanschlag. Dieser angebliche Micha hat dessen Fotos geklaut und für seine ausgegeben.«

»Wie dreist ist das denn?«, rief Franca empört aus.

»Ich hab bereits einige Bilder rückverfolgt. Marcus Dengler heißt der echte Soldat auf den Fotos. Eigentlich hätten wir schon früher draufkommen können, dass es sich um Fakes handelt. Es sind nämlich etliche Fotos dabei, die Soldaten in Uniform zeigen, und zwar so, dass man gar kein Gesicht erkennen kann. Auch Landschaftsaufnahmen oder Bilder aus dem Camp hat er ja reichlich geschickt. Die hat er vom Blog eines tatsächlich dort stationierten Soldaten geklaut. Schau mal.« Sie drehte den Bildschirm so, dass Franca ihn sehen konnte.

»Hier steht der angebliche Micha auf einem Berggipfel, man sieht nur seine Rückseite. Oder hier ist ein Trupp Soldaten unterwegs, er nach seinen Angaben mittendrin. Man kann jedoch keinen Einzelnen identifizieren. Aber es kommt noch besser.« Clarissa klickte auf die Tastatur. Ein Porträtfoto erschien von dem Mann, den sie für Micha gehalten hatten.

»Einzelne Fotos, auf denen er deutlich zu erkennen ist, wie auf dem hier, hat der sogenannte Micha regelrecht passend gemacht, indem er den Kopf von Marcus Dengler auf den Bildern einfach ausgetauscht hat.« Mit einem weiteren Klick erschien dasselbe Bild mit einem anderen Hintergrund.

»Wir suchen also jemand, der sich mit Computern auskennt«, folgerte Franca.

»So sieht es aus. Wobei sich heutzutage so gut wie jeder junge Mann mit Computern auskennt«, meinte Clarissa lakonisch. »Ebenso wie jede junge Frau.«

Franca war froh, dass die Kollegin an diesem Wochenende anwesend war. Eine Erfolgsmeldung in dem vertrackten Fall war bitter nötig, und das, was sie herausgefunden hatte, konnte sich durchaus sehen lassen.

Dennoch dachte Franca mit ein wenig Bedauern daran, dass sie Georgina und deren Freund eine Absage für das Wochenende erteilen musste.

Sie wandte sich Michas Profil zu, von dem man nun ausgehen konnte, dass vieles von dem, was er in seinen Nachrichten an Melanie äußerte, Wunschdenken war und nicht unbedingt der Wahrheit entsprach. Vielleicht hatte er eine andere Hautfarbe. Möglich wäre es. Man musste sich schließlich alle Optionen offenhalten.

Franca schielte hinüber zu Clarissa, die sich für ihr Arbeitswochenende gemütlich eingerichtet hatte, und lächelte mit Blick auf das dekorative Durcheinander, das die Jungkommissarin umgab. Gummibärchentüten, eine Tafel Nougatschokolade sowie eine offene Coladose zierten deren Schreibtisch. Gummibärchen und Nougatschokolade waren vollkommen okay, besonders dann, wenn Franca etwas davon abbekam. Allerdings störte die offene Coladose. Eine unbedachte Bewegung – schon konnte sie umfallen und ihre braune Brühe über wichtige Unterlagen verteilen. Doch sie wollte nicht gleich wieder wie eine Gouvernante klingen. Clarissa war schließlich alt genug.

Ein Blick auf die Uhr sagte ihr, dass noch ein bisschen Zeit war, bevor sich alle Anwesenden zur aktuellen Lagebesprechung trafen. Sie scrollte in den Chat-Nachrichten und suchte nach versteckten Hinweisen.

Wer ist Micha? Wo verbarg sich der Schlüssel zu seiner Identität? Was war ihnen entgangen? Wieso hatte er sich als Soldat in Afghanistan ausgegeben? War er vielleicht tatsächlich mal dort gewesen? Oder wusste er um Melanies Vorliebe für fremde Länder, besonders für Afghanistan, weil ihm vielleicht bekannt war, dass sie einen jungen afghanischen Flüchtling betreute?

Franca scrollte zum Anfang der Facebook-Konversation, die sie nun mit anderen Augen las. Micha hatte Melanie im Februar dieses Jahres eine Freundschaftsanfrage geschickt, die sie noch am gleichen Tag bestätigte. Was brachte ein junges Mädchen dazu, die Freundschaftsanfrage eines unbekannten Soldaten anzunehmen, der in Afghanistan stationiert war? Neugier? Womit hatte er sie geködert? Mit dem Wort Afghanistan?

Franca klickte auf die Facebook-Kontakte. Neben einer Vielzahl etlicher anderer Namen war auch Amir dort gelistet. Doch dieser Austausch, der Mitte Januar begonnen hatte, beschränkte sich auf einige wenige Einträge.

Nun klickte sie nochmals alle Fotos von Melanie durch, die während der Proklamation sowie einen Tag später auf dem Weinmarkt aufgenommen wurden. Viele der dort Abgebildeten waren ihr inzwischen vertraut, sei es durch Zeugenbefragungen oder weil sie sich deren Gesichter auf den Fotos eingeprägt hatte. An die beiden Freundinnen Simone und Christiane konnte sie sich gut erinnern, ebenso an Herrn und Frau Wielandt und deren Sohn Robin, natürlich. Auf einem Foto, das am Pfingstsamstag aufgenommen wurde, standen neben Robin zwei junge Männer mit dunklen Haaren. Einer davon, der eine dieser großen modischen Brillen trug, war auch auf etlichen anderen Fotos zu sehen. Er hielt sich ziemlich oft in Melanies Nähe auf. Wer war das? Sie wusste, sie hatte ihn schon einmal gesehen, erinnerte sich aber nicht an seinen Namen.

»Clarissa?«

Die junge Kollegin sah fragend hoch. »Guck doch mal, dieser junge Mann hier, der auf mehreren Fotos ist, kannst du dich an den erinnern?«

Clarissa warf einen kurzen Blick auf Francas Bildschirm. »Das ist Kai Ritter. Er gehörte quasi zur Clique. Du warst doch bei der Befragung dabei.« Clarissa hob eine Augenbraue und lächelte nachsichtig. »Alzheimer light?«

Franca verzog das Gesicht. Doch, jetzt kam die Erinnerung zurück. Kai Ritter, ein zurückhaltender junger Mann mit Brille und dunklen Locken, die ihm ins Gesicht fielen. Nicht unsympathisch und sichtlich bemüht zu helfen. Die Mädchen aus der Clique hatten ihn als Nerd bezeichnet. Er sei in dieselbe Schule gegangen wie sie, allerdings in einer anderen Klasse gewesen.

Franca suchte Kai Ritter im Nachrichten-Verlauf. Ach, da war er ja. Sehr aufschlussreich war die Facebook-Konversation allerdings nicht. In den wenigen Nachrichten, die Melanie und er ausgetauscht hatten, ging es um Computerfragen, die er ausführlich beantwortete. Im Zusammenhang mit der Wahl zur Weinkönigin hatte er ihr angeboten, eine Homepage zu erstellen. Das war ja sehr großzügig.

Franca rieb sich die Augen. Ihre Zunge klebte am Gaumen. Sie stand auf, ging an den Kühlschrank in der Teeküche und holte eine Flasche Mineralwasser heraus. Das kühle Wasser tat gut. Sie nahm die Flasche mit an ihren Schreibtisch. Ließ sich zurück auf den Drehstuhl fallen und starrte nachdenklich auf den Bildschirmschoner, der sich automatisch eingeschaltet hatte.

Clarissa wies mahnend auf die Uhr. »Franca, wir müssen. Zeit für die Besprechung.«

Franca nickte und raffte den Blätterstapel zusammen, den sie zurechtgelegt hatte. Eiligen Schrittes folgte sie Clarissa hinüber in den Besprechungsraum.

Sie wunderte sich schon ein bisschen, dass so viele gekommen waren an diesem Samstagmorgen, sogar Brock saß am Konferenztisch. Auf den hätten wir gut verzichten können, dachte sie. Dass der Chef ebenfalls anwesend war, gemahnte sie an die Dringlichkeit ihrer Ermittlungstätigkeit. Man wollte Ergebnisse sehen.

Sie nickte grüßend in die Runde und setzte sich auf einen freien Platz. Die Gespräche ringsum hörten nicht auf. Anton Osterkorn machte Franca ein Zeichen, dass sie beginnen solle. Sie räusperte sich so lange, bis das Gemurmel verstummte und man ihr ungeteilte Aufmerksamkeit schenkte.

»Schön, dass ihr alle bereit seid, eure Samstagsruhe zu opfern«, teilte sie der Runde mit. »Wir sind inzwischen ein gutes Stück weitergekommen. Es gibt einiges zu berichten.«

Neugierige Blicke sahen ihr entgegen.

»Auch haben wir einen weiteren traurigen Sachverhalt«, bemerkte der Chef.

Franca nickte mit betretener Miene. »Wahrscheinlich seid ihr schon darüber informiert: Es gibt ein zweites Opfer. Robin Wielandt, der zeitweise verdächtig war, ist von der besten Freundin seiner Mutter in der Wohnung von Melanie Dellinger erschlagen worden. Sie hat ihn fälschlicherweise für den Täter gehalten.«

»Bist du sicher, dass es fälschlicherweise war?«, fragte Brock.

Franca nickte nachdrücklich. »Ganz sicher. Er ist zur Tatzeit nachweislich auf dem Weinmarkt gewesen. Aber wir haben eine heiße Spur aufgetan, was den wirklichen Täter betrifft.«

»Oho. Das sind ja tatsächlich Neuigkeiten. Etwa der Flüchtling, der zur Debatte stand?«

Franca sah Brock strafend an. »Das hätteste wohl gern, was? Dann wär dein Weltbild wieder in Ordnung.«

Brock blies die Wangen auf und hob abwehrend die Hände. Der Chef ging dazwischen. »Meine Herrschaften. Wir wollen doch bei den Fakten bleiben, also, Frau Mazzari. Was haben Sie herausgefunden?«

»Eine Spur führt nach Afghanistan. Wahrscheinlich zu dem mutmaßlichen Täter.«

Allgemeines Kopfschütteln und Unmutsgemurmel.

»Ja, Kollegen, Afghanistan ist näher, als ihr denkt. Es ist nämlich so: Melanie hat sich ausführlich mit einem dort stationierten Bundeswehrsoldaten via Facebook ausgetauscht, Micha, von dem sich herausstellte …«

In diesem Moment quetschte sich Renate zur Tür herein, eine gemurmelte Entschuldigung auf den Lippen. Unter dem Arm hielt sie einen großen Packen mit bedrucktem Papier. Franca nickte ihr grüßend zu. »Danke, Renate, dass du gekommen bist. Ich weiß ja, dass bei euch die Bude brennt.«

»Das kannst du wohl laut sagen.« Renate verzog das Gesicht.

Franca fuhr mit ihrer Berichterstattung fort. »Wir haben den Austausch zwischen Melanie und dem in Afghanistan stationierten Bundeswehrsoldaten sorgfältig geprüft. Auch die Fotos, die er ihr geschickt hat. Dabei haben wir festgestellt, dass es sich eindeutig um ein Fake-Profil handelt.«

»Immer wieder diese vermaledeiten sogenannten sozialen Netzwerke«, schnaubte Brock.

»Dieser angebliche Micha hat sich Melanies Vertrauen mit einer Fake-Persönlichkeit erschlichen. Clarissa hat das herausgefunden. Clarissa bitte«, wies sie die junge Kollegin an.

»Tja, ihr kennt wahrscheinlich alle diese Vorgehensweisen, die Fakes benutzen: Es fängt immer ganz harmlos an. Das künftige Opfer bekommt eine Freundschaftsanfrage geschickt. Nimmt es die an und merkt nicht, dass es sich um einen Fake handelt, hat es schlechte Karten.«

Nochmals wurde die Tür geöffnet. Diesmal kam Staatsanwalt Hansen herein, ungewohnt leger in kurzen Ärmeln und ohne Krawatte. Er machte eine entschuldigende Geste und setzte sich auf den freien Platz neben Renate. Sofort griff er nach einer Wasserflasche, schenkte sich ein Glas ein und stürzte gierig den Inhalt hinunter.

Derweil fuhr Clarissa mit ihrer Berichterstattung fort. »Micha ist bei alledem ziemlich clever vorgegangen. Er hat Melanie zahlreiche Fotos geschickt, die seinen Aufenthalt in Afghanistan dokumentieren sollen. Ein Amtshilfeersuchen im Camp Marmal hat jedoch ergeben, dass es dort keinen Micha gibt, auf den die Angaben passen. Die Fotos, die er benutzt hat, sind von einem gefallenen Bundeswehrsoldaten. Gestohlen aus dem Netz.«

Durch die Runde ging ein empörtes Murmeln und Kopfschütteln.

»Insofern könnte dieser angebliche Micha unser Täter sein, der natürlich nicht in Afghanistan stationiert ist, sondern womöglich in der unmittelbaren Umgebung von Melanie zu suchen ist. Jetzt müssen wir nur noch seine wahre Identität herausfinden. Ich fürchte allerdings, wir haben es hier mit einem Profi zu tun, der genau wusste, wie er vorgehen muss. Die Fotos sind auf ziemlich professionelle Weise gefälscht.«

»In Hunderten von Chat-Nachrichten hat er langsam ein Vertrauensverhältnis zu Melanie aufgebaut«, fuhr Franca fort. »Es ist auch von einem baldigen persönlichen Treffen die Rede, da sein Aufenthalt in Afghanistan angeblich beendet sei.«

»Du meinst, sie könnte sich mit ihrem Mörder zu einem Date verabredet haben, und beim Treffen ist es zum Eklat gekommen?«, fragte Brock.

»Sie wäre nicht die Erste, der so etwas mit einer Internetbekanntschaft passierte.«

»Hatten Sie nicht einen Flüchtling im Verdacht?«, fragte der Staatsanwalt, worauf wieder unmutiges Gemurmel erfolgte.

Mit strengem Blick sah Hansen in die Runde. »Ich muss wohl niemandem erklären, dass das Gros der Flüchtlinge friedlich ist. Aber wie wir alle wissen, gibt es einige mit unlauteren Absichten und einem eher … äh mittelalterlichen Frauenbild, das mussten wir gerade in der letzten Zeit schmerzlich erfahren. Diese wenigen schwarzen Schafe vergiften vollkommen die Atmosphäre und scheinen manche Vorurteile zu bestätigen. Nämlich diejenigen, die ein anderes Frauenbild haben und ein anderes Menschenbild. Für die Respekt vor unseren Werten ein Fremdwort ist.«

»Das Phänomen ist mir nicht unbekannt.« Franca wünschte sich, dass Brock sich nicht in diese Diskussion einmischte. Doch der sah debil grinsend vor sich hin.

»Dagegen spricht, dass ein Flüchtling, der noch nicht lange bei uns ist, kein so gutes Deutsch hingekriegt hätte.« Franca lächelte vage. »Es sind eine große Anzahl Nachrichten in ganz normalem, umgangssprachlichen Deutsch ausgetauscht worden. Deshalb bin ich mir ziemlich sicher, dass der Fake ein Deutscher ist.«

»Du meinst, sie kennt ihn, aber er hat sich ihr in anderer Person genähert?« Brock war ganz aufmerksam.

Franca hob die Schultern. »Wäre eine Option«, räumte sie ein.

»Ich hab nicht genau verstanden, weshalb Sie sich auf diesen vermeintlichen Täter konzentriert haben«, wollte der Staatsanwalt wissen. »Also diesen … Micha … diesen Fake?«

»Es ist eine Vermutung. Auch deshalb, weil sein Account inzwischen gelöscht wurde.«

»Kann man nicht den Inhaber rückverfolgen?« Die Frage war an die IT-Expertin Renate Julien gerichtet.

»Ihr wisst ja, dass IP-Adressen oder Realnamen von Chatpartnern nicht so ohne Weiteres festgestellt werden können. Wenn gewünscht, werde ich über das Programm ›Law enforcement online request system‹ eine entsprechende Anfrage stellen. Aber ob überhaupt geantwortet wird, entscheidet Facebook im Einzelfall. Einen Versuch ist es sicher wert.«

»Wie ist es mit einem Rechtshilfeverfahren? Damit es schneller geht?«, hakte der Staatsanwalt nach.

Renate pustete Luft durch die Wangen. »Das hat sich leider allzu oft als sinnlos erwiesen. Stichwort Datenspeicherung. Wenn das nicht sehr flott geht, sind bis zur Entscheidung darüber keine Daten mehr vorhanden. Aber versuchen können wir auch das, natürlich.«

»Gut. Gut. Kein Flüchtling. Gott sei Dank.« Staatsanwalt Hansen stieß einen erleichterten Seufzer aus. »Nicht vorstellbar, was das wieder für einen Aufruhr gegeben hätte.«

»Noch wissen wir nichts mit Bestimmtheit, oder kannst du uns sonst einen Täter präsentieren?«, fragte Brock lauernd in Francas Richtung.

Franca hob die Schultern und lächelte vor sich hin. Von diesem Wadenbeißer ließ sie sich nicht mehr provozieren. »Die Daten der Netzbetreiber sind inzwischen ausgewertet. Renate, kannst du uns deine Ergebnisse mitteilen?« Sie wies auf den Papierstapel, der vor Renate lag.

»Die Funkzellenabfrage ist, wie ihr wisst, mit großem Aufwand verbunden«, begann die IT-Expertin. »Inzwischen haben uns alle Mobilfunkanbieter ihre Tabellen zur Verfügung gestellt, die wir akribisch durchgearbeitet und miteinander verglichen haben. Deshalb hat das seine Zeit gedauert.« Mit funkelnden Augen sah sie triumphierend in die Runde. »Allerdings können wir ein ganz brauchbares Ergebnis vorweisen. Melanie Dellingers *Last Login* war am Pfingstmontag um 18.45 Uhr in Bad Neuenahr-Ahrweiler. Da ist eine SMS von ihrem Handy an ihre Mutter geschickt worden. Wie ihr wisst, ist der ermittelte Todestag jedoch Pfingstsonntag.« Renate holte tief Luft. »Am Pfingstmontag lag Melanie tot in der Ahr, aber ihr Telefon befand sich nachweislich in Ahrweiler.«

»Und was schließen wir daraus? Sie kann diese SMS nicht selbst geschickt haben.« Brock mal wieder.

»Messerscharf kombiniert.« Clarissas Stimme klang sarkastisch.

»Interessant«, murmelte der Chef. »Das Handy war einen Tag nach dem Tod des Opfers in Ahrweiler eingeloggt, sagen Sie?«, vergewisserte er sich.

»Der Täter hat es also mitgenommen!«, platzte Clarissa heraus.

Franca war plötzlich hellwach. Ihr Herz begann heftig zu pochen. »Gibt es weitere Standortangaben?«

Renate nickte. »Das Bewegungsbild von Melanies Handy an ihrem Todestag lässt sich ganz gut nachvollziehen. Es wurde an diesem Pfingstsonntag von Altenahr nach Ahrweiler verbracht und blieb unverändert an derselben Stelle bis zum Montagabend.« Renates Augen leuchteten »Nach dem Versenden dieser letzten SMS wurde es ausgeschaltet. Ab da gibt es kein Signal mehr.«

»Dann könnte man also davon ausgehen, dass der Täter aus Ahrweiler kommt.« Franca wurde mit einem Mal ganz heiß.

»Oder er hat lediglich dort das Handy entsorgt. Es gibt da aber noch etwas.« Renates Gesichtsausdruck war vielsagend. »Interessanterweise ist eine andere uns bekannte Mobilfunknummer ebenfalls auf derselben Strecke geortet worden. Zur genauen Überprüfung sind Kollegen diese Strecke abgefahren. Sie kamen zu demselben Ergebnis.« Renate sah triumphierend in die Runde. »Es handelt sich dabei um eine Nummer aus einer Telefonliste, die als Textdatei auf Melanies Computer gespeichert war.« Sie nickte Clarissa lächelnd zu. »Der Inhaber dieser Nummer ist uns namentlich bekannt.«

»Gute Arbeit, Frau Julien«, lobte der Staatsanwalt. »Sehr gute Arbeit.«

Auch der Chef nickte anerkennend.

»Dieses Ergebnis ist nur möglich, weil unser Team gut zusammenarbeitet«, sagte Renate. »Besonders Clarissas Aufmerksamkeit ist viel zu verdanken. Sie hat diese Telefonliste unter Hunderten von Datensätzen auf Melanies Laptop entdeckt.«

Clarissa strahlte über das große Lob.

Endlich hatten sie eine richtig heiße Spur.

41. KAPITEL

In der brütenden Hitze fuhren sie an diesem Samstagnachmittag ein weiteres Mal ins Ahrtal. Die geortete Telefonnummer gehörte einem jungen Mann aus Melanies unmittelbarem Bekanntenkreis, der kurz nach dem Auffinden der Leiche als Zeuge befragt worden war. Jedoch war er zum damaligen Zeitpunkt völlig unverdächtig. Nun endlich nach Wochen aufwendiger Ermittlungsarbeit war ein Durchbruch in Sicht.

Franca bog in eine ruhige Seitenstraße ein. Kleinbürgeridylle mit Bungalows und Garten, die offenbar aus den 50er- und 60er-Jahren stammten, beherrschten das Bild. Franca stellte den Dienstwagen ab und ging zur Eingangstür. Klingelte.

»Jetzt bin ich wirklich gespannt«, sagte Clarissa.

Eine jugendlich wirkende Frau in Shorts und modischem T-Shirt mit Sternenaufdruck öffnete ihnen die Tür. Sah die beiden Polizistinnen an mit einem sanften Rehblick, der in der Männerwelt sicher sofort Beschützerinstinkte wachzurufen vermochte. Sie erinnerte Franca an eine kleine Schauspielerin mit riesigen verängstigten Rehaugen, deren Name ihr nicht sofort einfiel.

»Frau Ritter, guten Tag. Franca Mazzari von der Koblenzer Kripo. Meine Kollegin Sonnenberg. Sie erinnern sich vielleicht an uns. Wir waren schon einmal hier im Zusammenhang mit dem Tod von Melanie Dellinger. Könnten wir Ihren Sohn sprechen?«

Die ohnehin großen Augen der Frau weiteten sich noch mehr. Erschrocken sah sie von Franca zu Clarissa. »Aber Sie haben doch schon …«

»Es gibt neue Erkenntnisse.«

»Neue Erkenntnisse? Wieso?«

Franca wollte an ihr vorbei, doch sie stellte sich den Polizistinnen in den Weg.

»Frau Ritter, das bringt doch nichts. Wir müssen mit Kai sprechen.«

Sie wich jedoch nicht von der Stelle. Die vorher so schutzbedürftig wirkende Frau entpuppte sich mit einem Mal als eine Löwin, die offensichtlich ihr Junges mit Klauen und Zähnen verteidigen wollte.

»Ich will erst wissen, worum es geht«, sagte sie bestimmt.

»Und das sollen alle Ihre Nachbarn mitbekommen?«, fragte Clarissa listig. Ein Satz, der meistens seine Wirkung nicht verfehlte. Frau Ritter trat einen Schritt zur Seite. Begann aber sofort zu zetern. »Sie wollen doch wohl nicht allen Ernstes meinem Sohn was anhängen? Hören Sie, ich kenne einen sehr guten Rechtsanwalt.«

Den würde sie wahrscheinlich auch brauchen. Vielleicht ahnte sie etwas. Obwohl oftmals die Eltern diejenigen waren, die am allerletzten von den Missetaten ihrer Kinder erfuhren.

»Wir wollen uns lediglich noch einmal mit Ihrem Sohn unterhalten. Wir hätten ein paar Fragen. Wo finden wir ihn?«

Nur widerwillig wies ihnen Frau Ritter den Weg in Kais Zimmer. Vorbei durch den dunklen Flur mit einer altmodischen Garderobe. Hintereinander gingen sie die schmale Holztreppe hoch. Oben klopfte Franca an die Tür.

»Ja, bitte?«, ertönte eine angenehme männliche Stimme von innen. Als die beiden Polizistinnen eintraten, stand der junge Mann auf und gab ihnen höflich die Hand. Die große Brille dominierte sein Gesicht. Trotz aller Freundlichkeit wirkte er angespannt. »Gibt es etwas Neues von Melanie?«, erkundigte er sich. Noch tat er cool.

»Das wird sich zeigen«, antwortete Franca. Ihr Blick fiel auf eine silber gerahmte Fotografie von Melanie, die auf seinem Schreibtisch neben dem Computer stand. Eine sehr schöne Porträtaufnahme.

Kai bemerkte ihren Blick und war sichtlich bemüht, seine Körperhaltung unter Kontrolle zu behalten. »Ich vermisse sie sehr, deshalb hab ich das Foto hier aufgestellt.« Er mochte betont unbefangen tun, doch in seinem Kopf rotierte es, das konnte man deutlich erkennen. Aber er hielt sich ganz gut. Er war auf der Hut. Deshalb war es wichtig, erst einmal eine Vertrauensbasis zu schaffen durch ein wenig Small Talk, um ihm den Stress zu nehmen.

»Wir können uns gut vorstellen, dass Melanies Tod Ihnen sehr nahe geht. Sie waren oft mit ihr zusammen. Wie geht es Ihnen denn?«

Er senkte den Kopf. »Geht schon. Irgendwie. Sie können mich gern duzen.«

»Okay, Kai. Wir haben ja schon einmal miteinander gesprochen«, begann Clarissa. »Und ich glaube, du kannst uns behilflich sein. Wir sind nämlich auf etwas gestoßen.«

Interessiert hob er den Kopf, strich sich die dunklen Locken aus der Stirn. »Ja, wenn ich helfen kann, gern. Ich will ja auch, dass das alles bald aufgeklärt wird.«

Er wähnte sich offenbar auf sicherem Terrain.

»Kannst du uns kurz erzählen, unter welchen Umständen du Melanie zuletzt gesehen hast. Wann genau und wo war das?«, fragte Franca.

»Das war am Abend der Proklamation. Als sie zur Weinkönigin gewählt wurde.« Das kam wie aus der Pistole geschossen.

»Und am Tag danach? Am Samstag?«, forschte sie weiter.

»Da habe ich sie nicht getroffen.«

Die Pressefotos sagten etwas anderes. Er war mehrmals in ihrer unmittelbaren Nähe fotografiert worden. Franca war schon so oft angelogen worden, dass sie es perfektioniert hatte, sich nichts anmerken zu lassen. So tun, als ob sie ihr Gegenüber ernst nehme, ihm glaube. Irgendwann würde er sich verraten, da Lügen wesentlich anstrengender ist als die Wahrheit zu sagen. Sie spornte ihn regelrecht an weiterzulügen.

»Du warst am Samstag also nicht auf dem Weinfest. Wo warst du dann?« Ihr Tonfall war gleichbleibend freundlich.

»Ich denke, es geht um den Pfingstsonntag«, sagte er sichtlich irritiert. Er wandte den Kopf in Clarissas Richtung. Sie nickte ihm zu.

»Wir sind dabei, Melanies genauen Weg seit ihrem Verschwinden zu rekonstruieren«, erklärte Franca. »Zuletzt ist sie am Samstagabend auf dem Weinfest gesehen worden. Deshalb die Frage. Du hast also Melanie nicht am Samstag getroffen?«

»Ach so.« Er wirkte erleichtert. Schien zu überlegen. Abzuwägen. »Doch. Ach ja. Richtig getroffen haben wir uns nicht. Aber ich hab sie einige Male gesehen, wie sie an einem der Stände Wein präsentiert hat. Sie war sehr beschäftigt. Das muss so gegen halb fünf gewesen sein. Danach bin ich nach Hause gegangen.«

Er schien erleichtert, dass ihm dies noch eingefallen war.

»Das kann ich bestätigen«, meldete sich die Mutter zu Wort, die ins Zimmer gekommen war und das Gespräch genau verfolgte. »Danach ist er nicht mehr weggegangen. Kai hat den ganzen Samstagabend an seinem Computer gesessen. Bis spät in die Nacht.«

»Und was hast du am Computer gemacht?«, fragte Franca freundlich.

Nun wurde er wieder zunehmend unsicher. Seine Pupillen waren ständig in Bewegung. »Na, was ich immer mache. Ich hab gechattet. Spiele gespielt. So was eben.«

Seine Mutter nickte nachdrücklich.

»Dürften wir das überprüfen?«, fragte Franca. »Du hast doch sicher nichts dagegen, wenn wir deinen Laptop mitnehmen.«

Urplötzlich wechselte sein Gesicht die Farbe. Er versuchte, seine zitternden Hände hinter dem Rücken zu verstecken. »Aber wieso. Da ... Das geht doch nicht. Ich brauch den doch.« Er begann zu stottern. »Und da ist auch überhaupt nichts drauf, was mit Melanie ...«

Eine Reaktion, wie Franca sie erwartet hatte.

»Du bekommst den Laptop sofort zurück, wenn wir ihn überprüft haben. Versprochen.« Sie behielt ihren freundlichen Umgangston bei, auch wenn ihr das zunehmend schwerfiel.

»Brauchen Sie da nicht so was wie eine Beschlagnahmeerlaubnis?«

»Nicht, wenn du uns den Laptop freiwillig zur Verfügung stellst«, flötete Clarissa. »Es hat sich noch immer bewährt, mit uns zu kooperieren«, fügte sie zuckersüß hinzu.

Noch gab er sich nicht geschlagen. Kämpfte weiter. Kam immer mehr ins Schwitzen. »Und ... und wenn ich dagegen bin?«

»Dann erwirken wir einen richterlichen Beschluss.« Franca zuckte mit den Achseln. »Das geht sehr schnell.«

Seine Lider flatterten. Unsicher sah er zu seiner Mutter, die ihm aufmunternd zunickte. Vielleicht wusste sie wirklich nichts. So blieb ihm nichts anderes übrig, als den Laptop vom Netz zu nehmen und ihn den Polizistinnen zu übergeben.

»Den kannst du am Montag im Koblenzer Präsidium wieder abholen«, sagte Franca gönnerhaft. »Du hast doch ein Auto, oder?«

Er nickte äußerst nervös, während er sich den Schweiß von der Stirn wischte.

Hey, meine liebe Mellie,
langsam wird es Zeit, hier die Zelte abzubre-
chen. Einiges werde ich sicher vermissen. Ein-
mal diese Landschaft, die auf manchen karg und
eintönig wirken mag. Tagsüber ist das auch so,
aber abends, wenn die Sonne untergeht, wird sie
unvergleichlich schön. Ich habe noch nirgends
solche Sonnenuntergänge gesehen wie hier und
bin immer wieder aufs Neue beeindruckt, wenn
die Gipfel der Berge angeleuchtet werden. Und
darüber dann der Sternenhimmel. Alles ist sehr
beeindruckend. Da kann man schon mal ins
Schwärmen kommen.
Ich denke, ich werde künftig das, was ich habe,
mehr wertschätzen als bisher und mich viel mehr
über kleine Dinge freuen, nicht nur über teure
Geschenke. Die wirklich wertvollen Geschenke,
die das Leben für uns bereithält, kosten kein Geld.
(Kussmund-Smiley)
Nur noch ein paar Tage, dann steige ich in den
Flieger.
Dein Micha

42. KAPITEL

Der Schmerz hatte sich tief in ihr Herz gebohrt. War eins mit dem Schmerz von damals, als ein Gerät in ihrem Unterleib den kleinen Klumpen entfernte, der eigentlich ein Kind hatte werden sollen, dann aber abgestorben war. In ihrem Inneren. Martin hatte ihre Hand gehalten, sie mit seinen gütigen braunen Augen angesehen und ihr Mut zugesprochen. Wie hatte sie sich schuldig gefühlt, weil ihr Körper versagt hatte. Doch Martin hatte ihr dieses Schuldgefühl mit sanften Worten ausgeredet. »Gegen die Natur kommt man nicht an. Das weißt du doch. Und wir sind noch jung.« Ja, damals waren sie noch jung. Und bei dem zweiten Versuch hatte es dann auch geklappt. Robin kam gesund auf die Welt. Ihr absolutes Wunschkind. 20 Jahre hatten sie dieses Kind behalten dürfen. 20 Jahre, die nicht immer einfach waren.

Nun war sie müde, so müde.

Nachdem sich ihr Bewusstsein langsam in den Wachzustand gequält hatte, wurde ihr klar, dass sie eingeschlafen sein musste. Irgendwann mitten in der Nacht war sie erwacht, wie so oft. Die leuchtenden Ziffern des Weckers auf dem Nachttisch zeigten 2.32 Uhr. Martin lag auf der Seite und gab regelmäßige Atemgeräusche von sich. Sie blieb einen Moment lang liegen, starrte ins Dunkel und versuchte sich an den Traum zu erinnern, von dem sie nur noch vage Bruchstücke wusste. Durch ihren Kopf schwirrte ein Gedanke, der sie nicht mehr losließ. Es war ein sanfter Gedanke, ein tröstender Gedanke. Telefonseelsorge. Davon hatte sie gehört. Die Nummer konnte man zu jeder Tages- und Nachtzeit anrufen. Auf der Homepage standen ermutigende Worte. Dass jeder mal Hilfe brauche. Die Nummer hatte sie bereits vor ein paar Tagen herausgesucht, nachdem Martin ihr nahegelegt hatte, dass sie sich auf professionellem Wege helfen lassen solle.

Den Gedanken, dort anzurufen, hatte sie schon öfter durchgespielt. Doch bisher hatte sie es nicht gewagt.

Sollte sie jetzt? Was hätte sie zu verlieren? Das Ganze war vollkommen anonym. Niemand würde wissen, dass sie es war, die auf diese Weise Hilfe in Anspruch nahm.

Vorsichtig, um kein Geräusch zu verursachen, schälte sie sich aus dem Bett und schlich hinunter ins Wohnzimmer. Das Telefon steckte in der Ladeschale auf dem kleinen Beistelltisch. Sie nahm es heraus und betrachtete es unschlüssig. Dann sah sie auf den Zettel mit der Nummer. Schließlich tippte sie die Zahlen ein.

Mit klopfendem Herzen wartete sie auf das Freizeichen. Wer saß da am anderen Ende? Würde sie sich gleichermaßen sowohl einem Mann als auch einer Frau anvertrauen können?

»Hier ist die Telefonseelsorge, Grüß Gott«, ertönte eine angenehme warme Altstimme.

»Guten ... äh Morgen, ich ...« Sie kam ins Stottern, wusste nicht, was sie sagen sollte. Wie begann man so ein Gespräch?

»Sie können nicht schlafen?«, fragte die sanfte Stimme anteilnehmend. »Möchten Sie mir erzählen, warum?«

Zaghaft begann Carolin zu sprechen. Noch waren die Worte widerspenstig. »Ja, äh ... also ... mein Sohn. Er war

20 Jahre alt und ist tot. Es gibt Tage, an denen ich die Erinnerung an ihn nicht aushalte.« Sie hörte, wie sie krächzte.

»Das tut mir leid«, antwortete die freundliche Stimme mitfühlend. »Und ich kann gut verstehen, dass Sie sehr um ihn trauern. Dass Sie keinen Schlaf finden. Jedem in Ihrer Situation würde es so gehen. Trauer will zugelassen und durchlebt werden. Das ist ein notwendiger Prozess.«

»Es ist ... viel schlimmer.«

»Ja?«

»Er ist ... umgebracht worden. Von meiner besten Freundin.«

»Oh.« Auf der anderen Seite herrschte einen kleinen Moment Stille. Das war wohl etwas, worauf die freundliche Ehrenamtlerin offensichtlich nicht vorbereitet war. Schließlich sagte sie: »Wollen Sie mir von ihm erzählen? Machen Sie sich keine Gedanken über die Wortwahl, auch wenn sich das vielleicht unorganisiert und unstrukturiert anhören sollte. Fangen Sie einfach an. Wie er war als kleiner Junge. Sicher ein richtiger Rabauke?«

»Er war ein Wunschkind.« Carolins Pulsschlag beschleunigte sich. Sie spürte ihr Herz klopfen. Zaghaft begann sie zu sprechen, geriet dabei immer wieder ins Stocken. Als sie davon erzählte, wie sie mit einer Riesenkugel vor dem Bauch durch den Garten lief, kurz vor der Geburt, musste sie tatsächlich auflachen. »Alle dachten, ich bekäme Zwillinge, doch das Ultraschallbild hat eindeutig einen einzelnen Jungen gezeigt. Robin. Den Namen haben wir ihm gegeben.«

Nun sah sie deutlich ihren kleinen Jungen mit dem rötlichbraunen Flaum auf dem Kopf vor sich, den sie von Anfang an in ihr Herz geschlossen hatte, und der es ihr dann doch so schwer machte, ihn unvoreingenommen zu lieben. Sie sah Robin, wie er durch den Garten tollte, einer Katze nachjagte, hin zu ihren Bienen, vor deren Flugloch er sich stellte, obwohl sie ihn immer wieder gewarnt hatte – und prompt mehrfach gestochen wurde. Wie er schreiend davonlief und sich fortan fern von den Bienen hielt. Sie erzählte von seiner Freundin Melanie, die ihn zu nehmen wusste und die ihm so guttat, dass sich aus dem tollpatschigen Jungen ein liebenswerter junger Mann entwickelte. Carolin war sicher, dass er ohne diese Partnerschaft ein ganz anderer Mensch geworden wäre. »Doch Melanie hat sich leider von ihm getrennt. Das hat er nur schwer verkraftet.«

»Eine Trennung ist immer schmerzhaft. Sie bedeutet Verlust«, ließ die sanfte Stimme am anderen Ende verlauten.

»Ja, ich weiß«, bestätigte Carolin. »Wir alle hatten darunter zu leiden. Mein Mann, ich. Und besonders natürlich Robin. Er hat sich von einem auf den anderen Moment in sein Schneckenhaus zurückgezogen, war wortkarg und verbittert.«

Mit einem Mal merkte Carolin, wie gut ihr dieses Gespräch tat. Dass sich der Ring, der ihr die Brust zusammenkrampfte, langsam löste. Sie sah auf die Uhr über dem Sessel im Wohnzimmer. Halb vier. So lange hatte sie schon gesprochen?

»Ich rede wie ein Wasserfall«, bemerkte sie. Es klang fröhlich-entschuldigend.

»Das ist in Ordnung«, antwortete die anonyme Stimme. »Ich höre Ihnen zu. Sprechen Sie ruhig weiter.«

So gern wäre sie in diesen schönen Erinnerungen verblieben, hätte die Zeit angehalten. Doch die bedrohlichen Schatten, die sie im Laufe des Gesprächs erfolgreich zurückgedrängt hatte, rückten wieder näher.

Nun sah sie andere Bilder vor sich: Melanie, die leblos im Wasser lag. Und dann ein bruchstückhaftes Schattenspiel: Eine Frau, die mit einem Stein auf Robin einschlug. Immer wieder. So lange, bis er sich nicht mehr rührte.

Das war nicht fassbar. Sie konnte das nicht erzählen. Die Worte wollten ihr nicht über die Lippen kommen.

Sie zitterte, durch ihren Körper drang ein Beben. Tränen bahnten sich einen Weg. Liefen über ihre Wangen, tropften von ihrem Kinn. Sie stieß einen lauten Schluchzer aus. Zwei junge Leben, die kurz hintereinander ausgelöscht wurden. Eines davon war das ihres Kindes. Niemand konnte ermessen, was sie verloren hatte. Niemand. Schon gar nicht die Fremde am anderen Ende der Leitung. Sie drückte auf den Aus-Knopf. Atmete ein paar Mal heftig ein und aus. Ließ weiter die Tränen fließen.

Vor ihr auf dem kleinen Tisch stand ein halb leeres Wasserglas. Sie erinnerte sich nicht, ein paar Schlucke daraus getrunken zu haben. Ihr Kopf war leer. Ihr Körper ohne Kraft. Von Ferne drang eine Stimme zu ihr wie durch Watte. Mit einem Mal realisierte sie, dass diese Stimme an sie gerichtet auf sie einsprach. Begütigend. Besänftigend.

»Komm wieder ins Bett, Carolin.«

Sie zog die Luft durch die Nase, sah auf in Martins gütige braune Augen. Nickte. Wischte sich über die Augen. Und folgte ihm widerstandslos.

43. KAPITEL

Renate hatte eine Nachtschicht eingelegt und sich den ganzen Sonntag mit Kai Ritters Laptop beschäftigt. Das ließ sie sich nicht nehmen, wenn ein derartig viel versprechendes Ergebnis zu erwarten war. Am Montag früh konnte sie dann auch freudig die Auswertung präsentieren.

»Deutlicher geht's nicht.« Die IT-Expertin legte einige Ausdrucke vor Franca hin. »Da ist alles drauf. Michas kompletter Facebook-Chat mit Melanie. Er hat nichts gelöscht. Sehr unvorsichtig eigentlich.«

»Hätte ihm doch sowieso nichts genützt, oder?«

Renate grinste. »Wahrscheinlich nicht. Es wundert mich aber, weil er sonst so raffiniert vorgegangen ist. Jetzt müsst ihr ihm nur noch nachweisen, dass er sich am Tattag tatsächlich mit Melanie getroffen hat.«

Franca grinste. »Das dürften wir auch noch hinkriegen.«

Da klingelte auch schon das Telefon. »Ein Kai Ritter möchte Sie sprechen. Zusammen mit seiner Mutter.«

Er hat sich Schützenhilfe mitgebracht. Die würde ihm allerdings nicht viel nützen. »Schicken Sie die beiden herauf.«

Nicht lange danach erklang ein zaghaftes Klopfen an ihrer Bürotür. Kai Ritter trat ein. Man sah ihm an, dass er unruhige Nächte hinter sich hatte. Tiefe Schatten lagen unter den Augen. Seine Mutter folgte dicht hinter ihm.

»Ich wollte nur schnell meinen Laptop abholen, wie Sie gesagt haben«, sprudelte er hastig hervor.

Franca lächelte freundlich. »Bitte nehmen Sie doch Platz.« Sie räumte einen weiteren Stuhl für Frau Ritter frei.

»Aber wieso denn? Können wir nicht …?«

»Bitte.«

Kai setzte sich gehorsam auf den ihm zugewiesenen Stuhl. Seine Mutter nahm neben ihm Platz. Sie sah Franca mit einem merkwürdigen Blick an. Wahrscheinlich hatte sie sich ebenfalls viele Gedanken gemacht. Vielleicht hatten die beiden auch ein intensives Gespräch hinter sich.

»Kai, wir wollen dich nochmals zu deinem Alibi befragen«, begann Franca.

»Mich?«, rief er verwundert aus. »Aber wieso denn? Ich hab Ihnen doch schon gesagt, dass ich zur fraglichen Zeit zu Hause war, was meine Mutter bestätigt hat. Nicht wahr, Mama?«

Frau Ritter blickte unschlüssig von Franca zu Clarissa.

Franca sah auf Kais Hände. Er wusste offensichtlich nicht, wohin damit. Seine Nervosität trat immer deutlicher zutage.

»Wenn du am Sonntag zu Hause warst, wieso erklärst du dir dann, dass dein Handy ungefähr eine Stunde nach Melanies Todeszeitpunkt in Altenahr geortet wurde?«

»Wieso haben Sie mein Handy geortet? Das dürfen Sie nicht.« Er kiekste wie ein Stimmbrüchiger.

»Doch, das dürfen wir. Mit einem entsprechenden richterlichen Beschluss. Der selbstverständlich vorliegt.«

Hinter seinen großen Brillengläsern blinzelte er heftig. Einen Moment schien er sprachlos, dann fasste er sich wieder. »Das ist kein Beweis«, sagte er mit fester Stimme.

»Das stimmt, das ist kein Beweis. Aber ein Indiz.«

Der Junge saß da mit hängenden Schultern. Die Verzweiflung stand ihm ins Gesicht geschrieben.

»Wir müssen dein Handy konfiszieren.«

»Mein Handy? Aber warum denn? Ich brauch …«

Der Blick, den er seiner Mutter zuwarf, war ein einziger Hilferuf. Seine Pupillen rotierten. Er blinzelte unablässig. Es sah aus, als ob er gleich in Tränen ausbräche.

»Kai. So sag doch was«, rief seine Mutter.

»Ich war das nicht.« Seine Stimme war belegt. Alle Farbe war aus seinem Gesicht gewichen. Sogar die Lippen waren weiß.

44. KAPITEL

Franca überflog das Gutachten, das der Psychiater geschickt hatte. Ihm war es tatsächlich gelungen, Astrid Dellinger zum Reden zu bringen. Dass sie die Tat begangen habe, stünde außer Frage, hieß es.

Er bescheinigte Melanies Mutter ein labiles Selbstwertgefühl sowie äußerst leichte Kränkbarkeit. Es gebe etliche Indizien für eine paranoide Persönlichkeitsstörung. Gehandelt habe sie im dissoziativen Zustand. Die Tat sei ungeplant und wie im Rausch begangen worden. In dem Moment, als sie dem vermeintlichen Täter gegenüberstand, seien ihre Gedanken und ihr Verhalten außer Kontrolle geraten. Wie von Sinnen habe sie auf ihn eingeschlagen. Als sie das Ausmaß dessen realisierte, was sie getan und wen sie erschlagen hatte, hätte sie alles am liebsten ungeschehen gemacht. Sie habe sich furchtbar erschrocken und sofort den Notruf betätigt.

Es tue ihr alles unendlich leid. Es wurde eine ständige Beobachtung empfohlen, da sie als erheblich suizidgefährdet gelte.

Wie lange der Psychiater wohl für eine solche Einschätzung gebraucht hatte? Ein paar Stunden? Sicher nicht länger. Da hatte sie noch ein paar Fragen. Sie rief ihn an.

»Herr Manholt, Sie haben Frau Dellinger eine Psychose diagnostiziert. Könnten Sie das näher erläutern?«

»Sie wissen ja, Frau Mazzari: Menschen haben unterschiedliche Persönlichkeitsstrukturen, sind unterschwellig anfällig.«

Nur weil das Verhalten eines Menschen von der Norm abweicht, ist er nicht automatisch psychisch krank, dachte Franca, die sich schon öfter über allzu schnelle Einschätzungen von Psychologen und Psychiatern gewundert hatte.

»Dass Frau Dellinger eine zutiefst verletzte und verzweifelte Person ist, wie ich im Gutachten festgehalten habe, wird wohl niemand bezweifeln«, fuhr er fort. »Solche Leute wollen wahrgenommen werden. Sie schreien förmlich nach Aufmerksamkeit. Man hat ihre Tochter getötet, die einzige Bindungsperson, die ihr etwas bedeutete. Sie wollte unbedingt wissen, wer der Täter ist, und wartete auf Rückmeldung. Auf die Beantwortung ihrer Fragen. Jeden Tag hat sie sich erkundigt, aber niemand wollte ihr Auskunft geben. Da hat sie die Sache selbst in die Hand genommen. Sie war bereit, bis zum Äußersten zu gehen. In ihrem Fall wurde Ohnmacht durch Gewalt kanalisiert und so in ein kurzzeitiges Gefühl von Allmacht übertragen. Sie handelte wie ein Autopilot, in einer gefühlsmäßigen Vollnarkose, so könnte man das beschreiben«, dozierte er. Es klang routiniert, so, als habe er solche Diagnosen schon häufig gestellt.

»Dann ist also wieder mal die Polizei schuld?«, fragte Franca pikiert. »Wir haben ihr mehrfach Hilfe angeboten. Die hat sie strikt abgelehnt. Und den Täter konnten wir ihr leider nicht auf dem Silbertablett präsentieren.«

»Wir wollen doch nicht von Schuld sprechen«, wandte der Psychiater begütigend ein. »Bei solch labilen Menschen wie Astrid Dellinger spielen viele Faktoren ineinander. Das fängt in der Kindheit an und setzt sich im Erwachsenenleben fort. Wie Sie sicher gesehen haben, ist im Gutachten auch vermerkt, dass sie von ihren Eltern als sogenanntes Sandwich-Kind nicht richtig wahrgenommen wurde. Die ältere Schwester wurde stets bevorzugt und als dann noch ein Brüderchen kam, fühlte sie sich ganz abgeschrieben. Die anderen Geschwister waren nach ihrem Empfinden wichtiger, haben mehr Zuwendung bekommen. Später, in ihrem Erwachsenenleben hat sie einige Trennungen von signifikanten Bindungspersonen erlebt, worunter sie litt. Aus diesem Grund hat sie sich so sehr an ihre Tochter geklammert. Als man ihr die auch noch nahm, schien ihr das Leben vollkommen sinnlos. All das dürfte eine Rolle gespielt haben für die Tat, die sie begangen hat.«

Franca wollte auf etwas anderes hinaus. »Sie geben an, bei der Tat sei Frau Dellinger unzurechnungsfähig gewesen. Wir fragen uns natürlich, weshalb sie sich offensichtlich tagelang in der Wohnung ihrer Tochter aufgehalten hat, nachdem wir sie freigegeben haben. Hat Ihnen Frau Dellinger darauf eine plausible Antwort gegeben?«

»Sicher. Sie wollte ihrer Tochter auf diese Weise nahe sein. Was durchaus verständlich und nachvollziehbar ist.«

»Wenn ich Sie recht verstehe, schätzen Sie Frau Dellinger als vermindert schuldfähig ein.«

»Nun ja. Letztendlich können wir niemandem in den Kopf schauen. Das wissen Sie, das weiß ich. Haben Sie denn eine andere Meinung?«

»Ich habe eher den Eindruck, sie hatte einen anderen Grund.«

»Sie machen mich neugierig.«

»Frau Dellinger hatte festgestellt, dass jemand in der Wohnung ihrer Tochter gewesen sein musste, nachdem diese verschwunden war. Es fehlten bestimmte Dinge. Das hat sie uns mitgeteilt. Weshalb wir ihr nahelegten, das Schloss austauschen zu lassen.« Franca hielt einen Moment inne. »Das hat sie aber nicht getan.«

»Und was schließen Sie daraus?«

»Nun, sie könnte davon ausgegangen sein, dass der vermeintliche Täter wiederkommt. Insofern könnte sie ihm aufgelauert haben. Und ihn mit Vorsatz niedergeschlagen haben.«

»Sie halten sie für derart berechnend? Das passt eigentlich nicht in das Bild, das ich von ihr habe.«

Ach, die Bilder, die wir von Menschen haben. Aber was wissen wir mit Bestimmtheit?

»Frau Mazzari. Bei der Einschätzung eines Menschen und seiner Beweggründe gibt es keine absolute Sicherheit, das bestätige ich Ihnen gern. Es gibt immer nur das Individuum. Und wir sind auf Interpretationen angewiesen. Die aber auf einer gewissen Erfahrung beruhen. Immerhin können wir manchmal ein wenig Licht ins Dunkel bringen. Vorausgesetzt, unser Proband erzählt uns die Wahrheit. Und spielt keine Spielchen.«

»Genau das ist der Punkt. Ich fürchte, sie hat Ihnen eine selektive Form der Wahrheit mitgeteilt. Die ja durchaus ihre persönliche Wahrheit sein kann. Das will ich nicht bestreiten. Aber wahrscheinlich sind die Dinge sehr viel komplexer.«

Darauf schwieg der Psychiater am anderen Ende.

Franca bedankte sich und legte auf. Ihre Erfahrung als Polizistin sagte ihr immer wieder, wie sehr der Mensch ein Verstellungskünstler ist, weil er seiner Umgebung ein bestimmtes Bild von sich vermitteln will. Seine Abgründe kann man eher selten erahnen. Die eskalieren im schlimmsten Fall in seinen Taten.

Ihre eigene Umgebung hat Astrid Dellinger stets rein gehalten. Sie war eine Ordnungsfanatikerin. Vielleicht weil sie dem Chaos in ihrem Inneren auf diese Weise etwas entgegen setzen wollte. Sie lebte in ihrem eigenen, abgezirkelten Kosmos, in dem sie die Bestimmerin war. Die Welt draußen war ihr Feind. Ihr früherer Mann war ihr Feind. Nur eine einzige Freundin hatte zuletzt Zugang zu ihr gehabt. Diese hatte sie durch ihr Handeln nun auch noch verloren.

Hi, Mellie,

ich betrachte dein Bild und stelle mir vor, wie ich deine Haut streichele, wie ich dich küsse. Ich kann es kaum erwarten, dich in meinen Armen zu halten.

Heute war ich wieder auf dem Dach der Pizzeria und hab den Sonnenaufgang beobachtet, weil ich nicht schlafen konnte. Du bist es, die mir den Schlaf raubt. Du bist mir so vertraut, als ob wir uns schon ewig kennen würden. Ich kann mir dich so gut vorstellen in deinem tollen roten Kleid. Wie du es allen zeigst. Klar gewinnst du! Daran kann doch niemand echte Zweifel haben. Dein Micha (Kussmund-Smiley)

45. KAPITEL

»Da will jemand zu Ihnen. Eine Frau Ritter.«

Frau Ritter? Kais Mutter. Ihr Sohn saß inzwischen in Untersuchungshaft ein. Gestanden hatte er nicht. Doch die Beweislage war erdrückend. Was seine Mutter wohl mit ihrem Besuch bezweckte?

»Schicken Sie sie hoch«, bat Franca, die allein im Büro war. Sie stand auf, holte eine Wasserflasche aus dem Kühlschrank nebenan in der Teeküche und zwei Gläser aus dem Schrank. Bei der Hitze musste man den Leuten etwas anbieten. Sonst klebte die Zunge fest. Zumal, wenn es um etwas Prekäres ging.

Zaghaft klopfte es nach einer Weile an der Bürotür. Franca forderte die Besucherin auf, hereinzukommen. Bot ihr Platz an.

Frau Ritter setzte sich. Ihr Blick irrte im Raum umher, offensichtlich wusste sie nicht, wo sie beginnen sollte. Sie wirkte sehr eingeschüchtert und hatte so gar nichts mehr von einer Löwenmutter.

Franca schenkte die beiden Gläser voll und schob eines mit einem Lächeln Frau Ritter hin.

»Danke.« Frau Ritter trank das halbe Glas leer. Stellte es wieder ab. Verzog den Mund zu einem verkrampften Lächeln.

»Was führt Sie zu mir?«, half Franca ihr auf die Sprünge.

Frau Ritter sah Franca beschwörend in die Augen. »Bitte nehmen Sie mir meinen Sohn nicht weg. Ich hab doch schon ein Kind verloren.« Sie brach in Tränen aus. Ihr Kampfgeist schien gebrochen.

»Das liegt nicht in meiner Macht«, antwortete Franca. »Urteile fällen andere. Unser Job ist es, die Vorarbeit zu leisten.«

Frau Ritter nickte unglücklich. »Kai ist ein guter Junge. Er hat so viel durchmachen müssen.« Sie nahm ein Taschentuch und schnäuzte sich. Tupfte die Tränen ab.

Schließlich begann sie stockend zu erzählen: »Wir waren Zeugen Jehovas.«

Erstaunt sah Franca auf. Die Frau ihr gegenüber konnte sie sich so gar nicht als Missionarin mit dem »Wachtturm« in der Hand vorstellen.

»Sein Vater war Mitglied in der Gemeinde. Ich hab mich angepasst. Mein Mann war und ist noch sehr davon überzeugt, dass das der einzige richtige Glaube ist. Ich hab das zwar immer etwas anders gesehen, hab mich aber überreden lassen und bin konvertiert. Weil ich ihn liebte. Damals. Er schien so gütig. Er wusste so viel. Heute denke ich, es war mein größter Fehler, mich ausgerechnet in diesen Mann zu verlieben. Aber damals war mein Gefühl für ihn stark. Ich war jung und hab über viele Ungereimtheiten hinweggesehen.«

Sie hielt inne, schien sich zu sammeln.

»Als ich zum ersten Mal schwanger war, hab ich mich riesig gefreut. Da wird man in der Gemeinde gefeiert. Kinder sind ein Geschenk Gottes. Unser erstes Kind war ein Mädchen. Mein Mann war sehr stolz auf seine kleine Tochter. Und dann kam auch schon bald Kai.« Für einen kurzen Moment erschien ein Lächeln auf ihrem Gesicht, das sofort erlosch. »Mit den Erziehungsmethoden innerhalb der Gemeinde konnte ich mich nie anfreunden. Man rechtfertigt das Züchtigungsgebot, obwohl Prügel in Deutschland offiziell verboten sind. Aber die Zeugen glauben nicht an weltliche Gesetze, nur an ihre eigenen.« Frau Ritter sah Franca anklagend an. »Es hat mir in der Seele wehgetan, wenn mein Mann die Kinder vor meinen Augen verprügelt hat. Er hat keinen Unterschied gemacht, ob Junge oder Mädchen. Beide Kinder waren sehr sensibel und haben unsäglich gelitten. Manchmal genügte es, wenn sie eine schlechte Note nach Hause brachten. Doch oftmals haben sie überhaupt nicht verstanden, weshalb sie bestraft wurden. Und ich auch nicht. Ich habe zwar immer versucht, meinen Mann zurückzuhalten, aber auf mich hat er nicht gehört. So stehe es in der Bibel, darauf hat er sich immer berufen. ›Wen der Herr liebt, den züchtigt er.‹« Voller Unverständnis schüttelte sie den Kopf. »Heute glaube ich, mein Mann ist ein Sadist, der sich in der Bibel die passenden Stellen als Rechtfertigung für sein Tun gesucht hat. Und die passende totalitäre Gemeinschaft, die dieses Denken unterstützt. Die Kinder durften nichts. Sie durften keinen Geburtstag feiern, weil das angeblich Selbsterhöhung bedeutet. Eine solche Feier stehe nur dem Schöpfer zu. Außerhalb der Gemeinschaft durften sie keine Freunde haben. Ständig hat man uns eingeredet, draußen sei eine von Satan beherrschte Welt, nur die Brüder und Schwestern seien die Wahrheit.« Mit einem Papiertaschentuch, das sie irgendwoher gezaubert hatte, tupfte sie sich über die Augen. »Eine Zeit lang habe ich trotz aller Zweifel versucht, daran zu glauben, dass auch ich zu dieser auserwählten Gemeinschaft gehöre, und habe alles mitgemacht. Ich hatte Angst vor Harmagedon, der drohenden Katastrophe, bei der alles vernichtet wird. Harmagedon überlebt nur, wer in Gottes Augen Wohlgefallen gefunden hat. Danach dürfen die Auserwählten ewig im Paradies leben. Natürlich wollte ich zu den Auserwählten gehören. Aber dann …«

»Was ist mit Ihrer Tochter? Lebt sie bei ihrem Vater?«, erkundigte sich Franca.

Frau Ritter verneinte. »Sie war ein sehr lebhaftes Kind, konnte kaum stillsitzen und bekam deswegen ständig Prügel. Um die Dämonen auszutreiben, wie ihr Vater sagte.

Als sie älter wurde, hatte sie einen Freund außerhalb der Gemeinde. Das ging in den Augen meines Mannes gar nicht. Ständig wurde darauf verwiesen, wie gefährlich der Umgang mit einem solchen jungen Mann sei, der nicht zur Gemeinschaft gehöre. Voreheliche Sexualität wurde in höchstem Maße verdammt. Mit diesem Gebot kam meine Tochter nicht klar. Überhaupt hinterfragte sie immer mehr diese ganzen Vorschriften und versuchten Gehirnwäschen. Selber denken hat man den jungen Leuten abgesprochen. Aber sie war ein kluges Mädchen. Sie hat sich nicht einlullen lassen. Auf ihre drängenden Fragen bekam sie jedoch keine Antworten, sondern immer nur Bibelverse.« Frau Ritter schluckte hart. »Meine Tochter hat das alles nicht mehr ausgehalten. Sie hat sich vor den Zug geworfen, als sie 17 war.« Frau Ritter schluchzte laut auf und wischte sich erneut mit dem Taschentuch über die Augen. Schließlich fuhr sie stockend fort: »Aber anstatt mein Mann eingesehen hätte, dass er es war, der sie so weit trieb, hat er mir die Schuld gegeben. Ich hätte sie dazu ermuntert zu sündigen. Und wäre zu nachsichtig gewesen.« Nun liefen die Tränen ungehindert die Wangen hinab.

»Und auf Kai ist er auch nicht eingegangen. Kai wollte gern Soldat werden, aber auch das hat ihm sein Vater verboten. Zeugen Jehovas sind gegen den Dienst an der Waffe. Das ist an sich nichts Schlechtes. Aber man kann doch nicht so rigoros die Wünsche seiner Kinder übergehen. Man muss mit ihnen reden. Aber mein Mann hat jegliche Diskussion strikt abgelehnt. Er wollte den bedingungslosen Gehorsam.«

Langsam nähern wir uns dem Kern der Sache, dachte Franca. Kai hat seinen Wunsch, Soldat zu werden, nie aufgegeben, sondern in die Fiktion umgesetzt.

»Nach dem Tod meiner Tochter konnte ich nicht mehr mit meinem Mann zusammenleben. Ich hatte es so satt, wie ein Herdentier in eine Richtung zu laufen und nicht rechts und links zu schauen. Ich hab mich von ihm getrennt und damit auch von der Gemeinschaft. Das war ein sehr schwerer Schritt. Denn wer den einmal geht, der kann nicht mehr zurück. Man wird von der Gemeinschaft ausgeschlossen. Das haben Kai und ich bitter zu spüren bekommen. Urplötzlich standen wir alleine da. Ohne jegliche Unterstützung. Von heute auf morgen waren wir Weltmenschen, die dem Satan folgten. Wir mussten uns vollkommen neu orientieren. Aber wir haben es geschafft. Ich habe Arbeit gefunden. Kai war viel sich selbst überlassen, das weiß ich, und das tut mir auch leid. Sonst wäre vielleicht alles ganz anders gekommen.« Sie nahm einen Schluck Wasser.

»Nach der Trennung hat mein Mann den Kontakt vollkommen zu uns abgebrochen. Wir existieren nicht mehr für ihn. Und das in einer Zeit, da Kai dringend einen Vater gebraucht hätte. Aber Jehova ist wichtiger als Familienbande, das hat mein Exmann immer betont und knallhart durchgesetzt. In der Folge hat sich Kai immer mehr hinter dem Computer verschanzt.«

Sie blinzelte heftig, presste die Lippen zusammen und sah Franca beschwörend an. »Es war mir wichtig, dass Sie wissen, was Kai so weit getrieben hat.«

»Sie wussten, dass er Melanie getötet hat?«

Frau Ritter kaute auf ihren Lippen. »Nicht sofort.« Sie senkte den Kopf. »Er hat es mir erst an dem Tag gesagt, als Sie zum zweiten Mal bei uns waren. Danach hab ich ihn zur Rede gestellt. Ich hatte vorher schon gemerkt, dass etwas nicht mit ihm stimmt. Ihm war ständig schlecht. Er war blass und antriebslos. Erst dachte ich, er hätte sich einen Virus eingefangen. Doch heute ist mir klar, warum es so schlimm um ihn stand. Er hat wirklich sehr gelitten. Ich weiß, dass er es nicht absichtlich getan hat. Erklären konnte er mir aber nicht, wie es dazu gekommen war.« Sie sah Franca flehend an. Angst in den Augen. »Er ist doch mein Kind. Ich hab doch nur noch ihn.«

Alles, was Frau Ritter sagte, klang plausibel. In Franca stritten sich unterschiedliche Gefühle. Einerseits überkam sie Mitleid mit einem Kind, das nie sein durfte, wie es war. Andererseits vergaß sie nicht, dass Kai einen Menschen getötet hatte.

»Es ist durch nichts zu entschuldigen, was er diesem Mädchen angetan hat, das ist mir klar. Ich weiß nur, er war total vernarrt in sie. Und das Verbot der vorehelichen Sexualität war fest in ihm verankert. Gegen all dieses Widersprüchliche, das ihm sein Vater eingetrichtert hat, hat er angekämpft. Kai hat nicht gewusst, wie er sich diesem Mädchen nähern kann. An all dem Unglück sind nur die Zeugen Jehovas schuld mit ihren verqueren Denkmustern.« Frau Ritter sah Franca anklagend an. »Wissen Sie, manchmal denke ich, diese verbohrten Terroristen und die Zeugen Jehovas sind sich gar nicht so unähnlich. Sie denken, dass nur sie die Wahrheit gepachtet haben und alle anderen Menschen nach ihrer Pfeife tanzen müssten. Dabei sind sie es doch, die auf dem völlig falschen Weg sind.« Sie schlug sich die Hand vor den Mund, wie um sich selbst ein Weiterreden zu verbieten. Nach einer Weile nahm sie die Hand weg. »Vielleicht ist es eine Sünde, so zu denken. Aber ich kann nicht anders. In mir ist so viel Unverständnis.« Sie stand auf und reichte Franca die

Hand. »Ich wollte, dass Sie das alles wissen. Danke, dass Sie mir zugehört haben.«

Franca sah ihr nachdenklich hinterher, bis sie leise die Tür von außen zuzog.

46. KAPITEL

»Ich kann Ihnen Ihr Leid nicht nehmen, aber ich kann es vielleicht ein wenig mildern«, sagte die Frau, die ihr gegenüber saß. Carolin hatte sich endlich dazu durchgerungen, eine Psychologin zu konsultieren. Doch es fiel ihr nach wie vor schwer, über das Vergangene zu sprechen.

»Astrid war meine beste Freundin. Sie kannte Robin von klein auf. Ich verstehe einfach nicht, wie sie so etwas tun konnte.« Tränen rannen ihr die Wangen hinunter. Die Psychologin sah sie lange an. Sie war hübsch und zierlich und ziemlich jung. Um den Hals trug sie ein Amulett.

»Menschen tun oft Dinge, die wir nicht verstehen können. Obwohl wir so gern alles verstehen würden. Es gibt zwei Möglichkeiten, damit umzugehen: Entweder Sie schleppen die Last dieses schwerwiegenden Vorwurfs mit sich ein ganzes Leben lang herum und hadern. Oder aber Sie sind bereit zu verzeihen.«

»Verzeihen? Einer Frau, die mein Kind getötet hat?«, schrie Carolin auf.

»Verzeihen bedeutet nicht, dass Sie das Unrecht ungeschehen machen. Es bedeutet auch nicht, dass Sie akzeptieren, was man Ihnen angetan hat. Verzeihen bedeutet vielmehr, dass Sie diesen Krieg beenden, der ihre Seele zerstört.«

»Das kann ich nicht!« Carolin sah sie ungläubig an. »Das kann niemand von mir verlangen.«

Die Psychologin griff nach dem Amulett, das sie um den Hals trug. »Wenn es Ihnen möglich ist, zu verzeihen – sicher nicht sofort –, aber vielleicht eines Tages, werden Sie damit besser durchs Leben gehen. Wenn man die Dinge annimmt, die unabänderlich sind, findet man leichter einen neuen Anfang. Das ist ein Prozess, der dauert, aber Sie werden wieder leben können. Wieder eine lebbare Zukunft vor sich haben.« Sie löste ihre Hände vom Amulett, legte ihre rot lackierten Fingernägel an das Kinn und neigte den Kopf nach rechts.

»Der Schmerz, den Sie fühlen, wird schwächer werden«, fuhr die Psychologin fort. Sie schlug ein Bein über das andere. Carolin starrte auf ihre goldenen Sandalen mit den gekreuzten Riemchen. »Momentan können Sie sich das nicht vorstellen, die Wunde ist noch zu frisch. Das Gefühl, dass Ihnen ein schreckliches Unrecht angetan wurde, ist übermächtig. Aber das Einzige, auf das Sie sich bei Ihren Gefühlen verlassen können, ist deren Veränderung. Auch wenn Sie von einer Welle heftiger Sinneseindrücke übermannt werden, so wird diese nach einiger Zeit verebben. Haben Sie einen Glauben?«

Carolin wusste nicht recht, was sie sagen sollte. »Früher, da bin ich öfter in die Kirche gegangen. Aber ich war schon lange nicht mehr in einem Gottesdienst.«

»Glauben können hilft manchmal. Es muss ja gar nicht die Kirche sein, die wir kennen. So viele andere Glaubensrichtungen sind möglich. Ich zum Beispiel stehe dem Zen-Buddhismus sehr nahe.« Wieder griff sie nach ihrem Amulett. »Dieser Glaube hat mich gelehrt, dass nur die Gegenwart zählt. Die Vergangenheit ist bereits im Besitz des Todes und die Zukunft nichts weiter als eine Illusion.«

Was sollte Carolin von einer solchen Aussage halten? Dieser Schmerz, der in ihr wütete, war nicht Vergangenheit. Er war unbegreifliche Gegenwart.

Die Psychologin lächelte sanft. »Lassen Sie es mich anders ausdrücken. Sie waren doch sicher schon mal am Meer, nicht wahr?«

Carolin nickte irritiert.

»Stellen Sie sich eine Welle vor, die auf Sie zukommt. Die Welle ist bedrohlich groß, wird immer größer, doch dann, wenn sie ihren Höhepunkt erreicht hat, ebbt sie ab und zerstäubt am Strand. Eine neue Welle kommt auf Sie zu. Und wieder eine neue. Doch das Meer wird ruhiger. Das Wasser zieht sich zurück. Die Wellen werden kleiner. So ähnlich verhält es sich mit Ihren Gefühlen. Sie ebben ab mit der Zeit. Weil alles vergänglich ist.«

Carolin sah ihr Gegenüber ungläubig an. Noch konnte sie sich nicht vorstellen, dass dieser ungeheure Schmerz, der sie beherrschte, irgendwann kleiner werden sollte.

»Behalten Sie die schöne Zeit, die Sie mit Ihrem Sohn haben durften, im Gedächtnis.«

Carolin schloss für einen Moment die Augen. Sah Robin, wie er im Sonnenlicht im Weinberg stand und Blätter zupfte. Er lachte ihr zu.

»Manchmal hilft es, einer Selbsthilfegruppe beizutreten. Das Leid der anderen kann dabei helfen, das eigene Leid zu relativieren.«

Robins Bild wurde kleiner und kleiner, bis es schließlich verschwand.

»Woran haben Sie Freude?«, fragte die Psychologin.

Carolin schlug die Augen wieder auf. »Ich habe keine Freude mehr«, entgegnete sie schwach.

»Überlegen Sie. Wir haben Zeit.«

Schließlich hob Carolin den Kopf. »Ich hatte immer Freude an meinen Bienen. Sie erledigen gewissenhaft ihre Aufgaben, obwohl sie schon oft totgesagt wurden. Sie sind immer noch da. Sie bedeuten Leben, neues Leben. Die alten sterben, es kommen neue. Jedes Jahr wieder. Wenn man gut zu ihnen ist und sich um ihre Bedürfnisse kümmert.«

Die Psychologin lächelte. »Ich glaube, Sie sind auf einem guten Weg.«

Mit einem Gefühl der Erleichterung trat Carolin den Heimweg an. Der Schmerz war nicht mehr ganz so schlimm. Sie merkte, wie sie sich auf ihr Zuhause freute.

Martin war nicht im Haus. Sie ging durch den Garten, da sah sie ihn. Er stand im Schutzanzug bei den Bienen und prüfte die Rähmchen. In diesem Moment spürte sie, wie sie eine große Dankbarkeit überflutete. Für diesen Menschen, der immer für sie da war. Und da sein würde.

47. KAPITEL

»Ich bin kein Mörder!« Kai betrachtete seine Hände, die ineinander verkrampft in seinem Schoß lagen. Zusammengekauert saß er Franca gegenüber und wackelte nervös mit den Beinen. Mit einer hektischen Bewegung löste er seine Hände und klopfte sich auf die Oberschenkel.

Franca betrachtete den jungen Mann, der ihre Geduld aufs Höchste herausforderte. Es war ein letztes, verzweifeltes Aufbäumen.

Noch hatte sie ihm nichts von dem Besuch seiner Mutter erzählt. Wann würde er registrieren, dass seine mantraartigen Beteuerungen nichts nützten? Sie hatten so viel gegen ihn in der Hand. Melanies Unterwäsche hatten sie in seinem Zimmer gefunden. In seinem Bett unter der Matratze hatte er sie gehortet. Auch der afrikanische Schal lag dabei. Auf seinem Handy und seinem Laptop hatten die IT-Experten zahlreiche untrügliche Beweise gesichert. Dennoch leugnete er. Vielleicht, weil er selbst nicht wahrhaben wollte, was passiert war. Oder weil er glaubte, so die Dinge ungeschehen machen zu können. *Undoing*. Ein nur allzu bekanntes Verhalten.

»Kai. Was ist mit Melanie passiert?«, fragte sie eindringlich.

»Ich weiß es nicht!« Ein verzweifelter Aufschrei. Die Augen hinter der großen Brille wirkten riesig.

»Nach allem, was wir herausgefunden haben, warst du die letzte Person, die sie lebend gesehen hat.«

»N... nein«, stotterte er. »Ich hab sie zuletzt auf dem Weinmarkt gesehen, das hab ich Ihnen doch gesagt.«

Seine abrupten Gesten sprachen Bände. Seine Hände flatterten, immer wieder fuhr er sich nervös durch die dunklen Locken, die ihm feucht in die Stirn hingen. Jetzt nahm er hektisch die Brille ab und legte sie auf den Tisch. Sein Gesicht wirkte seltsam nackt.

»Kai, das nützt doch alles nichts. Du bist beobachtet worden.«

»Das kann gar nicht sein. Wo ... soll ich denn gewesen sein?« Seine Stimme wurde immer brüchiger. Schließlich bröckelte seine mühsam aufrechterhaltene Fassade, und zutage kam ein verstörter junger Mann, der in seiner Liebe zu einer Frau, die vermeintlich unerreichbar für ihn war, Irrationales getan hatte. Er bestätigte, Melanie Fake-Mails geschrieben zu haben. Aber noch immer beharrte er darauf, dass er mit ihrem Tod nichts zu tun habe.

»Was hat es mit diesem Lied von den Toten Hosen auf sich?«, wandte sich nun Clarissa an ihn.

Franca hatte das Lied, das er in einer seiner Nachrichten an Melanie erwähnte, gegoogelt. Und sich über den fast apokalyptisch anmutenden Text gewundert.

»*Ich bin die Sehnsucht in dir ...*«, zitierte Clarissa. »*Mit deinen Träumen hab ich gespielt ... Ich hab dich in die Irre geführt ...*«

Wie gestochen schrie er auf. Ein Laut wie von einem verwundeten Tier. Dann brach er endgültig in sich zusammen. Weinte hemmungslos. »Ich wollte ihr nicht wehtun. Niemals wollte ich ihr wehtun.« Er jammerte. Er schluchzte. »Ich hab sie doch geliebt.«

Mit einer heftigen Bewegung strich er sich den Rotz von Nase und Augen. Er war ein kleiner Junge, dem man auf die Schliche gekommen war, der den Beistand seiner Mutter ersehnte.

»Willst du uns der Reihe nach erzählen, was passiert ist?«

Er schluckte. Mit einem Mal wurde er ruhig. Als ob eine schwere Last von ihm gefallen sei.

Noch ein paar Mal druckste er herum, dann begann er stockend zu erzählen. Wie er sich unsterblich in Melanie verliebte, die ihm nicht mehr aus dem Sinn ging. Jedoch sie war ja mit Robin zusammen. Da hatte er keine Chance. Als die beiden sich trennten, sah er die Gelegenheit, er fasste sich ein Herz und machte zaghafte Annäherungsversuche. Aber sie ging nicht darauf ein. »Ich habe versucht, sie zu vergessen. Allerdings die Gedanken an sie blieben. Die Gedanken und die Sehnsucht nach ihr. Es hörte nicht auf. Ich bekam Herzklopfen, wenn ich nur an sie dachte. Wenn sie neben mir saß oder neben mir herlief, dann wollte ich sie in den Arm nehmen. Aber sie hat immer von anderen Dingen erzählt. Von ihrer Arbeit mit den Flüchtlingen. Besonders von Robin. Obwohl sie doch getrennt waren. Und von ihrer bevorstehenden Wahl zur Ahrweinkönigin. Für mich war da überhaupt kein Platz.« Seine Stimme versagte.

»Und da kamst du auf die Idee, dich für einen anderen auszugeben?«

Er hat sich eine Scheinwelt aufgebaut, dachte Franca. Eine Scheinwelt, in der er bestimmte, wo es langging. Dort war er der Held, Soldat, ein Kämpfer für das Gute. Das Ich, das er sich zurechtgebastelt hatte, war total verquer.

Er nickte unmerklich. »Sie begeisterte sich sehr für andere Länder. Sie sagte, worauf sie sich am meisten freue, wenn sie die Wahl gewinnt, sei das Reisen. Afghanistan interessierte sie, seit sie sich für die Flüchtlinge engagierte. Und dann kam ich auf die Idee, ihr als Bundeswehrsoldat in Afghanistan zu schreiben. Sie hat sofort auf meine Freundschaftsanfrage geantwortet. Plötzlich war sie an mir interessiert. Hat mir Fragen gestellt. Ist auf mich eingegangen. Sogar ähm … freizügige Fotos hat sie mir geschickt.« Er sah anklagend von Franca zu Clarissa. »Das macht man doch nicht, wenn einem der andere egal ist.«

»Sie war nicht an dir interessiert, sie war an der Person interessiert, für die du dich ausgegeben hast«, stellte Franca mit nüchterner Stimme klar.

Er sah auf, in seinen Augen glomm Schmerz. »Wenigstens das.« Dann drehte er den Kopf.

Ihre Blicke begegneten sich. Im Grunde wusste er, dass er einen Fehler gemacht hatte, den er nie wiedergutmachen konnte.

»Ich wollte mit ihr eine Familie gründen. Kinder haben. Ein friedliches Leben führen. Anders als dieser ständige Kampf, den meine Eltern geführt haben. Sie schien mir die einzig Richtige.« Wie in Gedanken versunken, saß er jetzt da.

Kai war ein typisches Computerkid, das glaubte, die Welt sei ein Spiel. Man müsse nur die richtige Strategie anwenden, die Geschicke lenken, die Erfolg versprachen, dann folgte die Belohnung und er war der Sieger. Der Held.

»Für mich hat es sich angefühlt wie eine richtige Beziehung«, sagte er. »Ich dachte, wenn wir uns treffen, akzeptiert sie mich. Weil sie doch so viel von mir weiß. Und ich von ihr.«

»Obwohl du sie hintergangen hast?«

Seine Reaktion war heftig. »Ich hab sie nicht hintergangen. Alles, was ich gesagt habe, waren meine echten Gefühle. Ich war immer ehrlich.«

Wahrscheinlich glaubte er sogar wirklich an das, was er sagte. In seinem Universum herrschten andere Regeln.

»Ihr habt doch auch telefoniert«, bemerkte Clarissa. »Sie hatte deine Handynummer. Ist sie da nicht stutzig geworden?«

»Ich hatte mir ein zweites Handy zugelegt. Eben, weil sie meine Nummer kannte. Telefoniert haben wir hauptsächlich über Skype. Ohne Kamera. Mit Kamera ging ja nicht.«

»Hat sie denn nicht deine Stimme erkannt?«

Er schüttelte den Kopf. »Es gibt da so Programme, mit denen man die Stimme verändern kann.« Das klang listig.

»Dann erzähle uns doch mal, wie das am Pfingstsonntag war. Du – also Micha – hast dich also mit Melanie verabredet?«

Er nickte. »Wir wollten zum Ahrsteig bei Altenahr. Sie hat das vorgeschlagen. Nach all dem Stress mit der Wahl wollte sie etwas ausspannen, sagte sie. Der Treffpunkt an der Ahr war ihre Idee. Weil dort ein neuer Cache ausgelegt worden war. Sie war Geocacherin.«

»Das wissen wir«, sagte Clarissa. »Wie bist du dorthin gekommen?«

»Mit meinem Auto. Das hab ich auf dem großen Parkplatz in Altenahr abgestellt. Und bin zu Fuß zu der Stelle, die sie angegeben hatte. Ich war früh genug da. Da konnte ich sie beobachten, als sie kam.«

»Und dann?«, fragte Franca leise, nachdem er wieder ins Stocken geriet.

»Ich dachte, wenn sie sieht, dass ich das bin, der ihr die ganze Zeit geschrieben hat, dann ist alles okay. Wir hatten uns so gut verstanden. Ich war es doch, der ihr diese netten Dinge gesagt hat. Auch wenn ich das unter einem anderen Namen tat. Und mir hat sie ebenso nett geantwortet.«

Franca ließ ihm Zeit. Wollte ihn nicht drängen. Dass er sich langsam dem Tatgeschehen näherte, war sichtlich nicht einfach für ihn. Er schlug die Hände vors Gesicht. Sie bemerkte seine schlanken Finger, die zerfransten Nägel.

»Was ist dann passiert?«, fragte sie. »Wieso ist es zum Äußersten gekommen?«

»Als Melanie kam, tat ich zunächst so, als ob diese Begegnung zufällig sei. Erstaunt hat sie gefragt, was ich denn dort mache. Ich hab ihr nicht gleich gesagt, dass ich derjenige bin, der auf sie wartet. Hab mich einfach mit ihr unterhalten. Ganz normal. Mit einem Mal wurde sie richtig ungehalten, sagte, ich müsse gehen, weil sie sich mit jemandem treffe. Da hab ich mir ein Herz gefasst und gesagt, ich weiß. Derjenige bin ich. Erst hat sie vollkommen irritiert geschaut. Hat gedacht, ich mach Quatsch. Dann begann sie zu schimpfen. Sie war richtig sauer. Ich wollte ihr erklären, warum ich das gemacht habe. Aber sie ließ mich überhaupt nicht zu Wort kommen. Ich wollte sie in den Arm nehmen. Sie sollte sich beruhigen. Aber sie war furchtbar wütend, schlug nach meiner Hand. Da … hab ich sie gepackt und … aber sie hat gezappelt wie wild und um sich geschlagen. Und geschrien, ich sei ein Depp, was ich mir einbilden würde. Sie hat … einige unschöne Worte gebraucht. Da hab ich sie in den Schwitzkasten genommen.« Er hielt einen Moment inne, strich sich über die Stirn. »Was dann passiert ist, weiß ich nicht mehr genau. Sie hat geröchelt, da hab ich wieder losgelassen, aber sie wollte sich überhaupt nicht beruhigen. Sie sollte doch nur still sein. Einfach nur still sein. Weil ich ihr doch erklären wollte …« Er brach ab. »Ich wollte sie doch nicht …«

Er fing fürchterlich an zu weinen. Konnte sich gar nicht mehr beruhigen.

»Mir gehen andauernd diese schrecklichen Bilder durch den Kopf«, stammelte er nach einer Weile. »Manchmal denke ich, das ist gar nicht passiert. Das … war eine vollkommen andere Dimension.«

Wie sehr hatte er die Realität verdrängt. Und sie durch eine andere Realität ersetzt. Die für ihn stimmig war.

Vielleicht glaubte er tatsächlich an seine Traumwelt, an seine zweite Existenz. Und dann kollidierten Wunschdenken und Realität miteinander. Kai wollte ein richtiger Kerl sein. Einer, der imponiert, der stark ist und kämpft. Das hat aber nur in seiner Vorstellung geklappt. Dann war er zum Mörder geworden. Oder zumindest zum Totschläger.

»Du warst es, der die beiden SMS an Melanies Mutter geschrieben hat, nicht wahr?«, fragte Clarissa. »Was hast du mit dem Handy gemacht?«

»Ich hab die SIM-Karte rausgenommen und es weggeworfen«, räumte er ein. »Dasselbe hab ich mit meinem zweiten Handy gemacht.«

»Eins interessiert mich noch«, sagte Franca. »So wie du uns die Sache geschildert hast, geschah das alles am Ufer. Aber wie ist Melanie ins Wasser gelangt?«

Er schluckte und senkte die Lider.

»Du wolltest, dass man ein Unglück vermutet?«

Er gab keine Antwort.

»Wir sollten denken, sie sei ausgerutscht und ertrunken, ja?«

Im Grunde bedurfte es keiner Antwort. Ein Glück, dass Küppersbusch solch gute Arbeit macht, dachte sie. Sonst hätten wir vielleicht wirklich geglaubt, sie sei ertrunken.

48. KAPITEL

»Sie zeigt kaum Reue. Sie hat sogar versucht, rational zu begründen, weshalb sie das tun musste. Weil sie wahrscheinlich nie gelernt hat, sich in die Perspektive eines anderen hineinzuversetzen.« Franca hatte nochmals ausführlich mit dem Psychiater gesprochen, der Astrid Dellinger exploriert hatte.

Clarissa sah Franca aufmerksam an. »Im Zustand höchster Erregung tut der Mensch manchmal Dinge, die er später bereut. Doch sie scheint nichts zu bereuen.«

Und Kai? Was waren seine tatsächlichen Beweggründe? Verschmähte Liebe? Hatte er sich beleidigt gefühlt? Zurückgewiesen? Ausgegrenzt? Franca wusste: Die eigentliche Tat war meistens nur die Oberfläche. Dahinter lagen – ähnlich wie bei Astrid Dellinger – anhaltende

Enttäuschungen und menschliche Verwirrungen. In beiden Fällen mochte den Taten eine lange Geschichte vorausgegangen sein. Angestaute Angst und Aggression, die sich in dem Moment entlud, als man keinen anderen Ausweg mehr sah. Kai hatte sich von seinem Vater ungeliebt und unverstanden gefühlt, war von ihm zurückgewiesen worden, nachdem er sich von Frau und Sohn trennte, als diese sich von den Zeugen Jehovas lossagten. Auch mit Freundschaften unter seinesgleichen hatte er sich nicht leichtgetan, wie sie aus den Zeugenbefragungen wusste. Der kompetente Umgang mit dem Computer verschaffte ihm ein wenig Anerkennung, das dem stetigen Gefühl der Nichtzugehörigkeit entgegenwirkte. Am Computer fühlte er sich sicher, war er der Herr. Niemand redete ihm drein. Hier konnte er die Regeln bestimmen. Und so hatte er versucht, diese Erfolgsstrategie auf das wahre Leben zu übertragen.

»Weißt du, was mir gerade durch den Kopf geht?«, sagte Clarissa. »Im Grunde hat sowohl Kai als auch Frau Dellinger aus einer ähnlichen Motivlage heraus gehandelt.«

Franca runzelte die Stirn. »Wie meinst du das?«

»Na ja. Beide waren besessen von ihrer Überzeugung. Kai war total in Melanie verliebt und hat sie idealisiert. Melanies Mutter hatte keinerlei Zweifel, dass der Mörder ihrer Tochter vor ihr stehe, als Robin in die Wohnung kam. Beide hatten einen Tunnelblick, hatten sich die Realität so zurechtgebogen, dass es in ihr Konstrukt passte. Sie waren nicht zugänglich für andere Argumente. Insofern war ihr Handeln eine logische Konsequenz ihres eindimensionalen Denkens.« Clarissa hob die Schultern und sah Franca etwas unsicher an. »Könnte es nicht so gewesen sein?«

»Du erstaunst mich immer wieder«, sagte Franca nachdenklich. Und nach einer Weile: »Wenn ich mir gewisse religiöse Fanatiker ansehe, dann ist dies die gleiche Denkweise: Ich bin der Herr. Ich bestimme, wo es langgeht. Ich bin immun gegen rationale Argumente. Gegen jegliche Kritik. Auch wenn sie noch so berechtigt ist. Mein Weltbild ist ein fest stehendes, unerschütterliches. Deshalb zieh ich mein Ding durch. Koste es, was es wolle.«

Clarissa nickte. »Kai ist von den Zeugen Jehovas offenbar so konditioniert worden, dass er diese Denkweise auch nicht abgelegt hat, als er und seine Mutter längst die Gemeinschaft verlassen hatten. Er sah sein Ideal im Soldatsein. Dadurch hat er sich selbst erhöht: Die Waffe in der Hand signalisiert Stärke, Macht und Männlichkeit. Damit konnte er sich bestens identifizieren.«

»Aber was wollte er im Endeffekt? Anerkennung. Dazugehören. Nicht ausgegrenzt sein. Das war sein Ziel. Genau das Gegenteil hat er erreicht.«

»Selber denken ist halt anstrengend. Weil wir lieber einfache Lösungen vorziehen. Alles andere ist hoch kompliziert und verwirrend.«

»Das ist womöglich auch der Grund, weshalb es gesicherte Fakten und Statistiken so schwer haben und oftmals als nichtssagende Zahlen abgetan werden. Obwohl es unser Verstand besser wissen müsste, halten wir reißerische, pessimistische Nachrichten oft für glaubwürdiger als positive.«

Clarissa nickte. »Menschen machen sich nur allzu oft gern etwas selbst vor und versuchen, sich die Dinge schönzureden oder Lügen für wahr zu halten, weil sie glauben, das helfe in einer bestimmten Notsituation und tue dem gekränkten Ego gut.«

Clarissa suchte Francas Blick. »Wie gut, dass wir anders sind.«

Beide begannen loszuprusten. »Weil wir an das Gute im Menschen glauben.« Sie kriegten sich überhaupt nicht mehr ein vor Lachen.

Hi, Mellie.

Es ist ein schönes Gefühl zu wissen, dass du an mich denkst. Genau wie ich an dich. Es war wieder eine kurze Nacht. Jetzt ist es fünf Uhr früh, und ich liege schon lange wach. Draußen wird es langsam hell, und ich stelle mir vor, wie du dir bald den Schlaf aus den Augen reibst und den Tag beginnst. Ich kann es nicht erwarten, dir endlich zu begegnen und dir all diese schönen Dinge persönlich zu sagen.

Heute geht mein Flieger. Alles ist gepackt. Ich sage diesem Land hier endgültig Adieu.

Dein Micha

EPILOG

Dieser Sommer würde als einer der heißesten in die Annalen eingehen, die Deutschland je erlebt hat. Überall war ersichtlich, wie sehr die Natur unter der Hitze litt. Vielerorts waren Wiesen und Felder vertrocknet. Die Pegelstände der Flüsse sanken und förderten manches längst Versunkene zutage, darunter viel Unrat sowie Militärschrott aus den beiden Weltkriegen, der vorsichtig entsorgt werden musste. In Neuwied wurde eine 1.000 Pfund schwere Bombe aus dem Rhein geborgen, die vom Kampfmittelräumdienst unschädlich gemacht wurde. Schiffe hatten wegen des Niedrigwassers Probleme, Frachtgut und Touristen zu befördern. Tankstellen beklagten Lieferengpässe. Die Spritpreise stiegen, weil Frachter nur noch mit minimaler Ladung fahren konnten. Im Rhein wurden gefährlich hohe Wassertemperaturen gemessen, ein Fischsterben war unausweichlich. In der Mosel wucherten Blaualgen, vor denen gewarnt wurde, weil sie ernste Gesundheitsschäden hervorrufen konnten. Für die Landwirtschaft brachte die anhaltende Trockenheit hohe Verluste.

Es gab aber auch Gewinner dieses tropischen Sommers, das waren Eisdielen und Freibäder, die Rekordbesucherzahlen vermeldeten, sowie die deutsche Tourismusbranche, da sehr viele Menschen sich entschlossen, ihren Urlaub in heimischen Gefilden zu verbringen.

Auch die Weinbauern hatten Grund zur Freude.

Wegen der hohen Anzahl an Sonnenstunden konnten sie auf eine gute Ernte und einen hervorragenden Jahrgang hoffen.

Wieder einmal fuhr Franca die Strecke über die B 9 in Richtung Ahrweiler. Diesmal war sie nicht dienstlich unterwegs. Sie war auf dem Weg zum Regierungsbunker. Von diesem Bauwerk hatte sie so viel gehört, dass sie es sich unbedingt von innen ansehen wollte. Nun war sie eine von zahlreichen Besuchern, die vor dem Haupteingang standen und Einlass begehrten.

Der Bunker, oder wie es offiziell hieß: der Ausweichsitz der Verfassungsorgane des Bundes in Krise und Krieg, hatte jahrzehntelang unter strengster Geheimhaltungspflicht gestanden. Vor zehn Jahren erst hatte man die Existenz dieses Bauwerks offengelegt und der Bevölkerung zugänglich gemacht.

Nun war der Bunker zu einem Mahnmal geworden, das gerade in der heutigen Zeit, da die Diskrepanzen in der Welt wieder gravierender wurden, zum Innehalten aufforderte.

Als Franca zusammen mit der Besuchergruppe durch das unterirdische Labyrinth marschierte, hatte sie sich unwillkürlich gefragt, wie man solch ein gigantisches Bauwerk vor der Bevölkerung hatte geheim halten können. Ob wirklich niemand gemerkt hatte, was da im beschaulichen Ahrtal tief unter den Weinbergen vor sich ging? Da wurde doch jede Menge Erde bewegt und Tonnen von Material herbeigeschafft. Das konnte unmöglich alles bei Nacht und Nebel geschehen sein. Und doch hatten alle so getan, als wüssten sie von nichts.

Im Jahr 1962 war mit dem Ausbau der Bunkeranlage begonnen worden. Insgesamt war sie über 17 Kilometer lang, doch nur ein kleiner Teil blieb erhalten und kann besichtigt werden.

»Die Spannungen in der Welt waren groß«, erläuterte der Gästeführer, der die Besuchergruppe durch die betonverkleideten Tunnelröhren leitete. »Der Ost-West-Konflikt brodelte. Im Fall eines drohenden Krieges musste es einen Ort geben, wohin sich die Regierung zurückziehen konnte. Im Rahmen des NATO-Beschlusses war man nämlich verpflichtet, einen Ort zu finden, der die Regierung handlungsfähig erhielt. Da erinnerte man sich an dieses riesige Tunnelsystem hier, das zudem nicht allzu weit weg war vom damaligen Regierungssitz Bonn. Die ehemaligen Eisenbahntunnel hatten sich bereits als sicherer Ort für den Bau der mobilen Abschussrampen von Hitlers Vergeltungswaffe V2, die sogenannten Meillerwagen, erwiesen. Insofern ging man davon aus, dass das alles auch atombombensicher sei.«

»Aber das hätte doch niemals wirklich einem Atomschlag standgehalten«, bemerkte einer der Besucher skeptisch.

»Wahrscheinlich nicht«, räumte der Gästeführer ein. »Man ging ja auch damals von einem anderen Standard aus, als wir ihn heute haben.«

Hinter sich hörte Franca jemanden sagen: »Da haben die Oberen also für sich einen Unterschlupf geschaffen und hätten hier drin überlebt, wenn die Atombombe hochgegangen wäre. Aber das Volk drum herum wäre gestorben. Sehr nobel.«

Eine weibliche Stimme antwortete: »Nach 30 Tagen hätten sie dann doch alle rausgemusst in die verstrahlte Welt.« Ein Schnauben war zu hören. »Aberwitzige Männergedanken.«

Der Gästeführer kam zum Abschluss. »Natürlich sind wir alle froh, dass es nicht zum Äußersten kam. Wie Sie sich vielleicht erinnern, gab es während des Kalten Krieges manche mulmige Situation.«

Franca schlenderte durch die Tunnelröhren mit ihren verschiedenen Räumlichkeiten und staunte, was in diesem fensterlosen Mikrokosmos alles vorhanden war: Einige Sitzungsräume, ein Friseursalon, sogar eine komplett eingerichtete Zahnarztpraxis gab es. Eine voll ausgestattete Krankenstation, die 30 Tage lang für eine Versorgung ausgereicht hätte. Sogar ein eigenes Fernsehstudio war vorhanden, von dem aus im Ernstfall sich der Bundeskanzler hätte live an die Bevölkerung richten können.

Das Zimmer des Staatsoberhauptes mutete jedoch recht spartanisch an, das Stahlrohrbett war äußerst schmal.

»Die Menschen im Ahrtal haben ihren Frieden mit dem Bunker gemacht. Und jetzt betrachten wir ihn als ein Stück Geschichte, das zu uns gehört. Und als ein Mahnmal, dass sich eine solche Bedrohung nie wiederholen möge.«

Franca hörte sich die Ausführungen an von Notstromaggregaten und haltbaren Essensvorräten, die von Zeit zu Zeit ausgetauscht werden mussten, weil das Verfallsdatum überschritten war. Von detaillierten Ablaufplänen für den Verteidigungsfall. Plötzlich erfüllte sie der Gedanke an meterdicke Betonrolltore, die die Menschen hier drin komplett von der Außenwelt abschirmten, mit Beklemmung. Schnellen Schrittes lief sie nach draußen. Helligkeit blendete sie. Gierig atmete sie die frische Luft ein. Um sie herum Stimmengewirr und Menschenlachen. Eine Frau schob einen Kinderwagen vor sich her.

Sie überlegte, ob sie das angrenzende Café besuchen und eine Kleinigkeit essen sollte. Oder zumindest einen Kaffee trinken. In einer Ecke fand sie einen Platz.

So viel war passiert in den letzten Monaten. So vieles, das wieder einmal zeigte, wie unzurechnungsfähig der Mensch war.

Astrid Dellinger hatte sich in der JVA das Leben genommen. Trotz kontinuierlicher Überwachung war es ihr gelungen, sich an zerrissenen und aneinandergeknoteten Handtuchstreifen zu erhängen. Sie hatte offensichtlich keinen Frieden mehr finden können, nachdem ihr das Ausmaß dessen, was sie angerichtet hatte, in seiner gesamten Tragweite klar geworden war.

Doch wer wusste schon genau, was sich in ihrem Kopf abgespielt hatte? Wie und wann die Rechtfertigungsstrategien, an die sie sich unmittelbar nach der Tat noch geklammert hatte, zusammengebrochen waren?

Es ist schon eine sonderbare Spezies, die diesen Planeten bewohnt, dachte Franca. Eigentlich sehnt sich die Menschheit nach Frieden, dennoch bricht überall aufs Neue Krieg aus. Im Großen wie im Kleinen. Warum gelang es einfach nicht, friedlich miteinander auszukommen? War der Mensch dazu verdammt, immer wieder Hand anzulegen? Im Guten wie im Bösen. An andere. An sich selbst. An unsere Umwelt. An unsere Lebensgrundlage.

Franca erinnerte sich an einen Bericht im Fernsehen über einen Astronauten, der zu einer internationalen Raumstation aufgebrochen war und nach seiner Rückkehr auf die Erde davon berichtete, dass er Dinge gesehen habe, die ihn schockierten. Er habe vom All aus verfolgen können, wie Menschen Kriege führen. Genau konnte er von oben Explosionen, Bomben und Raketen erkennen. Das sei sehr bedrückend gewesen. Man solle sich einmal vorstellen, es kämen Besucher aus dem Weltraum zu uns, und die würden sehen, wie wir unseren eigenen Ast absägen, auf dem wir sitzen. Die Frage sei, ob die uns tatsächlich als intelligente Lebewesen betrachten würden.

Eine Aussage war Franca besonders im Ohr geblieben: »Von da oben sieht man auch ganz deutlich, dass es keinen Planeten B gibt, insofern ist die einzige Chance, die wir haben, auf diesen Planeten aufzupassen, weil alles auf dieser kleinen Steinkugel endlich ist.«

Franca fand es allerdings merkwürdig, dass wir uns nicht mit diesem Planeten begnügen und immer weiterstreben, indem wir Grenzen nicht anerkennen wollen. Hinunter in die Erde graben wir uns. Hinaus ins Weltall fliegen wir. Doch manchmal schadet es nicht, die Dinge aus der Distanz zu betrachten. Weil dann manches klarer und deutlicher wird.

Sie zahlte, stand auf und schlenderte zu ihrem roten Alfa. Immer noch ein schönes Auto, dachte sie. Obwohl hochbetagt und voller sichtbarer und unsichtbarer Mängel. Sie warf einen nachdenklichen Blick zurück auf den Eingang dieses monumentalen Bauwerks, von dem man sich einst erhofft hatte, es biete absoluten Schutz.

»Wir sind froh, dass hier ein Stück Geschichte erhalten geblieben ist. Für die Nachwelt«, hatte der Gästeführer zum Abschluss des Rundgangs gesagt.

Sie startete den Motor und fuhr los. Die schmale Straße hinunter ins Tal. Im Radio war ihr Lieblingssender SWR 1 eingestellt, hier wurden vorwiegend Oldies gespielt. *How many roads must a man walk down ...* Oh, diesen Song hatte sie lange nicht gehört. Sie drehte den

Ton lauter und summte mit. Erinnerte sich an frühere Lagerfeuerabende, als man im Kreis um das lodernde Feuer saß, irgendjemand hatte immer eine Gitarre dabei. Man war jung und glaubte, es stünde in unserer Macht, die Welt zu verändern. Das Leben lag vor einem, man wusste nicht, was kam. Aber man wusste genau, wogegen man war: Gegen den Krieg und für den Frieden. *The answer my friend is blowing in the wind …* Den Refrain kannte sie noch.

NACHBEMERKUNG UND DANK

Dieser Roman spielt im heißen Sommer 2018, in dem vieles anders war. Die Traubenernte hatte früh wie nie begonnen. Die Früchte waren prall und wiesen einen ungewöhnlich hohen Öchslegehalt auf sowie eine unglaubliche Fruchtigkeit mit gleichzeitig deutlich niedrigen Säurewerten. Das, obwohl es wenig geregnet hatte, doch die Reben hatten offensichtlich gelernt, mit wenig Wasser auszukommen. So wie der Mensch es gelernt hat, sich den wandelnden Zeiten anzupassen.

Das Ahrtal ist eine wunderschöne Landschaft, die gleichzeitig mit Liebe bewirtschaftet und zerschunden wurde. Die Gegend ist unglaublich reich an historischen Relikten, und für mich war es hochinteressant, einige dieser bedeutsamen Orte zu erkunden. Vielerlei Mahnmale erinnern an das, was Menschen in der Lage sind, einander anzutun. Ein Schmelztiegel, in dem sich einiges konzentriert. Das Schöne befindet sich neben dem Hässlichen, die Freude neben der Trauer. Der Tod nahe dem Leben – alles zusammen bildet eine friedliche Koexistenz.

In den Rheinwiesenlagern zwischen Remagen und Andernach waren kurz nach dem Zweiten Weltkrieg Tausende Gefangene, hauptsächlich Wehrmachtsoldaten, eingepfercht. Die Historiker Wolfgang Gückelhorn und Kurt Kleemann ermittelten in einer Dokumentation, dass die Gefangenenzahlen – über die unterschiedliche Angaben gemacht wurden – ab dem 13. Mai 1945 sanken und die

Lager innerhalb weniger Monate nach und nach geräumt wurden. Viele der Gefangenen waren den Strapazen und unsäglichen hygienischen Gegebenheiten nicht gewachsen und sind gestorben. Dass in den Lagern menschenunwürdige Verhältnisse herrschten und gravierende Verstöße gegen die Genfer Konvention zu verzeichnen waren, ist unbestritten.

Heutzutage fühlen sich Neonazis bemüßigt, die Ehre der deutschen Soldaten wiederherzustellen. Seit zehn Jahren versuchen sie mit einem Trauermarsch Aufmerksamkeit für einen sogenannten Geschichtsrevisionismus zu erlangen. Bei dem Marsch am 15. November 2018 in Remagen blieb das Häuflein der Nazis relativ klein, während die Gruppe der Gegendemonstranten wesentlich größer war.

Um dieser Vereinnahmung und Instrumentalisierung etwas entgegenzusetzen, feiert die Stadt Remagen an ebendiesem Datum den »Tag der Demokratie«, um unsere nicht selbstverständlichen bürgerlichen Werte wie Toleranz, Integration und Demokratie hochzuhalten, wie es heißt. Man will sich abgrenzen gegen Extremismus und rechtes Gedankengut. Wohl wissend, dass es noch nicht allzu lange her ist, dass das deutsche Volk erleben musste, wohin Ignoranz und Totalität führen.

In diesem Zusammenhang sei auch die Frage erlaubt, weshalb Jahrzehnte vergehen mussten, ehe im November 2017 eine Gedenkstätte oberhalb von Marienthal eingeweiht wurde, die an die ehemalige Außenstelle des KZ Buchenwalds erinnert. Als einen internationalen Erinnerungsort bezeichnete der rheinland-pfälzische Kulturminister Konrad Wolf diese Gedenkstätte, die angesichts des Rechtsrucks in Europa von fundamentaler Notwendigkeit sei.

Auch in diesem Roman, in dem Fiktion mit vielerlei Realität zusammentrifft, bin ich etlichen Menschen zu Dank verpflichtet.

Erwähnen möchte ich, dass die örtlichen Gegebenheiten, vor deren Kulisse die fiktiven Charaktere agieren, größtenteils der Realität entsprechen. Die Orte Ahrweiler und Altenahr, das Kloster Marienthal sowie die neue Gedenkstätte und den Ehrenfriedhof Bad Bodendorf habe ich besucht und nach bestem Wissen und Gewissen beschrieben.

Ebenso den Regierungsbunker, diese monumentale Hinterlassenschaft aus der Zeit des Kalten Krieges. An dieser Stelle gebührt mein herzlicher Dank der Leiterin Heike Hollunder, die mich zu einem informativen Gespräch einlud.

Meinen Dank möchte ich auch Christian Althammer und seinem Team aussprechen für eine Weinwanderung bei bestem Sommerwetter durch die Ahrweiler Terrassenlagen, die Einblicke in die Arbeit der dortigen Winzer ermöglichte.

Zu danken habe ich insbesondere Erich Frenger, der mich während einer exklusiven Exkursion über den Ahrsteig bei Altenahr in die Geheimnisse des Geocachens eingeweiht hat.

Walter Günther, der ehemalige Leiter der Koblenzer Spurensicherung, hat mich auch in diesem Roman wieder an seinem Fachwissen teilhaben lassen, das er sich in 40 Jahren Praxis aneignete. Bei einem gemütlichen Weihnachtskaffee im Dezember hat er mir letzte Spezialfragen beantwortet.

Ganz herzlich möchte ich mich auch bei meinen Testleserinnen bedanken, die mich auf manche Ungereimtheiten aufmerksam gemacht haben: meine Tochter Elisa Steinmetz sowie meine beiden Line-Dance-Kolleginnen Katrin Krahmer und Ingrid Frenger – es ist mir eine Freude, welch großes Interesse die gesamte Gruppe meinem Schreiben entgegenbringt.

Dem Gmeiner-Verlag und seinem Team danke ich für die vielfältigen Anregungen und die nette Begleitung seit nunmehr sieben Franca-Mazzari-Bänden.

Der Imkerin Annette Schlüter sei herzlich gedankt für das Auffinden meiner Fehler in Bezug auf die Bienenhaltung – sie hat mir einmal mehr bewiesen, dass auch noch so intensive Recherche manchmal nicht vollkommen ist. Falls auch Sie, liebe Leserinnen und Leser, trotz aller Sorgfalt Fehler im Roman finden sollten, so bitte ich Sie, mir dies mitzuteilen. Im Grunde freue ich mich jedoch über jegliche Art der Korrespondenz.

Gabriele Keiser
Andernach, im Februar 2019

*Weitere Titel finden Sie auf den
folgenden Seiten und im Internet:*

WWW.GMEINER-VERLAG.DE

Gabriele Keiser
Kaltnacht
Kriminalroman
310 Seiten, 12 x 20 cm
Paperback
ISBN 978-3-8392-2130-3
€ 13,00 [D] / € 13,40 [A]

Kriminalhauptkommissarin Franca Mazzari ist dünnhäutiger geworden. Der rätselhafte Doppelmord an einem Ehepaar, das in seinem Haus getötet wurde, verfolgt sie bis in ihre Träume. Musste das Söhnchen der beiden, das verstört aufgefunden wurde, alles mit ansehen? Zwar hat der Täter zahllose Spuren hinterlassen, jedoch die eine, maßgebliche, scheint nicht dabei zu sein. Mit der Zeit verdichten sich die Hinweise, dass der Migrationshintergrund des getöteten Polizisten, ein Deutschtürke, etwas mit der Tat zu tun haben könnte. Oder ist der Täter gar in den eigenen Reihen zu finden? Ein Roman um starke Gefühle, Vertrauen und Verrat und die Sehnsucht nach etwas ganz Besonderem.

GMEINER SPANNUNG

WWW.GMEINER-VERLAG.DE
Wir machen's spannend